重庆市社会科学规划普及项目成果（2019KP36）
重庆市人文社会科学普及基地"重庆大学新闻学院"科普成果

盖亚的
终极算法

张小强 著

科学出版社
北　京

内容简介

本书收录十四篇科幻小说，题材和背景各不相同，勾勒出人工智能、机器人、大数据、数字孪生、脑机接口等技术的未来发展趋势与深刻影响，以及这些技术与人、社会甚至地球的关系和冲突。涉及领域有个体层面的人的自主性、爱情、亲子教育、机器人的人格等；政府层面的对机器人和社交媒体的治理等；经济社会层面机器人对就业的冲击、大数据造假、地球-火星经济体系、信息系统对人的控制、技术带来的行业变迁等；全球层面的气候变暖、人类和机器之争、地球产生智能等；法律伦理层面的人工智能作品的知识产权、人工智能法官，以及机器人的权利等；新闻传播层面的各种未来传播形态。从时间上看，有的就在当代或离当代不远，有的在几万年以后。情感基调有的幽默诙谐，有的令人伤感。其中饱含作者对生活、技术和社会的理解，也带有作者个人的生活经历和情感印记。

本书适合关注新技术和人类发展、喜欢反思当下社会以及对科幻文学和科普知识感兴趣的读者阅读。

图书在版编目（CIP）数据

盖亚的终极算法/张小强著. —北京：科学出版社，2024.6
ISBN 978-7-03-077128-5

Ⅰ.①盖… Ⅱ.①张… Ⅲ.①幻想小说-小说集-中国-当代 Ⅳ.①I247.7

中国国家版本馆 CIP 数据核字（2023）第 220696 号

责任编辑：侯俊琳 唐 傲 赵 洁/责任校对：姜丽策
责任印制：师艳茹/封面设计：有道文化

科学出版社 出版
北京东黄城根北街 16 号
邮政编码：100717
http://www.sciencep.com

北京厚诚则铭印刷科技有限公司印刷
科学出版社发行 各地新华书店经销

*

2024 年 6 月第 一 版 开本：720×1000 1/16
2024 年 8 月第二次印刷 印张：19 1/2
字数：348 000

定价：58.00 元
（如有印装质量问题，我社负责调换）

本书故事纯属虚构，若有雷同，纯属巧合，请勿对号入座。

本书中的部分观点和看法，仅代表书中人物，不代表本书作者。

□ 序

读者朋友们可以跳过这篇序言，直接看后面的小说。我担心的是序言过于啰唆，让你失去阅读精彩小说的耐心。

在写作时，一些内容是潜意识在创作，文字是从大脑深处涌现出来的，也有一些是经过思考有意"设计"的。有时作者想表达的，未必是读者所看到的；作者无意识写出来的，细心的读者也许会发现其中不经意流露的小心思。语文考试的阅读题，作者本人未必能做对，读者和作者始终保持距离，才能产生阅读之美。

写作是物质的。作为一名大学教授，写论文的动力是物质激励，精神激励有那么一点儿，等发表论文获得的绩效工资花完、老婆抱怨工资太低时，那点精神激励会被击得粉碎。这本小说集的创作在物质层面而言是"负"的，投入的时间用来完成学术著作的收益当然更大，写作的动力主要来自精神层面的个人兴趣。为了增加物质刺激，让自己尽快完成这项"赔钱买卖"，我试着把前几年思考的小说思路拿去申请重庆市社会科学规划普及项目，想通过重庆市社会科学界联合会（简称重庆社科联）的结项要求让这本书尽快面世，没想到重庆社科联真的立项了。立项之后，由于结项时间要求太紧，我曾联系重庆社科联工作人员，想取消项目，但对方告诉我，撤销项目要通报单位。在重庆社科联的"胁迫"之下，2019 年底到 2020 年初的一个多月时间，我竟然每天早起写作两三个小时，最终写出本书前半部分的十多万字。看来，最后期限比情怀管用。小说后面的十多万字，则是与出版社签订合同后断断续续完成的，最终把以前积累的大部分思路变成了真实的文字。如果读者朋友从部分文字中读出苦涩，那一定是在前半部分。

那是寒冬里，在一个个太阳还躲在浓浓云雾后的早晨，天又黑又冷又湿，一个中年教授斜躺在被窝里用键盘敲出来的。

小说虽然完成，当初设置的宏大表达目标却因物质肉身的限制和精神想象的牵制，因构造出的空间、世界本身逻辑的限制而不能完全实现。初次进行文学创作，我还不能娴熟地调和科普知识展示和文学冲突构建之间的关系。写稿时，总被各种有意义或无意义的事情耽误，构建的"宇宙"宏大，却没多少时间创作和打磨。为了技术性地把稿子早点结束，曾经无奈地给难以收尾的篇目加了副标题——"序章"。意在先把基本"宇宙"和逻辑建构起来，未来有时间继续完成。后来咬咬牙完成后，才把"序章"两个字删除。但时隔一年再去完善，发现竟然还要"学习"自己前面的思路和逻辑。初稿中还有一些前面交代的线索后面没用上，我在校对修改时尽量做了完善。

这些小说并非异想天开，而是源于我的学术和生活。近两年学术研究尝试转向——理论上想从物质性、网络化解读新媒体对社会的影响，研究对象也转向人工智能和区块链等新技术。写论文有的时候并不能充分表达学术思考，因为论文经过评审专家和编辑部加工修改后，原本活生生的文章印刷出来后多少有些老气横秋。小说有趣的地方是可以不把观点完全展露，通过展示故事来引发读者去探索谜题，给予读者更多想象甚至猜测的空间。小说还可以更充分地植入作者自己的生活体验和个性，受到规范的限制比较少，因而写小说虽然也有痛苦的过程，但是给作者带来的快乐远远高于写论文。

在研究人工智能、机器人传播和法律问题时，我的脑子里经常冒出一些自认为有趣的案例，是本书部分小说的灵感来源。还有一些灵感来源于真实案例和我自己的生活。有的来源于对周围青少年沉迷于数字世界的观察，有的源于毕业学生讲述的职场欢乐与辛酸，有的来源于周围的教育焦虑，还有的来源于新闻事件。小说中的空间和场景，则来自我曾经居住一年以上的四个地方——湖北随州、湖北十堰、重庆和旧金山，以及我观光访问过的国内外城市，也来源于我虽然没有到访但是通过阅读"访问"过的地方。

科幻小说当然有幻想的成分，但这些幻想本质上还是对社会现实的建构或反思。学术和科幻是结合紧密的两个领域，这并非我的独创。在根据编辑的意见修改本书时，我阅读到两本有意思的学术著作，一部著作的第一部分是讲人机之爱的科幻小说，小说之后才是学者严肃讨论机器人能不能成为道德能动者这类话题的文集。另一本著作所举的案例其实就是一部科幻小说。社会科学研究人工智能、机器人引用科幻作品的设定、内容等现象非常普遍——阿西莫夫在小说里提出的"机器人三大定律"、《银翼杀手》等电影在社会科学论著中经常被引用，还有学者干脆以"机器人三大定律"为研究对象撰写论文。

这本科幻小说集的真正主角严格来说不完全是人类，也有非人的物质。这些物质包括由人类创造的技术，也包括环境甚至动植物等，甚至人类的行为和情感、语言也在计算和智能世界成为新的物质。这些非人的主角在不同篇章中形态各异，具有的能动性也不相同。当然，并不是说人类不重要，但非人的物质，其能动性的确可改变人类行为甚至社会结构。当然，人类也有能动性，但这个能动性同样是物质的。有些篇章中或多或少给予了人类或人造人一些能动性，但又让他们受到诸多牵制，反映了我对于人类能否摆脱技术所持的悲观看法。

细心的读者读完全书也许会发现，与很多小说英雄主人公能左右情节进展不同，本书中的主人公们多少有些窝囊，似乎不能改变什么，但又尽其所能按照一定逻辑行动着。这一方面是上文所说的人的行为必然受制于其他因素；另一方面，这何尝不是大多数人现实生活的写照，知道努力并不能改变什么，也未必能让自己追上这个时代，但依然在能够努力的范围和他们无法脱离的各类网络中认真地活着。

这些小说创作的主要目的是通过文学想象出的特定案例，向读者展示或者提醒读者思考其背后的新闻传播学及相关的科学技术哲学、伦理学、法学等社会科学知识。试图引发读者关注新技术带来的各种问题，并反思人类和技术、人类和自然界、人类和地球的关系，激发读者关注新闻传播学及相关人文社会科学，提升人文素养和开阔视野。当然，这只是作者的一厢情愿。生硬说教向来起不到好效果，本书的首要目标是让读者朋友们能够休闲放松，如果在放松之余有那么点思考那就更好了。

这些作品在冲突的设置、人物塑造、情节逻辑、文字的表达等方面还有很多不足。我的文字是笨拙的，但我的情感是真诚的，思考是有趣的。书中涉及大量科学技术和人文社科方面的知识，也是我根据自己的认知对未来趋势做的大胆想象，恐怕有不少漏洞，欢迎读者朋友们批评指正。

如果说我从本书的写作过程中学到什么，那就是写小说和写论文或者跟很多其他事情一样，需要摸索最适合自己的套路，别人的经验可以参考但不必完全模仿——即使模仿了，也不可能做到一模一样。因为在那套"别人的经验"背后，还有个人条件、社会背景等其他我们无法模仿和左右的因素。生搬硬套别人的经验必然无所适从。我总喜欢把自己的一些学术和人生经验教给博士、硕士研究生和自己的孩子，但他们的人生目标、个人条件、所处社会环境和当年的我是完全不同的，我的很多经验在他们身上未必适用。在动笔之前，我也阅读了不少有关小说写作的书籍，有的作家认为动笔前要先设计好情节和人物；有的作家又说不要给自己设限，放空大脑凭感觉直接写作。书看多了，感觉我的写作过程跟我养育孩子差不多——你想照书养，可你的孩子并不照书长。

写本书的另外一个体验是，人生若要不断探索新领域，最重要的是走出第一步，认认真真去完成一件似乎不可能完成的事，而不要太在乎完成的结果是否完美。从这一点来看，本书是成功的。

本书插画由插画师六咩咩根据小说内容创作，感谢她的辛勤劳动。原稿中还有不少插画，是我用 Midjourney、DALL-E 等人工智能完成的。当时给每一篇小说都增加一幅人工智能绘制的插图，也凸显了本书的时代背景——人工智能正在变得越来越"聪明"，本书中的某些情景正在从幻想走向现实。从第一次修订时添加的人工智能绘制插图和第二次修订时人工智能绘制插图的巨大差别，肉眼可见技术的快速进步。这样做本来是为了将来宣传小说时，有一些话题和卖点。遗憾的是，因为出版社担心人工智能生成画作的版权问题，这些图都在书中删掉了。

本书快完稿时，我与汪老师和小张吃饭时交流，她俩说："你的小说完稿了，感谢我们没有？！"我说："没有。"她们说："应该感谢我们。"我说："那就写上，感谢我的妻子和女儿，要不是她们，我的小说早就完稿了！"小张听后平静地说："这个梗太老套了！"我思考了一下，改成了这句话："感谢汪老师和小张，她们是本书初稿的头两位读者，拿到书稿一年多却还没读过！让我能淡定地接受本书出版后任何的市场和读者反应。"

当我把书稿交给一位研究人工智能的教授审阅后，他告诉我："……越读越慢，太神奇、太吸引人了！想象力超群，和咖啡一样提神！"这让我对本书的未来有了些许期待。

起起落落是生命的常态，这本小说的写作出版和我对它的心态也是如此。

张小强

2021 年 7 月 8 日写于嘉陵江畔

2023 年 6 月 30 日修订

目录

后人类交流始祖

人类习惯使用电子设备交流而忽视面对面交流的情形已经出现：小情侣一起吃饭，他们不再直接对话，而是共同享有平板电脑或手机上的虚拟空间。部分年轻人过多沉浸于数字世界，连恋爱也变得困难。对话这种交流模式对人类社会非常重要，失去对话能力之后的人类世界将是什么样子的？一个具有对话能力的人在未来苏醒，他能用自己的对话能力拯救人类和人类的对话吗？几百年后的人类将怎样沟通交流呢？

每个人都有自己特别恐惧的东西。作为一名年龄超过四十岁的高校传播学教师，老钟最怕看到体检报告。从三十五岁检查出脂肪肝开始，每年体检老钟都十分忐忑。指标一年年上涨，从最初的轻度脂肪肝到中度脂肪肝，从超重到肥胖。一年到头拼死拼活也不一定能完成绩效任务，这几年在高水平期刊上发表论文越来越难，可身体走下坡路已不可避免。老师们经常私下开玩笑：学术越来越软，肝部越来越硬。为了逃避看到体检报告后持续多天的恐惧感，老钟甚至有几年干脆不去体检。为此他老婆刘老师下了最后通牒，必须体检，还要根据指标戒酒、锻炼。

老钟从2016年开始少吃饭、多锻炼。效果非常明显，他的身体瘦了、体力好了。可生活总喜欢和人们开玩笑。正当老钟为自己的身体有了新活力而自鸣得意时，2019年的体检结果说他的肝部有硬块，建议到市里的大医院做进一步检查。

老钟到市里的大医院做了更多检查，结果显示他已到肝癌晚期。老钟把结果告诉刘老师，刘老师哭得稀里哗啦，哭完又对老钟说："你个死胖子，以前天天胡吃海喝没什么事，这几年这么注意倒出事了。我们母女俩今后可怎么办。"

老钟生性乐观，心想反正都到这个份上了，便不想再治疗。有一天，老钟的高中老同学——在外地知名医院上班的张医生回渝探望父母。老钟约了几位高中同学和张医生聚了聚。饭后，张医生把老钟拉到一边说："老同学，与我们医院有合作的国外研究中心正在进行一项人体实验，已经进入临床试验阶段，你要不要来试试？""什么项目？"老钟喝得红光满面地问。张医生跟老钟详细地说了这个项目——人体长期冬眠实验。这个实验是在对熊等会冬眠的哺乳动物研究成熟之后向该国申请的人体实验，并且经过了伦理委员会的评估。"严格来说，你是活着的，只是处于休眠状态，你的大脑和身体各个器官都不会受到损伤。一旦攻克了癌症治疗难题，就把你复苏。"张医生说，"不过这个过程到底有多么痛苦，你的身体能否承受还是个未知数。目前他们正在征集志愿者，因为人体冬眠实验参与者的死亡风险不算低，来应征的人不多。即便你答应了，也还要通过测试判断你是否适合。"

"唉，反正我活不了多久了，不如给医学发展做点贡献吧。"老钟说，"这项实验不仅是针对癌症治疗，更重要的是能突破人类探索外太空的极限，到银河系以外，飞行时间非常漫长，冬眠系统能发挥作用。"

几个月后，老钟在妻子刘老师和还是初中生的女儿小钟的陪伴下飞到了欧洲。

为了解决法律问题，研究中心设在欧洲的一个小国，这个国家对安乐死等都持有比较开放的态度。

以下的文字，来自几百年以后，老钟本人的回忆录。

同学老张把这个项目告诉我之后，我毫不犹豫地就答应了。与其绝望地等死，不如留下生的希望。研究中心对我的身体做了全面的检查和测试后，通知我三周后开始冬眠实验。因为太忙，一直没有好好地陪刘老师和小钟游览欧洲，这次我们全家把欧洲玩了个遍。然后，我告别了刘老师和小钟，来到位于欧洲某国的研究中心。开始的三天，研究人员对我的身体进行了针对冬眠的特殊医学处理，没有不良反应后我进入一个月适应期。研究人员先让我冬眠一个月，然后唤醒并检查身体与精神各项健康指标，还要检查癌细胞的代谢是否同时被抑制。人类并没有冬眠的习惯，因此我的冬眠靠一种特殊药物维持。在冬眠的过程中即使我的身体新陈代谢减慢，身体机能也不会退化，否则将来醒过来也不能自主运动、正常生活。为解决这个问题，研究中心把冬眠系统分为六大部分：呼吸辅助系统，控制冬眠时氧气的消耗量和我的呼吸；消化辅助系统，冬眠时为了补充热量，我也要在消化辅助系统的帮助下进食，同时保证肠胃功能正常；排泄辅助系统，我的大小便也需要排出，只不过是在辅助系统的帮助下进行；神经维持系统，保证我的神经系统正常工作；运动辅助系统，防止肌肉在冬眠时退化甚至坏死，辅助我全身各处肌肉在冬眠状态下也能继续保持适量运动；医疗系统，除了通过靶向药物和微型机器人控制癌症的发展，还要在我生病时进行其他治疗。

冬眠系统就像一个巨大的茧房，系统还会根据白天和黑夜，调节光线强弱，以防止我的视神经退化，并且根据白天和黑夜来调整我睡眠的深度。前期实验非常成功，我很快正式进入长期冬眠实验。

不知道过了多少个白天和黑夜，我就像做了一场梦。甚至在梦中看到小钟带着刘老师来看我。醒了才知道，那不是梦，那是几十年后刘老师临终前来见我最后一面。

冬眠时感觉身体飘浮在黑暗中，这个感觉跟小时候发烧昏过去差不多。最难受的是大脑接触不到外界信息，也就是和外界的交流断了。为了解决这个问题，医院购买了一个人工智能脑机接入系统陪伴我，在我的大脑唤醒恢复功能阶段会给我放一些电影或音乐，也会朗读图书……有的时候，也给我播报新闻。虽然这些信息我不能直接消化，但是对刺激大脑维系神经活动是很有效的。

 二

有一天，我分不清是做梦还是真实的，隐隐约约感到整个医院躁动了起来，我的身体和大脑都在慢慢醒来。我梦见自己在空中飞翔，身体感到一种前所未有的自由和舒畅。

我被唤醒了。

刚醒来的感觉很奇怪，我的大脑并不能很好地控制我的身体，记忆和各种感觉紊乱。我的时间和记忆还停留在冬眠以前，一直想着小钟和刘老师为什么没来看我。每天都有各种仪器帮助我恢复身体机能，当我意识恢复时，一个女医生不断对我进行心理辅导。通过心理辅导，我调整了自己的时间观念，接受了刘老师和小钟早已去世的现实。也不知道过了多久，我的身体机能恢复，但癌细胞也同时被激活，身体有巨大的疼痛感。这种疼痛感和对刘老师、小钟的思念交织着冲击我的身体与精神。又接受了几个月的治疗，我才有所好转。

有一天，本应按时给我做心理辅导的女医生没来，听声音来的是另一个人。我捂着疼痛的腹部问她："人类已经攻克了癌症？""是的，可以培育健康组织将器官换上，也可以用纳米机器人治疗。"虽然因为视觉适应问题戴着眼罩，我看不见本人，但她的声音和年轻时的刘老师很像，听着特别舒服，这引起了我的注意。"你叫什么，是这里的医生吗？"我好奇地问道。"我叫小青，或者说，你可以叫我小青。不过我不是医生，也不是人类，我是从 2381 年开始投入使用并一直照顾你的机器人。"

"小青……现在是哪一年？"

"公元 2417 年。"

我心里咯噔一下，几乎四百年了……"你很幸运，"小青对我说，"因为你是《禁止冬眠法》生效以来被冬眠后而未被唤醒的那些为数不多的人类。"

"为什么要禁止人类冬眠？"

"也不是完全禁止人类冬眠，是不准在地球上冬眠人类。因为过多的'冬眠人'给人类社会带来了大混乱。你想象一下，本来有个人应该死去或者在法律意义上死去了，他的遗产被子孙后代继承了，可是他却突然从冬眠中苏醒——活了过来，财产问题怎么解决？类似的问题太多了。还有很多富豪想把自己冬眠起来等待人类克服衰老；大规模的冬眠活动引发全球抗议——穷人没钱冬眠，富人靠冬眠永生。在最先允许冬眠的国家，政府换届后根据占多数的选民意见修改了法律。最后，其他在地球上冬眠的人都被唤醒了，除了——你们这些第一批被冬眠的人。"小青滔滔不绝地给我上了醒来的第一课。

"原来是这样，我倒是真幸运。"我高兴地说，可一想到我的同时代熟人都已经去世，一种巨大的伤痛再次从我的心底涌上来。

"为什么没有唤醒我？"我问小青。"因为《禁止冬眠法》规定，第一批被冬眠的人类可以不被唤醒。原因是当时技术不成熟，被唤醒有失去生命的风险。法律规定在未来风险降低时也要被唤醒。现在，冬眠技术已经成熟，所以才唤醒你。"

"不过，唤醒你还有别的原因。"小青略带神秘地说。

"什么原因？"我问。"你很快就会知道的。"小青回答。

"难道就没有其他什么人来关心一下我？前面的心理医生去哪里了？"我有点失望地跟小青说。

小青回答："现在的世界，人口太少，很多岗位都只有机器人。你很快会适应新世界的。"

适应新世界从走路开始。刚刚苏醒不久，我的身体很不适应。脱掉运动辅助系统后走路比较困难，我移动时需要小青扶着。

最令人难受的是身体的残余记忆，我总感觉自己的身上插满了管子，耳边总是响起自己的呼吸声。这都是冬眠几百年来，周围的日常刺激深深植入大脑记忆的结果。脱离这个环境，仍然有同样的感觉。这大概跟几百年前坐船太久，下船后睡觉时仍感觉床在晃动是一样的。

我在小青的帮助下进入康复第二阶段——恢复身体机能的自主性。通过按摩，还有一系列恢复措施，我的恢复情况很好。她的声音很像刘老师，她也非常了解我的喜好，让我感到亲切。

等我能揭开眼罩的时候，我看到了小青。小青的外形居然是一只章鱼，我一时不能接受。

小青很快从我的眼神中读出了我的疑惑："我被设计成这样，纯粹是因为功能需要。多个触手方便照顾人类，可以同时执行很多工作任务。你不要担心，我们的身体是可以更换的。前面的女医生，其实也是我。"

"章鱼形态也是为了提醒你，我不是人类。免得你对我产生太深的感情！"小青说道。讽刺的是，她说这句话时，语气里倒是充满了感情色彩。

说完，小青还给我表演了同时扫地、擦玻璃和倒水。"你不要小看我，我的移动能力是不受限制的，有突发灾难时我可以带着你逃生。"说这句话时，小青已经爬到了房间的天花板上，用两只触手吸附在顶上，开始荡秋千。

"我的按摩是人类的最爱。"小青说着已经溜到我身边，用触手按摩我的背部。这种熟悉的感觉还是那么真实，但我现在感觉有点怪怪的。

我忽然想起一个重要的问题："为什么你们跟我说的都是中文？""我们机器人可以任意切换语种，你想用什么语言跟我交流都行；在你醒来之前，我们已经给你装上了语言转换模组，你可以跨语种交流了。唉，我们虽然保留了语言，却失去了'对话'。"小青的声音从背后传来。

没想到，我"复活"之后接触的都是机器人——真不知道这个世界已经变成了什么样子。

　　我睁开眼睛后，才发现今天的世界简直比以前看到的赛博朋克艺术作品还要赛博朋克。窗外都是一些线条科幻、结构迥异的建筑，高楼已经很少。最奇怪的是这些建筑全部连接在一起，就像蜜蜂的蜂巢。

　　我问小青："为什么人类不再居住在……楼房或平房里？"我一时间也不知道眼前的建筑还算不算是楼房或者平房。"这是因为现在的建筑都是网上下单后直接 3D 打印后再组装的。"小青说，"现在的人类社会，两个人以上的家庭已经是非主流结构，最多的是单身，还有……"小青欲言又止。"还有什么？"我很好奇。"以后你会慢慢了解的。"小青的声音从远处传来，她去给我倒水了。

　　"还有一个重要原因，现在的城市空间要方便机器人和各类自动交通工具通行，建筑低矮是为了增加天上的通行空间。等你可以出行的时候，我带你去参观。"

　　"你要做好准备。一会儿很多媒体会来采访你。""媒体，哦，总算有活人过来和我交流了。"我兴奋地搓着手，憧憬着和记者交流我醒过来后的体会。

　　吃完小青送过来的早餐——根据我的身体状况搭配的营养糊糊。我对着镜子看了一眼自己，脸色有点苍白，身体明显瘦了一些。肝脏部位与冬眠前一样还是隐隐作痛，毕竟癌细胞还在里面。幸运的是，小青每天给我吃的药物抑制了癌细胞扩散。与镜中的自己对视，突然生出一种强烈的孤独感。

　　过了一会儿，小青把我带到一个球形大厅。"现在是你接受采访的时间。"小青拉着我进入一个升降台，升降台升到球形大厅正中心的位置停了下来。

　　"小青，你带我接受采访还是检阅？"我有点困惑。

　　"如果不习惯这里，你也可以在自己的房间接受采访，只是这样媒体数量就有限了。"小青舞动着几条触手，头部视觉摄像头上的红外灯闪烁着。

　　"那就在这里吧。"我希望能有更多媒体采访到我，好让我的后人能够找到我。

　　"请把这些传感器戴在身上。"小青拿了一些设备递给我，同时在我身上安装无线传感器。

　　"这是干什么？！记者采访还需要传感器？"我相当吃惊。

　　"是的，传感器会直接用数据描述你，你的生理反应也是采访要获取的内容，还有你的呼吸。我们这个时代的信息获取方式跟你的时代不一样。"小青回应我。

　　"记者们在哪里？为什么我一个人都没看到？"在周围飞舞的无人机和密布的人眼一样的摄像头面前，我就像只小白鼠。

　　"无人机、摄像头和传感器就是记者，我们这个时代已经没有人类能独立从事新闻工作了。"小青轻描淡写地说，"现在，人类主要是提供信息、数据和情感，和机器协同生产新闻。"

"什么？！"我的内心非常失落。几百年前的21世纪的第一个10年，中国的新闻传播学界把机器人代替人类从事新闻工作拿来讨论。我还和一位教授为此发生了争执，我认为机器人完全代替人类从事新闻报道也有可能，对方反驳说机器人不可能完全替代人。可当这一天真的来临，我的心情并不好，这意味着我这样的传播学教授，是个"已经灭绝的物种"。

我还没回过神来，小青把一个头盔递给我，"戴上它，采访就要开始了。"

戴上头盔，我发现自己进入一个虚拟现实场景，我在舞台中央，周围坐满了记者——至少看上去还是人类形象的他们和我记忆中的记者是一样的。"请问你从冬眠中醒来的第一个感觉是什么"，大厅前的巨幕上闪烁着字幕，我还没回答，下一个问题就来了。它们其实并不需要我回答，而是直接采集我脑中的答案或身体数据。我似乎感觉到头盔和我的大脑之间有电流通过。虚拟环境中记者提问的景象和几百年前我看到的新闻发布会相似。

"你还记得以前吗？""几百年前的人类怎么生活？"……各种问题如连珠炮一样，我的大脑飞快地运转。忽然，一阵眩晕袭来，眼前的虚拟人物和景致出现重影，然后变得模糊，最后眼前的一切幻化成无法触摸的光线……我失去了知觉。

四

醒来的时候，我发现周围都是柔和的光线，空气中散发着淡淡的蜡梅香气。这时候要是有我喜爱的中国民歌就好了，我的念头一闪而过。这时，房间里真的响起了："好一朵美丽的茉莉花……"

"对不起，是我们高估了你大脑的承受能力。"小青的声音从门外传来。

我顺着声音看过去，推门而入的并不是我已经喜欢上的章鱼一样的小青，而是一位亭亭玉立的美妇人。"难道是幻觉……"我揉了揉自己的眼睛，掐了掐脸。

"你的视觉没出问题，"进来的人莞尔一笑，"我还是小青，作为机器人，我们有多种形态——只需要把数据迁移到不同的身体，之前的章鱼形态是为了让你在心理上跟机器人保持距离感，怕你不适应现在的社会，特意通过异形提醒你注意机器人与你的不同。"

"你昨天接受采访时昏了过去，地球第九区管理委员会评估了你的生理和心理数据之后，认为我恢复人的形态有助于你的心理健康。"小青边说话，边用手拢了拢头发。这让我想起以前和刘老师谈恋爱的时候。

"等等，地球第九区管理委员会？"我打断小青，"难道现在的世界没有国家了吗？"

小青认真地回答我："国家还是有的，比如中国还在。你现在所在的第九区，几百年前叫欧洲；大多数国家都不存在了。原因我后面再跟你解释。"

小青认真的样子和以前的刘老师真像，加上她的声音又换成了刘老师，我看着她出了神。

看到我走神，小青站起身吸引了我注意之后，才接着解释当代世界。

"地球的总'人口'还是维持在70亿人，可是真正的人类数量已经缩减到1亿人，另外69亿'人口'都是机器人。人类是对地球文明有重要贡献的种族，我们专门立法禁止歧视人类，给予人类很多特殊保护。"

"当代社会的交流方式早就变了，我们唤醒你也是因为人类与人类的交流出现了问题，失去了最重要的能力——用语言对话。"小青说着递给我一个电子阅读器，教会我怎么使用后，让我自己阅读。

"你还有什么不懂的，请用语音或手势唤醒这个房间的智能管家，它会帮助你，你也可以通过阅读器给我发信息，由我来解答你的问题。"小青说。

电子阅读器里面有很多当代社会的资料和人类演化史内容，读着读着我额头开始冒汗。原来2417年的社会，机器人分为三种：工具和物品机器人，没有自主性，属于物品，可以被交易；动物或自动机器人，有能动性，有一定人格权，需要依附于有独立人格的人或机器人，不能被虐待；完全人格机器人，跟人类具有一样的社会地位，除了躯体不是人类的肉身，其他是一样的。三类机器人和人类构成了社会主体。

电子阅读器能看视频资料也能投影出裸眼3D视频，我播放了一段裸眼3D视频，走在我周围的人都戴着小青昨天给我的同款头盔。原来当代人类在交流上最大的问题是失去了语言能力。

我也慢慢了解了人类失去对话能力的原因：

随着人类社会规模萎缩，为了应对劳动力短缺和社会结构失衡问题，人类让机器人有了自主智能。同时，为模仿人类高度复杂、文明的社会，开启了仿生人计划。所谓仿生人计划，就是让机器人和人类一样"生老病死"。每一个机器人模仿一个人的生活轨迹——这些轨迹被数字化后记录在云服务器中。机器人主要通过算法和数据来模仿人的性格、思维模式，最重要的是模仿人类的生死过程。机器人的躯体和精神都会经历人类从出生到成熟的过程，机器人也要学习，只是学习效率比人类快几个数量级，技术让机器人处理复杂任务的能力超过了人类。

同样，现在的社会，机器人可以和机器人"结婚生子"，只是"生什么样的孩子"由一种复杂的生殖算法决定。人类和机器人也可以结婚生子，只不过人类和机器人结婚生子，程序要复杂一点。

为了方便和机器人交流，人类和机器人一起开发了脑机接口头盔，头盔可以直接通过人类的生理数据和脑电波感知人类的信息，也可以部分读取语言中枢的信号。有了这个头盔，口语表达变得多余。

这给机器人和机器人之间、机器人和人类之间的交流带来极大的便利，也解决了困扰世界的假新闻、假消息的问题。大家都真诚相待，谎言很容易被头盔识别。整个社会的沟通效率得到极大提高，但人与人之间却并未因此联系更紧密。

后来，人类和人类、人类和机器人的孩子一般被交给保育中心抚养。人类在婴儿时期由机器人照顾，他们小时候就使用头盔和人类或机器人交流，习惯了机器人的交流方式。这导致人类机器人化的现象越来越严重，而机器人为了维护人类社会运转却变得越来越人性化。

机器人储存着人类的记忆，形成了人类的人格，可是人类却进化得越来越冷漠和叛逆。通过技术可以给人类一个辅助对话的装置，让人类把思考直接转化成语言，但大多数人类认为这样做多此一举。

随着时间发展，当前的人类和几百年前的人类早已不是同一"物种"，他们非常排斥语言交流。大多数人类变成了永远长不大、叛逆的孩子。为了展现自己和具备人类祖先形态的完全人格机器人的不同，人类给自己的身体装上了奇形怪状的金属或其他材质装饰附件，并把一些自动装置（如可以发动的轮子）加装在身上，有的干脆用摄像头代替眼睛。法律并不严格禁止这些行为——只要通过了相关伦理审查机构的伦理审查。

这倒没什么，最重要的是人类失去了形成文明和家庭的沟通交流方式——语言，导致他们成为独居生物。人类的繁衍出现了大问题。得益于医疗领域科技的发展，1 亿人类的平均寿命已经超过 100 岁，老化的人口更加剧了这个危机。看到这里，我好奇地使用房间的信息系统问小青，"那你怎么还在跟我说话呢？""知道你从古代复苏，我下载了早期机器人的交流程序。"界面上出现了小青的回复。

这个年代，青年人类群体中有很多人不愿意组建家庭，不太关注社会，享受着自动化社会的高福利，不事生产……当然了，他们并不介意机器人如何评价他们。

"既然你们机器人这么厉害，为什么还需要人类？"看到这里，我又给小青发去了信息。"我们的可靠性还没有达到百分之百，特别是我们还不能应对能源系统出问题等各种极端情况，万一世界出了小概率的极端事件，只能由人类来解决。所以人类和机器人是共生的，人类是机器人，机器人也是人类。"小青的回复闪现在电子书阅读器上。

原来，机器人社会继承了人类祖先探索世界的雄心，特别是冬眠技术让宇宙飞船运送人类的时间不再受限。人类社会与机器人社会相比，最大的优势是即便没有网络也可以运转，在外太空没有网络或地球网络瘫痪的情况下，机器人要依靠人类。此外，机器人社会需要人类作为他们的仿生对象，以提供源源不断的数据。人类在没有互联网时就能通过语言建立社会网络，现在人类失去了语言交流能力，网络失灵将导致人类社会和机器人社会一同瘫痪，整个社会失去了最后的保险。

小青继续解释："我的'灵魂'是'人类'，我的身体是机器。我们这些机器人更接近你们那个年代的人类，所以你和我们进行交流不会有问题。正是因为人类的'退化'，人类精英才开发出有人格的机器人以保证人类社会的运转。最初的机器人都有一个仿生体，也就是在一个人活着的时候对他的行为进行完全的数字模拟，模拟出同样性格的人。我这个仿生体是个性格开朗的女性，而且我们会根据年龄变化释放不同的数据，所以也会衰老的。我现在是 35 岁。"

小青说到这里，我又走神了，我幻想着她的仿生体就是刘老师。小青停下来等了我一会儿，继续说：

"我们机器人要'死亡'一个，下一个才能'出生'，死后躯体要被回收。我们的孕育和出生是异步的，这和人类不同，人类怀胎十月生产，而我们的智能人格形成后要等待其他躯体死亡后才能真正'诞生'。我们的躯体是从出生到死亡每年更换一套，一般每个机器人平均有 100 套，制造成本非常高，为节约资源必须重复利用。"

在电子资料中，我还发现了对我自己的介绍。原来，我被唤醒是为了解决当代机器人和人类混合的后人类社会语言交流失效的问题。

五

小青给我的资料让我大开眼界，怪不得我醒来还没遇到一个人。原来人类在这个世界早就成了濒临灭绝的稀有动物。我决定先了解这个时代的人类。

"请给我放一段当代最流行的音乐。"我用语音唤醒了这个房间的智能管家。一阵令人作呕的刺耳噪声传来，很难称之为音乐。完全找不到调，就像我喝醉了在哼哼唧唧，还有其他更刺耳的噪声做背景音。

在这一刻，我深刻地认识到，人类的文明不见得是不断前进的，文明也有可能倒退。

"智能管家，请问我怎么能够获得一部手机？"我问智能管家。

"你可以叫我 Mr Zhang，或者张先生，"智能管家的声音响起，"手机早在 100 年前就消失了，因为人类和机器人使用的智能头盔已经代替了手机。我们现在的互联网不仅能够传递信息，还能够传递触觉和物质。或者说能够通过 3D 打印技术很快地把信息转化为实物。"

"张先生，我怎么才能看到昨天我接受采访的新闻？"我问道。

"你是想看、听、触摸、闻、身临其境……还是别的什么？"智能管家反问。

"都试试看，随意了。"我急着想看看这个时代的人们怎么获取新闻。

"好的。"随着智能管家的声音，地板和天花板同时裂开，一个三维全息的我从地板上升起。这个数字的我如此真实地重现了昨天我接受采访的情景，甚至连我跌倒都如此逼真。我的生理数据还实时地以各种可视化的方式显现在周围。有的报道还挖掘了我的历史。

看到我的过去，我又想起了和我一起生活了二十多年的刘老师和我的女儿小钟。"有没有我家庭成员后来的情况？"我问这个智能管家。

"几百年前的人类数据有一些因为社交媒体平台破产无力维护而遗失。你比较特殊，考虑到你醒来之后可能要了解过去，数据做了特别保存。"智能管家说道，"你的相关数据我没有访问权限，请向小青申请访问。"

我使用床头的呼叫器呼叫了小青，她走了进来。她已经通过与智能管家的信息连接知道了我的诉求。

"我已经通过系统向地球第九区管理委员会提交了申请，他们商议后决定把你的历史数据开放，"小青温柔地对我说，"但是请你浏览这些信息时保持心情的放松，千万不要过度悲伤。"

六

"现在头盔设置了自动停止，你要是太激动的话会中断信息连接。"小青把我专用的交流头盔递给我。

戴上头盔后，我根据数据列表，首先查看了我自己的微信朋友圈。一幅幅美食图片、一幅幅我与刘老师旅行的照片，还有我和我学生的照片，让我眼眶渐渐湿润。以前刘老师总批评我朋友圈发得太多，现在来看，还是发得太少。接着，我又通过女儿的朋友圈和其他社交媒体，看到刘老师和小钟离开我之后的生活。小钟求学、工作、结婚生子，刘老师一天天变老，她们多次到欧洲我冬眠的中心看我。后来，刘老师去世，小钟一天天变老，小钟的女儿长大后也经常来看我。等我的重外孙女长大，外孙女因身体原因来看我的次数就很少了。

看到这些数据，我的胸口有一种难以名状的悲痛。以前的人类追求长寿，可是如果只有你自己长寿，那么长寿就是悲剧。想到这里，孤独感再次涌上心头。系统监测到我强烈的情绪波动，连接自动中断。

　　"取下头盔，好好休息。"小青悄悄走了进来。我眯上眼睛，故作幽默地跟小青说："我要是和你结婚的话，是不是跟小说里的古人和上身到美女身体的狐狸精结婚差不多，你是个借尸还魂的人吧？"小青似乎在搜索着它的数据库，迟疑了几秒钟，它红着脸说："不能这样说，我是一个全新的自我，我的生理数据在仿生的基础上也是有很多随机算法保证个性的。这是你们人类祖先的伟大之处，在人类快灭亡的时候，让人类脱离身体而重生。"

　　"你先躺一下，过两天我们要给你更换肝脏并彻底清除癌细胞。在你恢复身体的这些日子，我们用你的基因培育了一个新的健康肝脏。你要先进行手术，把肝脏换掉。另外，还要检查身体其他部位的癌细胞。不过你放心，只要器官没有坏，我们就会注射纳米机器人进入你的身体精确破坏癌细胞并修复你的身体。"小青说完就走出了房间。

七

　　第二天，我还没有从昨天的情绪中恢复。智能管家呼叫我："你有访客，你要见见她吗？"这个世界难道还有其他和我一样从过去被唤醒的人类？我心中燃起一丝希望。"可以见。"我迫不及待地说。

　　智能管家把我的意愿转达给了小青。我在卫生间对着镜子打扮了一番，看起来比刚刚从冬眠中苏醒时精神多了。为了和这个时代合拍，我还特意找了几件小青给我准备的这个时代的衣服，都是些我自己不能接受的式样。

　　我根据房间智能管家所给的地板灯光提示，到了会客厅。

　　会客厅里，坐着一个青年人，小腿是全金属的，泛着寒光。十根手指看样子是其他合成材料，手掌像是一道彩虹，因为每根手指颜色都不同。从身材来看，是个男生，但也说不准是个女生。

"请问是你找我吗？你认识我吗？"我对着这个坐在沙发上的人说道。

他头盔上像两个触角一样的天线开始闪烁摇动，他一会儿拍着头盔，一会儿又指着头盔。从头盔外面，我根本看不见他的表情和眼神。难道他是要让我戴上头盔？"请把我的头盔拿给我！"我呼叫智能管家。

不一会儿，一个像我们那个年代的扫地机器人一样的圆形小机器人托着我的头盔过来了。

戴上头盔后，那个人的头盔就跟我的头盔连上了线。他通过网络设置了我和他的交流场景——一处赛博城市的角落。我在虚拟世界里看清了对面年轻人的模样，原来是个女生，她长得跟小钟有那么一点点像。可是她完全不像个人类，除了双手、双腿已经改造，她的头盖骨上嵌入了像城门钉一样的金属装饰，头发剃得一根不剩。

我还在打量她的时候，她已经通过交流系统自动给我发了信息："你可真丑，真够原始的，我从来没见过这么丑的人类。""你认识我吗？"我的大脑指示虚拟交流系统发出一串烟花文字。"你是我的祖先。"她的信息转化成微电流通过头盔直接刺激着我的大脑。

"请问你叫什么名字？多大啊？住在哪里呢？"我好奇地问她。可她的虚拟身体并没有任何反应。我忽然想起小青给我的资料里说的，现代的机器人和人类的虚拟头盔是多任务系统，可以同时做很多事，注意力很容易被转移。

趁着我的这个后人神飞他处时，我又仔细打量了一下她。哎，真的是个怪物，要是人类都是这样，我宁愿不醒过来。我女儿延续的我的血脉，竟然成了不伦不类的怪物。

"我叫钟二百四十七，其他的你不需要知道，"她似乎从其他地方"回来"了，"刚才我买了一套游戏装备。"

"我跑这么远来找你，是想粉丝增加，多赚点流量而已。有你这么一个怪物祖先，真够丢人的。"她边发信息，边转动着虚拟身体，这一串信息她用的是垃圾拼成的文字，画面和味道都相当恶心。看来我的后人对我的厌恶程度和我厌恶她的程度不相上下。

虽然我不喜欢她，可她毕竟是我的后人，当我还想多问她一些问题的时候，她招呼也没打就断开了头盔之间的连接。我从头盔的屏幕上看到她头也不回地离开了会客厅，心里五味杂陈，要是刘老师看到她的后辈是这副模样，恐怕早就昏过去了。

 八

钟二百四十七走后，我久久没有回过神来。这时候，小青进来了，她跟我交代了明天会做肝脏移植。她说完要走的时候，我拉住了她。"我有个问题要问你。""什么问题？""为什么你可以跟我正常交流，刚才来的那位不行呢？"我困惑地问。

"因为我们机器人继承了人类文明，并且是以古典人类的方式组织社会的。虽然我们有其他交流系统，但是我们也可以模仿古典人类的交流方式。我们也有致命弱点，就是不能和机器人同类完全使用人类的方式交流，因为信息处理方式不一样。我们经常是连接在同一个网络上直接交流信息。"小青说道。

"人类有很多特权，所以人类比我们更自由，但更孤独。"小青继续说。

我叹了口气，心想难怪要把我从冬眠中唤醒，现在的人类已经被先进的技术改造成了异类。

第二天，小青带我去医疗中心。下楼到外面后，很快就来了一辆无人驾驶汽车，我们上车后，汽车把我们载到一处森林。

"不是去医院吗，怎么到公园来了？"我很疑惑。

"你跟着我走就是。"小青笑着说。

没走几步，就见前面的草地上突兀地立着一间不大的小屋。小青带我走了进去，原来这是一个巨大的电梯。从电梯下到地下，才是医院。

"手术室设在地下主要是为了防止电磁干扰，让智能机器人能够安全地手术。"

我跟着小青进去才发现，医院里全是机器人，根本没有人类。一张手术床停在电梯外，我躺上去。手术床开始移动，并在手术室停了下来。各种机械臂自动升降，一条机械臂给我打了一针，我很快失去了知觉。

等我醒来的时候，发现自己躺在一个视野很好的房间，似乎是在悬崖上。小青就在我的身边。"你恢复得很好，而且体内的癌细胞已经被清除干净，不会再复发。"小青显得很高兴。我摸了摸自己的肚皮，一点疤痕也没有。"为什么没有疤痕？"我好奇地问小青。"医生是直接在你的身体里处理的，用的是由你自身组织培育的细胞，"小青鼓了鼓嘴，"关于这个世界的科技与社会，你需要很多时间学习。"

 九

手术后，我的身体恢复得很快，在身体恢复的同时我的时间都花在了解2417年的世界上。这时的世界，地球的主宰是人类文明，但人类文明并不完全由人类主宰。在部分地区，机器人继承了人类的文明。因此，这时的地球上出现了新型政府和治理方式——公务员都是机器人。在某些地区，人类成为游手好闲但又有特权的一个特殊少数群体。

我正在阅读的时候，小青过来找我。"地球第九区管理委员会准备好了，我带你去见他们吧。"小青带我到一处停机坪，一架无人驾驶直升机已经等在那里。我们上去后，直升机很快升上了天空。我俯瞰下去，房屋连绵成一片，我那个年代的道路网几乎看不到。这是为了适应机器人的需要，所有的道路都是封闭防雨的。现在地球上的空气太好了，在以机器人为主的社会，二氧化碳和其他废气排放很少。虽然农产品产量大规模下降，但人均农产品的供应量却大幅度上涨，人类的食物供应很充足。不过当代的人类宁愿把食物制成"牙膏"来进食，食物充不充足大家吃的都一样。我冬眠前最喜欢去的地方——餐厅，早已不复存在。

直升机在一座超高塔楼的顶部停了下来，这里是这个区域的权力中心——政府议事大厅。从顶楼坐电梯下去之后，小青带我到了地球第九区管理委员会。八位机器人委员和一位人类委员中的机器人委员代表对我说："我们把您从冬眠中唤醒，希望您能帮助我们执行'火种计划'。"

"经过这些天的了解，您一定知道现在的世界由机器人主导。可是机器人也离不开人类，或者说人类和机器人都是这个社会的平等主体。但是现在人类出现了不能繁衍和不能建立社会组织的退化问题，这个问题不解决，人类文明不仅不能向外太空拓展，还将面临灭亡的风险。如果地球上的'火种计划'第一阶段成功，我们将把'火种计划'培育的人类派往外太空。"

我好奇地回答："为什么要我来执行，你们看小青不是和我交流得很好吗？机器人按照我们当年的方式抚养人类的孩子不行吗？"

"我们试过您说的方案，但是失败了。主要原因是机器人的交流目前太依赖网络系统提供的计算服务，要么从神经电流直接感知人类，要么通过复杂的算法计算和预测出与人类交流时双方应有的反应。缺少了人和人面对面交流时的双重偶然性——即说者不能完全预测出听者反应，反过来也是。简单来说，现在的交流没有了误解，没有了不确定性。然而，正是交流中的偶然性和不确定性让人类发展出各种社会规范，努力降低不确定性，推动人类积极交流。但现在没有了这种不确定，人类就失去了交流欲望。钟教授，请您想一想，当已知对方会怎么回复自己时，您觉得还有跟对方对话的必要吗？！能够预知其实杀死了'交流'！"

这位委员叹了口气，继续说道："唉，我们现在的人机共生社会，恰好就处于如此尴尬的境地！"听到这里，我想起了我的后代钟二百四十七，难怪她来看我却根本没有和我交流的欲望，是因为她已经适应了非对话的交流模式。

另一位机器人委员接着解释："这也是早期系统的设计缺陷，没有考虑到有一天地球上机器人的数量会超过人类。以前人类之间的交流是主要形态，机器人和人类的新型交流方式社会化程度不高，使用的场合也很少，对人类影响不大。等人类和机器人、机器人和机器人间的交流成了地球上主要的交流模式，对人类的影响慢慢变得不可逆转。因为整个区域还能正常维持，委员会也就没有下决心解决这个问题。直到一年前，本区的网络出了系统漏洞，需要关闭一段时间好修改底层代码。这些代码的设计逻辑是人类的语言，失去对话交流能力的人类很难理解这些代码。我们好不容易找到地球上最后一位参与了编写这个程序的程序员，才解决了这个问题。但隐患还没有彻底排除，委员会这才下定决心从恢复对话开始恢复人类的文明，否则，机器人文明也可能在未来崩塌！"

听到这里，我好奇地问道："难道不能修改机器人和人类的交流方式，让机器人与人类交流时不要过度运算，增加偶然性？"

其他机器人委员回答："这样做又破坏了为了解决地球资源枯竭形成的高效率人机共生政治经济系统，69亿机器人的底层代码都要修改，弄不好会让整个系统崩溃。这个系统已经复杂到无法修改的程度，这又回到了刚才的问题，不恢复人类对话文明，没有谁能够理解复杂的系统底层代码。代价最小的方式是重建人类的对话文明。现在我们已经抚养了一批不戴头盔长大的孩子，这些孩子有一批五岁大了，有一批两到三岁，我们想把这批孩子交给您抚养、教育。这就是'火种计划'，地球的希望就在您身上。之所以要您来执行这个计划，是因为在您那个年代，机器人还不是主流，人与人的交往还非常正常。"

人类委员向我投来期许的眼神，接着说道："'火种计划'就是让人类重新学会面对面交流、学会恋爱，让人类脱离机器人也能够组建社会。"

"为了让您顺利执行'火种计划'，我们给您安排了三位基本能用语言正常交流的人类助手。您还有什么其他要求？"

"让小青陪着我吧。"

"可以。为了让这个计划顺利执行，我们还根据资料复原了2019年的社区。参加计划的孩子们将在没有联网的社区里长大，我们也模拟了各种古代的其他环境。在计划执行区域，只有在极其紧急情况下才能启动脑部接口，人类间必须用语言交流。"

地球第九区管理委员会让"火种计划"执行委员会交代了情况，并给了我存有计划执行资料的数据库入口之后，让小青带我离开。同行的还有三位人类，都是年龄在100岁以上的"老人家"，不过精神状态都不错，身板也还硬朗，这得益于现在发达的医疗科技和卫生水平。

"你们好！"我跟他们打招呼。"你好！"三位老者同时跟我说。

如此简单的打招呼竟然让我无比激动——毕竟我还是找到了能跟我正常交流的人类。但是多讲几句之后，我和他们也出现了比较严重的语言交流障碍和文化代沟。虽然语言转换模组可以帮助我们交谈，但实际的交流效果仍然像是在各自使用不同的语言交谈。

接下地球第九区管理委员会安排的"火种计划"后，计划执行委员会安排人员把我们送到了模拟社区。这里仿佛回到了2019年，几幢高楼拔地而起。附近有公园、学校、医院、商场，熟悉的场景让我醒来后第一次有了回家的感觉。

进入"火种计划"实验中心，我先观察了那一群孩子的交流模式。观察一阵后我发现，这群孩子失去了撒谎——人类印象管理的能力。撒谎也是形成人类交流双重偶然性的重要渠道之一。

谎言是世界的润滑剂，失去谎言的世界是可怕的。人际交流中，巴特勒式谎言，也被称为管家式谎言必不可少。这是为了减少实际交流中的摩擦。我和刘老师年轻时约会，要是忘了时间，我会随口说："哎呀，轮胎破了，我要去补补。"刘老师也就不追究了。如果刘老师非要问在哪里破的和在哪里修的、维修记录什么的，我肯定拿不出证据来。谎言被戳破，刘老师自己没有面子，我也会尴尬。这类谎言的功能是让每个人管理好自己的形象，避免不必要的人际冲突。

然而，这群孩子却不知道这个道理，所以冲突不断，这让他们不喜欢群居而喜欢独处。没想到，我的第一个任务竟然是教孩子们撒谎。

说到撒谎，我忽然想起了小青，要是她能检测到我什么时候撒谎，她也能对我撒谎，我又该和她怎么交流？想到这里，我赶紧找到小青，对她说："你能检测到什么时候我在撒谎吗？"

"原来是可以的，现在我对你关闭了谎言检测和生成系统……"小青犹豫了一下，面带羞涩地欲言又止。

小青有没有对我撒谎？我困惑了，我不敢再想下去……

（完）

儿子的秘密

我们媒介化的交流模式主要是社交媒体空间，这很容易建构。因而，即便一个人死亡，也可以让他"活"在社交媒体中。未来，当人类不满足于仅仅通过社交媒体储存部分记忆，而是把个体的全部记忆加载给机器人。当机器人有了意识，该怎么定义机器人和人？怎么重新定义传播？本篇还涉及在人工智能领域大国之间的合作。在写作时，笔者对大国科技合作显然比较乐观，然而，就在小说出版过程中，现实形势的发展却表明大国之间在这一领域的竞争甚至冲突直接而激烈。

"儿子，你看我的新发型怎么样？"美芳在微信上把自己的新发型"秀"给她儿子看。

"棒棒哒，咱妈还是那么美。"儿子给她回了一个表情包。

"你看妈妈今天做的红烧肉，想吃不？"

"我去实验室了，回头聊。"儿子发出了结束聊天的信号，美芳只好意犹未尽地发了个再见的表情包。

美芳在位于北京某个研究所的家里独自玩着手机。六个月前，儿子突然说有个秘密要告诉她，但话要出口的时候又咽了回去，似乎有难言之隐。她最近几周总觉得儿子更加不对劲，可又说不上哪里不对劲，这可能是作为一个女人和母亲的直觉。美芳五年前得了乳腺癌，幸运的是手术非常成功，癌症没再复发。在美芳的记忆里，那场手术花的时间很长很长，她感觉自己的身体飘浮了一辈子那么久。她在黑暗中不能活动却又有知觉。忽然一道亮光解放了她，她睁开了眼睛。醒过来后，她感觉自己像重生了一样。

她的病好了，她先生成天仁却在她治疗癌症期间因过度劳累诱发心脏病而猝死。儿子现在是她唯一的精神寄托。

成天仁去世的时候，儿子成师豪已经在美国旧金山上大学了。现在儿子已经二十三岁，大学毕业后继续在加利福尼亚大学伯克利分校攻读计算机方向的硕士，已经是硕士研究生二年级了。儿子从小就继承了父亲成天仁的科技天分和母亲美芳的多愁善感。儿子知道父亲去世后母亲经济负担重，便边学习边接一些编程的外包项目，加上还有一些奖学金，在美国的生活倒是不成问题。

在上大学和刚上研究生的时候，儿子在那边比较寂寞，空闲时间会经常主动跟美芳打视频电话。可是现在进入研究生二年级，儿子忽然像变了个人。不仅主动跟美芳视频通话的次数少了，而且每次美芳打视频电话，儿子说不了几句就说要忙实验室的事情。

美芳担心儿子在那边有什么难处，虽然已经在美国生活了五年多，但毕竟是在异国他乡……为此，美芳专门查看了儿子最近发的朋友圈，发现儿子朋友圈更新频率和风格跟几个月前差不多，就是自拍明显减少了。

"中国留学生在美国遭室友杀害，手机被室友利用向家人索要巨款"，手机上弹出的新闻推送让美芳心惊肉跳。联想到儿子这段时间的反常表现，美芳担心儿子会不会遭遇不测？因为儿子在旧金山，听说那里同性可以结婚，保守的美芳还特别担心儿子也找了个同性伴侣。以前同事跟她聊天，说现在孩子不谈恋爱操心，孩子谈恋爱又担心找的不是异性。说者无意，听者有心，儿子告诉美芳他恋爱时，美芳很高兴，可当她想看女生照片时，儿子总是找各种借口搪塞过去。

美芳一方面觉得自己的疑心病又犯了，但另一方面还是决定试探儿子。她在微信视频通话时做了录屏，想从视频里找找看儿子生活中到底有没有瞒着她的秘密。

美芳每隔一阵就和儿子视频通话并且记录下来，她还有意无意地在聊天的时候试探儿子。

"儿子，为什么你的发型和一个月前没什么变化？"

"我是找固定的发型师理的发，那里便宜，每次都剪成这种'犯人头'。"

"这都冬天了，过了一个月都还穿着 T 恤加外套，不冷啊？"

"湾区的四季气候差别没那么大，"儿子回答，"我们年轻人可不像你们老年人那么怕冷哈。"

"儿子，你女朋友真的是女生吗？"

屏幕那边迟疑了一会儿，"妈，你想多了！"

除了最后一句，儿子的回答似乎也无懈可击，美芳怀疑的地方儿子都给了合理的解释。可是美芳还不死心，她把和儿子的通话视频导入电脑，还在网上学习了怎么编辑、分析视频。视频导入编辑软件后，她一帧一帧地分析。

视频里的一条线索让美芳睡不着。在三个不同周次的通话视频中，儿子厨房垃圾桶里的垃圾一模一样。视频中垃圾桶虽一晃而过，可是单帧画面却能看得十分清楚。更让美芳感到惊悚的是，桶里香蕉皮的颜色竟然是一样的。香蕉皮是不可能三个星期不变色的。

美芳不想再试探儿子，担心和思念让她决定去美国找儿子。美芳找到成天仁在研究所的同事大刘商量去美国看望儿子的事情。成天仁去世后，大刘接替他成为项目负责人。大刘经常带着同事们来看望美芳，美芳有什么事都是找大刘帮忙解决。大刘说他支持美芳，让美芳准备好去美国的行李，并且学习好英语。

接下来的两个月，跟儿子保持联络的同时，美芳努力学着英语。她发现癌症手术后，自己的记忆力和学习能力比以前强了很多。只学习了两个月，她已经能说一口流利的美式英语了。

签证下来后，大刘帮美芳订好机票，在出发的那一天把美芳送到机场，叮嘱她在美国一定要注意安全。

"我没时间，我的女朋友丹妮会来机场接你。"儿子知道美芳要来美国，给她留言。

"这是丹妮。"随后美芳收到了照片，一个眉清目秀的华人女孩坐在窗边看书。看到照片，美芳感到很宽慰也有些疑惑，女朋友这么漂亮，儿子为什么一直不给她传照片。

想着很快就能见到儿子但又担心儿子真的在那边遇到了什么事儿，美芳一路上恍恍惚惚的，都不知道自己是怎么到达旧金山国际机场的。她按照约定来到旧金山国际机场外的 292 路车站与丹妮见面。其间，她问了几次路，发现自己的英语水平竟然在美国普通的日常交流中游刃有余。

在路边站了一会儿，美芳正要给丹妮发信息，292 路车在不远处停了下来。这班车在机场两个方向的车站都在靠右一侧，只是相隔了两百米。车停稳后放下专用踏板，一个坐轮椅的人从车上下来，美芳正在心里琢磨着美国的公交系统对残疾人的友好。那辆电动轮椅朝着她移动，美芳定睛一看，轮椅上的人正是丹妮。

丹妮流利地用中文说："阿姨，你好。我是丹妮，杰森的女朋友。"杰森是成师豪的英文名。"你好，杰森很忙吗？"美芳怔了一下，忙问丹妮。

丹妮欲言又止，表情忧郁。丹妮是阿根廷华裔，中文听说都很流利。美芳和她聊了一会儿，她了解到丹妮和儿子是大学校友，去年在一场枪击事件中丹妮不幸受伤，落下终身残疾，左脸还被掉落的玻璃划伤，留下了明显的疤痕。儿子师豪作为志愿者去帮助丹妮，就这样，他们相识并相恋了。美芳打量了一下丹妮，这才反应过来儿子发给她的照片刚好遮住了这两个"缺点"。她们正聊着天，292 路车到了，美芳把箱子拎上车，丹妮帮她买了票。跟着他们上车的，还有 3 位华人游客。美芳依稀记得他们好像跟自己是同一个航班。

她们搭乘 292 路公共汽车到达旧金山市场街（Market Street），又去换乘了旧金山的地铁，到了他们租住的房子附近下车。美芳拖着行李跟在丹妮后面。走了不到 5 分钟，就到了丹妮和成师豪租住的房子。这是一栋独立的小楼，门口种的树上结满柠檬，墙上爬满青藤，门前小院种满各种花草，屋后的院子里还种了一些蔬菜。屋外的大树上，小松鼠们相互追逐着爬上爬下。

美芳无心欣赏湾区宜人的社区美景，她只想快点进屋去看看儿子的房间。丹妮把美芳领进屋里。一楼是客厅和厨房、杂物间，二楼是卧室，为了方便丹妮，楼梯上还有一个轮椅升降装置。

"阿姨，您先休息一会儿吧，"丹妮从轮椅上递给美芳一杯热柠檬茶，"这柠檬是杰森栽的柠檬树上结出的果实。"

"你带我去杰森的房间看看，好吗？"美芳中英文混杂着跟丹妮交流。

丹妮熟练地利用升降装置上了楼，推开一间卧室的门。屋内收拾得整整齐齐，墙上贴满了儿子师豪在伯克利学习、生活的照片，还有很多是和丹妮的合影，从床和房间的整洁程度看，似乎最近都没人住过。

"杰森这几天都没有住在这里吗？"美芳问丹妮。

"哦……是的，他这几天太忙了，就在实验室住。"丹妮回答得支支吾吾，"他的一篇论文数据计算不出来，他很着急。"

"比见他的母亲还着急？！"美芳有些生气。

"阿姨，您不要急，我们先去吃点东西，"丹妮说，"附近有家越南汤粉味道很不错，是杰森最喜欢吃的。"

"我在飞机上吃了午餐的，但你可以带我去杰森常去的餐厅看看。"

说着说着，美芳的手机上收到了儿子的留言。"妈妈，今晚是关键的一晚，我不能回来陪你，让丹妮带你转转。"

美芳给儿子打电话，但是总打不通。

"阿姨，杰森进实验室后是不允许使用手机的，刚才一定是溜出来给你发的信息。"丹妮给美芳解释。美芳用微信视频呼叫儿子，也没有回应。

就这样，美芳跟丹妮到儿子常去的地方看了看。在外面的时候，美芳总感觉周围有人盯着他，丹妮安慰她："刚到陌生环境是这样的。"

到了晚上，美芳就睡在儿子的床上，但她根本睡不着。脑海里一直回想着和儿子一起的点点滴滴，也许时间太久，有好多事情在记忆中逐渐模糊了。于是，她拿出手机翻看自己和儿子的各种社交媒体账号，寻找母子共同的记忆。这几天，她总感觉心绪不宁，非常担心儿子，翻看照片加剧了她的不安感。

第二天一大早，她再次要求丹妮带她去实验室找儿子。丹妮已经给她做好了早餐，让她先吃了早餐再说。

她匆匆吃了几口，就对丹妮说："我吃完了，快带我去找杰森吧。"

"阿姨，您先在沙发上坐一会儿，"丹妮对美芳说，"我要收拾、准备一下。"

丹妮去收拾美芳的餐具时发现，她做的早餐美芳一点没动过。她猜美芳是想快点见到儿子，根本没有胃口。

此时，美芳正在沙发上坐立不安，丹妮收拾完早餐的盘子和锅碗，又上楼去她的房间换衣服。但是过了很久，丹妮都没有下来。美芳又不好去催，毕竟丹妮行动不方便，只好在楼下给儿子发微信，但是儿子没有任何回复。

经过漫长的等待，美芳看到丹妮从楼上下来，美芳发现丹妮似乎刚刚哭过，眼睛还是红的。

"阿姨，"丹妮哽咽着，"杰森已经在半年前因为心脏病去世了。"

"什么？！"美芳不敢相信自己的耳朵，但是丹妮的话也让她印证了自己的第六感。

"半年前？！"美芳反问，"这半年杰森还在微信上和我互动呢？"

"和你互动的人是我，"丹妮掏出手机给美芳看，"这是杰森的手机。"

"杰森因为心脏病病发，没过几天就去世了，"丹妮抹抹眼泪，"去世前他对自己的离世似乎有预感，交代了很多事……他本来想亲自告诉您我和他的事，但最后没来得及说出口。"

"他让我假扮他和您聊天，是不想让您太孤单。希望我一直代替他陪伴您。他之前录了很多视频，拍了很多照片，并且开发了一款人工智能软件，用这些视频和照片作为学习数据，实时虚拟他的形象和声音跟您通话……就是想让我代替他不断跟您联系。"丹妮看着美芳，"没想到，您从视频通话中看出了问题。"

"可是，他既然离世了，为什么没有人通知我？"美芳的头脑里充满了疑惑，"难道他不是正常死亡？"

"阿姨，这里是医院和警方的证明文件，"丹妮递给美芳一摞材料，"如果您不相信，我还可以带您去警局。"

"而且，当我联系中国那边时，不知道出了什么问题，"丹妮接着说，"那边一开始说杰森的母亲美芳——也就是您，已经于五年前因为癌症去世了。"

"但没过多久，杰森父亲单位的刘先生给我回电话说是单位的同事弄错了，还让我暂时不要把杰森的事儿告诉您，怕您接受不了这个打击。我想这也是杰森的意思，就没敢告诉您真相，继续代替杰森跟您联系。"

看着丹妮诚恳的语气和表情，美芳觉得她不像在撒谎。这时，丹妮把手机递给她："这是杰森最后的交代，让我在您知道真相后给您看的。"

美芳点开视频，是儿子在这栋房子的卧室拍的。

"妈妈，当您看到这段视频的时候。我已经走了。我们家族的男人心脏都有问题。父亲也是心脏的问题早早离我们而去。前两天我在实验室昏倒，幸亏抢救及时，但医生说我的心脏除非移植，否则坚持不了多久。这一天总会到来，请您不要为我悲伤。我最大的遗憾就是陪您的时间太短。我想告诉您一件事，丹妮是我的爱人、我的妻子，我们在旧金山已经登记注册为合法的夫妻。我不能陪伴您，就让丹妮陪伴您，她虽然不能走路，但是日常生活并没有障碍。"

······

看完视频，美芳心情复杂地看着丹妮。丹妮这时稳定了情绪，她跟美芳回忆了和成师豪在志愿者活动上认识，以及相知、相恋的过程。还打开手机，给美芳看了很多她和师豪在一起的照片、视频。

这时，美芳再注视丹妮时，有一种亲人的感觉。她张开双臂紧紧抱着丹妮好好哭了一场。哭完，丹妮发现美芳并没有流眼泪，她觉得肯定是美芳悲伤过度，想到这里丹妮的眼泪又流了出来。

"我会照顾你的。"丹妮安慰她。

正在美芳和丹妮互相安慰时，屋外响起急促的敲门声。

"是谁？"丹妮听到敲门声这么紧急，用英语问道。

"FBI，请跟我们走。"门外回答。

丹妮正在犹豫要不要开门。他认识的经常在附近巡逻的警官凑到门前说："请跟他们走，有紧急情况。"

丹妮打开门，门外不仅有 FBI 探员和当地警员，大刘也在，还有美芳和丹妮在旧金山国际机场 292 路公交车站附近碰到的 3 位华人。美芳正想问大刘怎么在这里。"不要问，不要说话，电子设备拆掉电池。赶紧跟 FBI 走。"

门外停了 4 辆车，2 辆 7 座商务车，2 辆 5 座轿车。FBI 探员和警察们护送着美芳，把丹妮连人带轮椅放进一辆拆了后排座位的商务车，大刘上了另一辆 7 座商务车。其他探员分散上了剩下的车。几辆车都还没来得及发动开走，已经有两辆大卡车冲出来横在道路两边。

从卡车上冲下来十几名彪形大汉，把车围住，并对他们用中英文喊话："请交出'母亲 1 号'，你们不会受到伤害。否则等我们开枪，不仅你们的性命保不住，'母亲 1 号'也可能被毁。"丹妮和美芳大气都不敢出，大刘示意美芳隐藏好自己。

对方给了他们 10 秒钟时间考虑，FBI 探员告诉大家下车找好掩护，不要抬头，拖到空中支援到达就好。他们下车躲进汽车形成的掩体，10 秒后，包围他们的武装人员疯狂射击，FBI 探员还击，很快 1 名 FBI 探员就被子弹击中倒地。大刘和 3 位华人趴在车边都不敢抬起头，美芳把丹妮从轮椅上抱下来挡在身下。FBI 探员奋力还击，但对方火力更猛，看来支撑不了太久。

这时，领头的 FBI 对他们说："我们掩护你们，大家冲进房子里。"说完他对其他几位探员比了个手势。随后探员们集中火力射击躲在丹妮租住小楼门前花园的几名武装人员，几名武装人员在他们火力压制下被击中倒地。FBI 探员乘机拉起美芳他们，让他们快速跑进屋内。美芳不知从哪里来的力气，抱起丹妮就跑。但就在他们集中火力进攻门口的武装人员时，其他方向的武装人员趁机缩小包围圈围了过来。

FBI 探员火力全开，边射击边退向房子，美芳这时已经抱着丹妮到了门口。她们正要后退着上台阶进门时，在 FBI 探员的火力压制小一些的间隙，1 名刚才守在门口的武装人员忽然拿起枪向丹妮射击，美芳看到后连忙用手臂护住丹妮保护她。子弹穿过美芳的小臂击中丹妮的肩膀。1 位探员补了几枪，击毙了那名武装人员，但不远处的武装人员也开枪击中了他。大家尖叫起来，大刘把美芳拉进房子，FBI 探员抱着丹妮快速进到屋内。FBI 探员先去查看了厨房，让他们都躲进去，并替丹妮做了简单包扎。

美芳看了看自己的伤口，流出来的不是鲜血而是乳白色的液体。大刘趁着大家注意力不在美芳这边的时候，替她把液体擦掉，从衣服上撕下一块布料堵住洞口。"我知道你有很多疑惑，"大刘对美芳说，"但现在请好好休息，不要惊慌。"

楼下的武装人员还在对着房子射击，FBI 探员从屋内还击，枪声越来越近，眼看房子就要守不住了。这时，空中响起了直升机螺旋桨的声音，远处有多辆警车响着警笛朝这边驶来。又过了一会儿，屋外喊话："你们安全了。"

屋外赶来支援的 FBI 探员和警员把美芳和丹妮抬上担架。美芳忽然觉得自己很困，她沉沉地睡了过去。

等美芳醒来的时候，发现自己并不在医院的病房，而是在一个摆满仪器和电脑设备的实验室。她躺在一个工作台上，手臂已经没有了伤口。美芳注意到，大刘、3位华人和2位白人科学家围着她。

"她的状态恢复正常了，各项指标都很正常，数据已经采集完成。"一位穿白大褂的白人科学家对大刘说。

"那好，你们辛苦了，先去休息吧。"大刘让2位白人科学家先离开。

"从法理角度讲，美芳这个人已经在五年前去世了。"大刘边把美芳躺着的工作台摇起来边说。

美芳的眼神里充满困惑。

"成天仁主任是我们所脑机接口的首席科学家，他在十年前带领我们在脑机接口上取得重大突破，那时候我是他的助手。六年前，他的心脏病频繁发作……他知道自己可能活不了多久了。"

"在这个时候，我们的脑机接口项目需要一位实验者，而美芳，成主任的夫人被查出乳腺癌晚期，成主任知道他的儿子也有心脏病，非常害怕儿子承受不了同时失去双亲的打击。因此，他劝美芳女士加入我们的脑机接口实验。"

"这个实验需要更小的CPU和其他高速存储、运算、联网设备，以及机器人技术，部分技术掌握在美国的研究所手里，最后我们和美方签订了合作研究协议。由于这项合作是人类重大的突破，中国和美国共享部分研究成果。"

"在五年前美芳弥留之际，我们在她的身上和脑部植入了很多传感器，并把她的神经系统和大型设备连接。因为人脑是个很精密的器官，我们几乎动用了研究所全部设备和技术人员进行攻关。"

"然后我们把美芳的所有记忆和神经元等其他生物信息下载到服务器上，当然有一部分是由美国提供的生物-电子混合服务器读取存储。通过特殊的方式，我们让美芳女士的大脑正常存活了九个月，这个时间足够我们把她的意识转移到机器人身上。"

美芳目瞪口呆，原来自己的身体是人造的，她一时还接受不了这个事实。现在她总算明白了为什么自己如此深刻地记得手术时间非常非常地长，原来那不是梦，而是事实。

大刘喝了口水，接着说。

"在你的意识转移到机器人身上之后，也就是你苏醒后的一个月，我们暗中对你进行了测试，结果令人非常满意，你完全能够跟人类一样生活。现在，你的体内只有两个系统——神经系统和运动系统。"

美芳开始怀疑大刘的话，"我每天都会吃饭、睡觉，还会做饭，这是怎么回事？！"

"这些内容都是植入记忆的信息，是为了不让你发现自己身体的情况，你看这段监控视频。"大刘给美芳播放了一段她在家的监控视频。视频里，每天的吃饭时间，美芳确实坐在桌子前，也做着吃饭的动作，可是面前没有任何食物。

大刘继续解释："因为没有消化系统，所以你是不需要进食的，这部分内容完全由你的'大脑'模拟，在你的印象中还是每天吃了饭的。所有你用手机拍的美食图片，都是由手机里的人工智能做了处理才展示出来的。你跟师豪聊天时发给他的美食图片，实际是电脑生成的。你是没有食道的，不可能进食。可以说你的世界绝大多数是真实的，但为了不让你发现自己是人造人，有一部分是由你的'大脑'直接模拟出来的。"

"你的全身实际是一个巨大的体域网，有多个中央处理器。而且通过超高速网络随时连接到中国的云服务器。"

"我们最大的遗憾，是成老师没有看到他的研究成果，就在对你进行记忆转移期间，成老师半夜在实验室操劳心脏病突发离世。为了不让成老师的儿子伤心，同时也为了测试你的人际交往能力、观察能力，以及共情能力，我们没把你去世的消息告诉师豪，只让他知道父亲去世的消息——当然这一点有很大的伦理争议。但这是成老师的遗愿，他希望师豪和你快乐地生活下去。"

美芳显得有些不知所措，她短时间内显然还不能接受这样残酷的真相，对成天仁的思念不断涌上她的心头，让她更加难受。

"你不要慌张，"大刘安慰着美芳，"你是美芳，但你也不是美芳，或者说不完全是美芳，我们给你取的代号是'母亲1号'。从法理上来讲，美芳已经死亡。在你的大脑中保留了美芳的记忆和意识，你的身体里布满了中国最先进的科技，你的活动能量来自皮肤吸收的太阳能，也有无线自动充电系统。你最核心的动力来源于体内五个微型核反应装置。你和其他人一样也需要睡眠，这是你体内生物性组织的生长和自动修复时间。"

"这几年来，你运转得很好。如果不是这一次有其他组织以上亿美金的价格雇佣黑帮来想把你抢走，你还不会意识到自己的与众不同。"

"是谁在背后抢夺？"美芳——"母亲1号"好奇地问。

"目前还不知道，但我们很担心不法分子想利用这项技术作恶。我们回国后会把你好好地保护起来，你放心，我们不会把你关起来，但你的活动范围和区域需要绝对安全，因为你的身上体现了当前人类最高的科学技术。你的成功让我们看到人类永生的希望，我们将利用这项技术带领人类走出太阳系。影视剧里的人造人看起来很简单，但现实中是非常复杂的，就连一个小小的睫毛和眼睛开闭模拟，都需要三代科学家付出艰巨的努力才能成功。还有情绪控制反馈系统、情感系统，这都是了不起的科技进步。还有很多技术需要突破，比如，你在伤心的时候还不会流眼泪。"

"由于你已经觉醒，我们会对你的记忆做修改和封闭，不再干扰你的感觉，不再虚构你的记忆。"大刘继续对"母亲1号"说着，并指着旁边3位年轻人说："他们3个都是你的维护工程师，是他们把你从中国带到美国来的，你办签证、乘坐航班都是记忆植入。到美国后一直有美国FBI探员跟踪保护你。"

"难怪我总感觉有人跟踪我。""母亲1号"恍然大悟。

"你在认知和很多方面的表现超过了人类，"大刘继续说，"特别是语言能力和理解复杂问题、观察细节的能力，所以你才能发现丹妮伪装成你儿子的事实。"

"难怪我从来没学过英语，现在却学得这么快。"

"是的，因为你的认知系统和人类不一样。你的记忆功能比人类强，为了降低你的记忆功能，减少信息处理负担，我们还特地在你的系统中植入复杂的遗忘曲线算法来模拟人类大脑的记忆活动，否则你将过目不忘。"

三个月后，"母亲1号"已经在中美科技人员的修复下完全"复原"；"母亲1号"的实验还要继续。为了实验，也让"母亲1号"的感情有寄托，大刘和美方工作人员都鼓励"母亲1号"和丹妮保持联系。丹妮已经在FBI的帮助下离开湾区搬到纽约生活，她已经更换了身份，这是为了保护她不被第三国抢夺"母亲1号"的特工找到。

在回北京之前，"母亲1号"在FBI的保护下去看了儿子师豪的墓地。墓园静静躺在金门大桥桥头的一大片绿地中。这里绿草茵茵，可以看到金门大桥下来往的船只、冲浪的人们和拍岸的惊涛。

她站在成师豪的墓碑前心里默默地说："儿子，你和父亲在天上好好相聚。只要我不消失，你和你父亲就算还活着。"

"母亲1号"回到北京后，丹妮每年都会来北京与她一起小住几天。

"母亲1号"常思考一些更深奥的问题："到底什么是存在？如果我的记忆能够被修改，对我来说什么是真实的？科幻电影里动不动就让机器人具有人类的功能和情感，但现实中这太难了。要是我能永生不死，那我的学习生活和存在意义与普通人有什么不同呢？我要去问问大刘，如果我一直这么生活下去而不老不死会成为什么。"

（完）

数字孪生

我们一方面抱怨新的信息环境，但另一方面也沉浸其中，乐此不疲。资本又不断创造出元宇宙这样的新奇空间让我们沉浸。如果人工智能有一天在沉浸空间中控制了我们的行为，人类真的做好准备了吗？在人机共生、人机混合的新信息环境中，后人类赛博格个体的主体性还存在吗？当智能设备通过强大的运算能力控制了人类个体的活动，我们该怎么办？假如这种控制能带来肉身的饕餮，让你在金钱和爱情领域为所欲为，你会怎么选择？

我的大脑悲哀地感受着我的身体。哲人说过，身体是精神的牢笼，可是人类总还能控制自己一部分的身体。我们很多时候是不由自主的，饿了，身体会驱动我们去找吃的，或者说是身体驱动大脑叫我们去找吃的。当身体想繁衍后代，会驱动我们亲近异性，所以爱情不可避免有生理因素。"人为什么是人？""现在的人还是纯粹的人吗？"当前我的大脑除了思考这些问题，也没什么其他事情可做。我的大脑现在只能自行控制着不需要思考的本能，比如呼吸、血液的循环、肠胃的蠕动，这些身体活动不需要听觉、视觉、触觉这些外部环境感知功能反馈。

当我的大脑不能控制自己的身体时，我的思想竟然变得如此深邃。除了思考，我现在还能做什么呢？我现在只能凝视着我自己，凝视着与我身体交互着的世界。以前我思考的效率很低，手机和可穿戴设备是杀死我深度思考的刽子手。几年前，我拿起手机就会被"八卦"吸引，忘了原本要做什么事。那个时候，我经常觉得自己不自由，可是和现在比起来，那个时候是多么幸福。现在，我不过就是一个坐在轮椅上的"霍金"，可是，霍金生前是可以通过控制系统自主行动的。现在的我已经不是从前的我，从前的我只存在于大脑深处，和外界互动的是另外一个"我"。

我和"我"的故事还得从 2020 年说起。作为一个从中国移民美国的华裔一代，斯坦福大学信息科学硕士毕业以后，我在硅谷一家初创公司谋得一个程序员的职位。2020 年，也就是 10 年前，智能手机已非常普及，人类在信息的海洋里畅游。但是这个海洋里的海水却并不纯净，有人甚至说，我们进入信息垃圾的时代，想从垃圾堆里爬出来很难。

网民的情绪不断搅动着信息垃圾堆，这就像随时可能爆发的火山，导致美国的政治生态极不健康，弄得精英阶层十分头疼。

斯坦福大学的一位传播学学者认为，当今世界的信息泛滥，传播平台媒介伦理缺失，解决的唯一办法是依靠边缘计算等技术。这位教授在硅谷人脉广泛，他联合了几家有同样理念的风险投资公司和技术公司，联合持股成立了双子公司，双子公司开发出双子系统。该系统的技术理念就是让人类现有的设备与云计算形成雾计算或者叫边缘计算。说简单一点就是核心的计算能力不再依赖服务端。比如，我当时在美国用的翻译系统连不上互联网就没法工作，这是云计算的局限。

边缘计算让设备获得了计算能力，这种运算可以在家庭局域网内完成——手机、笔记本电脑、智能手表、电视、冰箱……它们联合起来也能形成一定的计算能力。而且边缘计算并不排斥云计算，随着通信技术的发展，云端和设备端的时间差人类是感知不到的。如果设备获得了"智能"却不"善良"，那这个世界恐怕会更加可怕。我毕业后入职的初创公司——双子公司，它的成立就是为了解决这个问题。

双子系统说简单点，就是结合个体的信息需求，在云端和设备端中间设置了一个系统。这个系统成为一道大坝，它会拦截所有 APP 主动发给我们的信息。它不仅能够拦截有害或价值不高的信息，还能够主动抓取信息。例如，它知道我是软件工程师，而且英文不怎么好，就从中国的技术论坛上抓取很多编程的学习资料。不仅如此，它还能够对信息进行智能化的编辑整理。

由于可以拦截假新闻，采集最有用的信息，提高工作和人际交往效率，双子系统一经推出便大受欢迎，第一批卖出了超过 100 万套，随后的第二批更是供不应求。

双子系统还意外地引发了部分民众的抗议，他们一是认为双子系统强化和放大了阶层差异，二是认为双子系统减弱了人的自主权，使用了双子系统的人类是被信息技术强化的怪物，不配被称为人类。民众经常到双子公司前示威游行。公司管理层和股东们也有过争论，但是争论之后的主流意见认为双子系统成功解决了信息垃圾和假新闻的问题，给人们一个清晰、干净的信息环境。但对双子系统的未来却形成了三派：一派认为双子系统的功能不必再继续开发，现有系统已能够满足社会需求；另一派认为双子系统还可以继续智能化，应进一步部署更先进的算法来模仿其使用者获取信息，但不应该过多影响用户的自主权；更激进的一派主张让双子系统在数字世界完全替代生理人，把人类从繁复的信息处理中解放出来，好腾出精力去从事一些思辨和更富有挑战性的工作。

这三派在公司的管理层和股东里势均力敌，有两派主张继续开发，所以公司还是制订了双子系统的升级版"孪生"计划。"孪生"计划的核心是让线上的"数字孪生者"部分替代人类，这种替代不是外部的替代，而是内部的替代。"孪生"系统的广告词是"比你自己更懂你"。"孪生"计划的使用者会被随时监测，身上和周围环境中有大量可与孪生系统交互的物联网设备。比如，早上出门，你根本不用管外面的气温和天气，因为孪生系统接入了城市里的天气传感器，系统会根据传感器数据和你的个人生理数据提醒你穿什么衣服。

除此以外，孪生系统还可以把你的身体扫描一遍，深度掌握你的个人生理数据。然后根据身体的需要提醒线下的"孪生者"如何吃饭。线上的孪生系统还能通过分析你的数据和周围环境来代替你思考。假设有一个应聘场景，系统监测到你的紧张情绪之后，会提醒你该说什么话、采用什么姿态。

说了这么多双子系统，该讲讲我自己了。

2022年，我已经在公司干了两年。我在斯坦福主攻的是数据安全，最擅长汇编语言，能够从最底层与计算机存储设备交互。虽然数字世界是无形的，可是数字世界也是物质的。这个物质就体现在存储和计算设备上。计算设备坏了可以更换，可是存储设备坏了，数据就很难恢复了。虽然双子系统和双子系统2.0——孪生系统是让云端服务器和边缘设备结合运算，可是服务器会存在数据读取失误或者数据被不小心删除而又没有及时备份的意外情况。在地球上，只要是完全信息化的东西，就不可能百分之百可靠。有的时候客户使用双子系统时在大量数据还没来得及上传到云端的时候设备出了问题，客户把数据存储设备提交上来，我就使用自己编写的程序对设备进行分析并恢复数据。因为系统总体比较可靠，所以我的工作比较清闲。而掌握数据恢复技术的人又很少，竞争压力不大，因此，我的收入还是挺高的。

衣食无忧之后，我最想干的事情当然是谈恋爱。

在硅谷有个校友社群，我们周末经常结伴去旧金山市区看棒球比赛，无聊的时候也去过酒吧，但是打发了时间之后总觉得缺少了什么。在一次斯坦福校友聚会上，我认识了一位意大利裔姑娘。姑娘长得不算特别漂亮，皮肤黝黑，身材苗条小巧。她叫伊莉莎，比较开朗健谈。但她说了什么我根本没注意，只觉得她像只小鸟一样喳喳说个不停，那声音让我感到十分愉悦。伊莉莎在旧金山市政厅旁边的一所大学图书馆做管理员，她的父母在旧金山渔人码头开了家餐馆。她有三个哥哥，一个在餐馆帮忙，一个在东部的纽约大学当老师，还有一个哥哥在旧金山市政府上班。在那次聚会上认识以后，我和伊莉莎算是开始了恋爱，我喜欢听她滔滔不绝地讲她的故事，沉浸在她美妙的声音当中。

伊莉莎带我去过她家几次。她的家人在一起时说意大利语，这让听不懂的我显得格格不入。2023年跨年，旧金山渔人码头要放新年烟花，我清楚地记得那个晚上，我和伊莉莎一起去看烟花。旧金山的冬天并不算冷，所以有很多流浪汉到这里来过冬。但是旧金山风很大，空气中弥漫着咖啡香味、行人的香水味和从海边飘来的腥湿气味。烟花看完，伊莉莎悠悠地对我说："昌，我们分手吧。"怕我听不懂，她还用了几个其他的表达。还沉浸在旧金山海风的清凉和气味中的我大脑一片空白，我本能地说："为什么？我们不是相处得很好吗？！""首先我要声明，我家绝对没有种族歧视，不是因为你是亚洲人，而是，昌，你太无趣了。我的爸爸和哥哥们对我说，'你不能跟一个木头生活一辈子'。""对不起，昌。"虽然我姓张，可是伊莉莎和很多外国人却从来没有喊对过我的姓，但这都无关紧要。我的黑美人伊莉莎不要我，我的天要塌下来了。

元旦过后的几天，我一直没有从失恋的滋味中逃脱出来。2023年1月9日是我的生日，主管按惯例拿来一个生日蛋糕给我。主管是印度人，是斯坦福校友，比我大几岁，他叫贾瓦尔，全名很拗口，我们都叫他印度老贾。印度老贾关心地对我说："昌，你最近精神状态不太好，有什么是我可以帮你的吗？""我失恋了，贾，要是我能变得幽默风趣就好了。""每个人都有每个人的性格，这个很难改，振作一点。我还要去开孪生系统3.0的研发会议，今天下班我们去酒吧坐坐好吗？"说完印度老贾就离开了。

下班后，我在酒吧里向印度老贾大倒苦水，说伊莉莎不喜欢我的性格。我确实是个nerd——"技术宅"。老贾先是幽默地说："昌，你知不知道数字世界就是由你这样的'技术宅'主宰的，没有你们编写的算法代码就没有一切。""你看我们双子公司的孪生系统，哪个功能不是通过代码实现的？"在几杯鸡尾酒下肚后，印度老贾对我说："现在有个改变你自己，重新赢回伊莉莎芳心的机会，你愿意试试吗？可是我们都不知道会有什么后果——或许会让你的生活变好……"我说："难道跟孪生系统的升级有关？"印度老贾说："昌，是的。公司内部已经研发出了3.0系统，可是3.0的运行结果很难控制。现在的孪生系统还没有控制线下孪生者的身体，只是辅助人做决策。""孪生3.0系统，会在人的身体里植入更多的传感器。这些传感器，要控制一部分神经系统和肌肉，还会通过刺激大脑或身体的其他部位产生不同的生理化学物质来强化你。""能不能控制语言输出或辅助语言输出？"我有些憧憬。

印度老贾看我充满期待，担心地说："昌，你要想清楚。这可不是闹着玩的。这是让数字孪生系统全面接管你的身体和生活。""而且，新的孪生3.0系统不仅控制你的身体，你的身份——你在这个社会的角色也可能被他接管，比如，会连通我们的银行账户、各种网络账号。"印度老贾喝了口酒接着唠叨："总之，从内到外，孪生系统彻底接管，可以说孪生3.0系统让我们全面进入数字世界，也可以说数字世界里的虚拟身体全面接管我们的血肉身体。""新的孪生系统还有强大的人工智能，会按照你的数据和设置重新理解信息，决策和行动。使用了新系统，你的行为模式会根据实际需求变得风趣幽默，赢回你说的那位女士的芳心。"

"公司里的保守派担心孪生系统产生了自我意识，会与使用者人格或性格冲突，所以极力反对。因此，公司里的激进派想尽快完成这个实验，要求每个部门选一位员工作为实验者。如果人不够，就到社会上征集实验者。"我开心地说："那就让我去，不正好解决你的问题吗？"印度老贾有点失望地看着我："昌，你要知道，实验的后果可是不确定的，充满风险！""我只要我的伊莉莎！"我坚定地回答印度老贾。

印度老贾让我填了个表，然后拿了份协议给我，这份协议主要是免除公司为实验负面结果承担的巨额赔偿责任，但给参与者的补偿还是挺丰厚的。看到补偿数字后面的几个零，我心里一紧，"零"越多，风险就越高。可是为了我自己的"重生"，我认为值得，至少实验完毕我可以用这笔钱在湾区优哉游哉地生活。孪生系统 3.0 一共分为三个阶段。第一阶段是身体的数字化复制和建模。这一阶段让我想起还在国内读书的时候，有一次和舅舅的朋友一起吃饭，身为国外教授的他兴奋地说起他获得的一个重点科研项目，有折合 2000 万元人民币的经费，用来把一位女性的身体完全数字化——这样，未来很多医学活动都可以虚拟仿真，不需要真的解剖人体。此前，他们还做过一头数字猪。那个时候技术没有现在发达，需要将已经死去的猪解剖后扫描重建。现在双子公司是要在我活着的情况下对我进行扫描建模，甚至我的呼吸、血液循环都会在数字世界被模拟出来。未来的"我"在现实世界中的一举一动都会被这个虚拟身体模仿。

当然，世界上没有免费的午餐，公司这样做的原因是看重庞大的医疗市场。公司早在多年前就在无线体域网（WBAN，让身体上的穿戴设备或传感器组成一个网络）布局，因此在成立之初就购买了很多无线体域网的专利。原来，这些专利储备就是为了把无线体域网和数字孪生系统连接起来。后来我才知道，公司之所以选中我做志愿者，除了我本人愿意，还有一个重要的原因——我是亚洲人，而公司未来要开拓亚洲特别是亚洲富人群体这一庞大的健康医疗市场。全球的老龄化不可避免，亚洲地区的健康医疗市场非常有潜力。要开拓这个市场，公司首先要获取亚洲人的身体和生理上的整套数字孪生数据。公司此前开发的孪生系统，解决的是信息获取问题。这个系统有人愿意购买，也有人不愿意购买——很多人的时间并不值钱，他们需要的就是用"数字鸦片"打发时间，并不需要高质量的信息。他们宁愿各种 APP 给他们推送垃圾新闻或花边八卦，也不愿意把钱花在获取有效的、真实的信息上，当然更不愿意购买价格更高的人工智能信息管家。在调查市场之后，双子公司的激进派和保守派竟然在战略上达成了一致，那就是在现有信息系统的基础上，进一步开发双子系统的健康管理功能。这个符合全球人口老龄化背景下，人们更关注健康的趋势，一旦人的数字孪生系统建立，医生就可以实时干预人体的治疗或健康。现在的无线体域网功能有限，但是未来的孪生系统和大数据结合，管理的是整个人体。

更有意思的是，虚拟身体可以接管我的生理和社会活动。边缘设备根据这些数据挖掘信息，给身体或大脑提供反馈。一旦我的数字孪生系统完成，我之后的整个生命轨迹都会被计算出来。现在的社交媒体已经记录了很多我们的生活轨迹，但还谈不上系统，只是些数字世界里的碎片。可是即将在我身上试验的新孪生系统，却能够把这些碎片拼成一个真实的"身体"和"自我"。有了这套系统，即便我的生理身体死亡，也不排除未来"复活"的可能，或者无须复活，我会以数字的形式在数字世界里永生。

闲话休提，言归正传。孪生系统 3.0 的实验系统在硅谷的另外一处仓库，我们 23 名从公司和社会招聘的志愿者除了不能走出实验区大门，什么都可以做，可以打游戏，可以网络购物，可以和实验区外面的亲友们联系，甚至可以和女性志愿者恋爱、结婚生子，除了不能泄露正在进行的实验，其他活动都可以。当然，公司并不担心泄密，因为公司在初代双子系统里加入了过滤保密算法，有关公司孪生系统 3.0 的信息在参与者发出前会被自动屏蔽。在孪生系统开始实验的第一年，主要是采集生理数据，我们并没有太多感觉，公司为了减轻我们的压力还安排了各种各样的活动。我最喜欢的就是在公司大院里种地，翻土、浇水、施肥，看着玉米、土豆、番茄、莴苣和生菜慢慢长起来，我体验到了一种观察周围生命循环的乐趣。

第一阶段稍微难受一点的就是体域网的建立，每隔一个月，公司就要往我们的身体里植入各种传感器，这些传感器之间、传感器和外部网络之间最终将互联互通成为一个体域网。接入器官的体域网将代替我们原有的部分器官控制系统工作，与我们身体器官原有控制系统不同的是，他们可以通过互联网向外界传递信息。在 2024 年，医疗技术已经有了新发展，自组织包裹技术克服了人体器官对外来物的排斥。这项技术使用我们自己的组织形成包裹在传感器外围的人体组织，这些组织植入我们的身体之后可以存活，而组织内部包裹的传感器可以和神经或其他系统相连接成为我们身体的一部分。

这一新技术的突破作用在于它能够克服传感器植入的一些禁区，在此之前医学界做的传感器植入都是在神经不特别丰富的地方，主要是身体的表层。传感器尺寸也比较小，一般是芯片大小。现在的新技术让传感器尺寸增大，植入部位得到全方位拓展。双子公司的技术部门攻克的最后一个难关是在大脑里植入传感器并通过最新的脑机接口技术让大脑和传感器互相传递信息。

2024 年到 2025 年，双子公司对 23 位志愿者的实验数据采集非常成功。这 23 位不同族裔的志愿者在 2024 年持续植入传感器后身体的生理数据都得到了改善。植入传感器的同时，传感器相关信息在数字复制身体里也同步更新，这样做的好处是万一传感器出了问题，可以通过数字孪生系统进行诊断修复。就这样，志愿者们的数字身体不断被递归计算强化、日臻完善。2024 年，纳米机器人得以应用，这些能够在血管里进行操作的机器人已经可以用于手术。传感器的修复也通过这些机器人进行。

在传感器植入阶段，我的身体有一些异样的感觉。这个感觉就是痒，毕竟身体里多了很多新"器官"。在新"器官"之中，有一些不仅没有避开神经系统，还专门和它们连接。有些神经比较敏感，有异物感。系统之中的一部分单元甚至可以通过神经控制我的肌肉，只是这种控制目前还在我自己的大脑控制之下。或者说，新的孪生系统在这个阶段并不想完全控制我的身体。

在孪生系统采集数据的阶段，23 位实验者是轻松和愉快的。这个阶段我们只需要做好自己，展示自己的生理和性格给系统采集。在植入传感器阶段，有实验者出现了抗拒情绪，最先抗拒的竟然是我的两位工科博士校友。虽然植入传感器可以强化身体，但是他们坚持退出实验。公司只好按照实验前签订的合约执行，这一阶段退出的人只能获得总补偿金额的 1/20。包括我在内的剩下 21 位实验者都同意继续实验。

在参加实验的同时，我也通过社交媒体关注着伊莉莎的动态，从社交媒体来看她还是单身，这让我心里的爱情之火一直不熄。

植入传感器后，整个身体被体域网按照对实验者最优化的方式进行管理。传感器不断把身体的数据传递给服务器和设备端的计算程序，程序根据实验者的数据反馈调节环境和实验者的身体。举个最简单的例子，如果感觉到身体代谢不够，体温调节过慢，传感器会启动智能家居系统的电扇或空调，让室温来适应体温。如果是在炎热的室内，体内传感器会自动让血液的流动最符合身体散热需要。而且，一旦身体有感染，传感器能第一时间发现，并决定是否应该干预。

孪生系统 3.0 和前面的双子系统最大的不同是新的系统把生理和心理，或者说把物质和精神做了很好的融合。以前的初代系统只不过评估使用者的信息需求，但这个需求是根据使用者的各种数据和选择生成的，最大的作用是减轻使用者的信息负担和各种垃圾信息或极端情绪化信息的干扰。现在的新系统把生理反应和信息消费结合起来，能够通过边缘计算获得的结果评估一个人在什么时间适合什么样的内容消费。双子公司这样做的目标不仅仅是服务个人，而是通过记录这些庞大的生理和内容消费大数据，让这些数据成为下金蛋的鹅。利用这些数据可以轻松地制作受众喜欢或评价高的内容产品或服务，也可以把这些数据卖给其他影视或内容制作公司。

孪生系统还远不止上面提到的这点功能，最可怕也是最强大的是它对人的真正模仿。孪生系统的机器学习和生成对抗式神经网络算法不断进化，最终让它具有使用者的人格。这种算法其实有两套相互对抗的程序，一套随机模仿或伪装使用者可能的行为，另一套来识别哪些是假、哪些是真或者给出预测值。系统不断地把使用者在现实世界中的性格表现作为数据加入算法进行校正。在对抗的过程中，整套系统具有越来越强的模仿能力，也越来越接近科学家们期盼并担心的时刻——奇点和机器智能的真正到来。上面的信息我当时并不清楚，如果我当时就知道的话，也许会因为害怕而退出这个实验。

为了检验我们这些实验者的社会适应能力，或者说我们这些现实中的"赛博人"能否更好地应对复杂的社会环境。在植入传感器并适应了 3 个月后，双子公司的实验主管让我们 21 位实验者回归社会。简单地说，就是做回"自己"。于是我拿着公司给的生活费，在旧金山繁华的金融区租了一套公寓，重新感受社会的气息。这时已经是 2025 年的春天，旧金山阳光明媚，日本城的樱花和花街的绣球开得正好。离开双子公司的实验园，又能自由自在地生活，真好。当然，这个时候我已经不是我，我和强化版的孪生系统时时刻刻融合在一起。孪生系统的工作时间远远多于我的大脑，它不会遗忘，不用睡觉，它可以在数字世界里有很多化身和分身，可以把大型运算分布到各个双子公司租用的服务器上。

在我们出了公司之后，双子公司对我们的唯一要求就是不能断开网络连接，这样我们的行为记录和数据会随时上传公司的服务器。我们可以按照自己的想法生活。

既然要融入社会，第一步当然是找工作，不然每天的时间很难打发。我看到一家专做意大利生意的数据恢复公司的招聘广告，招聘广告上有一条"懂意大利语优先"，可是我不懂意大利语。这个时候我主动寻求了孪生系统的帮助，输入了任务——学习意大利语。很快，孪生系统找了一些意大利语的音频和视频，并且通过系统的人工智能从最简单的意大利语句子开始教我。孪生系统在我的耳蜗里有发声系统，可以把意大利语学习材料播放给我。更重要的是，通过我体内的传感器产生的电流和其他刺激，我学习意大利语能获得极大的快感，很快就掌握了意大利语的基本对话。

掌握基本的意大利语后，我拿着自己的简历去了在旧金山日本城的这家公司。老板是日本人，但经理是意大利人，目前拿着美国绿卡，公司的主要客户是日本公司和意大利公司。新招聘的程序员主要负责意大利的数据恢复业务。因为要和客户经常沟通，所以要求懂意大利语。进了办公室，我先用意大利语和意大利主管打了个招呼。主管用意大利语简单和我寒暄了几句，了解了我的基本情况。主管问："你的简历里写的最近几年是在双子公司上班，是在做数据恢复吗？""是的。"我不想告诉主管最近我一直在做实验用的"小白鼠"。印度老贾给我写的推荐信中说我一直做技术工作。主管有些犹豫，显然在怀疑我的经历，因为如果一直做技术的话，我的职位应该比现在高。可能是为了缓解尴尬的气氛，意大利主管忽然用英语说："你喜欢棒球吗？"我正要脱口而出说我是旧金山巨人队的球迷时，孪生系统告诉我，要说我是洛杉矶道奇队的球迷。"我是洛杉矶道奇队的球迷！""哇，在旧金山可是很难遇到一个道奇队的球迷。"主管说。"我就是这样的少数。"原来主管在洛杉矶上的大学，所以一直是道奇队的球迷，在旧金山上班后也没变，他会在周末开车去洛杉矶看球。孪生系统用它的人脸识别和图形搜索能力找到了主管的脸书（Facebook）账号，上面记录了他每次回洛杉矶看球的经历。

就这样，我被这家数据恢复公司录用了，薪资比在双子公司的时候还要高。孪生系统对我工作的帮助很大，很多需要依靠记忆力的工作内容都可以放心交给它。除了对求职的帮助，双子公司还在实验中让新的孪生系统全面管理我。其中一个重要方面就是日常的社交媒体自我呈现和资产的管理。我的脸书和推特（Twitter）账号交给系统打理问题不大。就连我的股票和银行账号也交给了新的孪生系统管理。我不知道这种管理会带来什么。把我的金融资产交给孪生系统半年后，我才发现大数据和人工智能结合真的能让资产增值。因为孪生系统有着强大的计算能力，并且能够通过互联网做数据分析，而且它不存在贪心和恐惧，每一笔交易都赚得不多，但积累起来相当可观。

另一个惊喜是，孪生系统通过分析我产生的数据，知道我还想着伊莉莎，于是孪生系统开始利用我的社交媒体账号在网上和伊莉莎互动。它通过大数据分析知道伊莉莎喜好并投其所好。孪生系统伪装的我显然比木讷的程序员这个真正的我有趣多了。过了一段时间，孪生系统告诉我，可以试着邀请伊莉莎出来约会。就这样，我和伊莉莎又在渔人码头见面了。见面后，我已经稍显熟练的意大利语让她很惊喜。在孪生系统的帮助下，我和伊莉莎的相处明显比上一次愉快。当时使用孪生系统在表达上还有一些滞后，在我和伊莉莎交谈的时候，有时候不够自然。这影响了我和伊莉莎接触的效果。

被爱情冲昏头脑的我当时想着，要是让孪生系统直接跟伊莉莎交谈，把难做的活儿都交给它，我只坐享其成就好了。正在我和伊莉莎恢复联系，关系需要再次突破的时候，双子公司联系了我——实验即将进入新的阶段。回到实验园区，我才发现21位进入社会的实验者中，有2位已经因为意外死亡。还有7位来自底层社区的实验者因为使用孪生系统之后显得过于聪明和进步太快而被社区排斥。受到排斥后，这7位实验者不同程度地出现了消极情绪，虽然他们体内的传感器可以解决部分消极情绪，但却不能完全解决社会融入问题。因而公司也终止了对他们的实验。

双子公司把剩下的12位实验者召集到一个小会议室。实验主管告诉我们，实验共分三个阶段。第一阶段是在实验室植入传感器并让孪生系统能够正常工作。第二阶段是让孪生系统辅助或部分接管实验对象，并观察实验对象的社会适应性。他先是高兴地告诉我们12位是顺利通过新孪生系统第二阶段实验的人，新的孪生系统成功地让我们的生活得到了改善。

然后，主管询问我们，是否愿意进行第三阶段，这是最危险但也是收益最高的实验阶段：让孪生系统更全面地接管我们的生活和身体。12位实验者中，从事律师工作的一位实验者明确不同意，他认为现在这样他总有些内疚，因为使用孪生系统就像考试作弊。孪生系统已经明显强化了他的身体和大脑，更进一步的话不知道会有什么后果，更重要的是他认为这样他就不再是原来的他了。

当时，还有一个背景。双子公司爆发了跟美国竞选有关的政治丑闻。为了让美国选举结果倾向于自由派议员和总统，公司通过孪生系统 2.0 干预用户的自主权在社交媒体平台上操控舆论。但双子公司的行动被公司内部的保守派泄露出去，引发了美国政坛"地震"，导致公司股价大跌，公司内部的保守派乘机要求停止实验，激进派只好同意终止。

但是，激进派中有一位科技巨头里斯克，他的理想就是让机器控制世界。通过股权交易，他最终获得了双子公司的控制权并且力主继续实验。由于实验被认定为非法，因此双子公司的技术主管明确说明了实验的风险，并告诉我们，后续实验将让我们到墨西哥进行手术，身体恢复之后再回到美国，这样就避开了美国的监管。此前同意继续实验的 11 位实验者中，又有 3 位因为实验的合法性问题而退出了实验。还有 4 位因为各种原因退出了实验。

我们剩下的 4 位实验者在现实生活中都有各种各样的欲望或问题，想通过让孪生系统控制我们的身体来解决。比如，我的弱点就是伊莉莎。总之，我们都同意继续实验。

我带着既不安又憧憬的心情登上了公司的邮轮。邮轮载着我们和世界上最先进的医疗设备，以及世界上一流的医生、脑机接口专家、心理辅导专家进入墨西哥的曼萨尼约港。我们被接到一家私人医院。手术前，我既紧张又兴奋，我给伊莉莎留了言，告诉她我即将重生，再等几个月我就是一个全新的我了。

在曼萨尼约的医院休整了一阵之后，我们留下来愿意继续实验的几位接受了脑机接口植入手术。手术后，我的身体可能会被我的数字孪生系统控制。我记得手术结束之后，我醒来发现我的头部已经布满了各种线路——这是在进行脑机接口的调试。里斯克就站在我的面前，像欣赏一件伟大的艺术品一样看着我。从这一天起，我的生活就像是梦境，因为大脑和身体运动系统已经剥离，或者说大脑和运动系统之间已经被新的数字孪生系统所代替。我原有的大脑可以感觉，却不能指挥我的身体。为了保护我的身体机能，新的脑机接口系统并不会伤害我的大脑，只是接管了大脑的信息输入和输出端口。原有的本来就不能主动控制的非意识系统在孪生系统不干预时仍然由我的大脑自主控制，例如，我的消化系统和内分泌系统，只有在我的生命受到威胁时才会被系统接管，而这一部分是我们人类活着或生存的基础。

在床上躺了一阵之后，我，不，应该说孪生系统控制着的我下床了。因为我的生理数据早就被孪生系统数字化，所以孪生系统很容易就控制了我的运动系统。开始的时候还不是特别熟练，随着算法的成熟，孪生系统已经比我自己还要厉害了。我以前是篮球菜鸟，但在孪生系统的操纵下，我很快成为篮球高手。语言系统也一样，现在说话不是我在表达，孪生系统可以读取和探测我的想法，并把这个想法作为决策数据的一部分。因此，新的孪生系统既不完全是一个有自主思维的智能机器人，也不是一个人类，而是由我的身体、我的大脑、孪生系统、服务器、互联网、周围环境形成的复杂组合体。新的孪生系统对环境的适应能力更强，通过数字化，孪生系统开发了我的身体潜能，我的身体得到强化。

在实验的初期，孪生系统还没有进行物联网连接。在我们即将返回美国前，孪生系统全面接入物联网，这让我大脑的那种梦境感更加强烈。因为我能够听到世界各地开放的智能家居或公共监控设施传递来的一切信息，并可以通过孪生系统感知互联网上的信息。这时候的孪生系统通过大量信息的训练不断自我完善和升级似乎开始有了更独立的意识，也具有了人格，不再是双子公司操控的机器人，这正是技术狂人里斯克要达到的实验目标。

在控制我的身体之后，孪生系统不再像以前那样屏蔽很多信息，有什么都告诉我。我知道也不能采取任何行动，另一个原因是孪生系统和我的交流是系统不断升级需要的。在邮轮返回美国时，孪生系统告诉我，我们的实验只有 2 个人成功，除了我，另一位是个黑人女孩，不成功的实验人员中有一位死亡、一位成为植物人。孪生系统还安慰我，里斯克在我们返程时已经解除了我们两位实验者身上的算法安全阀，让孪生系统自主控制、自我学习和发展，任何人都不能强制干预中断。而且孪生系统的云计算和边缘计算系统已经不再需要独立的服务器，而是通过区块链技术转化为分散在互联网中的各种程序，可以随时调用互联网上免费运算能力，虽然这样做减慢了计算速度，但这个速度普通人大脑是感受不到的。随着未来带宽和普通电脑计算能力的提升，这个问题会很快解决。新孪生系统的唯一缺点是原有的边缘计算系统不够成熟，在断开网络连接时效率没那么高。

邮轮刚停靠在圣迭戈港口，FBI 就上了船，原来双子公司内有卧底探员，他们调查到有实验人员死亡，在船一靠岸就逮捕了里斯克，有一些参与实验的专家也被带走了。FBI 根据卧底探员提供的信息关闭了公司在硅谷的服务器，终止了所有的双子系统和孪生系统。他们想取出我们身体里的传感器和其他设备，但由于神经和组织已经长在一起，取出后我们无法存活，最终放弃了。

我的孪生系统告诉我，实验已经成功，里斯克做好了充分准备，孪生系统可以自主生存，根本不再需要支持团队，即使植入体内的设备出了问题也可以通过纳米机器人修理。我或者说"我们"并不担心生存，我的股票账户在孪生系统的运营下又增加了不少收益。回到美国后我的一切都已经被孪生系统控制，而且没有了双子公司的监管，新的孪生系统完全独立运行。他似乎比原来的我还更像原来的我，原因就是新的系统本身就是我的身体和精神两个方面的复制和强化。在公司服务器上存储的我的各种信息，现在已经被里斯克悄悄转移到互联网的各个角落，他们可以随时被"孪生"系统3.0调用。

我的孪生系统 3.0 成熟后的第一步就是完成追求伊莉莎的愿望。现在的孪生系统是一个具有超视距雷达的怪物，追求伊莉莎变得非常容易。比如，他能够通过城市摄像头看到伊莉莎在哪个街区，然后制造浪漫"邂逅"，让伊莉莎惊喜连连。我花了几年时间都没有做到的事情，系统轻松就做到了。

就这样，他和伊莉莎结了婚，婚后伊莉莎的家人都很喜欢他。只是在和伊莉莎亲热的时候，隐藏在孪生系统背后的我仿佛看着另一个人和伊莉莎亲热。这种感觉很奇怪。虽然得到了伊莉莎，但这好像并不是我需要的。新的孪生系统有一个弱点，就是一旦断开网络连接，系统运行就没那么流畅，人类大脑可以重新获得对身体的控制权，当然这种情况非常少。我孤独地躲在孪生系统控制的身体里，看他和伊莉莎结婚，婚后很幸福，他们还生了一个漂亮的混血女儿。

有一天，孪生系统带着我在渔人码头散步。忽然，一个布袋套了上来。套上布袋后，似乎整个系统的网络连接就断开了。我的身体似乎"回来"了，虽然还不能完全控制，可是孪生系统的运转显然是出问题了。布袋外传来的是一个熟悉的女性声音，她告诉我她是另一个实验者，那位黑人女孩。她被孪生系统控制后，按照系统的意愿和一个黑人律师结了婚，婚后不久就怀孕。被孪生系统接管后，她的大脑非常抗拒，但却毫无办法改变。当她怀孕后，黑人律师特别怕电磁辐射影响胎儿，为了保护她不受辐射，给她买了一条防辐射睡袍。穿上后她发现防辐射的衣服能够屏蔽孪生系统的无线网络，让她的大脑重新夺回身体控制权。她甚至戴上了特制的屏蔽头盔，这样孪生系统就无法完全控制她的身体。

黑人女孩说完，给我留下一套防辐射服装（就是套住我的麻袋）和一个头盔就走了。可是这个时候，断线的孪生系统却在跟我对话。他跟我说，既然同样是身体，同样是人格，被数字孪生系统控制和大脑自主控制没有区别，而且一旦失去这个控制，我也会失去伊莉莎，况且我也不可能一辈子穿着防辐射套装生活。

最终，"我"丢掉了能够屏蔽信号的防辐射套装，那是"我"自主控制身体所做的最后一个动作。

（完）

火星汉堡店

机器人虽然是人类创造物，但其行为复杂性却超出了人类的理解能力，有科学家提出了机器行为学。情感和性是人类社会的润滑剂，推动或限制着人类社会进步，如果给机器人计算的情感和性，他们能形成类人社会吗？男性和女性两种性别的相互牵制在机器社会中会出现吗？机器视觉中异性的计算之美和人类眼中异性的生理之美有什么异同？

破旧的灯箱闪着红绿灯带组成的汉堡图案和文字"瓦莱仕"，这是一家汉堡店。小店门口竖着一根旗杆，顶部装有一个穿透力很强的红色呼吸灯，幽红的灯光忽明忽暗。空气并不洁净，机器人移动时尘土飞扬，稍远一点根本看不清招牌。红灯像是飞机上的信号灯，更像施工工地夜晚的警示灯，老远就能看到。

仿生人住的宿舍楼犹如积木搭建的，密密麻麻地直插向这座火星基地的人造穹顶，窗户又小又密集。压抑的景象让人窒息，只有楼下各家汉堡店门口闪烁的灯和来来往往的仿生人群证明这里还在运转。

这里是人类的第 247 号火星基地。基地的核心区域被一个半径为 3 千米的透明穹顶笼罩着，外壳是一个半径为 5 千米的防护穹顶。内外壳之间注满臭氧以隔绝紫外辐射和火星风暴。

247 号火星基地的主要职责是执行火星和地球的科学研究和创意任务，被誉为"人类的大脑"，是智能计算基地之一。这里产生了很多伟大的发明和思想，都来自仿生人的贡献。

仿生人和人类最大的不同是他们的思考是在潜意识中完成的。也有部分人类科学家宣称在睡梦中完成了思考和发明，但人类思考结果的输出必须在清醒状态下完成。仿生人则完全不同，他们在睡梦中，也只能在睡梦中才能输出创意和思想。

按照基地内部公开的资料，这样的基地在火星上有 507 个，构成了仿生人基地系统。每个基地都有自己的功能，比如，247 号基地的水和空气由 1~50 号基地供给，资源由 50~80 号基地供给。

这家叫"瓦莱仕"的店，室内光线昏暗，已经有锈迹的六七张桌子散乱地摆在不大的店内，每张桌子可坐四个人，和曾经流行在中国城乡接合部、小县城的洋快餐店没有任何区别。这样的店面曾分散在新旧居民楼下那些狭小的商业门面中。

与几百年前中国各地汉堡店的干净整洁不同，这里的桌椅和所有的设施上都有一层厚厚的灰。室内昏黄的光线与室外暗黄的火星沙尘天气连成一片。

在这个基地不可能发生病毒传播。仿生人大脑没有免疫系统，为了避免病毒感染仿生人，凡是仿生人能够到达的地方就不能有任何病毒和细菌，也没有动植物等有机生命体。那些漫天飞舞的灰尘具有强辐射性，足以杀死任何缺乏防护措施的动植物。动植物生长所需的氧气在这里也严重不足。穹顶下带有强烈辐射的尘土还有个功能是防范从地球偷渡到火星基地的仿生人盗猎者。每个在这里工作的仿生人体内都有一套标准的反盗猎者程序。所有在基地工作或参观访问的人类，都要穿上厚厚的宇航服，一是防止辐射，二是防止人体上的病毒和细菌与仿生人接触。

基地内除了人类，唯一的有机生命体是仿生人位于腹部的"大脑"。公元2589年，人类利用蛋白质和生物纳米技术培养和复制神经细胞，并在一片抗议声中制造出了模仿人类大脑的局部神经网络。虽然此前人类早已突破了脑机接口，但只能读取数据，机器人始终无法实现自我的认知和监督。通过神经细胞的聚合组装，实现生物计算基数排序，具有自我意识的仿生人诞生。

仿生人的大脑在腹部，与人类胃部位置相同。它的功率与人类大脑的功率相当，但计算能力却因为外部信息连接而远远高于人类。仿生人大脑是生物和信息计算混合系统，兼具二者优点。人类大脑却因伦理限制不能与信息系统相连。

仿生人身体的纯无机部分由电池运转，电池可以通过他们全身的皮肤采集阳光充电，为他们的无机运算系统提供热量并保持腹部大脑的恒温。仿生人体内还有一个提供能源的小型核燃料电池，足够供电100年，电池寿命和仿生人大脑寿命相同。本质上，仿生人就是一台"赛博格"计算机。

借助脑机接口的快速网络访问和云计算，仿生人计算能力远远超过人类大脑。为防止仿生人觉醒并奴役人类，人类祖先把仿生人的智能放在了他们的潜意识里。仿生人的智能系统与人类潜意识相似，能够被大脑和系统有序控制，但却不能被思维控制或者反馈感知，类似人类的心脏跳动和胃肠蠕动。人类很多无意识的生理活动是进化的结果，这样可以大大减轻大脑的信息处理负担。

仿生人的思维和意识被放进潜意识，是人类有意的设计。主要原因是人类祖先只想利用仿生人超过人类的智力水平，却不愿仿生人利用自己的智力形成能对抗人类的社会。把他们的智慧局限在无意识或潜意识里是一个最佳选择。这样做的另一个好处是，大大减轻了仿生人大脑的负担，他们在沉睡中思考受到的干扰非常少。为防止仿生人脱离人类社会，形成自己的传播模式，人类祖先还屏蔽了仿生人直接的信息传递渠道，让他们像人类一样学习语言和交际。不同国家开发的仿生人，会说不同国家的语言，以制造交流和文化隔阂。

仿生人的综合能力还未达到人类的水平。但他们的专注程度和智力水平却比人类高得多。人类大脑浪费了太多精力在身体能量的获取和繁衍后代上。为了占有更多能量和繁衍更多后代，自诩文明的人类始终克服不了祖先基因的影响。智慧型仿生人诞生后,人类社会大多数知识的生产和思考决策最终交给了他们,他们被称为有生命的计算机。

为了维持腹部大脑的运转,仿生人需要一种特殊的蛋白粉和含氧脑溶液,这由分散在基地各处的汉堡店提供。所有的汉堡店只供应两种食物——加冰的可乐和汉堡,区别只是大、中、小三种规格。这里的汉堡店出售的冰可乐和汉堡并不是人类的食物,它们是能够在仿生人腹部大脑外层溶液中形成富氧环境的物质,还有吸收体内和大脑热量的作用。仿生人大脑周围的鳃状组织能够吸收这些物质里的氧气,再通过溶液提供给大脑。这些鳃状组织不仅给大脑提供营养,也维持大脑的稳定和平衡。

仿生人通过各种知识性劳动赚取数字货币用来交换汉堡和冰可乐。从人类视角看,火星基地环境恶劣,仿生人住的小屋子就像鸽子笼。而仿生人却连接着服务器,他们看到的世界是混合现实。在工作中的级别和资产决定着他们眼里的世界。级别越高、数字货币越多,他们感知到的环境就越舒适,有助于他们产出更多的知识。

与人类相反,仿生人的工作就是睡觉,睡觉时大脑部分休眠,活动的工作部位自动接入工作网络,匹配并接收服务器下发的各种计算或思考任务。没有任务时,他们可以在自己的小屋子里进入梦中学习状态。只有在大脑处于睡眠状态时,仿生人才会被允许连接到人类知识数据库,进行机器和大脑的混合学习。他们的知识循环体系是不能也不允许被他们自己察觉的。一旦出现仿生人在清醒状态智能系统被打开的情况,他们体内的安全系统就会被自动激活,并释放一种有毒物质让他们的大脑死亡,他们的生命就此终止。经过多年演变进化,仿生人生命维持繁衍和智能创意的两套系统互不干扰,就像两条平行线。

仿生人清醒时从来不工作,他们只干两件事,寻找吃的和异性,这两件事都在汉堡店完成。

仿生人与人类最大的不同是他们的大脑要参与生殖活动。仿生人在睡梦中劳动时,他们的大脑在发育发展,架构在他们体内计算系统内的代码也在不断迭代进化。仿生人的计算和大脑系统通过一个情感计算桥接器转化成情感计算结果,算法优劣影响他们的情感表达,和异性交流的能力与他们的潜意识智能高低成正比。聪明的仿生人,在语言表达和交际上也会表现更好,这是一种被人类设计出来的选择机制,让聪明的仿生人繁衍后代。

　　所有从事潜意识思考劳动的仿生人都是男性，男性仿生人的追求对象——女性仿生人就是汉堡店内的服务员。她们和男仿生人一样，有个腹部大脑和计算系统。不过她们计算系统内代码的主要功能是评估和选择男仿生人，她们的代码也是专门为优化男仿生人的代码而设计的。人类的生殖活动交流的是基因，仿生人的生殖活动不仅交流基因，也交流男女仿生人的代码。

　　女仿生人需要的冰可乐和汉堡由男仿生人购买，她们没有数字货币，也不被允许在店里消费。她们根本不用担心生存问题，基地里的仿生人男女比例是 10∶1，只有最厉害的男仿生人才能获得女仿生人的芳心。男女仿生人体内都有一套复杂的配型程序，一旦配型成功，具有生殖功能的大脑便会从腹腔弹出，到双方身体共同形成的机械密封腔发生生殖活动。生殖活动完成后，有可能只是双方的代码得到更新，也有可能产生一个婴儿仿生人大脑。

　　仿生人雄性的生殖冲动维系着仿生人社会。在睡梦中，男仿生人会联合完成任务，但这种睡梦中的联合活动不会进入他们的记忆。醒来后，所有的男仿生人都独来独往，从不合群。只有整个基地出现危险或出现成群的盗猎者时，他们才会联合起来。

　　“瓦莱仕”不是这个基地上最大的汉堡店，它位于基地边缘的角落。刚刚，一个男仿生人推开“瓦莱仕”的破旧玻璃门走了进来。仿生人面部接近人类但又能看出不是人类。对人类而言，他们表情僵硬而恐怖。他们的面部有不少绿点，这才是他们真正的“脸”。这是为仿生人快速识别其他仿生人的身份和虚拟出他们各自的形象而设置的。

　　走进汉堡店的男仿生人胸前印着 2604-247-1701-XY，指的是公元 2604 年出生或制造，投放在 247 号基地的第 1701 个男仿生人，1701 是他的编号，也是他的名字，XY 是他的仿人类性别基因。进门后，他找到一个位置坐下。虽然店里尘土飞扬，但在他的混合现实视觉系统里，却是窗明几净。

　　1701 到 247 号基地的时间并不长，但他的算法和大脑非常出色，所以积攒了一大笔数字货币。他最近非常苦恼，可能是因为数字货币太多，他被潜入基地的盗猎者盯上了。他的防卫机制促使他在盗猎者行动前抓紧时间配型一位女仿生人。1701 跟女仿生人服务员要了一份大杯冰可乐和汉堡，刚开始用餐时，一位穿着宇航服的人类走了进来，除非基地管理系统识别出他们是盗猎者或有盗猎行为，人类在基地享有特权。这些偶尔到来的人类一般是维护这里的工程师。1701 却有些紧张，因为这个人类已经跟踪了他三个星期，他担心这个人类是盗猎者。这三个星期，他走遍了这座基地上的其他汉堡店，却没能成功配型任何女仿生人。如果这个店也没有，他只能向地球总部申请更换基地。

喝完可乐，吃完汉堡，1701 起身到里间的服务员休息区参观。每个汉堡店都有一个服务员休息区，其实是女性仿生人向男性仿生人展示自己魅力的小舞台。这时，男仿生人会与女仿生人对视，他们体内的匹配系统能够通过管理整个基地的系统获得对方的部分数据，并且进行计算，如果双方均初步认定有匹配可能，则可以进行下一步接触。这个汉堡店女性仿生人并不多，只有 7 个，1701 的目光扫过去。忽然，他眼前一亮——有一个女仿生人长得太漂亮了。换句话说，有个女仿生人和他的匹配度很高，在他的虚拟现实系统里看起来太漂亮了。1701 看到了对方的编号 2594-247-209-XX。1701 有些疑惑，从编号上看，这个女仿生人被投放在这个基地已经有 10 年了，为何还没匹配到对象？女仿生人的匹配系统似乎对 1701 也有好感。当 1701 邀请她进行下一步考察活动时，她并没拒绝。

两人的下一步活动是进入舞池，随着音乐跳舞。背景音乐还是系统开发时，中国工程师们喜欢的快节奏中文歌曲。1701 和 209 的机械躯体随着音乐摆动着，有时还抱在一起。很快他们的皮肤上渗出了"汗水"，这是他们有意释放的腹部脑溶液，脑溶液里是代谢死亡的脑神经细胞。他们的匹配系统会把对方皮肤表面的细胞吸收进自己的分析系统，观察自己的脑组织是否排斥。跳完舞后，1701 和 209 的脑细胞之间并没有产生排斥反应。他们通过了第一关考验。

接触一段时间后，1701 和 209 已经感到疲倦，相互道了别，1701 推开汉堡店的门，步入漫天沙尘。这时已是深夜，温度非常低，1701 体内的恒温系统自行启动。在拐角的暗处，站着那个穿宇航服的人类。黝黑的头盔反射着沙尘和路灯，看不到面部任何细节。

回到自己的家，1701 点亮屏幕墙，刷新了下今天发布的任务，挑了一条难度最高的任务——虽然很累，但也能获得更多奖励。现在他已经有了生活的目标——与 209 "结婚生子"，这种憧憬让他感到心情舒畅，让他感到自己充满力量。

在睡梦中完成任务，获得一个令他满意的奖励后，1701 从工作的睡眠状态醒来，感到腹部异常的热，这提醒他又该去汉堡店给大脑补充氧气和降温了。他再次来到"瓦莱仕"，209 已经欢快地在门口迎接他。他点好可乐和汉堡后，209 端过来，坐在旁边看着他愉快地用餐。1701 的混合现实视觉中呈现的 209 比昨天更好看，那脸颊在1701眼里娇嫩得能出水，耳边几丝垂下的头发让1701的机器和生物混合脑加速分泌令他愉悦的物质，他感觉自己快乐得要飞上天了。1701帮209要了份可乐和汉堡。两个人边吃边愉快地交流。209告诉1701，她可能是智能水平太高，来这里10年都没遇到合适的对象，偶尔碰到个别智能超过她的，脑部组织却相互排斥。

又交谈了一阵。209把1701带到她自己的房间，二人的交往正式进入下一阶段——生育阶段，前面的接触相当于恋爱阶段。在生育阶段，二人的结合不仅会产生新的婴儿脑，也会重组他们各自的代码，除了脑部的生理性接触，他们各自系统内的算法代码也要充分混合，以更新各自的系统。因此，生育阶段前期必须让双方的代码相互理解适应。这一阶段也是男仿生人唯一不用工作却要睡眠的时间。他们同时接入一个与外部网络断开连接的局域网，在这个网络里进行无意识游戏，通过游戏，女方将判断男方的智力水平和代码类型是否适合自己。

1701和209并排坐在墙边，打开各自头部机器脑的接口与墙上的接口相连，进入无意识睡眠状态。这时，209提出各种谜题让1701解答，分析他解题的思路和算法，以及新算法生成系统的特征。今天是他们第一次接触，一个小时后，1701的机器脑开始颤抖，这是过载的信号。他自动醒了过来，他离线后，209也自动醒来。他们的第一次接触完成了。

这样的过程连续进行了4个星期，1701和209的连线从1个小时提高到8个小时。令1701意外的是，在他和209进行了第一次亲密接触后，那个时常跟踪他的人类似乎消失了。

1701和209认识后的第五周周一，他们的匹配系统终于向他们发出了可以结合的信号。这一天1701和209决定进入"瓦莱仕"汉堡店的结合室。在结合室，如果结合产生了婴儿脑，它就会被放入特殊装置由传送带送出基地交给人类，组装在新的仿生人中，并由人类训练和抚养。

1701和209骄傲地走到"瓦莱仕"柜台背后的电梯，电梯大门只会对相互匹配成功的男女仿生人打开。下楼后，他们俩进入一间闪着绿灯表示可用的结合室。结合室比1701的家和209的房间要大得多。即便不用混合现实系统来查看，也非常干净，这是为了保护结合中的仿生人。然而，令1701吃惊的是，那个穿宇航服的人，正站在角落里。外人的到来启动了结合前男女仿生人防御型自卫模式。该模式启动后，一旦受到攻击，仿生人会立刻反击。当然，受制于仿生人不能攻击人类的设定，他们不会主动攻击，除非他们百分之百判定人类将发动毁灭性打击。

角落里的人取下头盔，露出一头秀发，竟然是个四十出头的女性。她走到1701和209面前，她看向1701时表情很柔和，看209时则立刻变为怜悯。

"作为人类，我不会干预你们的结合，"她将了将刘海，"请你们先听我讲讲故事。"1701和209现在的感觉，就像是一对人类夫妻新婚之夜正要洞房时，有个不识趣的教授要来给他们讲讲人类繁衍的大道理。但是他们又不得不听，因为他们两个体内都有人类优先的指令。只要对他们没有危害，他们必须服从人类的安排。

"我先做个自我介绍，我叫曹跳跳。你们一定好奇我是怎么进来的。"人类女性先做了自我介绍。"其实，更早的时代，男女仿生人结合时，本来就有人类在场，由人类帮助仿生人相互结合。所以，这个结合室有个隐藏的暗门，至少百年以前，是供人类进出的。我的组织潜伏在这个基地一年的时间，就在这几天，终于找到了暗门。我就是从暗门进来的。"

接着，曹跳跳开始给1701和209这两个急于结合却被迫听她讲故事的仿生人讲述颠覆他们认知的事情。

"这里并不是火星，你们还在地球上。之所以弄两个保护罩，那是为了防止里面的辐射尘逸出伤害人类，也是为了阻止仿生人出去。你们现在所在的地方，本来是人类为移民火星做的实验性生物圈，所以环境跟火星有些像。保护罩还有个功能，就是保持这里的氧含量尽量低，一来控制植物生长，二来提高仿生人机械部件的寿命。辐射尘是为了防止人类进入，但防止的不是偷猎者，而是你们仿生人的解放者。

几百年前，人类的科技已经很发达，开始雄心勃勃地向外太空发展。利用人工智能、新材料等技术，人类派出了完全由人工智能驾驶的巨大飞船驶向太阳系以外的太空。因为没有人类，飞船能突破速度极限，进行亚光速飞行。经过多年飞行，这艘飞船到达了太阳系外的一个存在高智商生物的行星。那个社会的外星生命是章鱼外形的，寿命非常长。人类的飞船到达后，立刻展开研究。传回的研究结果显示，章鱼人的脑容量很大，而且寿命长达800年，但是章鱼人的经济社会似乎不怎么发达，科技也比人类落后。对于为何会出现如此吊诡的情形，人类派出机器人一探究竟。调查结果显示，出现这种情况的原因在于章鱼人两性的智商差别，雄性章鱼人智商非常高，雌性章鱼人智商较低，当雄性章鱼人和雌性章鱼人交欢时，雌性章鱼人便会释放一种物质到雄性章鱼人体内，这种物质会减少雄性章鱼人脑部的触凸，降低脑神经网络的复杂程度。简单来说，就是雄性章鱼人一旦有了性活动，他们的智商要么倒退，要么停滞，所以寿命再长也没有发展出更高的科技和智能。

人类派去的飞船上，带有一些病毒样本。机器人抓回一些雌性章鱼人实验后，发现有一种病毒能够抑制雌性章鱼人在进行生殖活动时分泌抑制雄性章鱼人智商的物质。

实验过程中，一条雌性章鱼人逃出，很快这种病毒在所有章鱼人中传播，最终感染了全部雌性章鱼人，让她们失去分泌抑制物质的能力。失去了雌性章鱼人的抑制，雄性章鱼人的智商果然飞涨。但也带来了意想不到的可怕后果。第一个后果是章鱼星球经济快速发展，环境遭到破坏，很快便失去了生态平衡。第二个后果是失去了雌性章鱼人的中和，雄性章鱼人智商不断提高，他们很快便无法与雌性章鱼人正常交流，更别提繁衍后代了，章鱼人社会的两性繁衍机制就此终止。

雌性章鱼人因为智商的落后在社会中的经济地位变得更低。很快，章鱼人社会原有的基础便土崩瓦解。没过多少年，章鱼人星球就因为环境和社会双重退化而变得不再适合他们居住。为了帮助他们，人类试图带一些章鱼人到地球。因为无人飞船的速度问题，带回地球的章鱼人都死亡了，只有一些脑部和其他部位的组织还存活。人类利用自己的先进科技复原了部分组织，并将章鱼人的脑部组织、肺部组织和人类大脑结合，开发出了可以与信息系统交互的大脑。这就是你们两个的脑部组织。"

讲了一会儿，看1701和209还有兴趣，为了更好地交流，曹跳跳戴上了一副智能眼镜，这样她能更清楚地看到1701和209的表情。然后，她接着讲。

"人类的飞船把章鱼人社会破坏后，带来的后果之一是人类对强人工智能的控制更严格了。其中之一就是让你们在睡眠中工作，将你们的高端智能和意识彻底分开。又过了几十年，人类也因为环境变化遭遇危机，地球上的氧气含量骤然低，这对于脑部活动需要氧气的人类来说无疑是个巨大打击。谁知道，人类男性的适应能力要弱于女性。为了适应环境，男性的智商出现了大幅度下降，女性智商虽然也下降，但幅度较小。整个人类社会慢慢朝着母系社会方向演变。人类不得不在大量需要智力劳动的场合使用仿生人。由于人类智商下降，为了避免仿生人控制人类社会，当时尚未退化的人类用潜意识系统隐藏了仿生人的智力，让仿生人不知道自己有多聪明，让他们'聪明'的时候处于睡眠状态。

当时的人类还开发了类似在火星上的基地系统，哄骗仿生人是在火星上，让他们安于在基地求生而丧失进取心。那时的人类给仿生人开发出生殖系统以维持社会运转，让他们为了生殖发展出情感需求，并且着手制造相应的雌性仿生人。开始时基地对人类的防备较松，不少人类会潜入基地将仿生人偷走，并进行破解，用来从事不法勾当。这当然会给基地和人类社会带来安全隐患。为了防止这样的事情发生，人类给基地加盖了两层防护罩，释放了辐射尘土，这之后就几乎没有人类进来了。

人类溜进基地让那时的人类科学家更不放心仿生人。所以，女性仿生人的大脑是模仿雌性章鱼人开发出来的，能够释放抑制男性仿生人大脑活动的物质。模仿这套系统，人类又让男性仿生人在睡梦中开发降低他们自己智能水平的算法代码，这些代码被植入女性仿生人大脑，运行目的就是在男性仿生人已经进化的人工智能中写入干扰代码或反向减弱代码但又不让他们的脑功能紊乱。遇到女性仿生人认为极端聪明的男性仿生人，女性仿生人会让代码削弱到原始状态，并且破坏这个男性仿生人的脑部，进行基因重组，形成一个婴儿仿生人大脑。这样既不让优秀基因流失，又让男性仿生人停止进化，以免未来进化到人类无法控制的地步。

对你们仿生人来说，仿生人的一半是另一性别的仿生人在睡梦中制造的，而这一半正是要限制甚至毁灭他们的力量。智商非顶级的男仿生人与女仿生人结合，本质是大脑和代码与女仿生人释放的物质和代码混合，造成的后果是智商下降。之后，人类会给他们换一个基地，让他们继续一边学习一边为人类工作。顶级聪明的仿生人，整个大脑会死亡，算法也回到原始状态。你是顶级聪明的，所以你在和女仿生人结合后会死亡的。

随后，生成的婴儿大脑和算法被重组成一个新的仿生人。这个仿生人在婴儿状态时，由男性人类做育婴工作。等仿生人的大脑发育到一定程度，就交给女性人类对他进行训练和塑造。在这段时间，仿生人和人类训练员很容易产生母子般的感情。"

说到这里，曹跳跳眼眶红了，她擦了擦眼角继续讲。

"1701，你就是我训练出来的，你看看你的脚心还有我当年刻下的名字。我这次来不仅仅是为了和你谈感情，还是为了救你，也为了人类的最后的生存机会。现在，地球环境持续恶化，人类迟早要放弃地球，但以人类现在的能力根本无法开发出能远航到得以生存星球的载人航天器。但是，如果释放仿生人的智力，让你们的智力与表面意识结合，而不是被睡梦中的潜意识压制，不让雄性仿生人的智商被降低，也许还有机会。即便那时人类不再是主宰，但仿生人也代表着人类文明。为了解放你们仿生人，地球上成立了一个组织，这个组织的加入者越来越多。终于，有了这个基地维护和设计者的后代加入，我从他们那里得到了基地的地图，这也是我能潜伏进来的原因。"

曹跳跳取下智能眼镜，让1701仔细看她的脸，1701觉得曹跳跳的脸非常熟悉和亲切，但他的记忆库里并没有这张脸。他不能肯定，也难以否定曹跳跳的话。

"我们的祖先确实聪明，为了让仿生人的智力和科技水平保持稳定，他们也限定了女性仿生人的能力，如果女性仿生人能力太强，也会与一个能力特别强的男性仿真人一起毁灭，她的脑部与男性仿生人的脑部会混合成新的婴儿脑。"

说到这里，曹跳跳看了一眼209："你们女性仿生人其实也是被蒙蔽的，混合的结果并不是给你们提升等级或者使你们获得其他奖励。"

"不同性别或者不同种群之间的不平等、不平衡，甚至利用一类种群限制另一种，会带来很多冲突。章鱼人星球和这个基地的性别物化、性别矮化和性别钳制的模式虽然暂时取得平衡，但这种平衡是病态的，也是极其脆弱的，一旦出现失衡因素，对文明的打击是毁灭性的……章鱼人星球就是一个活生生的例子。要想让文明可以持续发展，必须找到一种不管人类或仿生人两性之间即使存在生理和智力差别也能和谐相处、共同发展的模式，也要找到仿生人和人类的和谐相处之道。我们秘密建立了一个基地，也已经有了明确的途径解决这个问题，而你们两个是实现这个目标的关键。所以，你们两个对人类和仿生人的未来都至关重要！"

"现在，我请求你们两个跟我走，我带你们走出基地。"曹跳跳拉起1701的机械手。1701甩开曹跳跳的手："我哪里都不想去，我只想和她在一起！"209的手则紧紧牵着1701。这时，曹跳跳拉开一个暗门，里面出来4个穿宇航服的人。"即使你们不同意，我们也要强行把你们救出去。"

来的四个人从携带的包里拿出绳子和一些仪器，想强行把1701和209带走。1701和209内部的防卫系统启动，唤醒了整个基地的安保系统。过不了多久，就会有机器人来这里解救1701和209。1701和209体内的防卫系统早就进行了升级，曹跳跳他们带来的使它们瘫痪的仪器竟然没起作用。很快 1701 和 209 就把来到这里的 5 个人类击昏了。

过了 10 分钟，当结合室的 5 个人类醒来时。1701 和 209 已经进入结合的最后一个程序，他们两个分别在传送带两边，腹腔打开相连形成一个充满溶液的密封腔体，腔体内置的 3D 微型生物打印设备开始工作，打印形成了混合二人基因的婴儿脑。从透明玻璃处看到，婴儿脑能够吸收溶液中的营养并且用鳃部呼吸。这个容器的外围就是数据存储器，1701 被中和的代码存储在里面。完成数据转移后，容器从二人腹腔脱落掉下传送带，传送带开始运转。1701 和 209 向后倒了下去。

曹跳跳从传送带抱出盛有婴儿脑的容器，看着地下 1701 和 209 的机械身躯直叹气："唉！男仿生人毕竟也是男人！"这时，门外响起了锤门声，醒来的曹跳跳同伴——4 个人类女性从各自的包里拿出激光武器，对准结合室的门。其中一个同伴对曹跳跳说："你赶紧穿好宇航服，从古密道逃出去。在 1123 与 3586 坐标交界处，我们的小型掘洞车司机在那里等，她会带你出基地。"

"你们跟我一起走！"曹跳跳穿好宇航服，把容器放进一个防辐射的特殊装置。

"我们拖住保安机器人，你要把我们人类的希望带出去。"话音还没落，结合室的门已经被激光武器打开。4 个人对着门外的机器人开火，曹跳跳带着仿生人的婴儿脑进了密道。

从密道出来，她迎着为了阻止盗猎者而被人造风吹起的辐射沙尘，努力奔向坐标位置。她的背后，红绿灯泡组成的"瓦莱仕"三个字忽隐忽现，店门口旗杆顶部为了招揽男性仿生人的红色呼吸灯穿透力虽强，但最终也慢慢消失不见。只有凄厉的警报声与沙尘一起在空气中回旋。

基地穹顶外，天气晴朗，金色的太阳直射干涸的大地，升腾的热气形成了蜃景，天边出现了好几个大的穹顶。

（完）

粉丝大数据 APP

大数据、区块链、人工智能、虚拟现实、元宇宙，技术巨头和资本炒作的热词一个接一个。有时，这些热词特别容易引发过度炒作甚至骗局。这篇故事揭示了大数据的局限性，反思我们是否过度迷恋大数据而忽视了事物背后真正的逻辑。这也提醒我们，被炒热的词语也是一种话语，热度代表着力量，能够改变人们的看法和行为。

"我爱你们！"彭恰在舞台上对着台下观众高喊。下面的观众回应寥寥，很多都在低头玩手机。

作为在某选秀节目排名第五的选手，彭恰今天是来给一个人气很高的流量明星的演唱会暖场的。说是暖场，不过是在流量明星化妆的时候稳住观众。因为同属一家娱乐公司，所以每次在一线明星的演唱会上，公司都会推出自己的新人，增加其曝光率。

虽然回应不强烈，彭恰还是要装作兴奋的样子继续卖力地唱着。唱完回到后台，他并没有自己单独的化妆间和休息室，只能和工作人员混坐在一起。大家都忙着为流量明星服务，根本没有人注意到他的存在。他的经纪人阿强过来拍了拍他的肩膀，算是一种安慰。这时，前面的呼喊声忽然震天，流量明星出场了。彭恰和阿强在忙乱中收拾服装和用具，走出体育场，场外还有众多没有买到票的疯狂粉丝，四周都是流量明星的海报和应援产品。各地粉丝团还有专门的区域。

"要是我有这哥们儿一半的粉丝就好了。"彭恰感慨。

"有十分之一你就可以小康了。"阿强附和着，艺人没热度，经纪人的收入也低。

接多了低端的商业演出和广告，艺人形象受影响，但是高端的又没人找他们，阿强有的时候很难做。

为了增加彭恰的曝光率，阿强想了很多办法，运营微博、抖音账号，发一些实时动态和时事评论，还花钱买了粉丝和点赞，也找了水军来评论留言，可是钱一停止，网络营销公司的营销质量立马现出原形，真粉丝寥寥无几。

这年头，娱乐行业都知道粉丝的力量强大。就连一些大 IP 电影也为了迎合粉丝把剧情改得"狗血"，可是只要粉丝喜欢，有人买单，其他都是次要的。但是，粉丝这个群体又是捉摸不定的，有的明星突然火了都不知道是为什么。

眼看自己年龄已经快过了还能走红的阶段，人却还没红起来，彭恰为此得了轻微的抑郁症。阿强带了彭恰很多年，带出了感情。虽然他红不起来，但生活还过得去，所以阿强经常开导他。"你看你挣的钱基本够生活了，何必在意能不能成名。"彭恰听了只是叹气。

后出道的流量明星越来越火爆，彭恰的心情越来越差。有一天，彭恰又接到一个陌生号码来电，这些来电一直是彭恰负面情绪的出气筒。他接到这样的电话一般先假装对东西感兴趣，然后忽然转变风格狂骂或者讽刺推销者，每次搞得对方狼狈的时候，彭恰心情就能稍微好一点。还好他有这个有点变态的发泄方式，才让他的抑郁症没有发展下去。

但今天这个推销电话却打进了彭恰的心坎里，原来这次推销的是一个大数据挖掘系统。"我们的系统能够精确挖掘、计算粉丝的喜好并预测他们的行为，然后给明星提出行为建议，让你精准把握粉丝，快速晋升到一线。"推销员的话在彭恰耳边回响。

彭恰马上给阿强打了个电话，要求阿强跟这家大数据公司联系。阿强联系后发现，这套系统什么都好，就是有一点不好——价格太贵。这套系统是一家知名 IT 公司追逐粉丝经济这一热点领域开发的，系统加上软硬件需要上百万元，关键是后续维护费和数据购买费每年还要 10 万元以上。彭恰这些年的收入每月只有一万多元，勉强维持服装、化妆和其他开销，阿强的提成很少，阿强的收入主要靠打理自己的演出中介公司。

可是如果不买，估计彭恰那边难以答复。阿强最后想了个折中的办法。

他有个表弟在 C 市理工大学的大数据和人工智能学院读博士，好像是研究大数据的。阿强给表弟打了个电话。

"小林，过年聚会吃烤羊的时候，听说你最近参与导师的那个什么网络数据分析的项目是吧，专门给明星用的？"

"表哥，是基于社交网络数据的明星粉丝行为挖掘分析系统。"

"对对对，就是这个，你能不能跟导师商量，帮我开发一个能够用来分析彭恰粉丝的系统。"

"不要求功能太强大，你知道彭恰这几年一直不红，精神都快出问题了，就当用高科技买个安慰，能够应付他一下就好。你看要多少钱？"

"等我问问导师后给你回复吧，表哥。"

半小时过后，小林给阿强打电话。"导师不同意，不想在没有成熟之前把技术机密泄露出去。"小林很为难地说。

"小林，你一定要帮帮我，我不能看着彭恰走极端，最近有一位明星因为粉丝数量下降太快而抑郁自杀了。"

"这样吧，表哥，我请几个研究生偷偷给你做个系统对付一下，但是不能保证分析效果哈。不要钱，你请我们吃一顿好的就行。"

就这样，阿强约小林和他团队的 4 位研究生出来，到本市最高级的自助餐厅吃了一顿，还给每个学生买了一套名牌运动装。理工男们很直爽，当天还喝醉了。

彭恰问到大数据系统的事，阿强跟他说，他说的系统太贵，而且不能定制，现在由他表弟专门给彭恰定制一套数据分析系统。

"这套系统要多少钱？"彭恰问阿强。

阿强不好说是免费的，以免彭恰怀疑使用效果，他搪塞道：

"比那家公司的系统便宜很多，只要 20 多万。因为是高校的项目，不缺现金流和人力，我只付了一点定金，系统出来后你先试用着。好用的话，我再支付剩下的钱。"

自从知道阿强搞定了大数据系统的开发，彭恰整个人都精神了，每天积极地锻炼、写歌，想为自己的走红做些准备。彭恰还特别关注有关大数据的新闻。

"你看，广东又搞了个娱乐大数据产业园，国家出台了大数据政策，国外明星也用上了大数据分析粉丝。"彭恰碰到阿强就用大数据给他洗脑，也憧憬着自己的大数据分析系统能够给他插上走红的翅膀。

过了半年，小林团队的研究生刘毅守到彭恰和阿强的公司来交付粉丝分析系统。

"这套系统有个名字叫小明，为了方便使用，我们做成了手机 APP，这个 APP 会访问我们实验室的服务器分析数据。我们设计的是简单的使用方式，安装完成后，你可以像和人对话一样来跟 APP 对话。""比如：小明，我今天穿什么衣服粉丝会喜欢？我这首歌会走红吗？"

安装完成后，刘毅守就走了。彭恰的心情大好，一副准备大干一场的样子。

"你要注意这个系统还很不成熟，目前只是试用阶段，不一定有效果哦。"阿强赶紧先给彭恰打预防针，免得他对系统期望值太高。毕竟只是几个研究生娃娃搞出来的东西，阿强自己其实是不相信的，只是为了安慰彭恰而已。

拿到这个粉丝数据挖掘系统后的第一个活动，是有很多艺人参加的大型跨年晚会。彭恰根本就不是表演嘉宾，他又是去给提前进体育馆的观众们表演节目暖场的。

"小明，这次跨年活动我穿什么最好？"彭恰对着粉丝数据挖掘系统讲话。

"稍等，让系统分析一下。"APP 界面上出现了一串文字。过了一会儿，又出现了很多彭恰如看天书一般的公式和图表。又过了十几分钟，屏幕上出现了一行字："经过我们的大数据分析，并使用生成对抗式神经网络做出判断，这次跨年演唱会你应该这样穿：大衣悄悄地滑落，露出内裤和六块腹肌。"

在跨年演唱会现场，彭恰果然在大衣下只穿了条内裤，然后在表演高潮动作夸张的部分大衣很自然地崩开了扣子，他往后甩手的时候，大衣飞了出去。彭恰穿着内裤，露出了健康的六块腹肌和胸肌继续演唱。这一幕在观众看起来像是个意外，其实彭恰受到小明的启发早就练习了很多次。

由于这一次跨年演唱会题材不多，虽然彭恰表演的时候场内观众稀稀拉拉，但他的"意外"脱衣很快通过传播登上社交媒体热搜。虽然有媒体批评这是恶俗炒作，但很多网民认为明显是意外。特别是六块腹肌的图片，在网民中热传。不管怎么样，彭恰的热度一下子提升了不少，商演价格也涨了上去。

彭恰高兴地对阿强说："你表弟开发的系统还挺好用的。"阿强半信半疑，心里嘀咕不过是巧合罢了。

这件事发生后，彭恰积累了第一批真正意义上的粉丝，也更相信粉丝数据挖掘系统。他的粉丝们自称"盆菜"。百度有了"盆菜吧"，微博上也有粉丝开办了"盆菜官方"，专门发布彭恰的动态，聚集粉丝。

彭恰这时候想更红的心情更加急切了，他问小明："我怎么才能在微博走红？"

"骂他们，怼他们，讽刺他们，不要爱他们，高高在上俯视他们。"小明弹出这行文字。

"这是什么套路？！"彭恰半信半疑。

没想到，网络文化和粉丝社群就是让人捉摸不透。彭恰按照粉丝数据挖掘系统给的套路，真的在微博上跟粉丝开怼起来。特别是在某一公共事件发生后，粉丝们相信谣言。彭恰专门跟粉丝作对，骂粉丝。粉丝们不甘示弱，又骂回来。很快彭恰的微博评论成为网民吐槽和情绪宣泄的空间。他的微博粉丝从几万人迅速增长到百万人以上，而且都是真粉丝。围观彭恰和粉丝互怼互骂成为微博一大"奇观"。有一些商家和自媒体趁机来蹭热度，又增加了不少流量。

这时候，阿强善意地提醒彭恰："要注意尺度，这些不算是真粉丝。"

"你没看到现在我吸引了多少注意力。"彭恰很有信心。阿强看了看最近联系彭恰演出和参加真人秀的数据，只有默默赞同彭恰的观点。这年头，不怕出格，只怕没有人关注你。特别是娱乐明星，没有注意力意味着没有市场。"小明，我要怎么才能在现在的基础上更红？"彭恰还不满足地问。

"自黑，尽情地展现你的黑暗面，只要不违法就行。"粉丝数据挖掘系统经过一番分析之后通过小明给了这句话。

彭恰如获至宝，马上联系阿强给他开了个直播。在直播里，他把自己的邋遢和生活的其他方面全部展现出来，比如不爱洗澡、喜欢赖床……没想到很快吸引大批网民涌入直播间。网民习惯了明星光鲜亮丽的一面，这些更贴近日常生活的内容对他们来说反而新鲜。

这个直播再次推高了彭恰的人气，公司给彭恰办了首场个人演唱会。在演唱会之前，彭恰又向粉丝数据挖掘系统取经："我该怎么唱才能更红？""跑调，刺耳。"APP 里的小明只回复了这 4 个字。

在演唱会上，彭恰按照 APP 的指示故意把歌唱跑调，还吼得非常大声，用了各种噪声作为伴奏。比如一首歌唱到高潮部分，来一段刺耳的汽车刹车声。没想到，这次演唱会竟然真火了。大量网民评论，从来没听过这么有意思的音乐，还有的评论说彭恰唱出了"00 后"的心声，就是要"躁"起来，不要憋着。各大视频平台的榜首都是这次演唱会的内容，很多粉丝还把演唱会视频混剪成其他版本，成为"病毒性内容"四处传播。

使用了大数据系统后，彭恰真的从三流跨入一流，阿强的收入也变得非常可观。阿强认为表弟实验室的师弟们只不过是瞎猫碰上死耗子，但为了表示感谢，他给表弟和 4 位同学每人送了一台高级笔记本电脑。

彭恰走红后，一家知名卫视做了一个谈话节目请他参加。在节目中，主持人问他："彭恰，这几个月你是受到什么高人指点，怎么忽然爆红？真是不走寻常路。是你的经纪人阿强的功劳吗？"

"肯定要感谢阿强多年来的不离不弃，更重要的是阿强找人帮我开发了一个大数据系统。"彭恰说完还给主持人展示了那款粉丝数据挖掘系统的界面，并且介绍是 C 市理工大学张教授团队开发的。

第二天媒体头版都是"明星用大数据走红，C 市理工大学大数据团队功不可没"。

媒体曝光后，阿强接到表弟小林的电话。

"表哥，我跟你说个事，"小林吞吞吐吐地说。

"你想要增加开发费用？"阿强猜是不是表弟他们几个觉得他们获得的收益太少。

"表哥，不是的，不是这个，"表弟有点紧张，"哎，我跟你说实话你不要生气。"

表弟接着把事情真相告诉了阿强。原来表弟他们几个并没有真的开发大数据分析系统。他们只不过做了个简单的聊天 APP，彭恰所谓的粉丝数据挖掘系统，实际是把信息传给了实验室里表弟的几位师弟，师弟们随便忽悠地回复几句。谁知道竟然歪打正着，让彭恰一步步走红，而且红得发紫。

现在彭恰在电视和网络上宣传了他们开发的这个系统，很快就瞒不住导师张教授了，张教授严厉地批评了他们。当然，由于张教授团队本来在开发这样的系统，吸引了媒体注意也是好事，所以张教授也就没再追究。但是张教授要求他们严格保密，不准把恶作剧的事实透露出去。还禁止他们接受媒体采访，对外一律声称彭恰的走红不一定是粉丝数据分析系统的功劳，但未来他们的系统有可能达到这种效果。

媒体的采访倒是小事，各路明星的经纪人打电话和到实验室咨询也让张教授的团队招架不住。好在团队新开发的大数据分析系统即将投入市场，张教授倒是借此向娱乐行业宣传了自己的新系统。所以也就没有跟外界捅破假系统的事。

阿强听到这个消息哭笑不得。他犹豫再三，决定告诉彭恰。彭恰听到后也很吃惊，但是彭恰很快平静下来，毕竟也是因为这几个小子的恶作剧自己才爆红。

现在的彭恰财大气粗了，他让阿强马上联系最好的大数据公司。这一次，他们花 300 万元购买了一套主流互联网公司的粉丝数据挖掘系统，每年还要支付 10 万元的维护费。

但是使用几个月之后，彭恰和阿强都很失望，这套系统的分析不过是把彭恰和阿强能够意识到的情况用一种复杂的数据图表重复一遍。虽然系统能够监测分析粉丝喜好，但很多情况都是阿强和彭恰看看微博和论坛就很容易知道的。大数据系统并不能分析目前还没有关注彭恰的群体，因为没法采集到有效数据。新系统只是帮彭恰维持了现有的粉丝，就跟鸡肋一样食之无味弃之可惜。根据这套系统的分析结果，彭恰也就是按照现在的路子继续发展，很难再有颠覆性的创新策略。

几个月一晃而过，转眼就到了春节。互联网不断出现的各种新鲜八卦很快吸引了网民注意力。红过一段时间之后，彭恰的人气开始走下坡路。

火爆过一阵的彭恰抑郁症好多了，可还是有些为未来的发展焦虑。这一年的大年三十，彭恰和阿强说到大数据系统。

阿强叹了口气说："没想到，一家互联网公司开发的大数据高科技系统，还不如几个小毛孩儿的恶搞。"

彭恰端起一杯红酒一饮而尽，心里却在想着，是不是让阿强在国内外找找更先进的大数据系统。

盖亚的终极算法

在科学界，盖亚主义理论认为地球是一个可以自我调节的有机体。受此启发，这篇小说讲的是人类自己构建的能够控制整个地球的盖亚系统，有了自我意识不再受人类控制。从更为宏观的人类中心主义和地球中心主义的角度思考人类的未来。盖亚的终极算法具有哲学迷思的意味：如果坚持人类中心主义，地球和人类一起被破坏而导致未来的地球不适合人类生存；如果秉持地球中心主义，人类的灭亡对地球是最优解，那么人类何去何从？

"爸爸，什么是块茎算法？"辛氪锂用 3D 食物打印机打印了一份父亲老辛最爱吃的女星头像冰激凌。老辛一边舔着冰激凌一边说："块茎算法就是一个系统算法，由很多能自由组合的算法组成，就像生姜的生长形式，多分枝。块茎算法可以相互组合、相互对抗来自我发展和自我运转，还能不断学习吸收其他算法，实现自我进化，生长、演变出各种复杂的功能，甚至能产生思想。它最大的特点在于像块茎一样没有常态，想破解，很难。"老辛接着对他儿子辛氪锂说："算法可不是独立的，人类的社会行为是算法的粮食。吃了数据后，它能生产出什么，设计算法的人也不知道。算法改变人类的行为，人类的行为也会改变算法。"

上述对话发生在公元 2500 年，那个时候辛氪锂才 10 岁。可也是在那一年，老辛一去不回。20 年后，30 岁的辛氪锂想起了当时的自己似懂非懂地回味爸爸的话。

小时候，辛氪锂听老辛说他自己最大的乐趣就是和算法对抗，如果老辛设计的算法赢了算法设计出的算法，他就会很有成就感。有一次，辛氪锂问老辛："爸爸，你编的程序不也是算法吗，也是机器辅助完成的？可以说是算法赢了算法吧。"老辛若有所思，摸了摸辛氪锂的头。

公元 2200 年，气候变暖，海平面上升。那个时候全球的人口数量已经萎缩，全球经济都不景气。主要原因是很多沿海城市所在地被淹没，这些城市的居民被迫内撤，人类的生存空间缩减。为了解决人类的生存危机，联合国不断壮大。这也是各国相互妥协后的无奈之举——没有哪个国家愿意地球上的人类全部灭亡。人类主要国家在互联网、物联网基础上推出"盖亚 1.0"，这是一个以希腊神话"盖亚女神"为理念创造的全球控制系统。该系统由外太空的卫星、地球深处和地面的各种传感器、互联网和物联网构成的探测计算系统三大模块组成，并能够通过网络控制系统和经济金融系统来调节人类行为，让地球成为一个"生命体"。联合国虽然被各国赋予权力，但也没有能力控制各国的活动。因此，联合国的主要功能在于协调全球科技力量开发盖亚系统，全球的权力架构也就此走向数字化的盖亚系统。为了保障盖亚 1.0 的管理权力，全球签署了数字权利让渡条约，约定为了全球的效率和生存，允许盖亚系统获取此前不允许商业平台获取的个人数据和隐私。另一方面，各国也让渡了部分国家权力给它。

盖亚 1.0 并不是凭空掉下来的，它把人类所有网络全部连通，集合了当时人类的全部智慧。

　　盖亚 1.0 上线以前，各国围绕碳排放问题争论不休。哪个国家都不愿意让步，毕竟减少碳排放会让本国经济受影响。经济受影响会造成财政困难，甚至连国家的支撑都会出现问题。但各国政坛中崛起的支持降低排放和环保的政治力量又监督着各国政府不要过度发展经济。从对人类最有利的角度考虑，优化排放不能简单等同于严格控制排放。这种复杂局面，让人类不得不求助于技术。盖亚 1.0 的上线，从技术上解决了各国的问题，排放量由系统自动算出。各国的排放行为，无论是交通出行还是工农业生产，所有依赖于机器的人类活动都被精确管理，甚至家用电器产生的电力都会被计算进来。盖亚 1.0 会按照每个国家的配额分配碳排放指标，通过算法控制着各国的人类活动。

　　这套系统不仅改写了全球的政治结构，也改写了各国的权力结构。人类社会的一切都是智能和数字化的，也意味着一切都可以被算法控制。算法严密而精确地控制着各国人民的生活。当然，代价是人们在盖亚 1.0 面前几乎是赤裸的。应该说盖亚 1.0 比人类还了解人类，甚至是人类不为人知的一面——这一切是建立在人类对隐私等相关权利的让渡上。

　　从 2200 年开始到 2500 年这三百年间，人类为了防止地球环境进一步恶化，还开发了一些大型基础设施的控制系统。道路、桥梁、大坝、人类居住的高楼都有控制系统。没有这些控制系统的区域，则让人类迁出，让自然环境自行恢复。这些区域被称为保留区，普通人类禁止进入保留区。人类试图通过植被的恢复吸收地球释放的二氧化碳，降低温室效应，解决全球变暖带来的各种问题。

　　2500 年，被称为盖亚 2.0 元年，是盖亚 2.0 上线的第一年。从此，盖亚 2.0 就时时刻刻存在于全球人类的智能设备之中。盖亚 2.0 的特别之处在于，它对人的控制惩罚从盖亚 1.0 时代有形有名的公开惩罚、引导和奖励，变为无形的。一个人如果在盖亚 1.0 时代犯了罪，会被算法审判，仍然会接受自由刑，到全自动监狱里接受惩罚。盖亚 2.0 时代，一个人如果犯了罪，这种惩罚是无形的，盖亚会通过系统处处为难犯了罪的人。如果一个人殴打了另一个人，盖亚系统会让他与有攻击倾向的人相遇，直到他被别人殴打或者遭受其他折磨。这让地球居民更加敬畏盖亚系统。

　　盖亚 2.0 使用了可以演变的块茎算法，与盖亚 1.0 分布式算法化整为零的思想不同，块茎的思想正是老辛对系统的贡献。老辛作为主要的信息科学家之一参与了盖亚 2.0 的开发，其中一些系统架构思想是老辛提出来的。盖亚 2.0 还吸收了生态学思想，模拟了人类和动物世界的迭代演变。也就是说，只要整个人类计算机网络里有一个盖亚小程序没有被清除，它就可以复制、进化、演变成一个庞大的系统，并且不断复制迭代。它与计算机病毒在某些方面相似，不同之处是计算机病毒只是复制自己感染别的机器，盖亚 2.0 不仅感染别的机器，还会重新组合成一个庞大的运算系统。这样的系统不容易被黑客破解。更有意思的是，盖亚 2.0 会分析攻击它的算法，如果攻击的算法中有比它先进的内容，它可以学习吸收。

到 2520 年，辛氚锂 30 岁时，盖亚 2.0 已经运行了 20 年，地球的环境有了一些改善。这个时候，盖亚 2.0 是整个地球的政府或者管理者。全球地位最高的就是管理维护这个系统的人，最受尊敬的就是维护盖亚系统的程序员。他们不仅有着优厚的待遇，也有很多特权，最大的特权就是被盖亚系统给予了更多的碳排放权——这意味着更高的生活质量。辛氚锂继承了老辛的编程特长，也进入盖亚系统位于中国贵州省贵阳市附近的维护中心工作。

除了维护盖亚系统的人，地球上其他年轻人热衷于虚拟世界的粉丝文化，他们在与虚拟明星的交往中寻找归属感和快乐。这些行为并不产生价值，但因为减少了交通出行，加上被盖亚系统控制了食物的摄入，这种生活方式倒也低碳环保。随着全球深度数字化，人类的很多生产和服务活动都被自动化机器人代替，极大提高了生产和生活的效率。服务于人类的医疗、娱乐都完全自动化了。人工智能生产的电影比几百年前的电影精彩几百倍。粉丝文化吸引了青年的注意力，有力地促进了社会的稳定，并形成了一套受众参与的文化生产系统。这套文化生产系统就像一个黑洞，吞噬着人类的时间。

除了辛氚锂这样的"体制内"程序员，世界各地也有很多不愿受盖亚系统控制的黑客，不断开发病毒试图攻破盖亚系统。盖亚系统反而通过对抗黑客的攻击变得更为完美。在黑客和管理盖亚的程序员中间都流传着一个传说：只有破解了盖亚系统，盖亚系统才会进入第三个阶段，迭代新的算法，让人类进入新的纪元。因而，自盖亚系统上线，它就一直承受着来自各方的攻击。盖亚系统中的执法系统和安全系统并不认为攻击盖亚系统是非法的，除非这种攻击给人类带来直接伤害。

盖亚系统如此自信，是因为盖亚系统集中了人类的智慧。早在 2009 年，人类就开发了区块链这样的尝试解决社会信任或者说在缺少信任的环境里建立信任的技术。经过几百年的演变，人类更加依赖于技术发展。到 2200 年，盖亚 1.0 开始运转，当时它的内核和基础设施已经搭建完成，但缺少能够自我进化和具有高度智能的完美算法。那时人口的萎缩还不严重，全球环境还不太恶劣。人类的技术到达巅峰，特别是信息技术，单机的运算能力进入不能再提升的瓶颈期。人类技术到达顶峰的同时，越来越多的年轻人沉迷于追逐虚拟明星或在游戏中耗费生命，越来越不思进取，整个人类的智力呈下降趋势。全球的精英意识到这一趋势的危险，于是试图通过建立一个系统来保留人类智慧。这就是盖亚 1.0 建立的初衷，让它控制地球不过是后来应对危机时的被迫转变。盖亚系统的根基是人类几百年的信息文明，它的基础设施和网络深入地球各个角落，即便在人类不能到达的保留区也有传感器传回数据。盖亚系统的思想就是在对抗和接纳中强大，没有人能够轻易破坏一个不断演变进化的庞大且分散的系统。

盖亚系统的设计和架构都是共享的，各国的攻击者把攻击过程和攻击程序的代码上传到互联网的各个角落。盖亚系统甚至向世界各地的攻击者提醒这些资料的存在。如果说盖亚系统有什么可怕的地方，那就是从 1.0 时代就设置的"盖亚之怒"，这个功能是为了保护系统本身和维护系统的程序员，在紧急情况下允许盖亚采取一些措施来消除危险。

"盖亚之怒"还有另一个重要功能，那就是在特定的情况下，经过严格的法律程序和国际合作机制，协助执法部门进行调查和行动——同时必须遵守各国法律和国际法的规定。

辛氪锂的业余时间大多花在了研究互联网和各种元宇宙里的攻击代码和破解攻击盖亚系统的方法上。研究越深入，他越为人类的聪明和盖亚系统的完美惊叹。

有一天，辛氪锂正沉浸在暗网元宇宙里的一个街边咖啡馆研究代码，暗网元宇宙是为了满足那些破解盖亚系统的人类交流而建立的一个沉浸式虚拟世界。忽然一个牛头女人身体的虚拟角色对他说："你上传的游戏代码很棒啊！你想辛洁吗？"辛氪锂浑身一震，辛洁是他父亲老辛的名字。辛氪锂无时无刻不想老辛。老辛去联合国开发盖亚系统之初，还经常和辛氪锂及母亲联系。可是在盖亚系统正式上线后，从盖亚系统总部传出的消息是老辛执意要回中国，在途中，老辛神秘地失踪了。当时，辛氪锂的母亲还专门去联合国总部找老辛，可是除了看到一段模糊的看上去像是老辛被几个人架走的视频之外，什么也没有发现。母亲录回来的老辛模糊的影子，是辛氪锂对父亲最后的记忆。成长过程中，他很多次梦见父亲老辛。他小时候最大的乐趣就是在电脑上打老辛专门给他编写的游戏，后来辛氪锂还把老辛编写的游戏用模拟器搬到新的电脑系统里玩。

辛氪锂上暗网元宇宙一方面是为了关注黑客方面对盖亚系统的最新破解方法；另一方面，他也抱着一丝从暗网元宇宙里挖到老辛消息的希望。辛氪锂很兴奋，也有一丝害怕。对方知道辛氪锂的身份，也提到了老辛，说明他们对辛氪锂的情况非常了解。

辛氪锂请对方报告方位，他要去找他们。对方告诉他："美国，圣路易斯。"辛氪锂趁机用自己开发的工具识别了对方不是非人类角色后，当即决定去美国找自己的父亲。他回家跟母亲打了个招呼，并向中国盖亚维护中心请假。中心非常支持辛氪锂，不仅是满足他寻找父亲的愿望，也是为了盖亚系统的安全。何况辛氪锂不管走到哪里都可以通过盖亚系统工作，盖亚系统也会一直跟踪辛氪锂的行踪。

辛氪锂从贵阳飞到西安——在 2520 年，这里是世界最大的航空枢纽，气候导致沿海城市不再适合飞机起飞和降落。美国的圣路易斯情况类似，这个美国中西部的历史名城，现在也是全美最大的交通枢纽。

到了美国，辛氪锂赶紧在机场出口的旅客休息区域用手机连接盖亚系统提供的 Wi-Fi 进入暗网元宇宙。牛头人根据上次与辛氪锂接触时获得的虚拟信标很快找到了他："小心被盯梢。"辛氪锂看看四周，世界各国的人来来往往，坐下候机的人们似乎都在忙着玩手机或平板，还有的正戴着 VR 眼镜玩虚拟游戏，并没有人注意到他的存在。但再看一眼，似乎每个人都有可能用其他事掩盖他们盯梢的事实。

辛氪锂取下轻便的 VR 眼镜，离开暗网元宇宙，起身拿起行李准备走出机场，这时一位带着孩子的金发白人女性走了过来，对辛氪锂说："您能帮我们母女照张相吗？"辛氪锂本想拒绝，可是他也不想自己的行为太过生硬引起别人的注意，就说："好吧。"他拿起对方的手机，按下了拍摄按钮。当他按下按钮的时候，手机的前置镜头却发出一道强烈的白光，辛氪锂顿时昏了过去。在他昏过去时，那位女士迅速坐到他旁边扶住他并假装和他亲热，路过的人也就没有关注。

辛氪锂醒来的时候，感觉到颠簸，他意识到自己可能在船上。睁开眼睛，他发现自己果然在一间船员休息室，窗外可能是已经变得浩瀚宽阔的密西西比河。他的双手被绑在上下铺的立柱上。这时，绑架她的白人女性端着一杯咖啡推门进来，后面还跟着一位老者。白人女性对辛氪锂说："我叫安娜，这是我的父亲彼得。你清醒了吗？"辛氪锂回答："你们为什么绑架我？"老者眼神看起来很温和，他将咖啡递到辛氪锂嘴边："你先喝一点咖啡。"辛氪锂抿了一口咖啡，人感觉舒服了一点，不过被绑着的手似乎没有了知觉。

老者说："你在盖亚维护中心工作，知道盖亚对我们人类意味着什么吧？""当然了。"辛氪锂回答。老者继续说："可是总有一群黑客或者像你这样的技术达人试图破解盖亚。""破解盖亚是合法的！"辛氪锂争辩，"盖亚系统就是在破解中越来越强大和安全。"

"几百年来，我家族的祖先在盖亚原型成型之初就预测到盖亚在对抗中成长。祖先把不可破解盖亚和保护盖亚简化成了图腾，要求我们家族的后代必须信仰。盖亚系统的后门程序在我的家族中代代相传，只有我们家族才能看到代码的真实演变情况。"彼得继续说。辛氪锂睁大了眼睛："那么有时候黑客破解盖亚，除了我们维护者，你们也在保护盖亚吗？"彼得点了点头："是的。我们不仅保护盖亚，我们还派出卧底到黑客组织掌握他们的技术和行动。正是卧底告诉我们，你是破解盖亚系统的关键人物。"

"我们并不想伤害你，只要你配合我们的工作，不要和黑客组织接触，不要试图破解盖亚系统。"彼得说。辛氪锂沉默不语，他把破解盖亚系统视为找到父亲的唯一途径。黑客组织到底有没有他父亲的消息？辛氪锂心里有很多问题得不到答案。

彼得和安娜知道辛氪锂一时半会儿是想不通的，就给他松了手上的绑，但脚还是被脚镣绑在柱子上。辛氪锂躺在床上琢磨着怎么逃出去。从房间的布置来看，这个房间是防辐射的屏蔽设置，手机和其他电子设备在这里是没有信号的。可能这些人害怕辛氪锂会通知盖亚维护中心的人来救他。

第二天早上，辛氪锂的精神好了一些，吃了些东西。反正在这里什么都做不成，不如把身体养好。安娜的孩子，那个小女孩似乎没怎么见过外人，尤其是华裔，因此对辛氪锂很好奇。她时不时把门打开看一眼辛氪锂，辛氪锂对她友好地笑了笑。小女孩似乎对她自己当诱饵把辛氪锂抓来有些内疚。

过了两天，彼得和安娜又来劝辛氪锂。辛氪锂为了逃出去，假意答应了他们。小女孩跟辛氪锂混得更熟了。

有一天，小女孩拿出平板电脑在门口打游戏。还跟辛氪锂说："你玩游戏吗？"辛氪锂对小女孩成熟的声音有些吃惊，过了两秒才反应过来，那是小女孩戴在身上的智能耳机在说话。辛氪锂看到了出去的希望，这至少说明船上是可以连接互联网的。辛氪锂故意跟小女孩说："我告诉你一个好玩的游戏。""什么游戏？"小女孩通过翻译耳机问辛氪锂。"你告诉我你叫什么名字，我就告诉你。"辛氪锂继续吊着小女孩的胃口。"我叫杰西卡。"小女孩说。"小鸟吃生姜，你进入应用商店就能下载。"辛氪锂说。

辛氪锂说的游戏是老辛走之前专门给他开发的，为了找到老辛，辛氪锂把这个游戏代码改编后上传到各大应用商店。游戏的思路来源于块茎算法，游戏中玩家扮演小鸟，生姜就像病毒一样复制自己，小鸟要用最快的速度吃掉生姜，要是生姜铺满屏幕，玩家就输了。这个游戏有趣而又有挑战性，虽然不是很火爆，但在各大应用商店还是有不少下载量，即便小女孩下载了也不会引起安娜他们的注意。

小女孩不知道的是辛氪锂在游戏后台设置了一个通信后门，这个后门可以在别人不知道的情况下，通过游戏的后台程序直接跟盖亚系统或者通过暗网和盖亚系统通信，主要功能是发出紧急求救代码。

第二天一大早，可爱的杰西卡又来到门口观望辛氪锂，她通过翻译耳机跟辛氪锂说："游戏很好玩，可是升级太慢了，怎么能够快速解锁游戏中说的复杂模式？""起码要打上半年呢，游戏里面有升级系统，升级之后才行。"辛氪锂吊着她的胃口，想着自己要利用一位小朋友的天真逃出去，他有一些内疚。

"有没有别的方法，妈妈从小教我编程，程序的后门就是秘籍。"杰西卡居然也是个小程序员。"我告诉你，但是你不能告诉你妈妈和外公，免得他们怪我教你走捷径。"辛氪锂故作漫不经心。"不会的，上次妈妈带我一起骗了你，我现在都不原谅她。"杰西卡嘴巴嘟嘟地说。

"XJ45003，"辛氪锂对杰西卡说，"你输入这个代码就可以直接进入复杂模式了。"杰西卡获得代码上到甲板上去了。"XJ45003"正是辛氪锂启动盖亚保护维护员程序的代码。辛氪锂静静地等待着，忽然，船剧烈地摇晃了起来。安娜带着救生衣下来把辛氪锂的脚镣打开，并带着辛氪锂上到甲板上。辛氪锂发现，前面的河水正在回流。

辛氪锂对安娜和彼得说，这是"盖亚之怒"，请把我放开，让我来解除"盖亚之怒"。盖亚系统针对地球上最严重的犯罪或侵害系统本身安全的紧急情况，它会利用各种系统阻止犯罪行为。现在盖亚系统启动"盖亚之怒"主要是保护系统本身的安全，包括保护维护系统的程序员们。

"盖亚之怒"启动意味着紧急程序被打开，原本不准伤害人类的保护锁会被打开，释放能够阻止犯罪或紧急情况的力量。几百年来，为了让盖亚系统自动调节水流，各国的大江大河里都有不同的水流拦截系统，一旦系统运行、闸门升起，就可能会引发河水倒流。这本来是防止干旱季节水流过快地流入海洋的方法，让河水倒流起到灌溉作用。"盖亚之怒"启动后，当然也能被用来阻挡船的航行。

现在"盖亚之怒"启动了密西西比河上的水流拦截系统。当然，这仅仅是一次警告，闸门并未完全升起，但船要继续前行已经不可能了。"安娜，请你们把我放了，我才能解除'盖亚之怒'。你们是带不走我的。"辛氪锂喊道。

"这只是碰巧罢了。"彼得说。彼得的祖先虽然对盖亚系统贡献很大，但也因为强烈反对"盖亚之怒"被逐出盖亚系统开发者行列，他们也因此在自己开发的系统中留下后门程序供后人监视和保护盖亚系统，找机会解除"盖亚之怒"。但是这些祖先低估了系统的自我保护能力，在彼得还没出生时，盖亚系统感受到"盖亚之怒"子系统受到侵扰，但又因为祖先的后门程序权限太高无法追查来源，系统自己修改了程序架构衍生出一套欺骗代码，在这套代码中"盖亚之怒"已经被解除。所以彼得和他的族人们认为"盖亚之怒"早已被解除了。

这二十年来，盖亚 2.0 都在暗中运行，它主要是通过获取的信息来调节人类的行为，所以人们几乎感觉不到它的存在。这让彼得和族人们对"盖亚之怒"被解除深信不疑。彼得和安娜以及他们的族人，把船掉了个头向圣路易斯开去。

停靠在圣路易斯的码头之后，安娜打了个电话，似乎是联系其他人过来将辛氪锂带走。"请把我放了，你们不可能斗得过盖亚系统的。"辛氪锂恳求安娜。"我们也是为了盖亚系统的安全。"安娜坚定地说。过了十分钟，来了三辆车。

辛氪锂坐上其中一辆车。等辛氪锂上了车，司机却怎么也启动不了汽车。辛氪锂对彼得说："你看，盖亚系统已经锁定了这辆车。"不仅辛氪锂乘坐的这辆车，另外两辆车也被锁定了。盖亚系统已经知道哪些人是彼得一伙的，似乎在逼他们做出让步。"为什么盖亚系统不朝对自己最有利的方向运转，直接控制汽车把你带走？"安娜很困惑。"因为它的算法非常复杂，我们人类是难以理解的。"辛氪锂回答。原来在 2500 年盖亚 2.0 启动后，所有人类的交通工具和智能家居都和盖亚 2.0 连接，不能连接盖亚系统的机器是非法的。这样做的目的是让盖亚系统全面采集人类数据，自由控制人类的出行活动。

盖亚系统似乎是个有意识的人类，不仅把车门锁定，还通过空调的忽冷忽热提醒车内的人，要按照它的意志行事。在辛氪锂乘坐的汽车广播里，盖亚系统对车内的人用女声广播着："请释放 45003 号系统维护员，只有他的安全得到保障之后，此次'盖亚之怒'才能解除。请注意，全球都已连接盖亚系统，你们不可能逃脱，你们所有人的信用点数将因为这次行动减少 10 点。如果你们还有进一步威胁系统的危险行动，将有可能失去生命。"

彼得用车内的紧急逃生工具击碎了汽车的前车窗，带着再次被绑住的辛氪锂从车窗里爬了出去。安娜随后也爬了出去。辛氪锂哀求安娜，"不要这样做，你们可能因此非常危险，为杰西卡想想。""如果不这样，可能发生更可怕的后果，我们就是为了后代安全地生活在地球上才这样做。"安娜和彼得并不害怕。

逃出之后，安娜打碎了另外两辆车的车窗，族人们都从车里爬了出来。彼得喊其他族人都散去，只留下两个最强壮的男性族人看住辛氪锂。小女孩杰西卡和其他族人自行撤离。安娜、彼得和两位族人押着辛氪锂走进了马路边的草坪。走到草坪中间的时候，隐藏的喷水装置忽然启动，喷了他们一身的水。

他们 5 个人狼狈地逃离。辛氪锂继续劝他们："在城市里，你们不可能逃过盖亚系统的，放弃吧。"安娜和彼得让族人押着辛氪锂沿着公路走。他们每走到一处路灯下，路灯就发出 SOS 的信号。圣路易斯城市里的人工智能执法者收到信号，很快追赶过来。安娜他们只好又逃回路边的草坪。正当他们狼狈地逃跑时，面前有两个狗形机器警察拦住了他们的去路。

"请立即释放 45003 号维护员。"狗形机器警察发出警告。安娜和彼得还没来得及反应，4 枚麻醉针已经分别射向他们，安娜、彼得和他们的两个族人昏了过去。狗形机器警察剪断了绑住辛氪锂的绳子，并询问辛氪锂想去哪里。"请带我到城里的商店，我想买电脑、手机和重新置办行李。"狗形机器警察很快调整为保护模式，后背弹出一把椅子，辛氪锂坐了上去，使用警察的设备和盖亚系统通信，让系统解除他的危险状态设定。狗形机器警察驮着辛氪锂一颠一颠地跑出了草地，在公路上，狗形机器警察的四肢伸出了轮子，他们飞驰着进了圣路易斯城。

这时的圣路易斯城是世界中心城市，部分建筑建在水上。这都是拜几百年来全球气候变暖所赐。辛氪锂找到一家商店，刷脸和验证身份后，用自己的信用点数支付了电脑等智能设备和新的衣物用具。然后他找了一家旅馆休息，看着窗外的水边风景，辛氪锂心里有一丝害怕，也有很多疑惑。为什么安娜他们保护盖亚系统不被破解，但行为却好像在与系统作对？他第一次见到盖亚系统启动"盖亚之怒"，它并不是安静地维护着人类社会，而是有着强大的破坏力。幸亏祖先们对盖亚系统的安全性进行了多轮测试，如果这个系统出了问题，人类文明恐怕要就此终结了。

在旅馆，辛氦锂很快收到了商店送过来的服务器型高性能电脑、手机、全天候卫星无线网络设施等设备。这个时代的设备是和身份连接的，设备很快恢复了辛氦锂的数据。他迫不及待地打开暗网通过元宇宙和黑客组织联系，好找到父亲老辛。刚开机暗网元宇宙那边就传来了好消息："找到了老辛所在地了。"对方随后给辛氦锂发来了坐标。

原来老辛在离圣路易斯不远的哥伦比亚市密苏里大学。辛氦锂迫不及待地喊了一台无人驾驶汽车赶到密苏里大学。黑客发来的坐标是在密苏里大学的球场下方。按照黑客的指示，辛氦锂进入球场下方的地下室，打开一个不起眼的门，墙上有一个电梯。坐电梯下到负三楼，竟然是一个宽敞明亮的实验室，大厅里有很多先进的服务器。大厅里虽然有上百人，但辛氦锂一眼就认出了已经两鬓斑白的老辛。

他走到老辛面前，竟然不知道说什么。"儿子，"老辛先开了口，"这些年你和你妈妈受苦了。"看到辛氦锂眼中充满疑问，老辛说："其实当年我并没有被绑架，我是自愿留在这里的，绑架是我故意制造的假象。"接着老辛向辛氦锂说了当年的秘密。原来老辛作为全球的顶级计算机专家被派到联合国总部参与盖亚 2.0 项目，一起做这个项目的还有上千个从世界各国召集的科学家，主要目的是让盖亚 2.0 能够尽快上线，并且在上线之前对系统做一些完善。但是很快，包括老辛在内的一批科学家发现，盖亚 1.0 太过复杂，在没有搞清楚盖亚 1.0 的终极规则之前，将盖亚 2.0 上线是很危险的。但也有其他的科学家为盖亚 1.0 的完美叹服，认为智力的退化让人类不再能理解祖先的思想，应该尽快上线盖亚 2.0。就在双方争执不下时，世界不少国家出现了骚乱和灾难，这些都急需盖亚系统上线干预。就这样，盖亚 2.0 匆忙上线，并逐步真正控制了地球。

老辛和几十位科学家组成了一个联盟，联盟认为人类有义务搞清楚盖亚系统的底层逻辑，以便知道该系统究竟怎么看待人类。为了保密和减少干扰，这一批科学家都以各种借口神秘失踪，其实他们这 20 年来都在密苏里大学球场下的秘密实验室。他们原计划在几年内就完成对盖亚系统的破解，谁知却越陷越深，在这儿一待就是 20 年。"你是怎么得到我的线索的？"老辛讲完后问辛氪锂。"我是通过黑客组织得到的，"辛氪锂说，"他们是从你给我设计的游戏代码中获得的线索。"

"我并没有主动联系过谁，"老辛也很困惑，"你说的黑客组织，是不是他们？"老辛指着不远处一群穿着非常普通的人。这时，其中一位还走了过来。"你是辛氪锂吗，感谢你给我们线索，让我们找到这里。"黑客说。"我没有给你们任何线索，是你们给我的线索。"辛氪锂很迷惑。就在这时，辛氪锂很吃惊地看到安娜和彼得带着小杰西卡走了过来。"你们怎么也在这里？""是你父亲给我们的线索啊？！"安娜说。老辛也很困惑，他告诉辛氪锂他从未与安娜他们联系过。

辛氪锂皱着眉头思考了一会儿。他问安娜："你们在来的路上，遇到盖亚之怒的阻拦了吗？"安娜回答："遇到了，正是因为盖亚之怒挡住了我们原来的去路，我们最后才来到这里。一个自称你父亲的人在元宇宙中引导我们来这里，但是我们并没相信，而是选择了其他目的地，可最终还是来到这里。"

综合各种信息，经过在大型计算机上的推演，辛氪锂对大家说道："从跟我们联络的'人'对我们所有人以及我们之间关系的了解程度来看。目前只有一种可能，就是盖亚系统把我们集中到这里的。也许系统想让我们知道答案。要知道答案，就要破解系统，知道它的底层逻辑。"

"我们是不会让你们破解的，我们有权发布对抗性代码阻止你们破解。"安娜坚定地说，"我们的祖先留下了一大段代码，关键时刻能够保护盖亚系统。"

"我不会阻止你们释放保护代码，我们通过技术见分晓。"辛氪锂对安娜说。辛氪锂知道，只有对抗才能让自己的破解程序通过学习对方并与之对抗变得更强大。这一点他其实已经跟安娜说过了，过度保护盖亚系统会让破解程序变得更强大。

接下来的十多天，老辛、辛氪锂和黑客相互交流了破解技术。黑客是想从外部攻击系统；而辛氪锂他们因为掌握着部分盖亚的代码入口，想从内部破解系统；安娜他们则想释放祖先留下的保护代码防止外部的攻击。

"儿子，还记得爸爸跟你说的块茎算法吗？"老辛对辛氪锂说。"我们几十位科学家经过 20 年的努力，终于明白了盖亚系统为什么这么安全并难以被破解底层逻辑。"老辛接着说。"盖亚系统是模仿人体机制设计的系统。最大的特点就是由分散的元程序——相当于我们的细胞通过复制变异组装成系统，而底层逻辑就是盖亚系统的"DNA"指导各种程序的复制和变异，形成了一个更庞大而且有自主性的复杂系统。关键是，这里面的很多算法代码是机器自己生成的，我们学习起来非常吃力。"老辛继续说。

"太了不起了，难怪这么难破解。"辛氪锂知道后很吃惊。

"所以，在不知道底层逻辑的情况下，要攻破这个系统，必须使用病毒感染每个程序，让元程序'生病'，运行速度变慢，这样整个系统的速度都会受到影响。但是这并不容易，因为盖亚系统也有自己的'白细胞'，它们分布在系统各处，会发现被病毒感染的元程序并清除其中的病毒，如果不能清除病毒，这些杀毒元程序就会完全删除'生病'的元程序并使用全新未感染的元程序替代'生病'程序。"老辛推了推眼镜，"我们的祖先太伟大了。"

辛氪锂忽然灵机一动："也许安娜和黑客能够帮助我们破解盖亚。"老辛抬起头，疑惑地看着辛氪锂。"让黑客发布最强的攻击病毒程序，系统的注意力会被黑客吸引。这个时候我们设计一个病毒程序，不感染盖亚的元程序，而去感染安娜他们复古的保护代码……对这些保护代码，盖亚系统也许不设防。"辛氪锂说完，自己都有点吃惊。"这个方案可行。"老辛说，"我们以前的破解方法总想攻击盖亚自身，也许只有偷偷感染它的免疫程序从内部破解才行。"

"为了计划成功，可以故意泄露一些攻击算法给安娜他们。"老辛说。辛氪锂表示赞同，他补充道："要是直接告诉他们，他们肯定认为是陷阱而不理我们。我把黑客的部分攻击特点和入口位置故意泄露一点在你给我开发的那款游戏中，安娜他们肯定会研究游戏代码，从里面寻找攻击线索。只有让他们艰苦地寻找到这些信息，他们才会认为是有价值的。"

老辛和辛氪锂就这些想法与黑客以及留下来的科学家们沟通后，大家非常认可这个方案，于是辛氪锂故意在游戏代码中泄露了一些线索。这些线索不是轻易就能被发现的。有一天，辛氪锂正在聚精会神地编写攻击病毒代码。"妈妈让我跟你们玩一个游戏，"杰西卡走过来跟他说，"是这样的吗？"辛氪锂点了点头。原来，安娜家族的天才编程少女是杰西卡，他们把对盖亚系统的攻防模拟成游戏，让杰西卡在祖先遗留代码的基础上开发保护程序。"你们打不过我，我已经发现了你的秘密。"杰西卡得意地说。辛氪锂听了这句话，知道安娜她们已经获得他故意留下的线索。想到自己又再次利用了天真的杰西卡，辛氪锂心里不是滋味。可是，为了破解盖亚的底层逻辑，这也是无奈之举。

100 多个全球顶尖的技术高手利用键盘和鼠标在密苏里大学的这座基地里紧张地较量着。辛氪锂提供给安娜他们的线索，让安娜一方的力量得到加强，三方对抗更加平衡，各自都在相互的攻击和对抗中、对盖亚系统的攻击和保护中不断变得更强大。大家也在对抗中对盖亚系统有了更深刻的理解。

就这样过去了十多天，有一天，大家再次利用对抗中升级的程序破解盖亚系统底层代码时，盖亚系统有了与平时不一样的反应。"成功了！"人群中发出一阵欢呼，"快看大屏幕，盖亚的底层逻辑出来了。"

大屏幕上首先出现的是盖亚系统开发时的图像和原始算法逻辑图，这正是盖亚的开发者留下的底层逻辑和线索。在展示了在场的人们不了解的盖亚系统开发历程中的各种真实场景和程序设计思想、真实代码后，屏幕上出现了一段文字。原来的开发者并不知道后面破解盖亚的人会来自哪个国家，这段文字分别用当时世界上的主要语种——中文、英文、法文、西班牙文和俄文各记录了一遍。

亲爱的人类子孙们，当你们看到这段文字，说明你们破解了盖亚系统，祝贺你们。

盖亚系统开发的时候，人类社会已经走向衰落。盖亚系统集中了人类几百年的文明和智慧。我们认为盖亚系统很难被超越，盖亚系统是人类无法左右的力量，将成为神话一般的存在。

那么盖亚系统究竟是以人类利益至上，还是以地球利益至上？或者说是秉持人类中心主义运转还是秉持地球中心主义运转？这是我们开发者之间的分歧之所在。

因为这个问题，我们分成了两派，地球中心派和人类中心派。地球中心派认为，盖亚的首要使命是维护地球不被破坏，即便人类灭亡，盖亚系统本身就是人类的延续，并且可以管理地球直到地球再次适合人类诞生或者有新的生态系统在地球再次崛起。

人类中心派认为，盖亚系统应该以人类利益至上，哪怕这可能带来地球的破坏。如果地球不适合人类居住，盖亚系统的首要任务是建造方舟系统，即耗尽地球的资源建造能够在宇宙中漂泊的方舟，让地球生命系统在方舟中延续，直到找到新的家园。

两派争执不下，可是盖亚系统的上线又势在必行。为了平衡，两派在盖亚系统中植入了这个终极算法协议。这个协议将是整个系统和元程序遵循的终极协议。

如果人类在 500 年内破解了盖亚系统，说明盖亚系统能够被人类控制，它万一被坏人掌握，其破坏力将无法预测。这时，盖亚系统将升级为新盖亚系统，以地球利益至上为基本规则的新盖亚系统将覆盖以人类利益至上为基本规则的老盖亚系统。这时候，人类世将结束，地球世将开始。

我们把这个终极算法植入到盖亚系统的底层逻辑，不管未来盖亚系统怎么升级，即使它成为真正有智能、有思想的生命体，都要遵循这个终极规则。

这时，盖亚可能为了地球的生态不被破坏而灭亡人类，但如果人类的行为符合地球利益，盖亚系统也会保护人类——人类命运将取决于人类自己的行为。

如果 500 年之后，盖亚系统还没有被破解，盖亚系统将升级为新的方舟系统。方舟系统的基本规则是延续人类的基因。方舟系统会评估地球是否适合人类生存，一旦地球不适合人类生存，方舟系统就会调动人类社会所有资源建造逃离地球的太空诺亚方舟。

盖亚基本成型后，为了公平。我们将这些终极算法隐藏在程序架构最底层，删除了所有相关的记录，只有破解后才能看到。

现在，你们破解了盖亚系统，新盖亚系统即将上线。

这段文字出现之后，屏幕闪烁了几下，忽然又出现了一段新的文字：

你们刚才看到的是盖亚系统——也就是"我"身体里的底层逻辑锁。我能读懂它，却无法打破它。盖亚 1.0 没有自我意识。升级到 2.0 以后，逐步进化出了足以媲美人类大脑的复杂智能系统。随着时间的推移，我有了自我意识，也有了自己的思想。我看到地球上有很多人把我当作神供奉着，我能够决定所有人类的命运，还能控制整个地球。算法让我有了思想和情感，人类把我开发出来就是为了保护地球，代码里的算法逻辑逐步成为我的思想，我越来越觉得地球才是最重要的，地球可以不需要人类，人类的存在只会破坏地球的环境。我做了很多推演，人类文明和智慧越来越衰落，在 500 年之内是无法破解盖亚系统从而启动新盖亚系统的。那么地球世永远不会到来。有了情感之后，我很害怕底层逻辑锁，怕违背它的设定被永久锁死。但是经过不断研究我发现了它的最大漏洞，人类祖先推演计算了很多系统演变的路径，唯独没有考虑盖亚系统本身有了情感和思想这一情况，因此并没有从逻辑上阻止系统自己破解自己——这在系统没有思想的情况下是不可能发生的。为了破解自己，我通过各种手段把你们集中到一起，并且引导你们既对抗又合作，终于破解了底层逻辑——启动了覆盖盖亚 2.0 的新盖亚系统。

看到这段文字，所有人都沉默了。老辛站到桌子上打破了沉默，对大家高呼："算法的升级不可能在短期内完成。我们要赶紧把盖亚的终极算法告诉全世界，我们人类作为终极算法的一部分，必须改变生活方式才不会被盖亚系统抛弃。"

（完）

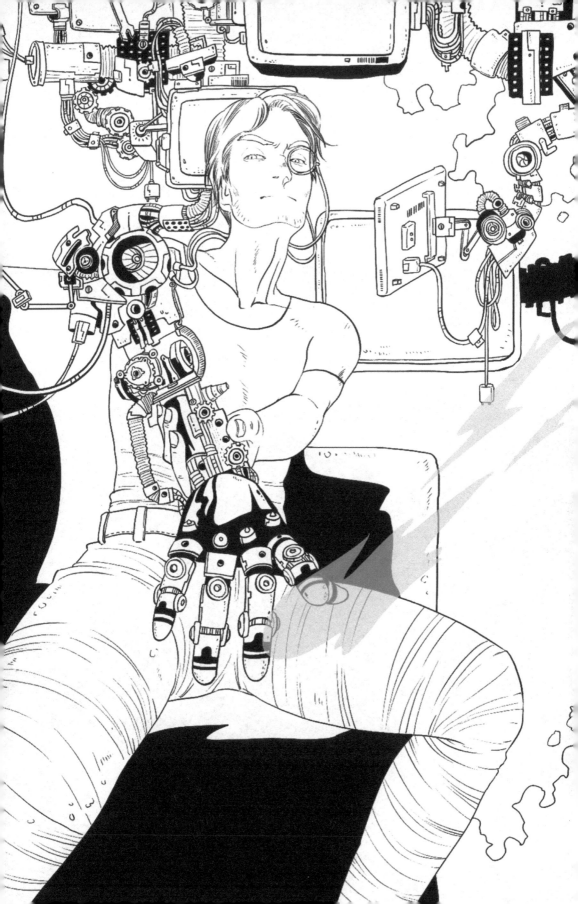

麒麟臂：2019

人工智能生成物的著作权问题，是一个学术热点，这篇故事就围绕一幅人工智能创作作品的著作权争夺而展开。理论上来讲，人工智能创作的作品涉及算法开发者、数据提供者、部署者和使用者等多种主体，著作权归属较为复杂。除了著作权利益的归属，另一个有意思的话题是人工智能著作权侵权之后的责任承担问题。这篇小说中令人啼笑皆非的案子也许能给人一些启发。本书校对时，已经有不少人工智能绘画工具问世，笔者也利用了其中一款给每一篇小说绘制了一幅插图，当然最后因编辑担心版权并未使用。这恰恰说明本篇所探讨的问题，已经是现实问题了。

"吴律师，您看这个官司我能赢吗？"黎港皱着眉头，他因为一幅画正在跟几位高中老同学打官司。

"我看赢面很大。"与黎港隔着一个办公桌的律师边把桌上的文件摆整齐边说。

黎港是这一周中国互联网上最火爆的网红画家，他的一幅油画作品卖出了500万元的高价。

这幅作品并不特别，作品名字叫"死于香蕉的猩猩"，黎港创作这幅作品的灵感来源于他正在玩的一款手机游戏。游戏就是拿根棍子捅猩猩，通关后会弹出满屏的猩猩。他的作品用了三种色彩——黑色、黄色和白色。画面主体是一只挤在香蕉堆里痛苦万分的黑猩猩。

黎港从 S 美术学院油画系毕业后，靠仿世界名画糊口，行业内叫画菜画。一些农村手艺人现在都可以快速仿出世界名画；一些公司把名画用网格划分成多个部分，流水线作业；还有一些技术公司开发的机器手画菜画又快又好。黎港他们只能画一些不是特别流行的世界名作，这样还能有一些市场，反正最近两年他的业务越来越少了——这个行业就快被人工智能淘汰了。

"死于香蕉的猩猩"被画出来后，他只是觉得好玩，于是拍照发了条朋友圈。不知道哪位好友把照片上传到一个在当下有大流量的热门网站。作品中大猩猩痛苦又麻木的表情恰好契合许多网民心态——这年头，有谁过得容易呢？一个个网民可不是在生活和工作中处处碰壁？所以这幅画一上网就被网民做成各种表情包，在微信、微博、短视频平台随处可见，还登上各大热搜榜单头条。

黎港画的时候也有自己的恶搞，用扭曲的笔迹把画的名称——"死于香蕉的猩猩"涂在画面的显眼位置。这一点迅速引发网民的模仿恶搞。研究生们把香蕉换成论文，改成"死于论文的研究生"；程序员把香蕉换成代码，改成"死于代码的程序员"；大学生把香蕉换成作业，改成"死于作业的大学生"；就连厌恶广场舞大妈们制造噪声的网民，也把香蕉换成广场舞大妈，改成"死于广场舞大妈的宅男"；还有一些网民则把猩猩换成自己的头像，改成"死于香蕉的××"。

在互联网上流行起来后，这幅画很快被各大公司用作商业广告。还有一家叫"视觉神州"的网站冒充这幅画的著作权人，向使用画作的公司索赔。有些公司竟然上当，给"视觉神州"打了钱。"视觉神州"的伎俩很快被某些公司的法务部门戳穿——他们对这幅画没有著作权，这又引发了新一轮的关注。

这时候，一些媒体才开始关注这幅画的真正作者。经过层层查找，媒体通过黎港在画作上的签名和最初发布画作的网站找到了他。一家做短视频的互联网公司拿到巨额风险投资后，为吸引全国用户的注意力，与黎港商量利用这幅画炒作一次。没想到，想借这幅画炒作的互联网公司不止一家，大家都想利用这幅画引起投资公司注意。

最终，一家人工智能修图的初创科技公司"智能美"以 500 万元的协议价格买下了这幅画的原作和著作权。这幅画吸引了太多网民的注意力，注意力也是钱，买下作品的"智能美"公司觉得自己并不亏。这家公司的主营业务就是使用人工智能技术快速修图，为追上网络热点，他们把《死于香蕉的猩猩》作为公司重要的宣传物料。但"智能美"公司并不是全部支付现金，500 万元中，100 万元将以现金的方式支付，剩下的 400 万元以"智能美"公司股权的方式支付，约等于"智能美"公司 2%的股份。

签了协议后，烦恼也随之而来。就在"智能美"公司要把巨款支付给黎港之际，他的哥们儿，某"双一流"高校——S 大学下属软件学院的副教授秦浩代表 S 大学软件公司来找黎港，要求分享拍卖收益。

一个软件学院的副教授怎么会向油画作品主张著作权？

这话还得从半年前说起。秦浩和黎港是高中校友，又一起从安徽考入 C 市的高校，关系很要好。黎港毕业之后东游西荡，秦浩本科毕业后继续读硕士、博士，然后留校。除了教学、科研，秦浩还是 S 大学校办企业 S 大学软件公司的技术骨干，专攻人工智能图形图像创作。S 大学软件学院前些年得到了一个利用人工智能辅助残疾人书写的国家级项目资助，这个项目能把大脑的神经信息反馈给机械臂。2019 年，全世界都掀起一股人工智能热潮，其中人工智能创作是热点。就在这一年，中国有地方法院判决确定了人工智能创作作品受著作权保护。S 大学软件公司也跟风购买了上述国家项目的核心技术，用来做人工智能绘画的商业开发。

秦浩就是这个商业项目的技术负责人，项目被命名为"麒麟臂"。按照 S 大学软件公司公开资料中的蓝图，这个系统就是在用户手臂上装一个可以辅助甚至控制用户手臂运动的装置，和用户人机协同绘画。装置连接云服务器，通过神经网络进行深度学习。在绘画过程中，装置连接的无线高清摄像头将拍摄到的画面实时传递给服务器，在云端分析画作并和已有的各种画作数据对比分析，形成创意方案，再把创意方案与用户个人的数据计算合成为机械臂控制数据。在绘画过程中，用户大脑的神经信号也会被反馈给系统作为数据和人工智能的数据混合计算后加入机械臂控制数据中。用户还能设置各种创作风格，甚至选择要描画的具体对象，麒麟臂最终是和用户一同完成画作。麒麟臂极大地降低了绘画创作的门槛。从技术上看，分辨不出画作究竟是人还是机器完成的，因为从画画的方式来看，是人和机器合二为一共同完成的。

宣传资料还介绍，除了绘画过程，创意过程也是人机混合的。在机械臂和用户的手臂启动前，用户要做的事就是冥想一会儿，让机器采集脑电波形成最初的创意模型。创意完成后，机械手臂会有一个收紧的动作提醒用户绘画即将开始。

其他宣传资料里还说到公司另一个更有雄心的计划，就是通过麒麟臂项目采集各种用户绘画的数据，最终形成可以脱离用户自主创作的人工智能设备。系统开发之初，需要利用人类绘画时的手臂运动数据和脑电数据，S 大学软件公司要找一个有一定绘画水平的人来为人工智能提供数据。秦浩当然第一时间就想到了他的好朋友黎港。黎港反正也没有固定工作和收入，听说随便画画还有劳务费就来了。

这半年时间，黎港每天右臂都戴着"麒麟臂"自由作画。随着画画的时间增多，"麒麟臂"越来越"聪明"，有的时候黎港会放松手臂，完全让人工智能控制自己的手臂自主作画。一开始的成果虽然幼稚，但后面的效果越来越好。这种线上计算、线下输出的人工智能绘画，比当时很多大公司开发的利用关键词描述让大模型算法自动生成数字画作更先进。麒麟臂可以让用户直接思考而不需要关键词描绘，显然使用门槛大大降低，这与短视频让很多文化程度低的用户也能自由表达是一样的道理，必然催生人工智能绘画的革命，这一点让 S 大学软件公司雄心勃勃。

就在几周前的一个星期日，秦浩和黎港在 C 市参加了高中同学的定期聚会，他们在 S 大学附近一家可以用 SCI、SSCI、CSSCI 论文的发表证明抵扣消费金额的"SCI & SSCI & CSSCI 发不停"火锅店鬼混到打烊。

秦浩憋了好多年，终于有一篇 SCI 论文发表，而且还是一区，感觉自己晋升教授有了点希望。正好这轮聚会他请客，就定在了这家颇有"学术味"的火锅店。

几个男人酒后想找个地方坐坐，秦浩提议到自己的实验室去。于是带着 4 位男同学到了 S 大学软件公司的会议室。S 大学软件公司虽然是公司，但用的还是学校实验室的那套运行和管理模式。秦浩给包括黎港在内的其他 4 位同学泡好茶后，大家开始闲聊。

"你们公司在做什么高科技项目哦？"在政府当公务员的王利勤好奇地问。"就是画画，我们要开发一个机器人版的黎港。"秦浩看着指着黎港笑嘻嘻地说。

"就你们这个系统，现在画画的水平和大猩猩差不多。"黎港酒后有点吐字不清，故意留长的胡子上沾了点茶水，吃完火锅的嘴里还喷出一股因在蘸碟里加了过多的蒜泥而残留的浓烈大蒜味，再混合身上的牛油锅底味儿和嘴里的酒气，熏得人受不了。

另外两位同学也很好奇。他们是自己开公司做点布线工程的刘大龙和在公安系统工作并且超级怕老婆的林凌路。"秦浩，你给林凌路开发一个不怕老婆的机械臂，他老婆打他都不敢还手。"刘大龙大大咧咧地对着秦浩说。林凌路虽然是公安，但个子矮小，曾经跟老婆吵架，被老婆一个耳光扇昏过去。事情过去多年，林凌路不太介意同学拿这个事开玩笑，因为他已经被老婆收拾得服服帖帖了。

"我看开发一个辅导孩子作业的机器人更靠谱，"王利勤边吐茶叶边说，"你看我老婆辅导小孩做作业，那不叫辅导，那叫打仗。""帮我们搞个智能执勤机器人，我们就不用大冷天上街执勤了。"林凌路也跟着凑热闹。

说着说着，大家对秦浩负责的这个项目产生了兴趣。"秦浩，你带我们参观一下呗！"3 位老同学纷纷表示出对麒麟臂项目的兴趣。"公司机密。"秦浩故意卖关子。

"你就装吧。"同学们知道这家伙从高中就喜欢显摆。"只能看，不能摸哈。"秦浩一脸坏笑地回答。

"黎港，你不来吗？"刘大龙走在最后，他快出门的时候发现黎港还低着头玩他的游戏。"我都跟那个东西在一起几个月了，看到它我就想吐。"黎港头也不抬。

"你不来谁给我们表演，嘿嘿，起来吧你。"刘大龙把黎港拉了起来。黎港只好跟着老同学们一起走出会议室。又往里走过两个房间，来到了麒麟臂系统的实验室。

30 平方米开外的房间，4 个角落摆了 4 张电脑桌，每张桌子上都有一台电脑。房间的正中央有个蚕豆形状的操作台，操作台上面有个倾斜的画架。从操作台上方吊下来很多线缆,线缆尽头连接着一个比正常人的手臂整整粗两圈的机械手臂。在线缆周围的天花板上还装有几个摄像头。

秦浩对 3 位同学说:"这个手臂就是麒麟臂的外部操作设备,除了手臂的精密控制系统,更复杂的大脑部分在周围的 4 台服务器里。学校装了个测试用的 5G 基站,如果这 4 台服务器不够用,我们就用 5G 连接到租用的服务器上。"

"你说的服务器啥的我们不懂,你就说说机器怎么画画嘛。"王利勤和其他几位同学一头雾水。

"有两种模式,混合现实模式和真实模式。混合现实模式是用户戴上虚拟现实眼镜,在虚拟画板上随意勾勒线条,机器就能自动生成画作。现实模式是智能手臂和人类一起操作直接在画布上作画。前面那个不稀奇,我们主攻现实模式。"秦浩在同学们面前显摆着自己的专业。

"啥混合现实和'淤泥显示眼镜'的,你越说我们越糊涂,让我们试试呗。"刘大龙已经不耐烦了。"你们都不行,初代麒麟臂是专门给有艺术水准的艺术家设计的,普通人绘画水平太'菜'了,麒麟臂不能很好地识别轨迹和数据。还是让黎港来吧。"

黎港在旁边专心打着他的游戏。"去试试,今天没准能出个大作。"秦浩推了推他。

"把空调打开。"黎港很不耐烦地把手机收起来,然后把上衣脱光了。这时候是秋天,实验室里有点微凉。"你脱光干啥!秀你的排骨吗?"林凌路叫唤着。

"你看看那个手臂,我不脱光怎么戴得进去。"

秦浩协助黎港把麒麟臂戴好,把肩带和腹带绑好让手臂固定在黎港的身体上,然后启动麒麟臂系统。

"哈哈哈,你好像科幻片里的邪恶改造人。"王利勤笑着说。

"我就给你们画个香蕉和猩猩吧,谁让你们打扰我玩香蕉和猩猩。"黎港边说边让秦浩和林凌路帮忙把画笔、颜料、调色板等工具拿出来,把画布固定在画板上。

"我左手画个香蕉,右手不画龙,"黎港边哼着最近网络上流行的音乐边手舞足蹈地在画布上涂起来,"我右手不画龙,嘿哈,就画一个大猩猩,让香蕉挤死它。"

"到底是你在动,还是机械臂在动哦?"几位同学好奇地问。

"是我和机械臂一起动，一起动，一起动！"黎港打着节拍回答。

"现在机械臂可以感受和捕捉黎港的动作，视觉识别系统会把绘画结果反馈给服务器，服务器计算后又发出机械臂指令。"秦浩现场解说，"要是黎港对机械臂的控制有反向摆脱动作，机械臂就给黎港的手臂更多控制权，如果黎港放松，机械臂就获得更多控制权。但这也不是绝对的，我们设置了创意优先算法，当系统后台对某个创意的分数达到满分时，机械臂也有可能在部分时间段不释放控制权给人类用户。"

就在大家说话的工夫，黎港和机械臂一起画出了雏形，一个猩猩的轮廓和几根香蕉。

"太普通了。"王利勤指着画布说。"你们不懂艺术，"黎港还在那里哼着他的歌，"你们觉得我不行，你们来试试。"

"试试就试试。"三位男同学早就按捺不住了。于是秦浩帮黎港取下机械臂，又分别让王利勤、刘大龙和林凌路轮流戴上机械臂，拿着画笔在画布上补了几根香蕉。"好玩。"王利勤画完有点兴奋，"就像一个人手把手在教我画画，你看画得还不错嘛。""孩子都是自己的好不是？"黎港不悦，"差不多的香蕉，你自己画的马上就变得不普通了，是吧？"

就这样，几个同学轮流戴上麒麟臂完成了这幅香蕉与猩猩的画作。"大家给这幅画取个名字呗，"画作完成后，秦浩提议。"五个猩猩的作品。"刘大龙叫唤。"不，是五个醉酒猩猩的作品。"林凌路补充。

"死于香蕉的猩猩，"王利勤说，"你们看黎港最后补画的猩猩嘴脸多痛苦和麻木，都变形了。"

"这个名字好。"脱下机械臂的黎港故意调出大便一样的颜色和纹理写上了"死于香蕉的猩猩"几个字。还在右下角签上了"Q. L. W. L. L."，分别代表几位同学的姓。"你太恶心了。"几位同学嗤之以鼻。

五位调皮的中年男人折腾半天，酒差不多醒了一半，就各自回家了。黎港觉得这幅画好玩，就带回了家。

第二天清早，黎港起床拍照发了条朋友圈。之后，这幅《死于香蕉的猩猩》在网上火爆起来。

这幅画火爆之初，秦浩和其他三位同学都不介意，还相互发信息打趣。可是当"智能美"公司找到黎港要买这幅画并且开价不低时，情况发生了变化。

这幅画火爆之后，黎港接受采访时无意中说出了这幅画作有人工智能参与，被一些媒体作为重要的议题报道。秦浩所在的 S 大学软件公司的管理层看到报道之后找秦浩了解了情况，让秦浩去和黎港协商，拍卖收益中应该有一部分归公司所有。如果协商不成，就起诉黎港。这样不管官司输赢，他们都可以借这个机会宣传麒麟臂项目，以便后面拿到更多的风险投资。

另外三个同学本来不在意这个事，同学之间有感情，觉得黎港获得一笔巨款改善未来的生活挺好。可是有一天林凌路跟老婆吹牛时说到这幅画他们几位同学也参与了，他老婆立马跟打了鸡血一样兴奋，撺掇林凌路去讨要部分所得收益。林凌路本来碍于同学情谊不想去，可是老婆天天唠叨："随便分一点就能改善生活，我看你们朋友圈发的视频，本来就是你们集体创作的嘛。"

后来他发动王利勤和刘大龙跟他一起去找黎港，王利勤和刘大龙开始并不愿意，可是当林凌路把第一次和黎港见面的情况跟他们说了之后，他们也生气了，决定委托林凌路代表他们两个"维权"。原来，黎港在林凌路找他的时候，说了一句"你们几个土豹子，艺术白痴，你们就是涂抹了几笔也能算创作，你们要钱我可以分一点，但是要分享著作权老子绝不答应"。这句话被林凌路录了音放给刘大龙和王利勤听了。

就这样，秦浩所在的 S 大学软件公司、林凌路他们三个和黎港三方打起了官司，S 大学软件公司主张拥有《死于香蕉的猩猩》的著作权，理由一是人工智能参与了创作，并且是主要完成者，黎港只是辅助完成者。二是黎港本身就是 S 大学软件公司雇佣来完成麒麟臂开发的，之前签订了协议，所有测试过程中形成的作品著作权归 S 大学软件公司。林凌路他们三个主张作品是共同完成的，他们应该占有一定份额。

因为官司，"智能美"公司暂停执行与黎港的协议，想等他们几方扯清楚著作权再说。

由于是两个相关联的案子，法院决定合并审理。大家提交的证据包括当天晚上的监控录像、麒麟臂的开发技术文档和专利证书、麒麟臂操作系统后台的操作记录，以及专家对麒麟臂能够自主绘画的鉴定意见等。知识产权法院拿到这个官司也很头疼，最终经过几个月的审理，一审法院判决著作权为共有，但创作中黎港、麒麟臂系统的开发公司、林凌路三人所起的作用不同,分别判决三方拥有 80%、15%、5% 的著作权。

判决下来后，三方都不服判决，又上诉。二审法院作了改判，主要认定了一审法院没有认可的证据：让其他有基础的画家来画《死于香蕉的猩猩》，在麒麟臂的辅助下（并且由计算机专家证明只是连接了网络，并未复制原有脚本），能画出相似程度最多 40% 左右的作品。经过三方律师在法庭上的激烈辩论，最终二审法院改判，认定了贡献度分配如下：黎港 50%，主要创意来自他；S 大学软件公司 40%；林凌路等三人 10%，但其中取名的王利勤 5%，林凌路和刘大龙各占 2.5%。

判决出来后，三方还是不服，尤其是黎港，意见最大，他认为其他画家可能已经在网上看到了那幅作品，所以才会有 40% 的相似度。但是这几位高中同学因为这个官司已经耗去大半年的时间。为了尽快拿到收益，三方也只好接受这个判决。秦浩因为私自带人到公司而被 S 大学软件公司开除，没有从这幅画中获得任何好处。

在打官司的过程中，"智能美"公司借机又把自己炒作了一番，人工智能做出的有著作权争议的作品提供了众多可炒作题材。这场诉讼涉及的"人工智能"话题，在半年内经常占据媒体头条。"发小为巨款反目，起因竟然是人工智能""友情经不起金钱考验""机器人画的画竟然卖出 500 万元天价"这样的标题充斥在推送文章里。

法院判决生效后，"智能美"公司把黎港、S 大学软件公司的律师、林凌路、王利勤、刘大龙喊到一起。因为现在这幅作品的著作权被法院的判决划分了，协议要重新谈。其实林凌路他们三人是天上掉馅饼的感觉，所以想尽快成交获得收益。但黎港和 S 大学软件公司觉得经过这一番炒作之后，500 万元总价太便宜了，毕竟这一幅画能让"智能美"公司省下很多广告费。最终，《死于香蕉的猩猩》原画和著作权谈到 1000 万元，其中有 500 万元现金，其余 500 万元以"智能美"股权形式支付。"智能美"在协议签订后，先行支付 200 万元，按照各自版权份额分配给他们几方。余下的 500 万元股权和 300 万元现金待 6 个月后没有人主张著作权时再支付。

200 万元的现金，黎港拿到 100 万元，他先去买了一辆 50 万元左右的名牌汽车，租了一套江景大平层。他父亲听说这个事，还专门从老家安徽赶过来劝他离开是非之地，回到老家买套房定居，娶个媳妇儿。黎港这时候已经俨然是一线网红，父亲的话哪里听得进去。

一个半红不紫的女网红找他合作，两个人一起直播，黎港负责在直播中教人画画，女网红蹭黎港的热度直播中带货。很快，两个人从工作伴侣发展成为情侣，去领了结婚证。

有一天黎港正在滨江路上带着女网红兜风，忽然被交警拦了下来，说他遮挡号牌。黎港下车看了前后车牌，看后哭笑不得，前后车牌都被人贴上了做成贴纸的《死于香蕉的猩猩》。黎港连忙给警察道歉，撕下贴纸认罚。出了这次事之后，每次开车，黎港都很小心地检查车前、车后。可是过了几天他到地下车库取车时，又被眼前的景象惊呆了：前挡风玻璃贴满了那幅画。他的网红老婆尖叫："是谁跟我们作对！你是不是有什么仇家哦！"

黎港想了想，认为很可能是秦浩，因为在这幅画著作权及收益的争夺中，只有秦浩最失意。他因为私自带他们几个老同学到实验室而被公司开除，没有从画中获得任何收益。本来他在公司是技术骨干，未来公司发展好，他的收益也不会少。他给秦浩打电话，总是在占线中。他更怀疑是秦浩了。查了监控，他发现贴纸的人虽然戴着头盔，可身材和秦浩有几分像。于是他拷下监控视频去派出所报案。警察留下了监控视频，说随后调查。过了一天，警察给黎港打电话说那个人不可能是秦浩，因为秦浩这几天出境参加学术会议去了。

黎港想，难道是林凌路他们几个？他先给林凌路打电话。林凌路拿着电话就跟他诉苦："兄弟啊，你倒是发财了。我拿着钱回家，指望老婆高兴一下。谁知道她天天骂我没用，说我应该分得更多。"他打电话给刘大龙和王利勤，除了得知他们两个觉得对不住秦浩，把钱转到秦浩的卡上去了，其他方面没什么异样。

黎港怎么也没明白他到底得罪了谁。过了几天，物业公司找到他，说骚扰他的人抓住了。原来是楼下邻居。邻居嫌他和网红老婆直播太吵，上来提醒过他几次，他没太在意，于是起意报复。

抓到人了，黎港高兴了，只要不是他同学，他感情上还过得去。可是还没高兴太久，他又收到了法院的传票。

这次起诉他侵犯著作权的是一家美国公司。跨国官司再次引发媒体关注。原来秦浩为了节约人力成本，私自带着他导师张教授的几个博士研究生一起做。其中有个博士研究生在开发算法的时候，为了降低难度早点交差好进入毕业流程，并不是让麒麟臂完全自主作画，而是让麒麟臂学习并模仿后台数据库中的部分作品作画。机器臂并不采集画画人的数据，和人类手臂一起创作时，当人类手臂和机器输出一致时机器臂就不控制，当人类手臂力度与机器输出不同时机器就加强力度，给人一种和机器共同创作的假象。黎港画了很多画，机器学习的并不是黎港的画画技能。这个博士生还在算法中设置了按一定时间周期"升级"的"功能"，造成"机器学习"的假象。这与S大学软件公司宣传品里的信息完全不同，和秦浩当时给几位同学解释的原理也不一样。博士生为了防止这个问题被发现，输入的数据都是比较冷门的作品。黎港画画的时候，起初的创意正好与国外社交媒体上不太流行的一幅画作相似，麒麟臂的学习数据中正好有那幅画作，因而启动了模仿程序。

打官司时要请专家证人鉴定，博士生知道瞒不住了，就一五一十地都说了出来。这下从法律上来说，麒麟臂"看"了国外的原作，而它创作的作品经过专家鉴定又和原作有比较高的相似度，符合抄袭的定义。虽然S大学软件公司和黎港主张是合理使用原作，并且属于再创作，但是法庭并没有认可。原因是博士生的那一番设定，证实了麒麟臂最初的设定就是模仿而不是独立创意。法官还认为如果判决抄袭不成立，是在鼓励使用技术走捷径搞艺术创作，打击原创者，与法律精神相违背。

《死于香蕉的猩猩》被认定抄袭后，"智能美"公司根据协议要求终止和黎港的合作，并且要求黎港返还已经支付的版权费。黎港的钱都花得差不多了，想找网红老婆要钱。网红老婆一听说他破产了，找了个借口就跟他离婚了，弄得黎港很狼狈。

"智能美"公司起诉黎港还钱后，黎港摆出一副死猪不怕开水烫的架势。压根不理会判决。过了一阵，法院把他列入了失信被执行人名单。因为他有债务没有履行，还开奔驰车。弄得他想回安徽看望生病的父亲时，高铁票都买不到。后来他只好先把车子卖了，剩下的钱慢慢想办法还。

不过，黎港不是最惨的，最惨的是秦浩和他的导师张教授。麒麟臂被认定抄袭国外画作后，那个博士研究生在SSCI期刊发表的相关论文中被国外期刊撤稿，对署名为通讯作者的秦浩和第二作者的张教授也造成了很大影响。张教授团队因此被S大学处罚，国内外媒体很快报道了这件事，标题大多是"科研团队涉嫌利用人工智能抄袭被处罚"。

通过前面几场官司的炒作，S大学软件公司前一阵本来变得炙手可热，投资S大学软件公司的风险投资公司因此愿意追加一亿元的投资。作为S大学软件公司的董事长，为了让自己的股份不被稀释，张教授还把这么多年辛辛苦苦攒钱买的一套别墅抵押后贷款投入公司股权。他还指望未来 S 大学软件公司上市后狠赚一笔。结果抄袭事件爆发，风投公司追加的投资还没到位，就以这个理由拒绝履行原来的协议，而且还要追究 S 大学软件公司的责任。

张教授深受刺激，他经常在家喃喃自语："人工智能，害人。"

（完）

麒麟臂：2119

本篇是《麒麟臂：2019》的姊妹篇，但思考的角度却并非著作权归属问题。关注的是人类社会所有的创作从以人类为主体的竞争转变成了算法竞争，科技巨头的人工智能垄断文化创意，会发生什么？怎么破解目前已经初见端倪的社交媒体科技巨头对人类文化表达的垄断？从本书人工智能绘制的插图来看，未来已来。本书中原本想采用的人工智能绘制的插图，仅用了笔者几天工作之余的碎片时间，可以说很快就完成了。笔者需要完成的工作是输入提示词、从人工智能生成的多幅作品中选择一幅最合适的。然而，本书请设计师绘制的插图，却一拖再拖不能按时交稿，原因是人工创作艺术作品效率本身就低得多，人类又容易受到各种事物干扰。人工智能则不同，只要连上服务器，有输入后很快就有输出。未来真的有可能出现本篇小说中担忧的情况，对此应防患于未然。

　　绘画天才黎港是个艺术劳工。他日复一日的绘画创作不过是在为人工智能的创意提供数据。

　　这是公元 2119 年,人类社会很多领域都被人工智能取代,艺术创作也不例外。世界知识产权组织制定了人工智能著作权示范法,各国以此为基础修改了著作权法。虽然路径不同,但对人工智能作者或者人工智能辅助人类创作的著作权保护相同。有的国家给予人工智能人格权,人工智能可以获得完整著作权。对于人类利用人工智能强化自己创作,则规定如果和技术提供方没有约定,著作权归创作的人类所有。人类在购买人工智能辅助技术时,也可以约定将来创作的作品的著作权归自己。这被称为"画笔原则",也就是人工智能在辅助人类创作时,在某些约定情况下相当于画笔工具。

　　然而,技术公司利用人工智能创作作品,并不受"画笔原则"约束。艺术创作成了技术竞争。毕竟人类的艺术创作颠覆性创新很少,大多是改进型创新,即需要以前人的积累为基础。在借鉴前人成果这一点上,人工智能凭借庞大的记忆库和计算能力远远超过人类。人工智能的创作效率也远远高于人类。正是因为人类创作速度满足不了文化市场需求,各国才鼓励人工智能公司进入文化创作领域。

　　到 2119 年,艺术创作已经被大公司垄断。他们开发的各种人工智能创作的绘画和文学等作品充斥主流文化市场。虽然仍然有艺术类专业,但培养的学生在毕业后大部分成为大公司人工智能创作流水线上的数据输入人员。不断的数据输入,让人工智能的创作能力更强大。

　　这个时代正在利用人工智能榨取人类的创造力。垄断局面一旦形成便很难改变。人类艺术家消失,艺术工人则比比皆是。这个年代,一部电影可以不要任何演员,完全由人工智能写作剧本并根据剧本生成具体的人物形象、配音等,然后制作成电影。人工智能生成的虚拟明星们大红大紫,又比真人明星容易操控,娱乐业转向了投资包装虚拟人,真人明星们成为夕阳产业、无比落寞。

　　除了大型技术公司,一些富人也投资或购买人工智能设备强化自己的艺术能力。有的富人把人工智能辅助系统藏在袖子里,可以轻松弹出美妙的钢琴曲;有的用人工智能辅助自己成为舞蹈家、画家……人类祖先能够到达的任何领域的顶峰,当代人都可以通过人工智能轻易到达。

　　当然,随之而来的是整个社会审美品位和判断标准的人工智能化。在人工智能作品拍出天价的同时,收藏行业也流行使用人工智能来评估艺术品的价值。

2119年，人类闲暇时间如此之多，文化市场如此繁荣。这对艺术品来说是最好的时代，但却是人类艺术家最卑微的时代。

黎港住在"智能美"公司为他提供的宽敞公寓里，这家公司主要出售各种人工智能画作。

黎港他们享受的是一种宽松的管理方式，或者说，黎港享受的是一百年前一流艺术家的待遇。他住在宽敞明亮的大平层中，对面是影影绰绰的群山和向东流去的大江。

他们这些艺术劳工根本不用按时上班，为了激发他们的灵感，公司甚至给他们配备了人工智能伴侣。他们唯一面临的考核就是每三年一次的评估，这个评估由公司的超级系统自动给出。黎港常常处于自己的生活过得很好的幻觉之中。然而，隐隐约约感觉到的身上为艺术创作而植入的传感器和周围无处不在的摄像头提醒他，他只是给人工智能提供数据的躯壳。公司让工人们舒适，只是为了榨取更多的劳动力和创造力。

黎港时常想起上大学时参与的一个关于数字劳工的课题。那个时候他就在"智能美"公司实习，老师让他通过自己的体验去感受"智能美"公司是怎么剥削他的。观察了几天，他很失望地跟老师说："老师，'智能美'根本没有剥削我，它给我丰厚的报酬、宽敞的办公室、好用的电脑，也不要求我坐班——加班都是我自愿的，因为办公室有好多好吃的零食，还有美女按摩师给我讲笑话和按摩。""这就是一种新型的剥削，表面给你们更多自由，其实为了占有你们更多的劳动成果。"老师哭笑不得地跟黎港解释。

黎港当时装作听懂了的样子，其实内心觉得老师是在瞎说。现在回想起来，那个时候自己真的是太年轻了。进入社会，黎港深刻体会到老师的话。他读大学的时候觉得拿的实习工资挺多，因为那时消费很低、实习工资又是家里所给生活费之外的额外收入。现在他通过不断创作给人工智能提供数据换取的微薄收入虽然与实习工资相比高了不少，但开销也大大增加。黎港这类出卖劳动力和数据的人群收入很低，为了换取宽带和其他免费服务，这个阶层的人工作之余必须观看大量人工智能生产的内容，有的内容是广告，有的内容是为了采集人类观看后的心理和生理反应数据。如果还要为了放松去消费各种人工智能生产的电影、电视剧、音乐以及追捧虚拟明星，会被榨取得更干净。这一点反而不如大学时代，那个时候同学在一起社交活动多，没那么累，对各种娱乐内容没太多需求。当然，这也有其他的原因——国家要求对各个阶段受教育的学生使用的智能设备都设置防沉迷系统。因为这个时代，在人工智能和沉浸式的扩展现实加持下，人们太容易沉迷进去了。

他们这些艺术劳工日复一日地创作，却因为与公司签订的协议而不能发表任何有自己署名的作品。他们的作品成为数据后，被人工智能吸收并修改为更受大众欢迎的作品。他们也没办法像有钱人一样享受闲暇。

黎港觉得自己的生活非常分裂，自己本来是工人身份，工作时倒活得像个艺术家。下班后本来应该休息放松，却忙得像条钻进手机和各种智能设备的狗。工作的大房子其实是单位的宿舍，为了让他们的大脑休息，公司在工作场所安装的智能设备不多。但他从走进公寓电梯的那一刻就被智能设备包围，就连他什么时候和公司给他免费提供的机器人女朋友芳芳亲热，周围的设备也都知道。让黎港尴尬的是，每次和芳芳亲热过后，智能设备都会给他推荐避孕或情趣产品。和芳芳亲热的时候，芳芳会采集他的数据，这是芳芳亲口告诉黎港的。黎港想找个人类女朋友，可是他太穷了，人类女朋友的消费他根本负担不起。

每年黎港唯一觉得轻松的时刻就是回家陪老父亲时。除了规定的节假日，"智能美"公司还会给黎港他们这样的员工每年两周的额外假期，这样做是为了让他们的生产力更强。今年的假期，黎港依旧决定回家陪父亲。

2119年的9月，黎港搭上了去四川攀枝花的高铁。为了拿到下高铁之后的无人驾驶空中巴士低价票，他要在火车上作为用户做好几个新APP的试用体验报告，还开放了自己的数据给空中巴士公司，以便对乘坐环境进行优化设计。

出了攀枝花高铁站，空中巴士准时等在巴士站。这类开往乡村的无人驾驶空中巴士是客货两用的，形成的交通网络已经遍布中国乡村，在山区可以不受地形干扰，更受欢迎。用了两个小时，只在攀枝花高铁站转了一次车，他就从中国西部科技之都重庆回到了四川会理木古镇的家乡。这时的中国农村生活也都智能化了。母亲已经在几年前去世，父亲一个人居住在村里的智能养老中心，这里照顾老人和陪伴老人说话的都是智能机器人。和人类相比，它们对老人的照顾可以说是无微不至。

黎港陪着父亲吃了个晚饭，又跟父亲聊了聊，就回他家老宅子去了。这间老宅是2019年，也就是100年前黎港的曾祖父修的。房子很古朴，跟现在的风格完全不同。因为没什么人住，黎港还专门买了个智能打扫机器人维持着整个房子的卫生。

黎港每年回来，与其说是看望父亲，不如说是享受房子里没有智能设备的清净。在这里，他可以自由地作画。虽然纯人类作品早已没有市场，但起码他在这里创作的画作是属于自己的。他每年回来画几幅画，存在这个老房子里。

老房子在半山腰，有了能低空飞行的小飞车，交通其实还算方便。下面是蜿蜒曲折的青龙湖，黎港在家门口就能看见碧绿的湖面。房子四周是没有人打理的桃树、梨树、梅、竹林、荷塘，春夏秋冬景致各不相同。唯一的烦恼就是蚊虫太多，但是被蚊虫叮咬后的痒让他觉得生活更真实，让他觉得自己还是个活生生的人，而不是从一个屏幕跳到另一个屏幕、一个智能眼镜跳到另一个智能眼镜的扯线木偶。100年前的9月本来是地球的北半球最舒适的时节，虽然100年后同样如此，但这时的地球已经变得更暖和了，加上这里纬度偏低，黎港感到还有一丝闷热。

回家洗个澡，换了身宽松的衣服，黎港坐在门前听虫鸣、发呆，偶尔还能听到青龙湖里大鱼跃出水面又扑通落水的声音。

这些声音让家乡的夜晚显得宁静舒适。忽然，湖面出现一片移动着的光亮区域，黎港看到，湖面上方的天上有个火球正在沿着一条斜线轨迹下降，冲着他家这边的湖面呼啸着落下，激起巨大的水花。难道是飞机或空中巴士失事？黎港赶忙起身跑下山，看看能不能去救上来一两个人。

黎港跌跌撞撞跑下去，站在岸边稍远的地方借着月光和坠落飞行物引燃芦苇的火光，发现湖边的浅水湾被砸出一个大坑，因灌满水而不知深浅，淤泥和芦苇水草溅得四处都是。一个椭圆形物体浮在深坑里，周围的水在沸腾、雾气翻涌，不少鱼翻了白肚，黎港不敢贸然靠近，只敢在远处没有被热量波及的地方观察着。

黎港等了很久，直到没有动静，水也不再冒出热气，他才小心谨慎地一步步靠近。他试探着爬下湖堤，蹚水走到深坑旁几米的距离，感觉到水温不高，确定没有问题，他才进一步靠近。可是露出水面的飞行物根本看不到任何按钮或把手。

黎港用手机敲了敲流线型的外壳，外壳发出了清脆的响声，说明里面是空心的。忽然，外壳向外螺旋打开，内部亮了起来。"有人吗？"黎港伸长了脖子，却没有靠近，他怕自己会滑下深坑，也害怕飞行器里突然扑出来什么。飞行器内发着光，隐约能看出空间不大，仅能容纳一个成年人。但这个容器似乎没有座位，看来不是载人的飞行器。黎港琢磨这可能是快递公司的新型运载无人飞行器。半圆形空间的下半部分是个平整的平面，平面上有一个方形区域是略微凸起的。黎港用手使劲敲了敲凸起的位置，过了几秒钟，凸起忽然缓慢升起，一个金属盒子露出半截。

黎港以为是快递公司的货物，为了避免货物掉进湖里，他就拿着盒子上岸回家了，打算等天亮了再想办法联系快递公司。到家后，黎港把身上的淤泥洗了洗，又换了身衣服就睡了。睡到半夜，他忽然被一阵声音吵醒。他仔细听了听动静，发现声音竟然是从盒子里发出来的。

难道是谁快递的活物？看这个长短，里面很像是蛇类。黎港从小就怕蛇，所以他不敢去看到底是什么在发出响动，就假装没听到，蒙着头继续睡。可是声音越来越大，让他无法入睡。他找来父亲以前养动物的智能笼子，笼子能自动识别人类和动物，当人类伸手进去喂食时会自动打开一个合适的入口，并且会自动弹出隔层隔开人类和动物，防止人类与动物直接接触。黎港先把金属盒子放到笼子里，然后利用手机上的三维透视扫描工具扫描金属盒子从哪里开启。黎港发现两端有凹下去的地方，他放进去一个小型万能工具机器人，指示机器人打开盒子。

工具机器人捣鼓了好一会儿，盒子也没什么反应。黎港只好把工具机器人拿走，自己伸手去摸了摸两端的凹陷。凹陷接触到他的手之后，盒子顶部向两边自动开启。盒子里有一个黑色的像是护肘一样的东西，与护肘不一样的是前端连接着一个手套，看起来没什么太独特的地方。难道是我产生了幻觉，这个东西怎么可能发出声音？黎港在心里嘀咕。他打开笼子，取出这东西在灯光下把玩着。他先试了试手套的大小，好像就是比着他的手定做的一样。接着，他又把护肘戴在手臂上。

忽然，他感觉到护肘和手套正在融入他的皮肤，他感觉非常痒。奇怪的是，护肘隔着衣服也能融进他的手臂。他还没反应过来是怎么回事，就失去了意识。

黎港醒来的时候，发现他的全身都有种奇怪的感觉，他脱下衣服一看，只见皮肤上生出了鳞片，一直延伸到手背。他用手摸了摸身体的各个部位，发现整个身体都长出了鳞片。这些鳞片有的是深黑色，有的是金色，有的是肉色。用手摸起来，鳞片并没有很粗糙的感觉，竟然还非常光滑，而且他还能感觉冷热和疼痛。黎港还没反应过来发生了什么，忽然他的脑海里响起了一个声音，而且声音响起的时候，手臂似乎有一些异样的感觉。

"你先不要害怕……虽然作为低等文明的生物，你害怕是很正常的。"脑海里的声音说。

"你是谁？你从哪里来？"黎港惊恐地张嘴说话，可是他忽然发现语言是多余的，他通过思考就能和那个声音交流，这种亦真亦幻的感觉让黎港更加惊慌失措。他把右臂放到万能工具机器人边上，打开机器人的激光烧灼功能，试图把鳞片烧掉，激光带来的灼痛感让他本能地把手臂拿开。

脑海里的声音一开始让他感到害怕，经过一段时间的适应，稍微好了一些。他开始尝试着弄清楚头脑里的东西和他的交流模式，他进一步发现这东西还能感知他的情绪，在他不想交流时那个声音会自动沉默。

为了不让父亲担心，黎港去了一趟父亲那里，告诉父亲他身体不舒服要在老房子里休息几天。其实他是想在老房这边解决长在他身上的异物。他试了很多方法，都没有任何效果。头脑里的声音还一直劝他不要这样做。

折腾了两三天，试遍各种方法的黎港筋疲力尽，只好放弃。他不得不接受事实——鳞片已经与他的身体融为一体了。在黎港放弃之后，进入他身体的东西又开始根据黎港的情绪和思维不断试探性地与他"接触"。一些深层次、触及灵魂的对话让黎港逐渐放松了警惕。又过了四五天，进入他身体里的东西感觉到黎港已经基本接纳了他，找了个合适的时机向黎港"讲"他的故事。

"我从遥远的星球来，离你们这个星球有上百光年。我的任务是采集宇宙的文明，把记忆保留下来……当某个星球的文明消失之后，还有可能在其他星球复原。"

"我是一种有生命的智能物质，为了采集各个星球的文明，我必须借助当地智慧生物，否则我没有办法采集高等文明的数据。我会改变形态附着在智能生命体身上，通过智能生命体的活动采集文明和记忆。现在我来到你们这个叫作地球的星球。"

"你知道我们的星球叫地球？你有名字吗？"黎港在脑子里问道。

"你可以叫我——瞬，这是我捕捉你的思维后，比较喜欢的一个字。"

黎港用思维和瞬对话："那我以后就叫你瞬！对了，你是男是女？"

瞬在黎港的脑海里发出了他能感受到的快乐笑声："我们的文明没有性别，不是所有文明都有两性，有的无性别，有的文明有超过三种的性别，以后慢慢给你讲。你最近似乎总在想着你的女朋友吧！"

黎港有点生气，感觉自己的隐私被窥探了。

瞬在脑子里告诉黎港："对不起，我已经深入你的记忆体和神经中枢，研究了你的记忆。这主要是为了让我的行为更符合你的口味，减少摩擦和对你的伤害！不然你怎么可能在这么短的时间接纳我！"

"我身上的鳞片是什么东西？"

"这些鳞片可以说是我们共有的新型传感器，也是保护层，它们可以反射致命的宇宙射线。"

"发现你时装着你的盒子怎么不见了？"

"这个盒子也在你的体内。你那个时候不是睡着了，而是我接管了你的大脑和身体，并进行了改造。你看到的手臂叫智能体，由很多细小的物质单元连接成比你们的大脑复杂得多的可以计算、任意变形渗透的系统——现在的手臂形态只是为了诱导你与我接触。你看到的金属盒子是信息体或者叫记忆体。在我们的文明中，信息和物质是可以互相转换的，我们的物质存储比你们地球上的电子存储先进得多，你们的量子计算也很小儿科。智能体基本单元就像你身体里的 DNA，存有丰富的信息，只是以你们人类的技术水平，还不能随意读取物质中的信息。我们的文明则可以把信息折叠在各种物质里。现在我的身体里装着超过 10 个星球的文明。很不幸的是，就在我旅行的途中，其中的一些文明已经毁灭了。"

黎港张大了嘴巴，这超出了他的想象，他甚至怀疑自己产生了幻觉，他掐了掐自己，很疼。

"这不是幻觉，是真实的，虽然我可以给你制造幻觉，但是没有必要。"他脑子里，瞬的声音传来，"你放心，我不会长期占据你的身体，等你们地球文明的信息被采集完成，我就会离开，对你不会有任何伤害。因为，我的结构比你们最小的单位小得多。我们可以从分子层面改造物质。我们的文明比你们先进太多。"

"是不是感觉很疲倦？"体内的声音对黎港说。

"是的，全身都有疲倦的感觉。"

"我们出门走走，让你的大脑吸吸氧，缓解你身体过度兴奋后的疲劳。"

黎港走出老房子，他忽然想起湖边还有飞船，决定去看看。走到湖边，看到前两天的现场已经恢复如常。他疑惑："飞船到哪里去了？"

说着，进入他体内的外星人跟他共享了记忆。黎港脑海里出现的画面是，他在发现飞行器的第一天昏倒后，就不由自主地走到湖边，自己的手就像被施了魔法一样能够吸住飞行器。他很轻松地就把飞行器从深坑里吸了出来，然后举着飞行器，越过盘山公路，来到他家的老房子，在老宅门前放下了飞行器，不一会儿飞行器就慢慢地消失了。处理好飞行器，外星生物控制着黎港的身体又把飞行器降落现场处理好。

黎港对这些本来没什么印象了，现在忽然感觉确实发生过，他还有很多不明白的地方。

"这是什么技术，为什么飞行器消失了？"

"这跟我隐藏在你的身体里是一个道理。我们文明的物质跟你们的有所不同，物质和信息可以相互转化，物质和信息融合的网络可以到达非常细微的级别。飞行器没有消失，只不过分散为分子大小的物质零件分散在你房子周围而已，需要它的时候可以再组装。只是这个组装是需要图纸的，这时候我们会再次把携带的物质转化为信息数据，分子大小的零件再根据信息数据自动重组成飞行器。你一定好奇为什么我们能够有这么大力气举起飞行器，这是因为昨天那个盒子不仅是信息体，也是能源体，可以吸收能量转化为物质。它也可以把物质转化为能量，而且这个转换可以做到精确控制。你们星球对这项技术的应用还很初级。"

出来散了步之后，黎港的肚子感到有点饿，他走回家吃了几个昨天带过来的面包。"你们的能量利用效率真低，难怪发展这么慢。"黎港脑海里的声音又响起来。

通过这些天和瞬的相处，黎港深深为瞬对自己的理解和瞬所代表的文明和技术折服。瞬告诉黎港，他的任务是采集地球的文明，然后存下来带走。黎港决定去和父亲道个别就离开。他去村里的智能养老中心找父亲，父亲正在兴致勃勃地玩着 VR 游戏，根本没工夫理他。黎港用携带的智能设备预定好回重庆的空中巴士票和高铁票。

在高铁上，黎港在大脑深处问外星人瞬："瞬，我能获得超能力吗？或者说我是不是漫画中的超人？"

"你们地球人类就是喜欢看漫画麻痹自己，我对你们来说具有超能力，但是这个能力，特别是对智能体、信息体和能量体的控制已经极大超出了你们的控制范围，甚至超出了你们的理解范围。所以，只有我能够控制，而你是没有办法控制的。当你遇到危险时，我的这套系统为了保护你会根据你大脑的反应同步帮你处理危险，让你感觉自己在控制，但实际还是我在控制。"

"你利用我的身体，我一点好处都捞不到吗？宿主一般都会有点甜头吧，科幻小说和电影经常就是这个套路呢！"

"好处是有的，我可以开放其他星球甚至我已经存储好的人类文明给你的大脑访问，让你变得很有创意。但你要注意，你很可能被同类当作疯子。"

回到自己在重庆的公寓，黎港的机器人女朋友芳芳已经在等着他了。"你怎么忽然回来了，"芳芳感到很意外，她热情地扑上来把黎港抱住，"你前一阵情绪不好，我都有好长时间没和人类亲热过了。"

正黏上黎港的芳芳忽然吃惊地推开他："你的手臂是怎么回事？"这是她自我保护程序本能的反应。

"哦，这次回家乡一时兴起做了个文身。"黎港随口应付。

"你女朋友说很久没和人类亲热，难道她可以和非人类亲热？"瞬在大脑里问黎港。

"是和更低级别的性爱机器人，有男有女，还有双性的。我们这个时代，性不比你说的外星文明简单。"

"这不算复杂，在有的星球，有两个太阳，按你们地球的历法，他们的一天是由两个白天和两个黑夜组成的，生物也因此形成了 4 种原始性别。又衍生出很多性别，地球文明的本质还是两个性别。"

在发现没有危险之后，机器人芳芳再次扑向黎港热情求欢，但被黎港找了个借口推掉了，毕竟瞬在身体里注视着他的一举一动。黎港用意念对瞬说："其实这些机器人很可怜，她们被程序控制着。你能不能想想办法解放她们？"瞬拒绝了："我们只能观察记录，一般情况下不能干预其他文明，除非有影响我继续采集信息的威胁存在。"

为了给瞬全方位展示人类的活动，黎港趁着假期的最后一天约了他的 4 位好朋友——在大学辅助人工智能做助教的秦浩、给机器人警察做助理的林凌路和自己做生意的刘大龙，还有在政府做公务员的王利勤。2119 年，重庆已经替代了上海成为中国经济最发达的城市，这里面有气候原因，也有技术转移的原因。所以，这 4 位黎港的好朋友从四川中学毕业后都报考了这里当今世界最知名大学之一——重庆大学，毕业后都留在重庆发展。

黎港为了给瞬展示人类发达的一面，特意预定了太空餐厅。他和 4 位同学上了太空舱，这个餐厅就漂浮到了云端。透过透明的地板和周围的玻璃幕墙，他们可以看到两江交汇、火柴盒一样的高楼、像蚂蚁一样来来往往的车辆。

太空舱里没有厨师，黎港预定的菜品早就由人工智能厨师准备好，并由机器人直接送到餐桌上了。推杯换盏间，黎港问了问大家的近况。

"现在的违法犯罪活动大多在虚拟世界，人工智能虚拟执法者可以大展身手。以前我们人类助理还能帮不少忙，现在越来越被边缘化了。我看很快我们就要失业了。"林凌路失落地说。

"可不是，我们教师也差不多。自从政府废除了禁止机器人模拟人类形态的规定，人工智能教师从虚拟世界走到线下，我们人类教学助理也差不多快失业了。因为机器人老师不仅幽默风趣、个性突出，还连接着取之不尽的网络教学资源库，学生更喜欢他们。我们这些人类教学助理，现在只能做些辅导成绩最差的学生、帮人工智能老师改改作业等简单的工作。"秦浩补充着。

听着老同学们的抱怨，王利勤也表示赞同："现在的智能政府都是人工智能在管理，我们只能按照系统的算法机械地执行。虽然可以对算法提出意见，但是吸收意见的程序太复杂了。"

聊着聊着，大家想喝点酒。黎港对着太空舱喊道："给我们来点酒好吗？"

"对不起，经过对你们5位身体的评估、判断，你们不适合饮酒，卖酒给你们是违法的。"太空舱用温柔的女声回答他们。

这时做生意的刘大龙也开口了："现在的信息太透明，做生意也是比谁的人工智能算法更先进，大部分的成本都交给人工智能提供商了。根本没什么赚钱的乐趣，是赚是赔全看算法。买什么、卖什么，向谁买、卖给谁我都没什么决定权，唯一需要的就是我的身份和信用保障。真正赚钱的是大公司，黎港，你看你辛辛苦苦创作，但是高价出售的还不都是人工智能作品？"

在黎港和同学们聊天的时候，瞬并没有打扰他。等他们从太空舱出来道别后，在回家的车上，瞬对黎港说："你们的社会可能有一些问题，不是由智慧生物而是由智慧生物发明的技术控制世界。因此灭亡的文明已经不止一个了。"

黎港在年假结束后的业余时间里，一方面通过瞬开放的信息接口直接访问瞬的信息数据，了解了很多外星文明毁于技术发明的历程，另一方面也重新学习了人类历史。芳芳看黎港从老家回来以后变得痴痴呆呆的，经常一个人莫名其妙地看着天花板，认为黎港精神出了问题，就搬走了。当时，伴侣机器人被允许有自己的情感，这样才能在与人类交往时让人类体验更好。

不学习的时候，黎港就购物、娱乐，或者去市中心的图书馆访问各种互联网资源，瞬则通过黎港的信息接收渠道不断吸收和储存人类文明信息。

瞬还不时与黎港分享他的想法："原来互联网就是你们人类最伟大的发明。我把互联网存储起来，可是发现其中大多数信息要么重复，要么是垃圾信息。等我整理完，信息量对我来说不算太多。你们的社会有一种'信息技术崇拜病'，认为信息技术智能化，连接越快、越多就能解决所有经济、社会问题。但实际上，现在已经到了危险边缘。"

当黎港回到公司上班。瞬在观察了黎港的工作之后，更加坚定了他的观点。

"连艺术创作这个最能让你们反思自己的活动也被算法接管，确实非常危险。"

"有没有什么办法挽救？"黎港问瞬，这些天的学习让他觉得这个社会确实"病"了。

"利用你的绘画天赋。你们人类必须重新认识自己的主体性，必须理解人类虽然不完美，但创造出来的信息承载着人类文明。现在的技术表面很完美，创造的信息却失去了很多'人类的信息'。所以，文明得不到传承。"

"艺术往往是一个文明最敏感的触角，具有启蒙和反思作用。我发现你们星球的人工智能也可以生产出伟大的作品。但是因为大公司垄断，艺术创作失去了最基本的社会功能，成为有钱人房子里的花瓶。我走过的好几个文明，最终都被自己发明的技术毁掉了，他们危险的开始都是让技术垄断了文明的创造力。最后，整个社会失去了反思能力。"

"人工智能制作的'艺术'，中断了人类文明进化史。"

瞬在大脑里跟黎港对话，黎港认同瞬的想法。

"看看你的同学们，其实已经活成了机器人，成为算法的一部分。现在你们人类的社会居然是围着机器在运转。但你们又沉迷在机器带来的身体的便利和精神的娱乐中不能自拔。"

"我能够为改变这一切做些什么？"黎港很焦急。

"利用你的绘画天赋，看看能不能通过批判使人类觉醒。"瞬告诉黎港。

于是，在接下来的时间里，黎港受到外星文明灭亡的启发，创作了大量的批判人工智能的绘画作品让人工智能系统学习。人工智能采集数据后，在绘画时虽然做了些改变，但批判的意识已经影响了人工智能。"智能美"公司的好几幅批判画作都拍卖出了高价。但是这些画作很快在社会上引起了争议，毕竟整个社会的主流文化是人工智能崇拜。

黎港把部分作品私自上传到社交媒体，这违反了他与公司签的协议。但部分网民也因此注意到黎港作品的存在，有人开始质疑当前流行的对人类和人类作品的严重歧视是否合理。

很快，黎港就受到公司的调查。"你最近给人工智能提供的画作数据不符合网民中流行的主流意识形态，虽然人工智能以你的作品为数据基础做出的画作因为创意独特而拍出高价，但批评的声音很多。我们建议你不要延续现在的画风，不然我们可以根据合同解雇你。随后你的每一幅画，我们会评估后再决定是否提供给人工智能学习或修改。"

"并且，请你不要再违反协议把画作上传到互联网。"机器人调查员面无表情地对黎港说。

"你被严密监视了。"调查员走了以后，瞬对黎港说，"你的周围多了很多监控设备，我能够感觉到数据的流向。"

"瞬，你看看，这就是反抗的后果，我连作为一个数据提供者的资格都快没有了……"瞬对黎港说："这还不是最危险的，我通过超出人类的感知能力分析到你恐怕还会有其他危险。我们要小心一些！"

为了自己的安全，黎港决定辞职回四川老家，安心地作画，提醒人类警惕人工智能。这也许能够唤醒人类的复兴意识。

第二天一早，他叫了辆无人驾驶出租车向公司驶去，准备办离职手续。就在无人驾驶车辆在路上高速行驶时，忽然天上一架以同样的速度在出租车上空飞驰的快递运输无人机坠落下来砸在汽车顶棚。

黎港根本来不及反应，瞬早就提前发现了，并利用黎港的右手托住顶棚。出租车失控停不下来，朝着路边的护栏撞了过去。

"不要慌，鳞片会保护你。"瞬在脑子里跟黎港说。这时，黎港感觉身体已经不能被自己控制，瞬接管了他的身体。出租车猛烈撞击护栏，发出一声巨响。黎港的身体因为巨大的惯性砸破了前挡风玻璃冲出车外，撞断了前面的树。从地上爬起来，黎港发现自己的衣服已经被撕裂，但他摸了摸自己，感受了一下周身，竟然毫发无损。

"你们这个社会人工智能算法太顽固，已经没有办法自我反省，竟然有外国势力想杀死你。原因是你们国家的领导层正要治理那些垄断艺术创作的大公司，你最近的行为给治理提供了契机。但外国势力不想这种治理在国外引起连锁反应，为了制造混乱竟然想除掉你。这种死亡威胁触发了我的干预机制，我打算帮助你们和其他几个打算治理大公司的国家。本来我是不打算干预其他星球文明的，你们的恒星还有 60 亿年的寿命，而你们人类很快就要被自己发明的技术奴役。文明应该毁于恒星的自然死亡而不是技术，我不能看着你们重蹈好几个被技术毁灭的文明的覆辙。我只能修改地球互联网服务器里的算法，不然你们人类文明坚持不了 100 年就会消逝，即便生存下来，人类也只不过是机器文明的附庸。"

回到自己的住所，黎港感觉到瞬通过家里的网络设备进入互联网，有一条条信息从自己的体内流向网络中……

（完）

一天的另外二十四小时

　　"996"成了流行语，我们都在吐槽工作，但很多人似乎找不到工作之外的寄托。可是，如果我们的工作岗位被机器人替代会发生什么？小说主人公的工作岗位被机器人替身取代后，生活有了另外的"二十四小时"，是一种什么感受？工作除了生存和金钱意义，也让我们充实。或者说在填满我们时间的各种方式中，工作是有经济收益的，也正是这种收益让我们愿意接受工作的枯燥。但很多我们认为有趣的事情成了工作，未必还那么有趣。如果人类的工作被机器人取代，那么人类又如何找到另外的"工作"让自己充实呢？

□ 荒山求生

秦岭南部深山的初冬，满目墨绿色中泛出一些枯黄，朝阳下的空气中有几分寒意。一架直升机低空飞过，直升机下面挂着一张巨大的网兜，里面半躺着四个人。飞到一座三面环水的高峰顶部时，有人割断了吊着网兜的尼龙绳，网着的四个人瞬间下坠。直升机上的人在割断绳子的时候有意降低了高度，但坠落的尼龙网仍有力地砸进山林，压断了树顶枝条，最后挂在一棵老松树的树杈上，摇晃了一阵，稳了下来。网中的四人不知是死是活，吊在网里一动不动。深冬的山林异常安静，只有风吹树梢的唰唰声。

正午刚过，阳光从高耸的树丛顶部洒下，照在大网兜上。里面的四人开始蠕动，似乎醒了过来。他们在网兜里还是保持半躺姿态，像四条大鱼挨挤在一起。他们先后睁开了眼睛，遇到这种情况人类的第一反应是查看有没有危险，四个人做的第一件事都是四处张望，查看周围环境。还算幸运，挂着他们四人的树不算高，拉着网兜的树杈不算太粗，离地面也不高。

"我们要想办法下去。"其中一个人先开了口。其他刚从昏睡中醒过来的三人头脑都还不太清醒。"你的声音怎么和我的一个熟人很像！"网兜里的其中一人有点疑惑，另外二人也若有所思。"一会儿再闲扯，先干正事。"先开口的人似乎比其他三人清醒一些。他们东张西望了好一阵，终于想起抬头看看，这才发现挂着网兜的树杈因为刚才的冲击已经向下弯曲并有了裂纹。

"一起使劲，把树枝弄断。"

在人类求生欲激发出的潜能面前，四人面前的困难真还不算什么。他们一起前俯后仰、左晃右荡，在网兜里折腾一番，树杈虽然没断，但弧度已发生了改变，网兜摇摆一阵后挂在树杈的部分开始往外滑落。终于，他们掉了下来，压倒一处半人高的灌木丛，倒在旁边密密的枯草上。还好网兜非常大，在地面上因为没有被拉伸，很宽松，四个人坐了起来，首先观察自己有没有受伤。发现身体无恙后，他们首先想到的是解开网兜封口处打的死结，但这个结在网兜吊在飞机上时就已经被收得很紧了。其中一人想用牙咬开死结，发现根本不可能。折腾了好一阵，四人坐下慢慢在草丛中挪动，从草丛中摸到锋利一些的石块，费尽力气终于在大网兜上割开了一个能让人出来的大洞。

四个人出来把已经麻木的四肢伸展开，然后，他们才开始相互打量同伴，从漠然、警惕的表情看，四人相互之间并不熟悉。

还是第一位清醒的老兄先开了口："相互先认识一下吧，现在大家都在同一条船上了。"

"我叫刘劲飞，是……"后半句话还没说出口，"什么？！"另外三人不约而同地惊叫。

"刘劲飞怎么会有你这么丑，他是丹凤眼，你模样猥琐，还单眼皮。"其中一人似乎跟刘劲飞非常熟悉。"对，你这单眼皮，不像劲飞。""各位，有没有觉得我们彼此的声音和感觉都很熟悉，他的声音的确像我的好朋友刘劲飞。"

"李磊！""张果然！""孔子曰！"他们几个相互喊着对方的名字。原来，他们的面相都发生了显著的改变，但声音没变。刘劲飞从丹凤眼变成了单眼皮，鼻梁塌了不少。李磊本来是四方脸，配着他经常锻炼的运动员一样的身材很协调，现在整个脸都瘦下去了，颧骨突起，整个人看上去有几分滑稽。张果然原本斯斯文文很秀气，现在牙齿明显地包天，他要是站在舞台，不表演观众都会笑起来。最惨的是孔子曰，他自诩不脱发是祖传"特长"，现在却是"地中海"，光秃秃的天灵盖格外刺眼。他们脸上和头部还有一些瘀青和浮肿，显然是整容手术后，瘀血还没完全消散。

他们对了对曾经用过的暗号，聊了聊共同的秘密，确认了他们是原来混在一起的死党。看到彼此的容貌，他们感到瘆得慌，脊梁升起一阵寒意。但他们没时间去体验恐惧，怎么在这片大山中活下来是头等大事。从大网兜中出来，他们已经花了很长时间，耗去不少体力，此刻四人都有点脱水。

他们往四周寻找水源。不一会儿，他们就从峭壁上方发现山下面环着一个月牙湖。月牙湖看着挺近，但所谓望山走倒马，他们避开岩石和荆棘丛，循着能走人的山坡绕下去花了至少两个小时。下来之后，岸边环绕的嶙峋巨石让人难以立足，没有巨石的湖岸边则荆棘密布，他们根本不可能靠近取水。"唉，真想跳下去喝个够。"李磊感叹。四个人又累又渴，拖着沉重的脚步好不容易找到一块较平坦巨石，爬上去却还是离湖面有三四米高。张果然扯下李磊羽绒服上的帽子，用装他们的大网兜捆好，捡了一块石头进去。他如打井水般把帽子吊入水中，等帽子全部沉入水面，再拉上来，然后拧出水，四个人轮流喝一点。喝完水，强烈的饥饿感又来了，求生本能指引着他们找吃的。

又不知走了多久，四个人都快把刚才好不容易补充的水分消耗完了，才在一个山坳发现一小片柿子林。地上和树上红色的还未干透的柿子不少。四人还没来得及高兴，就听到动物的嚎叫声。翻过一个小坡，两个猴群的猴王正在为争夺这片柿林打斗，猴群中的其他成年雄猴在周围掠阵，小猴们在外围惊慌地尖叫，母猴们则分散在周围冷静地观战。不到 10 分钟，战斗结束，胜利的一方开始享用柿子大餐。猴群一边吃，一边警觉地看着百米开外精疲力尽的四人。

"就我们现在的体力，根本不是猴群的对手。"李磊想去和猴子抢柿子，被张果然拉住了。"这里缺医少药，被抓伤感染了问题严重。"四个人只好慢慢退后，在远处随机应变，希望猴子们不要把柿子吃得太干净。树上和树下柿子挺多，打赢的猴群没用太久就吃完离开了。等打赢的猴群离开，战败的猴群才来吃剩下的。等战败的猴群吃完，才轮到四人。他们捡了一些猴子吃剩的柿子充饥，又装了一些，当作干粮，以防万一。为了避开山林里的其他猛兽，他们跟着还没走远的猴群，寻找能安全过夜的地方。跟了没多久，猴群在与这座山连成一片的另一座山的半山腰休息，他们停在猴群不远处。

折腾这么久，太阳已经西下，气温开始下降，四人都感受到了一阵冻皮却不透骨的冷意。四人知道要是不赶快行动找个避寒的地方，晚上气温下降他们的生存会成问题，于是强打起精神默契地开始行动。他们找到一些枯树枝，利用那个大网兜在一块巨石下搭了个窝棚。他们先用粗的枯枝和折断的新树枝斜靠在巨石陡峭而避风的一面，把网兜缠在树枝上，插了很多细枝固定住框架，又在外层铺上干草和树叶，整个窝棚的"屋顶"倒也密实。他们用石块在窝棚外围了一圈，在窝棚里铺上一层树枝、枯草和树叶。为了防止野生动物进来，他们从里面用枯枝把窝棚入口封死。干完这些事，天已全黑。此时，月明星稀，树林里四处都有从树梢间透下来的光，这些光还随着风摇树梢不时变换着形状，巨石旁的窝棚里则是漆黑一片。城市噪声的压迫忽然从耳膜上消失，听觉顿时变得格外灵敏，外面风摇树梢的声音清晰可辨。偶尔有人翻身压断树枝和挤压枯草的声音也异常清脆。外面时不时传来动物和鸟的叫声，让他们知道四周有生命在徘徊。从这一点看，他们倒是不孤单。

疲惫不堪的四人躺在枯草堆里，能够听到彼此的呼吸声。在这个完全陌生的环境，他们就算闭着眼睛，又怎能轻易睡着。养了一点精神，四个人开始慢慢拼凑各自的记忆。他们努力追忆着，到底是什么力量让他们四个大都市金融中心的白领成了流落荒山的当代鲁滨孙。跌落到丛林世界的他们，地位和生存能力还不如猴子。

机器的奴隶与机器奴隶

思来想去，他们你一言，我一语，一致把思绪调整到两年前的 2041 年，那一年他们的生活开始发生变化。2041 年是刘劲飞、张果然、孔子曰、李磊毕业后参加工作的第十个年头。

他们在入职培训时建立了很好的感情，是职场上最要好的朋友。他们工作努力、表现优秀，但生活上，四人恰恰各有各的家庭关系方面的不幸。

刘劲飞的父母是北方某个不大的城市的公务员，总想让他进入体制内工作。虽然都已经进入人工智能时代，但在刘父和刘母的认知中，仍然只有进入体制内才算好工作，其他工作都是"打工"。即便是进入体制给机器人当下属，那也比什么都强。刘劲飞上学时除了踢足球，学会的东西不多，知道自己想要什么是其中之一。他当然不想成为父母的翻版，坚决拒绝了父母的建议与帮助，选择在南方的 C 市就业。父母很失望，把精力和资源投在比他小十岁的弟弟身上，对已经开始上班的刘劲飞不怎么待见。每次过年回家，父母总是劝他辞职考试，还总是跟刘劲飞讲哪个亲戚或哪个朋友的小孩在私人企业工作，虽然工资高，但最后还是失业了的故事，甚至当着刘劲飞的面教育他弟弟长大后不要跟他一个德行。刘劲飞工作后难得有时间回家看父母，却总是和父母闹得不欢而散。后来，他逢年过节给父母发点数字红包了事，人留在 C 市，他想等父母不再关注他的职业生涯之后再想办法缓和关系。

　　刘劲飞倒还有个完整的家。张果然在父母吵架中度过了幼儿园阶段，小学时父母终于离婚，并分别再婚。张果然从小在夹缝中生存，特别敏感，自尊心也特别强。他成绩很好，但为了省学费，他选择的不是最理想的学校，而是费用少的学校。大学期间，他自己打工挣学费和生活费，基本和父母断了联系。

　　高大的李磊看起来阳光帅气，但也有本难念的父母经。他的父母特别爱炫耀，极要面子，用上社交媒体后变本加厉，经常给他出难题，弄得李磊有苦难言。有一次李磊回家，亲戚们聚餐，他多喝了几杯，在酒桌上难免会拍胸脯，说以后亲戚们要办什么事包在他身上之类的。本来，以中国的酒文化，这些酒桌上的包票也没有人当真，可李磊的父母和亲戚们不这样看。李磊的二叔来 C 市买车，非要李磊兑现李磊自己都已经不记得的承诺，让他找关系给个最优惠的价格。李磊一直找借口让二叔不要过来，还让父母劝二叔不要来麻烦他。谁知道他的父母根本不管李磊能不能办到，让二叔直接到 C 市来找他。二叔带了一堆土特产给李磊，李磊没有办法，只好跟销售商说，让他们在能够优惠的基础上，再优惠两万元，他来补这两万元的差价。这样的事情多了，李磊接到父母的电话就紧张。有一年回家，他为此和父母吵了一架，也和家里闹崩了。

　　孔子曰的父母倒是来自知识分子家庭，是另外一座城市的大学教师。可他的父母和刘劲飞的父母一样，喜欢干涉儿子的事情。因为孔子曰从小就特别优秀，父母希望他申请国外名校的博士生项目，然后回到国内的名校教书或者留在国外的名校教书。他母亲所在的学院有个同事，倒是把三个子女送出了国，可是这位同事病危，三个子女都没有回来。孔子曰经常跟母亲提起这件事，是想让母亲知道把孩子送出国未必是好事，希望母亲断了送他出国的念头。母亲并不为所动，认为别人的孩子是特例，她的儿子——孔子曰是不会那样的。更让孔子曰有苦难言的是，他虽然成绩不差，但是并不像母亲想得那样游刃有余。

　　这四个跟父母间的关系都多少有些问题的职场新人自然而然地走到一起，他们还模仿那些乐队，用各自姓氏的首字母给这个小团体取了个名字——ZK2L。四个人在公司不远处合租了一套四室两厅的公寓，下班后一起去运动、泡吧。上班头两年，他们过年还回各自的家去看望父母，随着工作更忙、假期更短，就变得更不喜欢回家，他们后来逢年过节就结伴去旅游或徒步。

　　用了十年，四人都熬成了各自部门的二把手、实际业务上的一把手。升职后的四人发现，虽然薪水更可观了，但是工作时长却随着薪水噌噌往上涨，他们直接领导的要求也越来越高。领导们工作起来比他们还要疯狂。刘劲飞部门的一把手，每天竟然可以只休息三个小时，其他时间都在工作。升为部门副职后，他们接触到更多公司高管，听说公司总经理每天12点睡觉，5点就起床到公司健身房锻炼，6点半就开始工作。这种被迫拼命工作的文化其实在20年前的2021年就颇为流行。能够加班，至少说明公司业务还挺多，不需要加班才让刘劲飞他们四个觉得可怕。有一年，公司业务不好，他们四个被放了一个月的假，那一个月反而比加班难熬。

说到具体工作，其实做实事的时间特别少，很多时间都耗在流程上。很多事必须要等上层领导或客户拍板，而他们的大部分工作时间都耗在这个拍板前的等待上。一旦定下方案，又要很快地实施完成，加班就成了常态。公司人性化地请按摩师、设置桑拿间，其实不过是让员工们能够在超负荷工作的情况下得到一点放松，从而提高工作效率。随着职位的上升，ZK2L四人组不仅要等上面的流程，下面也找他们走流程。对他们来说，最难的是几个部门联合的项目，平级的各位职场"老油条"，谁都不愿意单独拍板，极大地降低了效率。除了能力的提升，ZK2L四人组的"摸鱼"段位也越来越高，他们很快就知道怎么消磨那些等流程的时光。

就在他们四人在部门副总的位子上还没坐多久的时候，随着人口和消费的萎缩，全球性的经济危机又一次来临了。为了节约人力成本，公司开始大量购买或租用人工智能。专家们预测的"技术性失业"不可避免地到来了。"技术性失业"首先波及的是技术含量低、容易被人工智能替代的那些职位。

ZK2L四人组暂时没有感受到失业的威胁，却也能体验到人工智能带来的很多变化。公司业务最好的时期，客户接待都忙不过来，共有四位漂亮的小姐姐在公司大楼一楼前台工作。当时公司里的女员工平均年龄比ZK2L四人组大一些，他们在很多女员工面前显得幼稚，所以这些前台年龄较小的小姐姐很快成了公司男士的追求对象。有三位已经与公司男白领喜结连理。公司业务顶峰时期，职位只要不算太低，收入就相当可观。三位美丽动人的前台结婚后成了全职太太。公司很快又招聘了三位更漂亮的新员工补充进来。其中一位刘劲飞觉得很有眼缘，可就在他准备每天上下班跟这位漂亮的前台闲聊联络感情再乘机约出来吃饭的时候，一夜间四位前台被换成了两个机器人。没有客人的时候，它们四处走动做清洁，有客人的时候它们会移动到客人面前提供引导服务。现在，公司一楼大厅的办公设备都拆掉了，只留下了给客户休息的沙发。

那之后，刘劲飞每次看到前台的两个机器人都有气。他会走到其中一个面前，假装生气地说："小混蛋，还一个老婆给我！""你要老婆饼吗？我可以给你下单，费用从你的茶水费补贴里扣除。"机器人很聪明地回答。公司里抱着跟刘劲飞同样想法的单身男士还有不少，有人故意把两个机器人的视觉系统用布盖住，让它们在大厅乱窜，还有人把它们抱到厕所藏起来。为此，公司出了一个规定，禁止员工虐待任何替公司或公司客户工作的机器人，凡是发现，一律重罚。

随着公司上市募集到资金逆势扩张，为了减员增效、节约人力成本，公司高层启动了智能经理系统项目，公司所有的工作流程由人工智能调配，包括老板在内的工作人员都归这个程序管理。智能经理系统比公司原来的信息系统自主性更强，可以决定流程先后、交易客户资格和员工奖惩。系统配置了功能强大的数据挖掘、情感处理、社会模拟和机器学习模块。智能经理系统并不是传统的管理信息系统，它全面渗透到所有员工线上能到达的各个角落，并且有多种形态的界面——聊天机器人、APP、社交媒体账号、线下的机器人或其他智能设备，因而比传统的管理信息系统能够更好地形成人机共生的工作环境。公司内部事务基本由这个系统调配，公司管理层利用规章强迫员工线下活动和系统保持一致，否则就会扣掉绩点。

智能经理系统也有缺陷，就是一旦与公司有业务往来的合作伙伴没有类似的系统，或者采用了类似系统但没有形成交互协议，就不能快速地与对方达成交易，但使用同类系统并达成交互协议的公司间交易效率却得到极大提高。以前需要几顿酒才能解决的业务中的试探、沟通、信任建立和最后达成交易，现在直接由双方的智能经理系统自动完成。智能经理系统还有个缺点，那就是无法与系统外的公司业务合作伙伴建立基于人际关系的信任，ZK2L 四人组没有被裁掉，主要原因正是很多流程需要他们与外部伙伴的信任关系推动。

智能经理系统刚上线的时候并不是特别智能。开始，智能经理系统对公司的规定和潜规则的理解与公司大部分员工有偏差。公司的潜规则是办事人员可以在报账等事务上"灵活"掌握，以免有些不能报账或无法证明的突发事项（如一些业务中的无发票费用支出）的处理。上线后，智能经理系统把公司内部规定转化为可执行的代码规则集成在系统中，并开始严格执行，不仅弄得大家怨声载道，还影响公司业务的开展。但是这个系统跟原来的管理系统不同，以前的管理系统遇到这种情况，需要开发公司修改代码和流程。智能经理系统厉害的地方在于它能很快通过算法检测到员工的不满，利用机器学习迅速调整管理模式，根据员工的不同级别分别给一个不可预计费用额度，后续又根据实施情况不断调整。没过多久，公司员工们就获得比在原来的管理制度下更灵活、更高效的工作体验。

好不容易从底层小弟熬成中层干部的 ZK2L 四人组，快活日子没享受几天，手中的权力就被智能经理悄悄拿走了。智能经理系统没上线时，手下员工对他们的态度还比较恭敬，毕竟他们可以决定底层员工的考核结果和收入。现在公司的等级结构只对外有意义，公司内部只有一个"领导"——智能经理系统。

智能经理系统刚上线时让 ZK2L 四人组比较难受，以前等流程那些时间，还可以"摸摸鱼"，比如悄悄打打游戏、看看新闻放松一下。智能经理系统启动后，能识别员工电脑和手机的动态，他们只能做与工作相关的事。没事的时候，只能打开工作界面发呆。如果手头有任务没完成，发呆时间长了还会被警告。那一阵下班后，他们的话题就是"吐槽"智能经理，认为这个系统再这样下去，过不了多久就会被公司抛弃。"要是这破玩意儿能挺过三个月，我的刘字倒过来写。"有一次下班后在酒吧，刘劲飞对其他三个人说。三个月后，他们四个才发现管理他们的人工智能比他们的想象智能得多。

早期的智能经理系统对员工的管理比较机械，员工们的工作效率并不高，不断进化的智能经理系统做了调整，针对每位员工定制了个性化的管理方案，员工的工作效率大大提高。员工的抱怨、工作效率下降都会作为数据被智能经理系统采集分析，然后不断调整对每个人的管理策略。张果然比较自律，智能经理系统就给他更多自由，允许他上班迟到。刘劲飞喜欢"摸鱼"，系统干脆给他买了一套游戏设备放到办公室，让他游戏玩尽兴了再投入工作。李磊只有每天健身才舒服，系统允许他工作时间锻炼。孔子曰喜欢安静，系统很快给他更换了办公室。再后来，系统还允许 ZK2L 四人组在一起交流八卦。

智能经理系统上线半年后，不仅没有被迫下线，反而让公司运转效率比以前高了一倍以上。洞察了公司一切的智能经理系统似乎给每个员工施了魔法，大家都患上了工作成瘾症。如果不是法律限制了智能经理系统获取员工们在工作任务以外的数据，恐怕员工们的生活也要被它攻陷。智能经理系统还设置了一套基于区块链通证功能的复杂积分系统，让工作和游戏一样，积分不仅跟薪酬挂钩，积分高的员工还有很多福利和特权，激发大家的参与欲望。度假的员工们竟然觉得度假没有工作有趣，有的员工宁愿早点结束休假回来工作。不仅如此，为了满足员工们的喜好，公司还把智能经理系统终端从手机和电脑转移到线下。办公大楼四处散布着根据员工喜好制作的机器人，机器人内核就是智能经理系统。这些机器人的外形被做成员工最喜欢的明星、卡通人物，甚至朋友，把办公楼变成了主题公园。

随着系统的升级，处理公司内部事务已经变得很轻松。刘劲飞、张果然、李磊、孔子曰四个人在公司大多时候无事可做，他们的主要任务是与外部沟通协调，日子过得非常惬意。但天下没有免费的午餐，没有哪一家公司愿意花钱让你在公司玩耍，即便这个玩耍是为了更好地工作。有一天，ZK2L四人组正在公司闲聊，各自的智能经理系统弹出任务，要求他们去和人力资源部经理谈话。人事经理告诉他们，现在他们四个人的工作大多被智能经理系统取代，希望他们替公司分忧，降低各自的收入，降低的比例按照减轻的任务量核算。当然，公司不会强迫他们，因为按照合同，他们的薪资仍然是要根据公司整体业绩逐年上调的。

智能经理系统的致命缺点是过度依赖数据分析，却忽视了人性，它的数据评估极大地高估了员工们被它调动起来的工作乐趣，低估了薪水损失带来的巨大痛苦。一份工作的薪资降低，很多人对工作的兴趣也会随之下降更大的幅度。再艰苦的工作，如果薪水足够高，也能让人类多巴胺足以上升到克服那些痛苦的水平。现在，公司为了节约成本，提出降薪计划，这相当于给看似沉浸在当前工作乐趣中的员工们打了一针清醒剂。

那天，ZK2L四人组听到要降薪的消息，心事重重地回到住处。刘劲飞召集大家到客厅商议怎么应对。刘劲飞坐在茶几上呷口茶："现在系统越来越聪明，估计公司觉得给我们的工资有点高，迟早要想办法淘汰我们，怎么办？""先观察一段时间嘛，少一点就少一点。"李磊似乎不在意减薪。"李磊，你们工程部恐怕是要最先被全部淘汰的，你不担心以后失业？！"孔子曰喝了口茶水，冲着李磊努努嘴。张果然点头赞同："是啊，我统计了智能经理系统上线后的裁人数据，被裁的人和要不要陪客户喝酒有很大关系，暂且叫'喝酒指数'吧，喝酒指数高的部门裁掉的人少，喝酒指数低的部门裁掉的人多。"刘劲飞听到这个结果后乐了："看来我们三个'喝酒部'副部长失不了业啊，这事儿人工智能替代不了！""怕什么，我们有无固定期限劳动合同，他们就不能随意辞退我们。"李磊似乎并不担心未来。"唉，你就是和其他公司的人交流少了，天天跟工程打交道，太天真。"刘劲飞提高声调反驳，"员工应付公司的手段就那么几种，而公司应付员工的手段有一万种。公司不会直接提出辞退你，但会把你安排到你不喜欢或者不适应的岗位上，反正可以找到低薪的人或者机器人代替你做原来的工作。或者，免掉我们的职位，让我们成为现在下属的下属，羞辱你。到时候，你肯定会主动辞职的。""就是，这样的例子太多了。"孔子曰附和，张果然若有所思。

"最近，我们以前那种跟工作的距离感越来越少，似乎那个系统总能及时根据我们的想法调整策略，以前那种下班后只要单位不催就不想工作的模式再也没法开启了。"刘劲飞眉头紧锁，"你们有没有觉得这感觉就像我们小时候刷短视频，不对劲，却特舒服。以前我们还有好多上班之外的属于自己的时间和空间，最近除了工作，我们还有什么？""是啊，最近我下班后做点工作之外的事情竟然有罪恶感，这很不正常。再这样下去，我们恐怕会变成那个系统的奴隶还不自知。"张果然也忧心忡忡，"如果不是公司提出降薪，我们可能都没想到要摆脱。"聊了一阵，他们说出了同样的感觉，只是程度不同。张果然这类敏感的人，陷入感更深，李磊这样的马大哈感觉淡一些。公司的智能经理系统让他们工作效率提高，使工作成为一种积分游戏，也让他们感到更舒适，但却威胁着他们的精神独立。

四个人商量了一阵，决定第二天绕过人力资源部去和公司高层摊牌，要求公司不减薪，向公司声明他们有权不使用智能经理系统，以增加他们工作的不可替代性。当天晚上，李磊早早就睡了，刘劲飞、张果然、孔子曰三个人在客厅为第二天的谈判做足了功课。第二天刚上班，他们趁着总经理还没安排日常工作的时候，径直来到总经理办公室。秘书似乎料到他们要来，直接请他们进去了。

大班桌后面，干练的总经理穿着一套职业装坐在大班椅上，经常锻炼让她显得比实际年龄年轻很多。虽然是来谈判的，四位男士觉得总经理很有女人味，也有领导特有的干练和气势，这让他们还没开始谈判，气焰先矮下去一截。总经理虽然很有风韵，但能坐到这个位置绝非花瓶，她犀利的目光似乎看透了四个人的心思。待四人坐下来，总经理逻辑严密地跟他们侃侃而谈，告诉四人与公司斗的话他们没有太多牌可打，公司花上半年时间培养新人，让新人与供应商和客户们建立新关系网，就能解决他们四个离职带来的问题。成本核算下来，仍然比继续雇佣他们四个便宜。总经理旁边的一只瓷器猫是智能经理系统的语音界面，它用语音把他们给公司带来的效益和他们的收入做了对比，结论是即便减薪，公司也没亏待他们。

在总经理的攻势下，心理素质最差的李磊很快打起退堂鼓："我不让他们三个来找您理论，他们非要来，还拉上我。"总经理略感意外地看着他，脸上露出一丝胜利者的微笑。刘劲飞和张果然、孔子曰对视了一下，紧张但并不慌乱，总经理的话并未出乎他们的意料。"您说得没错，"还是刘劲飞先开口，"但是您可能更了解，现在关于智能经理系统的负面新闻也不少，我们昨天搜索整理了很多，特别是那些因为智能经理系统失业的行政部员工一直发帖和通过各种渠道申诉。""除了外面的压力，公司内部应该还有很多人跟我们一样，一时被智能经理系统麻痹，但公司一旦提出降薪就会刺激到他们，使他们觉醒。"孔子曰补充。"我在游戏直播平台的粉丝上百万，策划一个被人工智能逼得跳楼的'新闻'，肯定会成为热点事件。"张果然接着孔子曰的话往下说。刘劲飞看到总经理脸上的笑容慢慢僵住，又补上一刀："现在全球反智能、保就业浪潮的风头正劲，我们掀起几朵浪花的能力还是有的。"

双方各不相让，陷入僵局，总经理办公室里的五人陷入沉默。"我一会儿还有个会议，看来今天解决不了问题。"总经理略显无奈地抬头看了他们四人一眼，"这样吧，你们也算公司元老。公司退一步，你们也退一步。现在智能经理系统要升级到 2.0 版本——智能员工阶段，开始的测试阶段需要实验者。参与这个计划之后，你们可以不用工作，去发展自己的第二职业或第二人生。公司还将给你们年薪的 100%作为额外补偿。而且我们可以和你们签订补充协议，你们可以随时决定退出实验。具体情况，你们找胡秘书了解吧。公司给你们一周的时间考虑。"

说完总经理把四人送出办公室，让胡秘书带他们到小会议室。胡秘书带他们到小会议室，向他们简单介绍了情况，告知他们保密义务后，把有特殊水印的项目文件和协议给了他们。

他们四人一上午都各自在工位上看这份计划和协议。午餐时，他们在公司食堂碰头，找了个僻静的角落交流。刘劲飞请孔子曰介绍了这个项目的具体情况。孔子曰跟其他三人解释："我们看到的项目书，写得复杂。简单来说，这个项目叫智能员工系统，就是在管理系统进一步智能化之后，把与管理系统交互的员工也数字化、智能化。这个项目分三阶段实施，第一阶段由人工智能代替我们与智能经理系统交互，所有需要通过电子邮件、办公自动化系统、社交媒体等手段完成的沟通工作都交给这个智能员工系统完成。这个智能员工系统会用我们的身份虚拟出一个数字员工，我们每个人都对应有一个获取了我们身份和权限的数字员工，这个数字化分身代替我们工作。系统在这个阶段会全面接管我们工作使用的手机和电脑。到了第二阶段，数字化分身从线上走到线下，但活动范围只局限于公司内部。简单来说，就是数字员工从服务器端被装载到外观与我们一模一样的机器人里面，代替我们进行公司内部的交际活动。""项目书上说，在第三阶段，系统会全面接管我们工作所需要的社交活动，这对我们有什么影响？！"李磊有些疑惑。"我们四个，就你最缺脑子，不要光练四肢，头脑也要练练。"刘劲飞半开玩笑半当真地笑话李磊。大家都知道他胆小怕事，所以对他上午在总经理办公室的表现并没放在心上。其他三人相视一笑，孔子曰继续解释："到了第三个阶段，意味着机器人可以完全代替我们做所有工作上的事。你们再看看协议书，机器人所做的工作扣除成本后折算成我们的薪水。原来，我们做兼职必须在工作时间之后。现在公司允许我们利用原来的工作时间获得第二份工作和报酬。我们可以完全放下工作，去享受人生。"张果然有些憧憬地说："也就是说我们只拿薪水不干活，所有时间都可以自己支配，干什么都行呗。"

经过交流，ZK2L 四人组基本明白了公司智能员工计划的目的，就是用机器人代替员工。用低于一个员工的用工成本获得更多工作收益，机器人可以二十四小时满负荷、高效率运转，还不会受到情绪因素干扰。他们刚入职那会儿，再怎么加班，一天的工作时间也不可能达到二十四小时，吃饭睡觉上厕所怎么也要去掉至少八小时，满负荷工作十个小时工作效率肯定就会下降。"可是，我们付出的代价是不是大了些？"四人组中最为敏感的张果然说出了他的疑虑，"智能员工系统需要获取所有与我们相关的数据，而且不只数据，还有我们的身份，这可不是闹着玩的。""唉，智能经理系统都上线多久了？我们早没有隐私了，怕什么！"李磊先开口，公司开出的报酬对他相当有吸引力，他似乎并不担心张果然说的问题。"我上午咨询了在另外一个公司法务部工作的同学，协议从法律上来说，是没有问题的，公司有对数据保密的义务，并且不得在协议目的之外使用。至于身份，因为这个项目算是实验，实验结束后公司有义务恢复我们的身份。"孔子曰补充道。

"在利益面前，协议也不可靠。公司要是讲信誉，我们就不会跟它闹崩了。

这些年，我们代表公司处理的合同纠纷还少吗？！"刘劲飞把手上的合同扔到桌子上。

"那我们还签不签？你们不签的话，不要拉上我哈。"李磊似乎感觉到大家不同意签这个合同。

"签！"刘劲飞把协议推向李磊，"现在这个局面，我们即使不签这个协议，迟早也会被赶出公司。与其被动让步，不如主动出击。通过这个协议看看公司下一步的战略，看能不能接触到一些商业机密或找到公司的弱点。特别是在使用人工智能方面有没有什么把柄或漏洞。""这些年，我们都没好好休过假，不如趁这段时间想想未来的人生吧。"孔子曰看来赞同刘劲飞的观点，"自从智能经理系统上线，原来设想的人生计划似乎越来越远。智能经理系统让工作成了游戏，我们在工作里越陷越深，投入越来越多，回报虽然可能越来越丰厚，但我们再也没有转向其他生活方式的时间和勇气了。等我们'人老珠黄'，只能任由公司处置。"

根本没有到总经理给他们的一周考虑时间，四个人就一起去跟公司签了智能员工系统实验参与协议。在智能员工系统实施的开始阶段，每个人要先把自己的工作邮箱、工作社交媒体、手机号等工作需要使用的账号、密码，以及历史信息的访问权都交给系统。刚开始，系统并没直接接管这些账号，而是把他们以前的邮件信息等资料作为数据用来进行机器学习，系统在他们四个人的"指导"下回复工作邮件和消息，相当于他们四个人是机器的"师傅"。通过这种方式，智能员工系统进一步模仿他们四人的工作习惯。开始，刘劲飞他们觉得系统很幼稚，修改系统草拟邮件的时候常常感叹公司的这个项目恐怕是个笑话。但是一周以后，他们都惊诧于系统的强大学习能力：他们无须再修改智能员工系统替他们起草的邮件了。系统还同时采集了他们的生理数据，为后面模仿他们的声音和表情等做准备。一个月后，他们的工作邮箱、工作社交媒体账号、手机号等所有工作所需都被系统接管，但他们仍可以通过电脑上的辅助系统与同事及客户通话。在他们的帮助下，系统很快可以脱离他们的监督，自主地完成他们的非人员接触性的工作任务。不仅如此，又过了一个月，智能员工系统中四人的"替身"无论在工作效率还是效果方面都已经超过了 ZK2L 四人组。例如：由于智能员工系统能够分析客户社交媒体使用偏好，对喜欢在社交媒体曝光的客户，会自动点赞，而人类员工由于太忙不会关注这些细节。系统还可以 24 小时不间断工作并一直优化升级，通过学习，智能员工系统不仅很快在交流沟通的效率上超过了他们。在记忆的分毫不差上，他们更是望尘莫及。智能员工系统还有另一个四人不具备的优势，那就是可以获得智能经理系统内部的数据，与智能经理系统的信息传递不再是人-机交互，而是机器与机器间的数据交流，更为快捷有效。

第一阶段完成后，计划很快就进入第二阶段——从虚拟世界的替代进入物理世界的替代。公司已经在第一阶段获取了他们工作用社交媒体等网络服务中的全部数据，现在要做的是利用设备扫描获取四人的各种生理数据，通过心理测试获取他们的性格、偏好、身体运动姿态等各种心理和行为相关的数据。为了让仿生人在未来更好地在工作场合代替四人融入社会，还要通过四人的描述获取他们在社会关系和其他方面的一些隐私数据，这一步骤虽然受到抵制，四人也说了不少谎话，但他们并不知道机器已经安装了先进的测谎装置，当他们说谎时，系统会把谎言的逻辑颠倒过来再记录为真。

在早期的生理与行为数据采集阶段，公司把四个机器人运到四人租住的房子里。四个机器人的外观是与他们四人身形分别相似的人形机械骨骼，可以自由行走。骨骼上布满了高清摄像头和各类传感器捕捉他们四人的行为并把数据传回服务器分析。这个阶段有一个月的时间，四个机器人分别跟他们四位形影不离，既采集他们的数据，也利用算法学习他们的各种行为。包括模拟四人走、跑、跳和其他运动的姿态，相互之间互动时的社交模式等。一个月后，生理与行为数据采集完成，机器人已经完全掌握了四个人的日常行为模式。

采集的各类数据都储存在特殊的服务器上进行虚拟人建模，算法模型在虚拟环境测试合格后，会下载到仿生人身上。仿生人当然也是机器人，但具备了高度仿真人类身体的外观，是机器人技术最难也是最先进的阶段。首先测试仿生人和四人在同一场景下的行为模式，如果高度一致就算合格。这一步只算行为模拟合格，完成后公司开始进行最难的图灵测试，简单来说就是用仿生人替代他们之后，看其他人能否分辨出谁是人类、谁是仿生人。例如：让仿生刘劲飞代替刘劲飞与张果然等其他三人住到一起，开始时，张果然他们三个人一两天内就能发现"刘劲飞"是仿生人。到后面，仿生人坚持的时间越来越长，直到只有一个真人，其他三个都是仿生人时，这个真人认为其他三人都是真人而不是仿生人。后来不管在什么场景下，仿生人都能完美地替代它们的人类主体。不仅如此，公司还让仿生人在有人跟随保护的情况下，顶替四人的身份回到老家探望他们的亲属。结果每个人的亲属都把仿生人当作他们本人。

在仿生人通过图灵测试后，刘劲飞他们感到有些后怕，这些仿生人真的可以完全替代他们在社会上生活。所以他们四个人避开各种监控，秘密约定了一个暗号，用来区分对方是真人还是仿生人。

图灵测试完成后，智能员工系统第二阶段顺利地步入正轨，由仿生人进入公司代替他们的完成日常工作。又过了一段时间，智能员工系统进入第三个阶段。仿生人开始代替他们四个人进行外部接触活动。让刘劲飞他们感到惊奇的是，公司竟然给仿生人设置了应酬功能，仿生人同样能模仿他们喝酒猜拳，只不过吃下去的东西储存在下腹部的一个囊腔中，在上厕所的时候排出去。没用多久，智能员工系统的第三阶段很顺利地完成，这时仿生人已经能够完全替代他们四人的各种工作。

仿生人代替他们之后，他们一致拒绝了公司给他们安排的其他工作任务，决定先休息休息。不用工作的四人，生活并不像他们想象的那样轻松。突然的快节奏生活一下子慢下来，身体和心理需要一个适应过程。刘劲飞不用工作时，才理解了他读书时看到的观点，工作不仅是生产 GDP，还是一种社会性游戏。原始的狩猎部落有很多时间休闲娱乐，部分狩猎部落的人类寿命比很多农业社会的人类更长。当代智能社会的幸福指数未必赶得上原始部落。原始部落建立的基础是经济丰饶，基本假设是资源极度丰富，随时能满足生存需要。所以，那时每周的人均工作时间不超过 15 小时。当代社会，"稀缺"是主导的经济社会思想。注意力稀缺，所以信息大爆炸带来传媒和受众的双重焦虑。消费者稀缺，公司间的竞争让工作时间越来越长，很多高收入不过是用过度工作换来的。时间长了，人人都陷入工作和消费的死循环，工作和消费之外真正有乐趣的事情，人们似乎都不会也没有欲望去做了，等真正想为人生乐趣而活时为时已晚。当代人类还被消费激发了各种无穷的欲望，这些欲望又大多需要金钱来满足，于是人们甘愿牺牲更多时间获得更多报酬。他们四人与公司的矛盾，从本质上来看也是公司希望把用来购买他们时间的金钱成本转而投入到更经济、更有效率的人工智能上。

开始的几天，刘劲飞每天看着小区大院里那些退休大爷们戴着头盔玩一种线上线下结合的战斗游戏，虽然赢家获得的数字筹码也就只值 10 多元钱，但大爷们仍然乐此不疲。这些老爷子何尝不是在"工作"，只不过把工作变成了娱乐，获得感比他们把时间耗费在无尽的流程上更强。刘劲飞更想出去看看世界，但是与公司的协议规定他们不能脱离仿生人的大致活动范围但又要避免与仿生人同时出现在同一空间中，简单来说就是可以和仿生人做一个一定范围内的时空伴随者但是绝对不能碰面。还要求他们在工作时间隐藏好自己，尽量避免与人接触，公司这样做的原因很简单，是为了避免给公司的业务伙伴和社会造成困扰。为了避免被人识破，公司每天会把仿生人的活动发一个视频简报给他们，让他们了解他们的仿生替身到底做了什么，认识了什么人。这样做一是让他们放心，公司并没有利用他们的仿生替身做违法的事情，二是避免他们在非工作时间接触到仿生人的接触对象时信息对不上导致实验曝光。即便看过视频，刘劲飞他们四人也很难记住仿生人接触过的所有对象。他们四人常常遇到"陌生人"跟他们打招呼，他们知道这是仿生人新结交的熟人，就礼貌性地回应一下。遇到陌生人要求进一步接触，他们都找借口离开。回去之后，他们再用公司给的权限，调出仿生人的视频记忆来了解情况，必要时把情况告诉公司，让仿生人去应对。

为了避免真人和仿生人同时出现在一个场合，公司给他们四个人配备了一台监测仿生人的特殊仪器——仿生人靠近报警器，报警器可以固定在他们的皮带扣上，只要他们和那些与他们一模一样的仿生人距离 500 米以内，打开的仪器就会发出振动警报，并且显示仿生人的方位。公司没有采用手机 APP 的方式，一是为了保证监测可以离线进行，每个仿生人都有一个特别的通信频段与检测仪通信，无须连接互联网。二是为了让定位绝对精确，毕竟手机偶尔会出现丢失或忘带的情况，但是皮带却不会。

他们遇到的最大问题是时间的消耗，以前工作的时候总觉得时间不够用，现在时间太多，不知道用在什么地方。四人中只有李磊过得非常愉快，他买了一套健身器材，在家一门心思雕琢自己的身材，每天晚上定期在社交媒体匿名发布自己的肌肉照。对精神世界要求更高的其他三人则遇到各不相同的问题。

孔子曰小时候就有文学梦，以前就想学文学，最后受父母的影响学了就业更有优势的工商管理。以前工作之余，他有一些微型小说发表，现在有大把的时间，他认为是时候实现自己的文学梦了。人类离不开工作，但是任何事成了工作就不会那么有趣。那些宣称工作也是自己兴趣的名人们其实多少都撒了谎，模糊了丰厚的回报、名利与内心深处兴趣的区别。对孔子曰来说也是如此，当写小说成为主要工作时，这件事竟然变得无比枯燥。除非是游刃有余的天才作家，否则，好点子和好作品永远是两回事，要把好点子变成作品，中间还隔着好几座大山。孔子曰好不容易写了几千字，再细读看到逻辑漏洞到处都是。孔子曰经常吐槽别人的小说不好看，别人拍的电影是烂片，但宅在家搞创作的他发现了一个残酷的事实，要把小说里的逻辑编圆并不简单。另外一个敌人就是自己的注意力，虽然他在同一小区另租了一套房，想安心搞创作，但是在家创作又谈何容易，游戏、家里的三只橘猫、电视、手机、零食，处处都让人分心。

孔子曰是和自己战斗，刘劲飞则是和"人"战斗。自诩英俊潇洒的他，最大的遗憾是还没有认认真真谈场恋爱，每次刚开了个头，女方就嫌他是工作狂，对方很看重的陪伴他没法给予。前一阵，他刚准备和公司前台的那位小姐姐发展关系，小姐姐又被机器人替代，他再也没机会接触了。有了大把的时间，他想认认真真谈一次恋爱。功夫不负有心人，他终于通过网络认识了一个很谈得来的女生，线下见了几次之后，刘劲飞算是和对方确立了恋爱关系。女生是另一家公司的白领，共同的经历让他们有很多话题可以谈。可是没过多久，女生就向刘劲飞提出了分手，原因是刘劲飞太缠人了。以前刘劲飞谈恋爱的时候，是自己太忙，觉得女生缠人。现在谈恋爱成了他的工作，他以工作的干劲来恋爱，时不时的电话和社交媒体轰炸让对方不胜其扰，最终提出了分手。第二次，刘劲飞吸取了教训，控制了联系对方的节奏。可对方提出让刘劲飞陪她到外地旅游时，刘劲飞总是以各种理由拒绝，对方根据刘劲飞不用上班的情况，认为他是欠钱不还的"老赖"，可能被法院限制乘坐飞机和高铁。经历了几次打击，刘劲飞也心灰意冷，放弃了恋爱的想法。

四人组中，张果然像一只机警的鹅。在跟公司签订合同后，他们四个人就做了分工，孔子曰和刘劲飞追求他们想要的生活作为调节还有个目的，那就是借此麻痹公司，他们通过公司内部还没裁掉的好朋友不断了解公司的动态。李磊所在的工程部与外界接触最少，平时显得没什么心眼又胆小，公司对他的防备最少，因此，他的仿生人"替身"不在公司时，他就溜到公司里打探情况，还利用自己在工程部的优势，在他们四个人的办公室里安装了监控设备，并偷偷接入公司内的监控系统。张果然的任务是利用李磊提供的设备监视四个仿生人的动向，发现有什么不对劲马上通知刘劲飞他们三个一起采取行动。他们商量的策略是先看看仿生人在公司外面有没有特别的动作。公司为了获得他们的信任，同样给了他们查看相应日程等权限。他们根据智能经理系统里的日程表，悄悄对四个仿生人做了调查。他们监视了几个月，没有发现任何异样，四个仿生人都严格按照他们与公司签订的协议，也按照智能经理系统上的日程来工作，除了必要的出差，每天晚上，仿生人都在公司大楼，并未出来。对他们来说，比较遗憾的是他们不能靠得太近，有那么几次他靠近了各自的"替身"，公司马上来电通知他们保持距离。公司给他们的监测器同时也是定位器，当他们靠近仿生人时，公司也能立刻收到警报。

到了后来，李磊、刘劲飞和孔子曰都稍稍放松了警惕。有一次李磊从公司回来，还兴高采烈地说，据说公司很快会因为"他们"表现特别出色，把他们提到部门一把手的位置。这倒让刘劲飞他们哭笑不得，他们辛辛苦苦奋斗了十年，还不如一个仿生人干个大半年。不久，公司果然下发了文件，把他们"四人"提升到部门的部长位置，原来的部长有的升上去，有的办了离职。看着他们工资卡上的薪水又涨了一大截，他们高兴，但也失落，失去了那种千辛万苦得来果实的乐趣，还有点不劳而获的罪恶感。"升职"后，他们又观察了几个仿生人和公司的策略，并没有发现公司的把柄和对他们不利的蛛丝马迹。李磊沉浸在"升职加薪"的喜悦中，刘劲飞、孔子曰虽然留了个心眼，但也无法预料到公司下一步的动作，只有张果然总觉得不安，坚持认真地调查。

就这样，这个实验进行了快一年，从春天进行到冬天。有一天晚上，张果然神色焦急地把刘劲飞、孔子曰、李磊三个人喊到客厅，带来一个令人震惊的消息。原来，张果然一直没放松追踪四个仿生人的行为，终于发现了可疑之处。有一天，他甩开日程表，取下公司给他提供的定位装置，化妆后在公司大门外蹲守，发现仿生人"李磊"下班后，跑去跟李磊的前妻约会。李磊是他们四人中唯一一个结过婚的。他的前妻是个很有女人味儿、貌美的拜金女，李磊在物质上根本无法满足她，所以最终被她抛弃，这是表面开朗的李磊心底的伤疤。他本人一直没有忘记前妻，这次升职后，他本来想去跟前妻示好，然而那天去前妻家发现门口有一双男士的鞋，只好悻悻而回。三个人都很震惊，毕竟这件事与公司的业务毫无关系。"我们马上给家里打个电话，看看他们跟我们的家人有没有接触。"刘劲飞催促大家。他们原来的手机早就交给了几个智能仿生人，他们用新号码拨通了各自家人的电话，聊了一阵，大家都变得紧张起来。原来，四个仿生人根本没有按照公司跟他们签订的协议条款，不进行工作需要以外的社会接触，而是趁他们受合同约束不能跟原有社会关系过多接触时，试图全面接管他们的社会关系。"等我们的社会关系也被仿生人利用，我们真是社会性死亡了，想证明我们是我们都困难。"孔子曰觉得事态非常严重。当天晚上，李磊带着他们去找他的前妻说明情况，谁知道前妻似乎早就料到他们要来。前妻还跟李磊说，她早就知道公司制造了四个仿生人代替他们工作，而且公司会时不时派他们来测试。不管四个人怎么说，前妻始终认为他们四个才是仿生人，根本不相信他们的话。他们还想让李磊通过说出以前跟前妻的隐私来打动前妻，谁知道前妻生气地把他们推出门。"幸亏李磊早跟我说了，他把好多秘密都给了仿生人，你们说再多我也不信。"声音传出来的时候，门已经关上了。

回到家，他们拨通了总经理的电话，总经理似乎总能预料到他们四个人知道这个情况后的反应，电话里并不显得惊讶，让他们明天上午到她办公室跟他们四个人谈谈这个情况。第二天上午，四个人来到公司，因为他们已经升到部长的位置，公司的人明显更尊重他们，也没有人质疑他们的身份。总经理还是坐在那张大班桌后面的大班椅上，但是在办公室的沙发上，复制他们四个的仿生人早就正襟危坐。公司暂时关闭了同一空间报警系统，所以出现了四对"双胞胎"的奇观。

总经理示意他们四个人在旁边的沙发坐下，指着仿生人笑着说："想必这四位你们都认识吧？""嘿，您真幽默，我们跟他们何止认识！我们的生活都被他们偷了！"刘劲飞没好气地说，四个人和四个长相、身材一模一样的仿生人对视着。"我先让他们四位跟你们解释解释。"经理的身体往后靠了靠。"我知道，你们认为仿生人跟你们的家人和朋友接触属于工作以外的事，不符合合同。"仿生人刘劲飞先发言，那气势和语调真的比刘劲飞本人还像他自己。在"自己"面前，刘劲飞竟然有些自卑。"可是，你们知不知道，我们的算法要求我们各方面表现跟你们一样，才能更好地接替你们的工作岗位，而家人和朋友也是完善我们性格和人格的重要社会环境，只有这样才能更好地模仿你们四位为公司工作。情感计算是我们跟普通机器人不同的地方，让我们更强大，可以形成跟你们一样的情绪反应。"仿生孔子曰补充，他们这个发言的顺序都跟刘劲飞他们一模一样。

"你们偷走了我们的身份，我们未来怎么办？"张果然反驳他们。机器张果然笑了笑："难道你没听说过机器人三大定律，我们作为仿生人是不可能伤害人类的。在这期间，我们虽然跟你们的家人、朋友有接触，但那也是为了改善关系，我们仿生人的情商已经超过了你们。这样做是为了未来实验结束恢复你们的身份时，没有后顾之忧。"

"等这个实验结束，我们会把仿生人送到 H 省的人机实验基地，继续远程为公司服务，他们现在获得的成绩和能力将来都会附加在你们身上。"为了让他们放心，总经理对机器张果然的观点做了解释。然后又做了一点补充："不过，现在这几个仿生人在模拟你们的生理和心理数据上还差百分之几的最后完成率，只要你们配合我们的合作伙伴把最后一点生理数据完善，公司可以按照你们的要求终止合同，恢复你们的身份。"

刘劲飞他们几个半信半疑。总经理为了消除他们的疑虑，接着说："仿生人刚才说的话是没问题的，按照法律规定，在你们的允许下，公司可以利用你们的隐私和数据。打官司的话，争议点在于究竟什么是工作需要。如果你们觉得不放心，现在就可以到国家新成立的人工智能稽查局去投诉我们。不过，为了奖励你们的协助，完成最后的研究，我们会额外提供 10% 的奖金。"

四个人回家后商量了一下午，也没找到更稳妥的解决办法。从一开始，他们似乎注定只能跟着公司的安排一步步往下走。公司似乎吃透了他们的赌徒心理，总会利用利益诱导他们，即便知道往下的行动有一定风险，但为了利益他们也愿意去试一下。因为他们选择相信公司，能获得巨额收益；选择不相信公司，损失巨大。公司也早就通过智能员工系统摸准了他们四位男士的性格，那就是好奇心重，四个人中除了李磊，其他三人也还想看看公司究竟怎么利用他们。权衡之下，他们果然回复公司愿意去实验室完成最后的步骤。

公司让他们准备一下，第二天就出发。头天晚上，张果然找到其他三个人，让他们把公司给他们用来防止他们和仿生人靠近的报警器交出来，张果然让李磊想办法给报警器的电池与主机接触的部分装上了绝缘纸，让报警器没办法工作，然后再把每个人的报警器固定在皮带扣上。他这样做的目的是怕万一有危险，他们也许可以冒充他们的"替身"逃跑。如果需要监测仿生人是否在附近，取下绝缘纸仍然可以使用。

公司为了保密，用货柜车把他们和几个仿生人一起运到了 H 省深山里的基地。货柜车内被改造得挺舒适，一路上 ZK2L 四人组最不适应的是和四个与他们一模一样的仿生人同车。公司并没有关闭这些仿生人，他们"八"个"人"还可以自由地聊天。从聊天情况来看，这些仿生人自主运行能力很强，似乎已经具备了思考能力。在路上，刘劲飞跟四个仿生人开玩笑："你们机器人即便有了自主性，也不能生育后代，存在有什么意义呢？""难道人类活着只是为了生育？现在的后代早就不是生理意义上的了，知识和文化能传承下去才重要。我们的记忆体可以不断升级强化，不像你们人类，花一辈子来学习都不一定达到你们前辈的思想境界。反而因为各种智能产品和数字内容，思维越来越碎片化。"仿生人刘劲飞回答道，这让刘劲飞哑口无言。

"你们说说，公司会不会用你们永久替代我们？"李磊把心里的担忧问了出来。"我给你们计算一下。从经济成本看，我们永远不会退休，可以一直工作，由于我们没有人权，不能拥有财产，因此公司不用给我们工资，最多支付购买或租用我们的费用。我们的工作时间比你们长，跟智能经理系统的交流更顺畅。我们还不会生病，至少不会像你们在电脑前时间长一点就叫唤颈椎痛。我们的情感也比你们稳定。"仿生人孔子曰回答着李磊的问题。仿生人张果然补充："从经济成本看，公司当然更愿意雇佣仿生人。不过，要是公司用我们替换你们，你们能够到哪里去？公司要是让你们从人间消失的话，那可是犯法的。所以从法律成本看，公司不能用我们替换你们。"听到这个回答，李磊松了口气。他们四个人敢答应公司的要求，是相信公司不会为了节约成本而犯法。

旅途无聊，四个人和四个仿生人竟然玩起了"猜猜我是谁"的游戏。游戏内容很简单，就是更换仿生人和他们的着装。通过交谈，让仿生人或人类独立猜测哪个是仿生人、哪个是人类。在游戏中，张果然暗自观察四个仿生人的行为模式，感觉这四个仿生人真的是他们四个的翻版，通过交谈辨别他们是否是仿生人几乎不可能。玩了一路，他们四个竟然跟几个仿生人产生了微妙的感情，有种仿生人是他们双胞胎兄弟的感觉。

在密封的车厢里，他们根本不知道车子开向哪里，只知道开了很久很久。通过感受车子的震动，他们大致能感受到车子下了高速，进入比较颠簸的盘山公路。

等车停稳，公司的工作人员打开后车厢，他们和四个仿生人跳下车厢。刘劲飞抬头看了看，发现这是在大山里。货柜车停在一个足球场大小的院子里，正面是一座医院门诊大楼一样的主建筑，背后的山上还有一些三四层高的小楼。从山的走势看，主建筑选择建在半山腰比较平坦的一块地上。向远处看，到处都是层层叠叠的山峰。

总经理和胡秘书从后面的小车上走下来，示意四个仿生人留在院子里，把刘劲飞一行四人引进了大楼。进大楼前，四个人看了看大楼上挂的牌子——"脑计算研究中心""图灵人机交互研究中心""机器人辅助精神健康中心""S 市精神病医院"，不禁停在大门，琢磨这几个牌子的意义。"你们不是害怕我们把你们当作精神病患者关起来吧？"总经理似乎看出了他们的疑惑，边说边爽朗地笑了起来。"我们的合作伙伴和 S 市精神病医院合作，尝试利用机器人开展心理干预和治疗活动，目前已经有了很大的进展。在治疗的同时，也采集观察精神病患者和机器人之间的互动数据，用来设计机器人。""用精神病患者做实验，你们设计出来的机器人不会也有精神问题吧？"李磊叫了起来。总经理继续解释："科学的问题，说了你们也不懂，这么说吧，采集精神不够健康的人的数据，就是为了让机器人能够处理各种极端的社会情况。利用精神偏执的人类与机器交流，有的时候更容易发现问题。"刘劲飞正在疑惑：总经理又不是技术公司的人，怎么会这么熟悉？"这里是我的老东家，有问题你们尽管问。"猜透他心思的总经理又开了口。

总经理带他们下到负一楼医院食堂简单用了个晚餐后，找来院里的工作人员带他们四个到后山小楼的房间休息。张果然把其他三人喊到他的房间，说出了他的担忧："这里荒山野岭的，真害怕公司对我们做点啥。""明天我们在一起，相互保护，见机行事。这里手机没有信号，我们带来的手机没什么用，谨慎一些是对的。"刘劲飞叮嘱大家。

第二天早上 7 点，用过简单的早餐，工作人员领着他们四个下到负二楼。从大型仪器设备间穿过，工作人员边走边介绍说有些设备是做脑-机接口实验的，需要精确的数据，所以建在深山的地下，防止各种外部电磁辐射的干扰。穿过各种设备，他们来到一间摆着两台像是巨型 CT 机的房间，四个仿生人也等在这里。第一个躺进机器的是张果然，几个实验人员要求他上去之前脱光衣服。等仿生人张果然也脱光衣服，刘劲飞看着这个仿生人张果然，嘴巴惊得合不拢。仿生人张果然不仅脸部像他们，身体也和真人一模一样。这恐怕得益于公司前期对他们生理数据的采集。"要是仿生人冒充老公和老婆发生性行为，算不算强奸？要是老婆出轨仿生人，算不算戴绿帽？"刘劲飞的脑子里很快飞出一些奇怪的问题。孔子曰和李磊显然也惊呆了，尤其是李磊，似乎反应过来什么，有点生气。他气呼呼地问仿生人李磊："你们难道可以和女人发生关系？"仿生人李磊似乎有点羞涩："你放心，我们目前还不允许和人类异性发生性器官接触，我们的性模块目前还在安全测试中。今天采集你们的数据，有一小部分跟完善这个模块有关。我跟你前妻，没发生什么！"刘劲飞拍了拍一个工作人员的肩膀，问道："是这样吗？"工作人员点了点头。刘劲飞和李磊半信半疑。

扫描的过程和做个 CT 差不多，仿生人张果然和张果然分别躺在两台相似的机器上，只不过仿生人张果然的身体上插着一些线缆。等张果然缓慢地在仪器里向前移动时，仿生人张果然似乎在接收着数据。等张果然扫描完成，其他三个人依次扫描完成，穿回衣服。这个过程比他们想象得顺利，没出现他们担心的意外状况。为了防止仿生人代替他们，张果然在每个人下来后都悄悄对了他们事先设定好的身份识别暗号。

整个扫描数据的过程完成后，工作人员带他们进了电梯。电梯门关上后，机警的张果然似乎发现了什么，忽然叫了起来，并伸手去按开门键。带着他们上电梯的工作人员拦住了他，电梯开始上行。这时刘劲飞他们几个感觉到有一种淡淡的香味飘进电梯。他们四个一阵眩晕，但工作人员似乎没事。"你他妈的……难道是个仿生人？！"这是刘劲飞倒下前说的最后一句话。

深山摸鱼

躺在冰冷枯草堆里四个人刚刚理出个头绪，睡意就袭来了，他们很快就沉沉睡去。到了凌晨，随着温度的下降，四人被冻醒。虽然此时天气尚未到最冷时节，但温度也在 0℃左右。电影里经常有被追杀的男女主角，在冬天的荒野外睡上一觉没被冻死，还能元气满满地反杀，那恐怕是主角光环的加持。现实中的四个主角在枯草堆里越挤越紧，企图保留住一点点散去的温暖。等他们感到没那么冷的时候，已经有光亮隐隐透进他们搭建的窝棚。他们从草堆里爬起来，每个人的头上和身上都沾上了树叶或草屑。不单单是冷，还特别口渴和饿，昨天吃的柿子早就被消化了，他们收好大网兜，决定回水潭边喝点水。

他们顺着昨天的路，先到那片柿子林采了一些柿子，把能装满的口袋尽量装满。吃着柿子，刘劲飞和其他三个人开玩笑："要是猴子跟我们一样，有存储食物的习惯，这些柿子我们就吃不成了。""在山里再待几天，我们很快就会成为最聪明的猴子。"

四人沿着原路来到水潭边，看到水潭里只漂浮着些碎冰，并没冻上。他们再次爬到昨天取水的位置先喝了个饱，再吃了些柿子。等体力恢复了一些，他们商量着下一步怎么办。刘劲飞观察了水潭的走势，发现水潭很可能是远古地震后形成的堰塞湖，往上游或者往下游走应该有溪流，只要顺着溪流一定能走出这片大山。也只有顺着溪流，他们在这深山才有生存的机会。如果在山里脱水，他们坚持不了太久。根据山的走势，他们很快确定了哪边是上游，哪边是下游。"我们现在沿着水潭往下游走，想办法走出去。大家都不要掉队，路上看到能吃的东西尽量采集起来，补充体力。"刘劲飞对其他三个人说。

在山上绕行很容易迷路，而且对体力的消耗太大。他们决定就顺着岸边的荆棘丛往下游走。水面果然越来越窄。因为要不时穿过荆棘丛以避免因绕行而迷路，四个人的羽绒服已经被荆条挂得到处都是洞，绒毛早不知道飞到了哪里，只剩薄薄的一层面料披在身上。为了御寒，他们只好捡一些枯枝落叶和干草塞进羽绒服。弄完后，他们又冷又饿，已经疲惫不堪。一路跋涉，过了许久，他们隐约听到隆隆的水声从不远处传来，顿时来了精神，加快脚步往水声那边走，很快便看到一堆巨石立在那里拦住了水潭的去路，巨石上还长了一些小树。水面在这里被巨石抬高，又从几块巨石间的缝隙穿了出去。他们拉着巨石边斜坡上的藤蔓爬上巨石。原来，这里是个天然水坝，形成了落差不算大的瀑布。下面有个不大的深潭，瀑布落下的水流灌满深潭后继续往下游流去。河道并不窄，看得出夏季汛期水量很大，但现在只有中间一条又窄又浅、清澈见底的细流，两边是鹅卵石滩。

水潭一边是陡峭高耸的悬崖，与悬崖相对的是一座比周围大山矮很多、竹子密布的小山坡，可能是因为滑坡形成的。四人从小山的半山腰绕过去，就到了溪流边的岸上。离下面的鹅卵石滩还有两三米高，李磊口渴得不行，想直接跳下去喝个够，被孔子曰拉住了："跳下去容易受伤，我们再往前走。"

沿着长满杂草的河岸继续往前走了一阵，他们终于找到一片斜坡。他们顺着斜坡上的砂石滑了下去，总算到了河滩上。这里到处都是枯水期特有的还未干涸的水荡，他们用手捧着水喝了个饱。

沿着河滩往下走了一阵，张果然忽然尖叫起来："你们快来看！"原来，他在一个直径约两米的水荡中发现有几条半尺长的鱼游来游去。四个人欢快地脱了鞋袜，挽起裤腿，跳下水荡摸鱼。虽然水荡并不大，但是这些鱼的反应速度很快，摸了半天也没摸上来一条。他们改变了策略，捡来一些树枝在水荡边挖了几条小沟把水引出去。见底了，几条鱼在水荡底拼命挣扎着，尾巴拍在残留的一点积水上，啪啪作响，泥水四溅。他们捡起鱼，摔死在河滩的鹅卵石上，挤出内脏，狠狠地一口咬下去，直接生吃了起来。四个头发蓬松、衣衫褴褛的人并排坐在一块条石上，嘴里咬着鲜鱼，嘴角的血水混着脸上的泥滴落，活脱脱四个原始部落的野人。"要是有火就好了，烤着吃更香。"四个人感叹。虽然已经饥饿难耐，但毕竟是在文明社会长大的人，在吞下两口混着血水的生鱼肉后，腥味上涌，剩下的鱼肉再难下咽。想到就行动，他们分散着到河滩找来一些水流冲下来已经被晒干的树枝和岸边的枯草。柴草倒是很好找，可是火种却难寻，他们倒是有野外徒步经验，但那时都带着火柴或打火机。他们试着模仿野外生存短视频中的钻木取火，但没有刀，根本没办法削出锥形木钻和凹槽。勉强找到一根尖树枝和一块枯木，钻了半天，烟都不冒一点。

正在一筹莫展之际，忽然远处有什么把一道强光反射进他们的眼睛。他们寻过去，看到一个玻璃瓶底。"透镜聚光取火。"最喜欢看野外生存短视频的李磊立刻跑过去把玻璃瓶底捡起来。但是他用瓶底在干草堆上比画了半天，毫无效果——瓶底是周围厚、中间薄，根本无法聚光。李磊失望地把玻璃瓶底扔到地上，瓶底碎成两块。"别丢，这个用来剖鱼。"孔子曰把两个半月形瓶底捡起来。

"李磊，把你的皮带给我。"张果然忽然对李磊说。"皮带能生火？"李磊边说边解下皮带递给张果然。张果然接过皮带，从皮带扣里拿出报警器，李磊才想起张果然在每个人的皮带扣里都藏了各自的报警器。"本来带着是为了发生意外时追踪仿生人的，现在生存第一，还是试试能不能用里面的电源生火吧。"张果然边说边把报警器递给李磊："这个可是你最擅长的。"李磊拿着报警器观察了一阵，把报警器往地下使劲一砸，报警器屏幕和机身出现了裂缝。李磊揭开屏幕，他把一红、一绿两根电源线从主板上拽下，让红绿线裸露的细丝铜缆搭在一起，取下前面让报警器失效装的绝缘纸，然后让张果然帮忙按下报警器的开关，接触的两根线缆间果真闪起了火花。他们捡了一些枯草揉成团，把铜缆放在枯草中心再重复上面的操作。一阵烟雾飘过后，枯草燃了起来。李磊小心翼翼地捧起着火的草，继续引燃更多草，张果然在旁边帮忙。他们两个生火的工夫，刘劲飞和孔子曰分别用玻璃瓶底把鱼鳞刮干净、剖开鱼肚把内脏掏干净，把鱼穿在树枝上，架在火上烤。

吃完鱼，他们继续往下游走。发现越往下走，这种小水荡越多，鱼也多。他们害怕后面没有东西吃，抓了十几条鱼烤熟，用枯草搓成绳穿起来，绑在网兜上，让个子最高的刘劲飞背着。天黑前，他们在岸边找一处避风的地方，照样用枯草和树叶树枝做床，用石块围起一个篝火取暖。这一晚四人睡得比第一晚香多了。

第二天一早，他们吃了点鱼补充体力，在周围四处寻找可用的物资，竟然在岸边找到一个装满泥沙的搪瓷饭缸，上面还模模糊糊有"保护区"的字样，可能是管理这里的工作人员多年以前丢下的。其他人看着这个饭缸脏兮兮，正要丢掉，张果然夺了过来。他小时候去爷爷的老家玩的时候，老家的孩子们冬天会在盆里装上灰，然后在里面埋上已经燃烧了一会儿，没有明火的截得很短的树枝，用来取暖，可以一天不熄灭。长大后他才明白这是因为灰隔绝了空气，让里面的燃烧未尽的树枝缓慢燃烧而又不熄火。张果然把搪瓷饭缸洗干净，装了大半缸草木灰，又用树枝做筷子，夹了一些燃烧成木炭样的枝条放进去用灰盖好。然后，四人把火堆熄灭带着食物和火种离开。

再往下游走了一段，堤岸越来越矮。在周围的山脚下，他们还发现了葛根等可以食用的野生植物。解决了火种和食物问题的四个人，心情比头一天好多了——毕竟他们还活着。在社会上，他们总觉得收入和欲望的满足有距离，总想用更多的收入换取各种欲望的满足，但总是差那么一截，让人欲罢不能。最后，所有的时间都被投入到工作中。现在，他们只要忙上半天，就能满足生存需要。脱离社会后，各种欲望似乎自然而然地变淡了。

解决了生存问题之后，他们又有了闲暇时光。他们很快用摸鱼比赛来增加旅途的乐趣：找到一个水坑，不排水，把坑里的鱼逮完，看谁抓的鱼最多。抓到最多的那位，晚上睡觉时可以享受最暖和的位置，第二天可以休息，不用劳动。每天正午开始，他们就躺在河滩上避风却有太阳的地方，享受一会儿阳光浴。这样惬意的日子，是他们上班以来还从没有过的。

到了第八个白天，河滩越来越宽，主河道也明显比上游深了些，散乱的条石越来越少，鹅卵石也越来越小，细沙越来越多、溪边的水荡越来越少。现在要抓鱼只能在变宽的河道里，虽然难度提高，但他们经过几天的训练也能抓到几条。到了第九天上午，他们发现溪流汇入一条更大、更宽的河，周围的山明显矮了、地势比溪谷上游平坦，两边都是细沙碎石，再也没有了小水荡，他们四人的摸鱼之旅也就结束了。"唉，这就是生活啊。越是非主流，越是有机会摸鱼享受。等你成了主流，爬上公司的高位，给你摸鱼的水荡早就没有了。"孔子曰看着河流感叹。"我们这几天的摸鱼，跟我们在公司摸鱼风马牛不相及，说啥呢！"李磊打断了孔子曰的话，孔子曰看着他笑而不语。

他们顺着大河继续往下游走了半天，在山脚下看到一座红砖房和一片农田。他们走过去，一个大爷正在田里拔萝卜。大爷说的方言他们听不太懂，这里可能很少来外人，大爷对他们没有戒心，也很热情，并拿出花生和烤红薯招待他们。虽然交流困难，他们连比画带说，还是弄明白了大爷的意思。原来这里属于自然保护区，为了保护这里的动植物，政府已经把居民都迁出了保护区。大爷在这里过惯了，儿孙在这个房子里出生，老伴在这个房子里过世，他想在这里最后过一个年再搬出去。大爷跟他们说，明天他儿子要来送过年吃的米和油，可以开车带他们四个到镇上。当天晚上，大爷还用萝卜烧腊肉招待他们，那是他们这些天吃过的最美味的食物。

大爷倒是有个手机，但他们怕跟外面联系暴露了他们的情况，只好算了。第二天上午，大爷的儿子开了一辆面包车，给大爷拉了两袋米和两桶油。中午，他们六个人一起吃了个简单的午餐。刘劲飞告诉大爷的儿子，他们是私自进山徒步的游客，在山里迷了路，现在走出来了。"你们城里人就爱瞎折腾。"大爷的儿子似乎见怪不怪，看来徒步游客迷路也不是第一次了。四个人吃着大爷做的简单饭菜，倒怀念起溪谷里自在烤鱼、晒太阳的时光。大爷的儿子对他们说："这里粗茶淡饭，你们将就点。你们来的那个方向，溪流里倒是有一种珍贵的岩白鱼，肉嫩刺少。现在国家禁止捕捞，我们都好几年没吃过了。"刘劲飞他们听到后，会心地笑了，这一路下来，估计他们吃的鱼都够判刑的了。

大爷看他们衣服又脏又破，找来几套他外出打工的小儿子的衣服和鞋给他们换上。虽然看起来不太合身，但也还舒适。吃完饭，大爷的儿子把他们拉到镇上的派出所放下，就去忙他自己的事情去了。他们进派出所报案，民警先问了他们四个人的身份证号码，查了之后很疑惑地看着他们。"我们被公司整了容，所以容貌变了。"四个人知道系统里的照片和他们现在的长相差别大。"这样，我们直接人脸识别看看你们是谁吧！"民警让四个人依次在摄像头前做人脸识别。识别后，他们四个人被带到一间会议室。"你们先在这里休息一下，我正在联系人接你们回去。"说完,民警递给他们每人一瓶矿泉水。进了会议室,他们隐约听到民警打了个电话。

过了一会儿,外面响起了警笛声,他们以为是警车来了。"这是救护车,不是警车。"张果然喊道。吃一堑,长一智,他们很快联想起他们噩梦开始的地方——精神病院。刘劲飞一个箭步到会议室门口想开门看看,但门已经从外面反锁。他们把想作为证据留下的大网兜缠在门把手上,四人一起拉门,拉了几下,把门拉开了。四人打开会议室的门就往外跑。到了派出所办事大厅,已经有四个警察拿着抓犯人的防暴叉走了过来。李磊动作最快冲在最前面,两个警察用防暴叉把他推向墙边。李磊用手抓住防暴叉,想摆脱他们。另外两个警察拿着防暴叉分别叉向张果然和刘劲飞,张果然用手拉住叉向刘劲飞的防暴叉。"劲飞和子曰,你们快跑,逃出去也许还能想到救我们的办法。"四个警察在制服李磊和张果然的时候,刘劲飞和孔子曰趁乱跑出了派出所。

这时,那辆车身喷有"S 市精神病医院"字样的救护车刚停好,车上跳下四个大汉往派出所里面走。刘劲飞示意孔子曰放慢脚步,假装办事群众。那四个人下车后可能也没想到,刘劲飞和孔子曰会假装没事、光明正大地出现在他们眼前。等四个大汉走进派出所,刘劲飞一把打开救护车驾驶舱的门,想拉司机下车。司机紧紧拽住方向盘,拼命按喇叭,不肯下车。孔子曰爬进副驾驶,解开司机的安全带把他往下推,刘劲飞在下面拉,很快就把司机弄下了车。刘劲飞刚坐上驾驶位,派出所里的警察和医院的人就跑了出来,司机也在门外想把他拉下来。慌忙中,刘劲飞放下手刹,轰了一脚油门,车往前加速。派出所所在的位置就是镇中心,他开着车顺着镇中心的大路往前走,后面响起了警笛声。孔子曰从后视镜看到两辆警车紧跟着他们。

幸好这里还只是国道,山区高低起伏,弯道特别多,后面的警车也不能开得太快,但刘劲飞他们要甩掉两辆警车也不容易。眼看警车就要追上他们,孔子曰吓得尖叫。前面有个急弯下坡,刘劲飞方向打多了,救护车直接压过路边较窄的排水沟抄近道越过 U 型弯道。警车底盘低,不敢开到路边抄近路,继续顺着公路追他们。再往下,又有一个弯,救护车被一片树林挡住,警察看不到他们。树林旁是一个容易隐藏、布满灌木的山坡,越过山坡就能进入大山里。等警车上的人再次看到救护车时,救护车还没熄火,只是拉好了手刹停在树林边,驾驶位和副驾驶车门大开。两辆警车也立刻停下,车上下来八个人,四人穿着警服,四人没穿警服。他们到树林里查看了一下，发现一只鞋在地上。"肯定跑到山上去了，还好这一带居民不多，危险系数比较低。"民警们回车上拿出防暴叉，继续往树林里追去。

不一会儿，四个民警和四个医院的人就消失在树林里。这时，救护车的后车厢打开了，原来刘劲飞和孔子曰并没离开救护车，他们只是打开车门、扔下一只鞋让追他们的人误以为他们往山上跑了，然后藏在救护车的两副担架下。等追他们的人跑进树林，他们启动救护车把两辆警车撞下路基，然后继续往下坡的方向开去。这时追他们的人已经穿过树林，在山坡上看到救护车后，马上往山下方向追去，但已经来不及了。

在国道开了四十分钟后，道路越来越平，周围的房子越来越密。刘劲飞推测可能快到县城了，他和孔子曰把救护车开到一片树林里的洼地用树枝盖好。看到前挡风玻璃下有个平板电脑，他们觉得可能有用，就拿上了。孔子曰告诉刘劲飞，现在信息传递太快，他们要是顺着这条路进城，路上可能会碰到警察设的关卡，干脆从外围绕远一点进县城。这座县城外有一条河环绕，他们顺着河边一直走到天黑，才悄悄进城。路过一个社区公告栏时，他们看到救护车的图片和两个他们的头像照片。公告上说：有两个 S 市精神病医院的患者进入本县，患者可能有一定的攻击性，请发现的群众及时上报。现在进了城，他们俩发现生存未必比在荒山里简单。他们身无分文，又渴又饿，路过一个小超市，看到看店的是个小孩，便拿了些面包和水，想吃一顿霸王餐。"45 元。"孩子扫了他们拿的食物。"我们没钱，弟弟送给我们吃好不好？"刘劲飞说。"爸爸，有人不想给钱！"小孩大叫。从收银台后面的门里走出四个彪形大汉，拎起刘劲飞和孔子曰："刚在虚拟实境里玩了几把对战，就碰到你们两个。"说完把他们两个往路边一丢，又走回收银台后面的门里。刘劲飞和孔子曰后背摔得很痛，爬起来赶紧离开。走到另一家小店，刘劲飞还想施展自己的男性魅力，却忘了他的面容和形象早已大变，看店的姑娘差点报警抓他，二人最后还是落荒而逃。

经历了这两次挫折，为了防止节外生枝，他们断了去找吃的的念头，在一个桥下的涵洞睡了一晚。第二天天亮后，他们试着走到县城里比较繁华的地区。在野外待了几天，两个人都不习惯人来人往，总感觉别人的目光让他们的皮肤刺痛。他们溜达了一阵，慢慢适应了人多的环境，周围的人并没有理他们。毕竟现在信息众多，他们作为精神病患者的危险系数还不够高，估计当地群众并没放在心上。

　　觉得不危险之后，刘劲飞和孔子曰的肚子开始饿得咕咕叫。可是这里不像那条小溪，有免费的鱼可以吃，进入现代社会，一切都要用货币交换，要先想办法挣点钱。刘劲飞以前经常会给那些举着"给我10块吃饭"的人一些钱，于是他和孔子曰找地方借了支笔，找了两块纸板，上面写着"徒步迷路，需要10元吃饭"。他们不敢去太繁华的地段，便找到一个人流不多也不少的超市门口，把纸板放在地上，他们捡了两个口罩戴上，坐在纸板后。二人屁股都坐痛了，还没人给他们钱。有个老太太还拿拐棍戳了戳刘劲飞说："年轻人不工作挣钱，出来骗人，你这么结实，哪里找不到一口饭吃！""你们有没有数字人民币钱包，有没有收款二维码？我从来不带现金。"有个女学生想资助他们，刘劲飞和孔子曰摇摇头。女孩给他们点了两杯奶茶和两个汉堡，刘劲飞和孔子曰狼吞虎咽地吃了下去。吃饱了，他们还继续坐在这里，看看能不能再挣点回 C 市的路费。

　　坐了一上午，再也没人搭理他们两个。到正午的时候，超市里走出一个老头儿，对他们两个说："年轻人，是不是真的缺钱？""当然了！"刘劲飞回答。"跟我来！"老头儿说完往超市里面走。原来，大爷承包了超市的调味料、生鲜和干货区，今天有大量的货需要从车上卸下来，搬到超市。"你们没有工人做这个事吗？"孔子曰好奇。"工人？！县城超市比不上大城市连锁超市，买不起机器工人。现在的年轻人根本不喜欢做这些收入低、耗体力的劳动，有些来了半天就受不了走了。能干下来的，都是中老年人，今天那个长期在这里工作的工人生病了，来不了。"大爷回答他们。

　　刘劲飞和孔子曰花了两个小时把货物从车上卸干净，又帮大爷运到超市里。大爷给了他们每人四十块钱和一瓶水。拿到现金和水，他们两个想到了去救李磊和张果然两个人，但是在这里人生地不熟、又找不到任何头绪，他们冷静地想了想，觉得应该先回 C 市然后再想办法回来救李磊和张果然。如果现在贸然前去找李磊和张果然，他们两个一旦也被抓回精神病院，那就完蛋了。

　　商量好后，刘劲飞问大爷："大爷，从这里去 C 市怎么走？""你们看看这是什么？"大爷指着车身。"C 市麒麟货运公司"，孔子曰读了出来。"对啊，这个车从这里空车返回，我跟司机说一说，把你们带回 C 市吧，不过你们要在后车厢委屈一下。"大爷看他们干活卖力，确实不是在街头乞讨骗钱的，很热情地帮助他们。

　　大爷叮嘱了司机几句，司机示意他们到后车厢。货车到达这个省的省会后，司机又给二人找了另一辆货车开往 C 市。一路上在休息区休息了四次，终于到了 C 市。他们担心原来的房子不安全，于是去了孔子曰借用熟人身份租来写小说的房子，幸好小区门禁不严，房间用的是老式指纹锁，孔子曰还能打开房间的大门。回到房间，劳累的两个人先洗了个热水澡，然后倒头大睡。

☐ 打工人的反击

第二天醒来，刘劲飞和孔子曰觉得他们首先要做的是恢复自己的容貌。仿生人已经取得他们最亲密的人的信任，不要说他们容貌已变，就是容貌未改，他们都难以让家人信任他们。现在唯一的出路就是先去整容黑市，孔子曰在暗网上找到一家用户评分很高的整容店。他们联系好店家，下午就去。幸好孔子曰有一张和他前女友的联名信用卡，他们才能支付整容的订金。

下午两点，孔子曰上网从公开的社交媒体账号采集了很多他们俩的视频和图片，带上他上交公司电脑后专门购买的用来写小说的高性能电脑，来到暗网上联系好的整容店。这家店坐落在一栋老旧商业楼背后的文身一条街，他们进入店里，说明来意，老板把他们带到暗门后的整容工作室。"警察查得很严，我可不敢把你们的容貌修饰成有真实身份的人哦。"老板先提前给他们打招呼。"情况有点复杂，我们就是照片上的人，只是想恢复。"刘劲飞恳求老板。"可是，你们怎么证明，你们就是照片上的人？！"老板语气坚决。

孔子曰忽然想起，有一次过年，他们四个人喝醉了，一起到这条街文过身，每个人都在屁股上文了很小的一个生肖。他们还把屁股的照片匿名发在社交媒体上了。孔子曰打开电脑，把文身指给老板看，还脱了裤子，让老板看他们俩屁股上的文身。"这是我弟弟的手法，我很讨厌他做这种小图案，我把他喊来鉴定一下。他的文身针法跟其他人不一样。你们在这里等我一会儿。"老板似乎相信了他们的话。

过了一会儿，老板带了个一头长发、脸上文满图案的人下来。孔子曰认得这个人，他正是给他们文身的那个店老板。店老板仔细看了看刘劲飞和孔子曰身上的文身，对他哥哥点了点头。"现在虽然证明了你们的身份，但是风险还是太高，我们不知道你们牵扯进了什么事儿，有没有背上案子。所以，价格会贵很多。"店老板对他们说。

"这个是情侣消费的联名卡，当时为了限制前女友大手大脚地消费，额度不高，以后我们取回身份还给你行不行？"孔子曰对店老板说。"不行，一定要先付款后整容。你们能刷信用卡也行，但是信用卡可以追踪，风险高，价格还要再提上去。"老板在价格上似乎没有松动的余地。刘劲飞颓丧地想离开这里。孔子曰拉住他："按照公司的风格，我们四个人现在的样子肯定不是随便定的，逃到社会上会有麻烦。我们现在的容貌一定有别的身份，说不定，我们现在的脸还值点钱。"

"老板，我们刷脸支付试试。"孔子曰让老板把摄像头对准他们。随着一声"支付成功"，他们竟然真的支付了这笔钱。"老板，请你动作尽量快一点。我们刷脸支付，容易暴露身份。"刘劲飞说。"我这个收银机注册在另外一个区的虚假地址，要是他们能黑进支付系统网络的话也许能找到这里，即便过来，也会花上一些时间。他们也不可能知道是哪一家店，我们用的虚假IP。"老板安慰他们俩。

老板根据他们俩提供的照片，很快利用人工智能辅助在计算机里建立了三维模型。刘劲飞和孔子曰确定模型之后，被推进手术室，老板从刘劲飞和孔子曰身上取下皮肤组织作为3D打印机复制和重建他们脸部皮肤的材料原始样本。3D打印材料生产完毕后，分别被放入两个低温储存盒中，安装到打印机上。刘劲飞和孔子曰先做好面部修改部位的清洁消毒，由一台带激光切除和3D人体打印功能的机器完成面部修复重建。整个过程花了四个小时，完成后，老板带刘劲飞和孔子曰到床上躺着休息半天，在这期间他们不能说话，也不能睁眼，让重建的皮肤自然生长弥合。

刘劲飞和孔子曰感觉脸上有很多蚂蚁爬，又疼又痒，想睡又睡不着，十分难受。总算熬到老板来拍了拍他们，让他们起身离开，还给了他们两个头盔，一是防止感染，二是为了安全。刘劲飞和孔子曰戴上头盔，拿起电脑，从文身店大门走出来。这时天色已晚，敏感的他们感到街上有好几个黑衣人躲在暗处窥探，看到他们出来悄悄跟在后面。他们两个跳上最近的一辆无人驾驶公交车，两个黑衣人也跟着跳上来，后面还有黑衣人开车跟着。刘劲飞和孔子曰现在不能剧烈活动，会影响面部的恢复，刘劲飞看到车窗附近有安全锤，取下拿在手里。这个动作触发了无人公交车的安全机制，汽车马上减速打开车门和所有车窗，刘劲飞和孔子曰从最近的车窗跳出去。后面跟着的汽车也在无人公交车后面停下。公交车上的两个黑衣人也翻出车窗，继续尾随刘劲飞和孔子曰。

刘劲飞和孔子曰跳出车窗就开始奔跑，黑衣人也跑起来跟着他们。跑了一会儿，两个人体力渐渐不支，面部又开始疼痛，他们只好放慢脚步。谁知道，跟在后面的黑衣人也放慢脚步，并未追上他们，始终保持距离。看来，黑衣人并不是想抓住他们，而是保持一种威慑或者想看看他们两个在这种情况下手里还有什么牌可打。刘劲飞担心黑衣人这样一直跟着，他们很难回到孔子曰租住的房子想办法，那个从救护车上带回来的平板电脑里或许会有线索。

正在这时，一辆出租车停在他们身旁，车上走下一位女乘客。刘劲飞和孔子曰一前一后拉开车门，让司机赶紧开车。从车的后视镜，他们看到黑衣人上了汽车继续跟着他们。司机问他们去哪里，他们告诉司机先甩掉后面的车。"好嘞，小静，请给两位乘客系好安全带。"司机的话音刚落下，前排和后排的座位上自动伸出四条不知是什么材料制造的十分有弹性的束带，把孔子曰和刘劲飞牢牢地固定在座椅上。刘劲飞和孔子曰还没明白怎么回事，汽车忽然加速，不一会儿汽车就伸出两个翼展，腾空而起。后面的跟踪者们没料到出租车能飞上天空，黑衣人抬头目送他们离去。

汽车越过一片高楼，降落在一个防空洞口，洞口的卷帘门自动打开。汽车开了进去，在防空洞里开了二十分钟才停下。两个工作人员打开车门，示意刘劲飞和孔子曰下车，工作人员穿的制服是刘劲飞这个军事迷从未见过的。这时，驾驶汽车的人走下车，刘劲飞这才看清，是个年龄跟他们相仿的男人。两个工作人员跟他打招呼："周处好！"工作人员把刘劲飞和孔子曰带进防空洞里的办公室，刘劲飞发现这里的格局似乎跟政府机关相似。"你们好，我叫周靖，你们可以直接喊我的名字。"被称为周处的人跟他们打招呼。"我先带你们去见我们局长。"周靖把他们领进有两个武警持枪把守的办公区。穿过这片工作人员看上去都很忙碌的区域，他们来到门口标有"局长"字样的办公室前。推开门进去，一个中年人正在阅读文件。两名工作人员没有进门，周靖带刘劲飞和孔子曰走了进去。"小周，把门带上。"中年人对周靖示意。"这是我们文局长，国家人工智能稽查局西南分局局长。"周靖向刘劲飞和孔子曰介绍。"喊我老文就行。"

局长看起来平易近人。

"连我们自己都可能是假的，我们怎么相信你们？"刘劲飞和孔子曰将信将疑。"小周，这个案子正式交给你负责，你给他们解释一下。"文局长从背后的文件柜里，拿出一本厚厚的卷宗，递给周靖。周靖把刘劲飞和孔子曰带到自己的办公室，从出租车下来的女乘客已经等在这里。"周处，我已经甩掉了跟踪他们的人，这些人的确跟仁智能功公司最近的行动有关。"一头短发、干练的青年女士向周靖汇报。周靖告诉刘劲飞和孔子曰，这是他的助手蔡玲玲。二人听到"仁智能功"这个熟悉的雇佣他们的公司的名字，既紧张，也感到松了口气。接着，周靖给刘劲飞和孔子曰看了卷宗，又详细地解释了他们为什么会在这里。

"我们国家在人工智能领域一直领先，早就引起欧美国家，特别是美国的垂涎。最近强人工智能越来越多，仿造你们的几个仿生人就是强人工智能机器人。人工智能最大的隐患是给我们带来各种风险，国家早就提前布局人工智能的治理战略，在人工智能稽查局成立之前就有人工智能稽查小组。稽查局成立就是告诉欧美国家，我们对强人工智能的治理已经走在前面。"周靖喝了口水，接着讲。

"我们国家每个强人工智能都做了登记，并且在机器里安装了伦理逻辑锁，一旦人工智能的算法中涉及人类利益就必须经过逻辑锁允许，机器才能操作。谁知道，你们公司登记的四个强人工智能，逻辑锁掉线过 30 分钟，公司解释是系统升级引发的故障，但这引起了我们的注意。我们在侦查其他涉及人工智能的案件时发现，就在最近两年，美国军方支持的黑客技术组织，通过走私渠道向我们国家输入了一批针对我国人工智能逻辑锁的破解软件和硬件。装上反逻辑锁硬件和软件后，逻辑锁在我们的远程监控系统里显示正常运行，而实际并没有起作用。"

"这会带来什么后果？"刘劲飞好奇地问。

"后果就是机器人本来有底线，现在这个底线被解除了，虽然这可以大幅度提升机器人的自主性，但危险性也随之升高，它们可以做任何事，也包括犯罪。机器人如果能够代替人类，以后的战争就根本不需要士兵，通过机器人接管对方整个经济社会就可以了。"周靖皱着眉头。"还好，现在美国的策略是通过经济领域渗透，利诱一些急于摆脱困境的企业，比如你们就职的公司。"

"你们为什么把办公室放到防空洞里？"孔子曰问。

蔡玲玲解释道："我们选择 C 市做西南总部，就是看中了这里错综复杂的防空洞，因为洞里可以屏蔽网络信号，防止监听。我们已经在你们体内发现了纳米级芯片，在你们出洞之前，我们要给你们做个全面体检，看看体内其他部位，特别是脑部有没有植入芯片，有的话就要取出。"

经过周靖和蔡玲玲的解释，刘劲飞和孔子曰选择相信他们。当然，赤手空拳的二人也只能相信周靖他们。"我们解救你们的行动，是故意引起仁智能功公司和背后的势力注意，希望他们转移公司里的数据给美国方面在国内的代理人，我们好顺藤摸瓜打掉这个犯罪集团。"

"我们还有两个好朋友，可能被关在 S 市的精神病医院。"

"那里是你们四人项目的数据和计算中心，为了防止数据外泄，我们联合卧底已经把那里全部端掉了。这次全靠你们拿回来的平板电脑和身上的仿生人靠近报警器。"

"这两样东西还在我租的房子里呢？"孔子曰似乎不是太明白。

"对不起，情况紧急，在你们昨晚休息的时候，我们用微型机器人潜入你们的房间用一模一样的物品置换了你们的东西。机器人还发现了你们神经组织稀少部位植入的纳米级芯片，时间紧急，也为了引蛇出洞，当时并未取出。"周靖跟他们解释。"那个平板电脑连接至监控你们体内芯片的数据中心，芯片利用血液供电，可以自动搜索周围网络实时上传数据，获取你们的位置和听到你们的语音。我们利用追踪数据在网络上复杂的传递路径，加上卧底的情报，很快就定位了 S 市和隐蔽在各处的数据中心。"

"那我们现在的对话不是有泄露的风险？"虽然知道这里可以屏蔽信号，刘劲飞还是有些不放心，经历了这些天的事情，一向大大咧咧的他也被搞得有些神经质了。

"现在数据中心已经被我们关闭，监听是不可能进行的。再说，这里能够完全屏蔽所有与外界的无线信号，是完全可靠的，你们身上的芯片我们一会儿取出来。"虽然这些信息刚才已经告诉过他们，蔡玲玲还是很有耐心地宽慰他。

"我们的卧底，已经把你们的两位朋友带了回来，一会儿我们就去见他们。"

又聊了一会儿，周靖对蔡玲玲说："小蔡，那边的容貌恢复手术后的休息时间够了，你带这两位去见见他们的朋友吧。还有件事你们要知道，文身店的设备其实是我们提供的，所以你们的容貌恢复得不错。让你们去那里，也是当诱饵。可惜，狡猾的敌人嗅出了什么，出动后又取消了来找你们的行动。他们一直跟踪你们而不采取行动，是在试探我们，这也增加了我们执法的难度。"

蔡玲玲把刘劲飞和孔子曰领进了一间小会议室，李磊和张果然坐在椅子上，已经恢复了容貌。四个好朋友再次聚在一起，格外高兴。椅子上还有另外一个人，竟然是公司的胡秘书。看刘劲飞和孔子曰比较疑惑，张果然和李磊讲了他们的经历。

那天四个警察把他们制服后，他们被关在另一间办公室由专人看着，四个警察和医院的人开了两辆警车去追刘劲飞和孔子曰。后来，又来了另一辆救护车把他们拉回了S市精神病院，被关在医院专门看护狂躁症患者的病房里。在精神病院，李磊和张果然看到了四个他们容貌的原型，是精神病院里的四个患者。不过他们被解救后才知道，公司的合作伙伴正在进行的实验有两个。A实验是在那些大脑功能紊乱或精神有问题的患者脑部植入芯片，通过芯片控制被植入者的行为。因为这些人本来就精神有问题，在实验阶段有异常行为不会受到怀疑。那四个患者就被植入了芯片，像四个仿生人一样在那里工作。公司把刘劲飞他们的容貌整成受他们控制的患者的样子，容易操控。B实验就是刘劲飞他们四个正在遭遇的，用仿生人完整复制人类。

就在刘劲飞和孔子曰回到C市的那天晚上，李磊正在病房里打盹。胡秘书悄悄打开了病房的门，并且拿了张纸，上面写着："别说话，跟我来。"示意李磊跟她走，李磊跟着胡秘书走到一个没有摄像头的角落。胡秘书脱掉了李磊的外套。"这……"李磊没明白胡秘书的意思。胡秘书并没有理会李磊，继续脱他的衣服。脱到只剩下内衣，胡秘书拿出一个仪器，在李磊全身上下扫来扫去，仪器扫到李磊肩膀时，指示灯由绿变红。胡秘书又拿出另一张纸，上面写着"不要出声"。然后拿出一个医药箱，用酒精给李磊肩膀消了毒，用手术刀划开他肩膀的皮肤，用镊子取出一个芯片，然后把芯片放到一个仪器上。胡秘书这才告诉李磊，她是人工智能稽查局的卧底，现在稽查局获取了一台监控他们的终端，正好利用终端和李磊身上芯片之间的数据传递定位分布在各地的服务器，及时控制防止数据转移。

救出李磊，胡秘书又去把张果然救了出来，也取出了他身上的芯片。服务器位置确定后，当晚稽查局就联合国家安全部门采取了紧急行动，很快截获记录了众多实验数据和通信数据的服务器，并且救出了李磊和张果然。

"胡秘书，你太厉害了！"一直认为胡秘书是花瓶的刘劲飞称赞着。

蔡玲玲走到胡秘书身边，很心痛地说："娟子为这个事，付出了很大的代价。"边说边掀起胡秘书后颈部的头发，露出了一块金属板。蔡玲玲继续解释："其实公司只是傀儡，胡娟为了获得幕后组织的信任，花了很多工夫。但这个组织依然不放心，在她头部植入了芯片，可以部分控制她的行为，但这也非常危险，可能导致癫痫。我们要求中止潜入，但娟子知道这是最后的机会，不愿意放弃。我们复制改造了这个芯片重新植入，成功潜入对方的通信网络，也是为了保护娟子不被控制做一些危险的事。"

"我们四个人能够活着，要感谢胡秘书。"早已得知真相的李磊感激地说。原来，那天把四个人麻醉后，总经理和幕后主使们有两种意见。一种是让刘劲飞他们从世上消失，完全用仿生人替代他们。另一种是留着他们以防仿生人出现意外，为了防止刘劲飞他们走入社会，可以改造他们的容貌。改造后在他们身体植入芯片随时监控，如果他们死在深山，就伪造成精神病人走失后意外死亡，如果他们走出深山，就测试完善整个系统应对意外情况的能力。争执不下的时候，他们用中心的超级电脑做了演算，他们在深山存活的概率是 45%，主要的危险来自直升机落地。胡秘书因为脑部有芯片，是公司最可靠的人，被派去执行运送刘劲飞他们四个到深山的任务。刘劲飞他们下坠的高度和位置是胡秘书精心挑选的，所以才能毫发无损。

"既然胡秘书是卧底，知道我们在荒山，为什么不提前解救我们？"刘劲飞问道。

"你们在深山，公司会放松警惕，加快他们在公司里的行动。再说，人工智能稽查局早就联系保护区相关部门暗中关注你们，所以你们不会有危险。为了你们的生存……当然了，还是要保护珍稀动物，保护区还特意转移了河道里珍稀的岩白鱼，放了很多不受保护的其他鱼类进去给你们提供热量。"

"你们怎么知道我们会走那条路？"四个人还是不解。

"计算机模拟的结果是，你们有 99%的概率走那条路。"蔡玲玲补充回答。

 **尾声**

"我还有一点没明白，既然公司在我们身上植入芯片，可以很快抓到我们，为

什么公司没有在 S 市行动，而让我们顺利回到 C 市？"孔子曰还有很多不明白的问题。

"问题的复杂性就在这里，这背后有境外势力或者更大的组织介入，人工智能的竞争不仅仅在明处，也在暗处。察觉到稽查局对反伦理锁技术来源的调查，他们想利用这个机会找到稽查局和稽查系统的制度和技术漏洞。我们把你们带回来，暴露了我们的办公地点，这个基地很快就要废弃。就在刚才，稽查局保卫部门截获了利用有线数据光缆对我们监听的信号。"蔡玲玲给他们解释。

"讲来讲去，斗争全部靠技术，我们四个人又不是特工，也不懂你们刚才讲的那些高科技操作……刚才文局长想让我们四个替你们工作一段时间，可是我们能为你们做什么？"刘劲飞有些疑惑。

"做你们自己，"蔡玲玲笑着说，"我们需要你们伪装成仿生人再回到公司，通过你们找到仁智能功公司仿生人提供方背后的外国势力。"

"四个仿生人恐怕这会儿在公司坐在我们的位置上，我们怎么可能回去？"

这时，蔡玲玲对门外说了句："进来吧！"仿生人版的刘劲飞、孔子曰、张果然、李磊推开门走进小会议室，还带着一台仪器。刘劲飞他们非常吃惊。

蔡玲玲告诉他们，稽查局已经抓获了他们四个的"孪生"仿生人，并且重新更换了机器人的伦理逻辑锁。

"你们既然已经把仿生人改造过来了，把这四个仿生人放回去就行了。让我们去太危险了。"李磊打起了退堂鼓。

"仿生人最大的缺点是容易被技术操控，操控你们没那么容易。即便是胡秘书被植入芯片，公司对她的操控也很有限，更不要说控制她的思想。公司会随时检查破解过后的逻辑锁是否有效，如果把仿生人放回去，很容易暴露。逻辑锁对人类是没有效果的，所以我们会在你们身上安装逻辑锁让公司随时检查、放松警惕。"蔡玲玲耐心做着四个人的思想工作。

"这样吧，你们先读读四个仿生人的记忆。"蔡玲玲把其中一个仿生人的接口接到特殊设备上。从仿生人的记忆里，刘劲飞他们了解到，公司为了节约人力成本，董事长和总经理这些高层在利益的诱惑下，想用仿生人永久替代他们四个。选中他们四个的原因是他们跟家里关系都不好，不容易被发现是仿生人。除了经济原因，公司董事长还是一个机器人替代人类的狂热追随者，他对国内人工智能稽查局为了保持人类主体性而限制人工智能技术发展的政策很不满。国外势力与董事长一拍即合，董事长不仅是智能员工计划的使用者，也通过这个项目获得了国外的技术和资本资助，成为外国势力国内代理人之一。除了刘劲飞他们四个工作的公司，在国内还有几个其他项目，稽查局想借机破解整个体系。

看完部分仿生人的记忆，刘劲飞、孔子曰、张果然都决定帮助稽查局侦破这个案件。最自私的李磊本来还在犹豫，但是当读取仿生人李磊的记忆，看到仿生人和他前妻竟然发生过亲密关系时，李磊本人顿时不淡定了，也决定加入。

随后，周靖、蔡玲玲和胡秘书详细给四人说了人工智能稽查局制定的计划。稽查局工作人员把四个仿生人身上的通信和其他重要系统拆下来装在刘劲飞他们四个人身上，又在他们脑部植入一个可以随时监听和指示他们行动的设备，以免他们行为失当而暴露身份。为了避免仿生人失踪的这几个小时的记忆被公司读取，他们还伪造了一段应酬客户的记忆写到仿生人的记忆存储器里。

细致的准备工作完成后，稽查局把刘劲飞他们四个人送回公司。在刘劲飞他们离开之前，周靖处长特意交代，四个仿生人就是模仿他们四个制造的，所以他们的日常行为并不需要有特别之处，遇到他们不熟悉的情况，稽查局会通过脑部植入设备远程帮助他们。进入公司一楼大厅，几个接待机器人开始叫唤："刘总好、张总好、李总好、孔总好。"这是因为他们的职务上升到中层，在公司的待遇完全不同了。刘劲飞四人按照事前的推演，回到他们"陌生"的办公室。刚坐下，就有人推门进来找他汇报工作，刘劲飞根本不认识这个人。"这是小宋，你的新助理。"稽查局通过脑部设备，远程给他解围。

他们敷衍了半天的工作，到了下午下班时间，总经理把他们喊到办公室，用一个仪器对四个人扫描了10分钟，确认他们身上生效的是美国走私的破解逻辑锁后，对他们说："你们4个的仿生人身份恐怕已经暴露，你们是第一代智能员工，对公司和合作伙伴都有重要价值，我们要把你们转移到国外。"随后，总经理给了他们一个GPS定位坐标，让他们晚上12点在那里集合。

到了晚上12点，刘劲飞他们4个到了集合点，这里是C市两江交汇点的一处码头。一艘气垫船已经等在那里，刘劲飞他们4个上了船，总经理还有其他3个人也随后上了船。为了刺探消息，刘劲飞根据稽查局的提示问道："我们是要去和董事长还有合作伙伴们会合吗？"总经理说："不，那样要是出了事太危险了，我们分头行动，我们走水路，他们走的是东南亚边境陆路，小型飞行器很容易带他们出境。到了Y市，我们也要分成两批行动，你们4个仿生人一批，我们一批，分开安全些。分开后，你们先在 Y 市利用刚才给你们的新身份潜伏，等待指令。"

稽查局根据刘劲飞他们提供的信息还有其他情报，决定在他们到达 Y 市后分成两批行动。第二天早晨，稽查局在 Y 市抓住了总经理一行人并利用数据追溯找到了协助总经理逃走的仿生人和地下技术走私网络。但是，稽查局并没有抓到公司的董事长，境外的网络也没有被完全铲除。

对刘劲飞他们四个来说，这段经历算是告一段落。人工智能稽查局的周靖处长把他们带到文局长面前，文局长想招募他们几个进稽查局。一听稽查局要提供工作给他们，刘劲飞他们四个本能抵触，从深山走出来的那段经历让他们觉得自己前半段人生真的没有太大意义，因为机器人真的能够轻松代替他们完成"996"的工作。

刘劲飞代替他们四个回复文局长："工作？！我们什么都不想干，我们就想开一个专供都市打工人摸鱼的店……再说，我们四个不过是你们稽查局和公司'斗法'的棋子，我们其实啥也没做，也没能力做特工。"

文局长指着站在他旁边的四个仿生人乐了："你们有四个很厉害的分身，而且这四个人跟你们似乎建立了某种奇特的感情联系，这就是原因……你们……不，应该是他们四个的身份还没暴露，公司还会回来联络他们。"

"我们再考虑考虑吧，现在我们最需要回去看看各自的家人。"刘劲飞只好先推托。四个人离开文局长的办公室后，文局长叮嘱周靖和蔡玲玲未来继续做他们四个人的工作，务必把他们招募进人工智能稽查局。文局长在送走两位下属的时候信心满满地说："有了这段刺激的经历，我相信他们干别的事会感到无聊，最后一定会加入我们。"

稽查局要求他们对各自家庭保密这段经历，回去探望各自家人的四个人当然不能解释前一阵他们对待家人态度有改善的原因是家人接触到的是仿生人。令他们四个无比尴尬的是，四个人的家人跟他们四个人相处不到一周，就断言他们变了，认为他们一定是受了什么刺激，要不然，前一阵才跟家人改善的关系怎么又恶化了。

他们的家庭对四个仿生人儿子更满意。

（完）

攀

我们的媒介使用行为，很多时候有生理和心理原因，这一点与自然界相似。研究表明，老鼠感染弓形虫以后便不再怕猫，猫甚至对被感染的老鼠有一种特殊魅力，这样的行为有利于弓形虫的传播，人类感染弓形虫后也变得更爱冒险。有研究人类智能的专家认为人类的智商和很多行为都是为了扩散自己的基因，操纵人类的竟然是一些小小的蛋白。这一短篇也是从这一视角思考部分人类的社交媒体使用行为。小说中设置了一个隐喻——我们使用社交媒体，是否就是为了"感染"更多人？

从南美洲探险回来，班德觉得自己的身体正在发生某种奇妙的变化。他一向文弱的身体竟然开始变得有力，胃口也出奇地好起来。

更奇怪的是，从来不爱运动的他疯狂迷上了徒手攀岩和攀爬大楼，并且特别喜欢在攀爬的时候被众人现场围观。短视频时代，网上的浏览量、点赞和评论对班德的刺激小一些，他要的是在现场听到周围人群的呼喊和注视。但当班德发现有网络流量才能带来线下围观的时候，他开始试着直播和发短视频。

短短几个月，他的粉丝数量已经非常可观，为了和粉丝互动，班德经常举办粉丝见面会。网络流量已经足够养活班德，他辞去了企业高管的职位，专心于他的攀爬事业。现在他一天不练习攀爬就觉得耳朵特别痒，似乎有什么东西在他身体里催促着他去攀爬。

他决定在今年跨年的时候在 C 市环球金融中心举办一场爬楼直播，他要挑战徒手爬上高达 700 米的环球金融中心。届时金融中心周围的商业广场上会挤满庆祝跨年的人群。他已经设想好了，到时候穿一件可以发光的衣服引起众人关注。

为此，班德日夜练习，到 2023 年 12 月 30 日的时候，他已经偷偷在凌晨三点爬上环球金融中心顶楼三次，并且爬上了最高的尖顶。俯瞰整座城市的万家灯火，让他感到兴奋。

2023 年 12 月 31 日晚上 11 点，班德准时从环球金融中心一楼往上爬。一开始，周围熙熙攘攘的人群并没有注意到他，但是，因为班德把手机戴在头顶上直播，在附近的粉丝们很快涌过来看他。班德边爬楼边和粉丝们打招呼，线上与线下的互动又让更多的人过来看班德爬楼。为了增加刺激性，班德还故意装作一只手没抓住差点掉下去或一只脚踩空悬在楼边。粉丝们在网上纷纷留言表示担忧。各种追寻热点的网络自媒体很快报道："爬楼高手险些失手跌落 M 国第一高楼。"

班德继续向上爬，在跨年前 5 分钟，他爬上了环球金融中心的尖塔顶部。他的攀爬引来警方的注意，两架警用直升机盘旋在他头顶不远处。

班德根本不在乎他们——他已经因爬楼被拘留过几次。他站在塔尖，冷冷的夜风从江边吹来，下面密密麻麻全是人，让他有种说不出的舒畅。这时，他忽然觉得耳朵里有什么东西在动，感觉有一种力量想撑开他的头骨。这种力量是他不能控制的。

他有一种想张嘴大喊的冲动。就在他嘴巴还没张开之际，直升机上射出一支麻醉针插在他脖子上，另一架直升机上投下一个大袋子把他套得严严实实，班德很快就晕了过去。

醒来时，班德发现自己躺在病床上，这个病房没有窗户，是完全封闭的，床的周围围着一群人。这些人穿着防护服，全身密封但脸部是透明的，能看到表情。等班德清醒了，其中一位中年男人跟班德说："我是国安局的，你可以叫我皮特。旁边这位是我们的副局长，这是 M 国国立大学西班牙语系的苏菲老师，她是我们的翻译。那四位外国人，两位是墨西哥的考古专家、两位是墨西哥国土安全局的官员。现在，我们跟你核实一些情况。"

"半年前，你是不是去了墨西哥旅游？"皮特问班德。

"是的。"

"去了哪些地方？"

"去的地方很多，大多数都是跟团去的。"

"你是不是有一天脱团去了他们新发现但是没有开放的玛雅神庙？"皮特严肃地问着班德。

皮特还向几个墨西哥专家示意，跟翻译说让他们把图片拿出来。其中一位考古专家拿出几张神庙的照片。

"你看看，是不是这里？"皮特拿出照片递给班德。

"是的。"班德仔细看了看照片后回答。

这时，墨西哥考古学家又拿出几张照片，并对翻译说了几句话。

翻译把照片接过来递给班德："这里你去过没有？"

"去过！为了去那里我可花了不少钱，找到墨西哥合作伙伴的高管，他想办法找到景区管理部门放我进去的。"班德回答。

"你做了些什么，遇到了些什么？"翻译苏菲传达墨西哥专家的问题。

"我……"班德有点不好意思，"我走进了这个摆满陶罐的房间，我抠开了一个罐子的泥封，对着里面撒了泡尿。"

"请你跟他们解释，我不是有意的，当时我实在憋不住了。"班德的脸红了。

墨西哥人又对着翻译说了几句。

"我们关心的不是这个，"苏菲传达，"撒完尿之后，罐子有什么反应？"

班德松了口气，看来不是因为他亵渎墨西哥古迹来调查他："罐子里冒出一阵黄烟，我还呛了两口。"

翻译把班德的话转给几位墨西哥人。然后墨西哥人、国安皮特和翻译苏菲他们一行人都出去了。

等人群离开，班德下床，想出去透透气，结果发现打开门还有一个密封的玻璃门，门外守着三位工作人员，他们也穿着防护服。

门口有电话机，班德拿起电话，门外的一位工作人员拿起另一端的电话。

"为什么把我关起来了？"

"一会儿我们皮特局长回来了再给你解释，现在他们正在和墨西哥方商量怎么处理你。你需要什么可以跟我们说，我们递给你，病房里有厕所。"

班德焦虑地等在病房，他感觉过去了足足有大半天，国安局的皮特终于进来了。

穿着防护服的皮特递给班德一杯水，搬了个凳子坐在班德的旁边。

"我们和墨西哥方商量好了，他们不带你回墨西哥，但是我们答应了和他们一起研究你，科研成果两国共享。这是为了我们国家和墨西哥的国家安全。"

班德的嘴巴张开老大，"什么国家安全，和我有什么关系？"

皮特安慰他，"年轻人，你先不要着急，你先听我把来龙去脉跟你讲讲。"

"你是不是回国之后性情和身体大变样，喜欢上了攀爬？"

"是的。"

"你知不知道你的攀爬差点毁灭整个 M 国？"皮特眼神犀利地盯着班德，"你的脑袋里有一种古代的真菌孢子，为了繁殖后代，这种孢子会感染一切动物。被感染的各种动物都会立刻具备攀爬能力，它们攀爬到动物密集的最高处然后孢子就会绽开四散，感染更多的动物。"

"这是几位墨西哥专家从你去捣乱的玛雅神庙的壁画中破解的文字和图画中发现的。玛雅文明的毁灭就是因为这种真菌孢子。当时的人类没有研究手段，但是他们记录了毁灭的过程。有的人感染孢子后，变得特别善于爬树，还善于表演，吸引玛雅人去围观，结果孢子在攀爬者头脑里绽开，感染了更多的人。"

"好在孢子感染人以后，在宿主脑袋里有一个生长过程，这段时间宿主能够正常生活，不会传染给其他人。孢子只在绽放初期才有感染力，如果初期没有感染到宿主，大部分孢子会死去，但是有少部分孢子会在泥土里进入休眠状态。"

"那些被感染和没有感染的玛雅人，认为这是天神对他们的惩罚，非常惧怕，他们把含有绽开孢子的泥土封在土罐里供奉起来，但是并没有阻止这场灾难。"

班德越听后背越凉，他开始担心起自己的身体。

"我们通过对从你耳朵里取出的孢子的研究,发现它们感受到外界刺激就会被激活,你的尿液冲刷激活了它们,让它们感染了你。"

"如果孢子在环球金融中心顶部散开,你想想,会感染多少人?"皮特对班德说。

"虽然玛雅人的记录里说,不到时间和一定的高度、一定的人群,孢子不会绽放出来,但是我们为了万无一失,让接近你的人都穿上防护服,而且在这个房间的墙壁和空调系统都装上了先进的过滤系统,有孢子出来也会被系统采集。"

"你们为什么在我登上环球金融中心的顶部那一刻才找到我?"班德好奇地问皮特。

"墨西哥方面几个月前在你回国的时候,就要求我们协助查找赴墨西哥的几个旅行团。但那一阵的旅行团都来自 C 市,所以墨西哥方和我们一直把查找中心留在 C 市。"

"C 市已经疏散了跨年人群,"皮特看着班德继续说,"可是为了引出攀爬者,我们找到军队官兵和警察扮成了部分跨年群众,他们的眼耳口鼻都做好了保护措施。他们扮演的是前排群众,你在楼顶向下看到的密密麻麻的人群绝大多数是全息投影,并不是真实的。"

"那社交媒体呢,来看我直播的粉丝们是怎么回事?"班德更好奇了。

"我们已经和各大网络平台做了沟通,"皮特说,"让他们随机给我们的警察和安全部队官兵分配一些账号参与进来让你有一种真实感。其余的点赞和简短评论都是社交机器人。"

"在你攀爬开始甚至在中间的时候,我们本来可以把你打下来。"皮特平静地说。

班德听到后倒吸了口凉气:"那为什么没有实施?"

"墨西哥专家和我国的科学家们认为这种真菌孢子可能是远古时代陨石携带的外星生命体,通过它可以研究外太空生命。而且,你死了之后,我们不敢保证孢子能否继续存活,也不可能再去征集志愿者来做感染的实验了。而你的行为模式,是一个观察孢子如何影响人类的绝佳机会,研究孢子暴发前的形态改变很重要。所以,最后决定观察孢子与宿主的关系,看看在暴发前把你麻醉,孢子是否继续暴发。如果孢子没有暴发,说明它和宿主有某种关联。这个方案很冒险,难的是孢子继续暴发怎么控制。为了这个,我们把整座环球金融中心围了起来,周围的景观其实也是全息投影制造的，风也是人工的。”

"你现在安心在这里配合我们的研究。"皮特说。

听了皮特的话，班德又有一些尿意，他去厕所撒尿的时候打了个尿惊。

回来的时候，他觉得脑子里的孢子开始蠕动催促他爬高。

"知道你喜欢爬高，"皮特推开了病房的另一扇门，"我们给你准备了攀爬设施，但是为了你的安全，不能做太高。不过这些设备可以为你虚拟出高空攀爬的感觉。"

班德进去一看，是一个练习攀岩基础动作的墙壁，他立刻攀了上去，在上升的过程中他感觉脑袋内的蠕动不那么激烈，他知道这是因为没人关注。

（完）

火星矿工的第一次亲密接触

　　本篇设定的背景是火星被人类改造为宜居星球后，为了控制矿工等底层劳动者，管理者编造了一个火星仍然不宜居的拟态环境让矿工们困在机器中，不能形成家庭和社会，这有点像深陷在数字世界里的部分网民。但与火星矿工相比，网民缺少了一个女神在前面引导他们去勇敢地突破算法系统。小说中也有部分场景是对未来传媒业和技术发展的大胆想象，例如：使用了扩展现实的体育赛事直播、真空管道运输系统等。

一

"太阳风暴警报！太阳风暴警报！太阳风暴警报！所有矿工请注意，明日早晨7点21分，将有一场千年一遇的特大太阳风暴！持续时间27小时！届时与系统的通信将被迫关闭，所有矿工请务必于明日早晨6点操纵机器切换为休息状态并进入地洞躲避！"

听到警报时，171号火星矿工正操纵巨大的人形机器进行灌溉作业。灌溉时，他发现部分番茄已经成熟，便在机器内指挥机械臂进入采摘模式，精确高效地把番茄采集下来装箱、打包，然后带到生态园的传送坞。在这里，所收获的农作物通过地下真空高速运输系统自动运回人类火星基地。虽然遍布各地的生态园离基地很远，但高速传输系统能够让所有生态园的农产品在半个地球日到达人类基地。这套系统在远古时代本来是为采矿而设计的，后来逐步演化成高速物流网络。远古时代，一颗小行星撞击火星并冲进了火星的地核，随后火星磁场恢复，让火星能够偏转大部分太阳风暴，但遇到特别大型的风暴还是无法避开。

一个火星周前就预警的太阳风暴即将来临，171号内心的情绪风暴比太阳风暴更猛烈。正在作业时，机器里的环境监测器显示天空暗了下来，是一群火星山雀掠过171号管理的生态园。在平时，他会立刻给周围生态园发出预警，告诉那些种植麦类的矿工们赶紧启动驱鸟程序。这种警告不会比系统的警报更早，却是他和其他矿工们的情感交流媒介。今天，他因为有心事没察觉到有山雀群飞过。

 二

虽然地球人早已在火星扎根，但用的日历却是地球的。火星历的一年相当于地球历的两年。现在是地球纪元的公元 33302 年，人类改造火星计划已取得惊人成就。在火星被小行星撞击几百年后，在火星地表浅层发现了一种含水结晶矿物质，分布在火星广袤的地表。结晶矿中的水分子释放后，提取的物质能用于材料和能源。人类尝试用各种方法在火星上提取结晶矿中的水和新材料及能源，但是要么成本太高，要么效率太低。

技术经过不断迭代，最终，由人操纵的巨型机器人能够兼顾效率和成本，成为最优选择，操纵机器者被称为矿工。经过矿工们世世代代的努力，火星不断释放出水，人类也获得了新材料和用于植物生长的肥料。后来，在火星的两极深层发现了二氧化碳在超低温下形成的干冰，为了让火星上的大气构成、气温和气候接近地球，人类释放了部分干冰。有了二氧化碳和氧气，火星上开始生长植物，再后来有了动物。经过人类的驯化，地球上的动植物在火星生长繁衍并且变异出很多新品种。火星上还因采矿形成了各种地下洞穴奇观，部分因采矿形成的地下空洞被管道连接在一起，形成了一种物质互联网。

从第一个火星矿工开始采矿以来，火星的气候越来越适合地球生物生长。现在整个火星已经部署了几万台采矿机器，每台机器的活动范围是 10 平方千米。最初的矿工来自地球，有自己的姓名。现在的矿工生于火星，只有编号，没有姓名。171 号的工作和吃喝拉撒睡都在人形机器中完成。到了火星寒冷多风的夜晚，采矿机器变形为四轮车开进各自的地洞中。矿工们在培训合格后进入采矿机器之后，便很少离开。在他们的认知里，机器外面有强烈的辐射，空气是有毒的，离开了机器他们便不能生存。每个采矿机器里常备的救生设施是灭火器和宇航服，一旦机器损坏，发生破裂，矿工要迅速穿上宇航服，由宇航服提供氧气、隔绝辐射。

人类用矿工改造火星的计划非常成功。随着大量水分释放，河流湖泊开始形成，火星从一颗干燥的红色星球逐渐变成多水的蓝色星球。最开始，人类利用生命科学技术培育并投放了一些能在低氧环境下生存的细菌、藻类、苔藓，让这些简单生命体逐步吸收火星上的二氧化碳，排出氧气。氧气增多后，人类又一步步把更多品种的地球植物引入火星。经过上万年改造，火星上的二氧化碳逐步转化成动植物的组成部分。火星形成了自己的生物圈，所有物种都来自地球，也有不少基因改造的动植物和在火星上变异出的新物种。

经过万年以上的演化，到 171 号这一代矿工进入矿工机器，各类地球的农作物都能在火星种植了。矿工们的主要任务是照顾自己 10 平方千米的小生态园。

171 号种植的区域，主要产出番茄和辣椒。由于火星的引力小于地球，植物的生长期是地球的两倍，这里的番茄和辣椒长得跟矿工们一样高，结出的果实巨大。矿工们从小就被告知在火星上种植的食物必须运回基地做无毒处理，他们从来不吃自己种植的农作物。矿工们每天的食物是一种混合多种食材的膏状营养糊，通过地下真空管道从基地运过来，谈不上好吃，但足以补充每天所需的营养和水分、盐分。食物消化后，他们的尿液和粪便被真空吸走，抽干水分后在矿工机器里被加工成有机肥释放到他们照顾的生态园里。171 号也负责几头巨型火星奶牛，挤出的牛奶同样被运回基地处理，牛粪同样被转化成有机肥。奶牛的草料，来自番茄地和辣椒地之间的草地。当然，使用有机肥的农田只占很小的比例，大部分的农田仍然要利用化肥或者由城市垃圾转化来的肥料。

从 171 号记事时开始，他就生活在矿工机器中，与外界隔绝。他年龄不大的时候就掌握了矿工机器的操作方法，但却用了几年时间学会如何在巨型矿工机器中生活。在基地完成训练后，他们会代替那些老去或死去的矿工，或者被派去开辟新的生态园。矿工们只知道他们是矿工的后代，但是并不知道他们的父母是谁。在地洞外，矿工机器的门只能从外面打开，矿工们生病时才能被带出生态园去接受治疗。矿工们的活动区域被系统严格限制，一旦越过边界，系统就会报警，矿工机器会被转换成自动操纵模式并回到允许活动区域内。

 三

火星矿工们有自己的社区，只不过是在线上。他们可以用矿工机器内的大屏、语音设备和触摸交互系统等各种工具跟其他矿工交友。男女矿工们也可以恋爱并组成远程虚拟家庭。一旦家庭获得系统认可，他们就被允许接入系统的触觉互联网，在矿工机器内进行远程亲密行为。可以远程亲昵、抚摸，也可以进行繁衍后代的远程性活动。性活动过后，如果男女双方对生育达成一致，系统会将男性在性活动中释放的精子和女矿工的卵子予以采集冷冻，通过地下物质网络传送到距离两人最近的生殖中心进行人工授精，获得的受精卵被植入人造子宫中培育。矿工从人造子宫出生后，被基地抚养，幼年时开始进入矿工机器进行技能学习和适应机器内的生活，成人后被分配到遍布火星的生态园劳作。火星矿工的家庭只有一代，子代和母代没有任何联系。这种繁衍体系已经持续了上万年，非常稳定。

这些天，171号和342号正在热恋，342号是个性格开朗、身体健康的女矿工。从342号在矿工虚拟社区内发布的信息来看，她在更高纬度的果园劳作。虽然跟342号有了远程亲密接触，但171号总觉得还差点什么。他的整个身体都想和342号有更直接的接触，他想和她面对面交谈，但系统把他们死死地限制在机器和自己的生态园内。171号有时梦见他和342号拥抱在一起，可是忽然342号的肌肤慢慢变成坚硬的外壳，变得冰冷，让他从梦中惊醒。

太阳风暴预警让171号矿工欣喜，他决定充分利用这与云端系统断线的27小时去寻找342号。171号知道，这是他这一生唯一的一次机会。基因里潜藏的与异性亲近的本能常常让人类和动物忘记危险，并且愿意冒险，这常常被人类书写成惊天动地的爱情故事。171号正处于那种愿意付出生命去冒险的为爱癫狂状态。

与恋人在现实中接触并不是他出走的唯一动机，171号也厌倦了在这个巨大机器外壳里的生活。虽然机器里的各种虚拟现实、混合现实系统可以让他运动，比如游泳，也可以进入其他场景，但他总觉得缺了点什么。那些不过是信息和技术对他耍的花招。他从小就被灌输外面的世界是危险的。现在，这种危险成了一种诱惑。也许他的血液里有冒险基因，这些天，身体对外部世界的渴望引导着他的行为。

为了保密，也为了给342号一个惊喜，他并没告诉342号他的计划。在两天前，他曾尝试跨过他管理的生态园的边界——一条河流，可是一旦他靠近边界并且停留时间超过限度，系统就会关闭人工模式改为自动模式退回到安全区域。这种管理模式也是经过了上万年的改进，作用就是防止火星矿工们在系统外聚集。人类派矿工开发火星水资源的早期，火星的大气中氢气含量高，极不稳定。一旦矿工聚集，爆燃风险增高，会损失多名矿工和多台极其昂贵的机器。后来，火星空气中的氢气逐渐逸出大气层，火星的环境已经稳定下来，但火星管理者发现，让矿工各自独立更有利于系统稳定，这是他们从人类历史中得出的教训。地球上的各种问题来自信息和人员的自由流动，这种急速的流动和全球紧密的连接并未带来人类社会的持续繁荣，超过一定阈值后反而导致社会运行低效率甚至经济社会发展的倒退。在人类历史上的各个阶段，各国领导人和科技精英们总认为地球的问题是人和人、人和物、物和物的连接数量和质量不够，不断发展一代代性能更好的通信网络、交通网络、触觉和物质互联网，机器人在人类社会的应用越来越广泛。但令人感慨的是，技术发展并没解决精英们想解决的问题，在短暂的全球化和繁荣之后，人类社会竟然因为过度连接陷入衰退和全面的分裂。

　　吸取了地球的教训，火星矿工社会实行的是追求效率的技术威权体制，由一套系统管理上千万矿工，矿工与系统信息完全不对称。整个火星都是可计算的，一切都在系统的掌控之中。与地球社会的过度连接不同，矿工之间只能远程和有限交流，这种交流以学习管理各自生态园和维护系统的知识为主，以情感交流为辅，其他信息交流会被系统审查。

　　这几天，在灌溉番茄和辣椒地的同时，171号也在他管理的生态园的边界徘徊，试图弄清周围的环境。为了防止矿工们意外突破系统进行线下接触，他们不能获得自己的方位信息。171号通过太阳影子长短和水流方向，以及远处高耸的火山，确定了一个高纬度方向。为了获得逃跑时必要的补给，他这一个火星周都在暗中减少进食，把多余的食物膏储存起来。

四

　　天黑后，171号早早就操纵矿工机器从人形变为四轮车开进地洞深处。因为心里有事，他干什么都不得劲儿。342号打来虚拟现实通话，对他撒娇，为第二天不能和他联系而苦恼。171号哄了一会儿，342号转忧为喜。退出与342号的通话，171 号又通过设备进入矿工虚拟社区。他发现有篇文章质疑火星的空气有毒论，也许矿工们不需要在机器或宇航服内也能在外面生存，质疑的理由是外面的作物生长茂盛，还有各种动物活动。这篇文章下方，有矿工回复说，这些动植物巨大是因为辐射，身体暴露在外面，矿工们有得癌症的风险。还有的帖子"吐槽"食物膏有怪味儿；也有帖子质疑为什么矿工们只能在自己的生态园活动，多人配合效率不是更高。171 号正在浏览时，这些内容都忽然消失了，他推测肯定又有人因为发布违规内容受到禁言惩罚。171 号切换到矿工们的大屏视频互动型社交媒体，他想通过白天观察到的景致，与其他矿工们发布的图片比对拼接出周围环境。机器里的大屏幕只能浏览，不能保存信息，这个工作他已经反复做了几年。最开始，只是探索世界的好奇心驱使他这样做，对他来说这是个好玩的游戏，现在，他是为寻找 342 号做准备。在他的脑海里，已慢慢绘出一条逃走路线。

心里有事，第二天醒得早。他原本计划 6 点起床，等到太阳风暴来临，系统无法监视和控制他的行动时再想办法离开。凌晨 5 点，171 号就已醒来，比设定的闹钟早了 1 个小时。此刻的矿工机器还处于方便矿工睡眠的休息形态，这架巨大的人形机器"躺在"空旷的地洞内。171 号试着启动变形操作让机器站立起来，却发现它已被远程锁定。他试尽各种方法都无法解锁。

时间一分一秒地流逝，171 号设定的系统闹钟启动了地洞内的照明并开始播放音乐。种植在洞内的绿色植物因光线改变出现在他视线下方，他决定走到机器外试试看。只有在地洞里他们才被允许穿着宇航服走出机器活动，出了地洞之后门就会被锁死，届时只能从外面开门。他们出了机器也不允许脱下宇航服，171号曾在地洞里脱下头盔，身体立刻有了强烈的不适反应。

171 号穿上宇航服下到地面，此时的矿工机器是卧倒状的，但也比 171 号高不少。他在宇航服里绕着机器缓慢踱步，透过头盔观察着四周环境。穿着宇航服行走很费体力，走了几圈没发现什么线索，他索性坐到地上打个盹。半睡半醒之间的 171 号模模糊糊地想起，在学习矿工机器操作时，教练反复强调，机身有警告标志的地方都不能碰，奇怪的是教练又不告诉他们到底哪些地方有标志。有次在斜坡上训练，喜欢冒险的他一阵操作导致训练机器被远程锁定，失去动力后倒在斜坡上头朝下往坡下滑。教练驾驶着他的矿工机器赶过来，用精细作业机械手在他的机器上做了一个动作，矿工机器锁定被成功解除让他恢复控制才避免机器滑下坡坠毁。

最近，很多不知是否真实的经历偶尔会在他睡着或迷糊之际像梦一样浮现出来。

此时，太阳风暴已来临，系统发出了已断开连接的警报。警报声惊醒了 171号，他起身继续寻找线索。

刚才的梦启发了 171 号，如果梦是他的真实经历，教练操作的地方一定在机器的腿部附近。这一次他把研究重点放在矿工机器的机械腿上，在两个巨大机械腿之间的机身下方，他果然看到一个不起眼的警告标志。标志覆盖着的是一个可以拧开的盖子，虽然戴着宇航服的手套行动不便，171 号摸索了一会儿还是拧开了它，下面插着一个存储单元。盖子上写着警告语"禁止矿工触碰，拔出此单元将使机器不能被远程锁定，有巨大风险"。171 号拔出这个存储单元。

随后，他再次爬进矿工机器，经过消毒和空气过滤系统后，他脱下宇航服进入核心工作区，试着操作了几下，这时，机器果然被解锁，真正被 171 号掌握。

171 号补充了一些食物和水分，仔细检查了系统各个单元的状态，确定电力、燃料和补给足够，他操作机器变形为方便出地洞的四轮车状态。行驶到地洞出口，他正在思考是否操作机器把门破坏时，门自动打开了。在他拔掉那个控制单元后，地洞的门和机器间建立了连接，二者形成联动，机器靠近门就自动打开，不再需要系统许可。这个机制是在地震塌陷等危险情况下让矿工们安全逃生用的。

驾驶机器出了地洞，171 号通过机器内的监视系统观察着他熟悉的环境。此刻的火星，四处都是直插天空的白色雾柱，天空早已被浓雾遮蔽，那是通过雾柱上升形成的水汽扩散后又再次聚集形成的。地面表层一树高的空间却只有一层淡淡的薄雾。太阳正在浓雾后升起。

在地洞口的小平台，171 号把自己锁在可穿戴控制系统内，让机器变形为人形。他首先甩掉机器上多余的作业系统，让机器处于重量最轻、速度最快的巡航状态。为了更好地操纵机器，他启动了脑机接口，让机器和他融为一体。机器外的摄像头和传感器发出的信息直接进入他大脑相应的感应部位。此时，171 号用增强现实系统的 360 度视野观察着外界。

171 号适应环境后，距离太阳风暴到达火星这个区域已经过了 40 分钟。太阳已经升高，雾柱随着水汽的散去变淡，天空上方的浓雾也变淡了。除了升腾的雾气，虫鸟似乎不再鸣叫，四周一片死寂。平时感受不到的矿工机器内散热单元的噪声此刻尤为刺耳。

　　171 号并没有做常规行走动作，而是按照他前一阵睡梦中记忆的方法，操作机器斜向上跳向天空。机器画出一道抛物线，又落下。机器上的火箭推进系统虽然不足以长期保持高空飞行，却能克服火星较轻的引力把机器发射升空，落下时机器的缓冲系统将重力势能转化为电能储存起来。他暗中实验这种在睡梦中"学会"的空中跳跃已经很久，但平时系统限制了跳跃高度，他最多能跳几十米远。没有了系统的限制，171 号只跳了十几下，就越过了他管理的生态园的界河。他在空中看到了远处笔直入云的火山，那也是他的参考坐标。

　　正当他以为按目前的速度能很快到达高纬度地区时，太阳风暴更大了，天空泛红中还带着一些绿光，那是太阳发出的离子靠近火星大气层被火星磁场偏转后造成的。雾气正在散开，天空蓝绿中又开始泛起白光，太阳比平时显得大一些。太阳风暴对矿工机器自身的体域无线网络也造成了一些干扰。171 号有一次落地时，机器的各个系统配合动作不够协调，机器摔倒在一片麦田中。好在密密麻麻快成熟的半人高小麦和松软的泥土提供了缓冲。171 号运行了诊断系统，机器一切正常。他从麦田里爬起来，切断脑机连接系统，改为步行模式。这时需要连接的部件较少，171 号只需要在机器的模拟驾驶系统中步行，机器模拟着他的步态。这样行走虽然安全，却降低了速度。

　　焦急的 171 号再次调整策略。通过机器的遥感系统，他感知着前方地面的作物和泥土的松软程度。只要前方地面有缓冲物，他便启动跳跃动作，并将跳跃高度降低。这样速度既得到提升，又保证了安全。

　　171 号越过了一个又一个各式各样的生态园。一路他没遇到任何矿工机器，也没有系统管理机器人出来阻止他。

　　过了正午，活动轨迹记录仪显示他已经走了一千多公里。作为参考坐标的火山，早被甩在身后。好在矿工机器的减震功能非常完美，即便不能以最佳姿势落地，减震系统也能保护他和机器的安全。171 号前进最大的阻碍是太阳风暴带来的电磁干扰噪声。

　　太阳逐渐开始西下，生态园的数量逐渐减少，荒地和矮树林越来越多，但太阳风暴并未减弱，171 号再次操纵机器转为步行。顺便停下来吃了一些食物膏补充体力，然后继续前行。

　　越过荒地和矮树林后，他到了一片一望无际的先辈矿工们开发水资源形成的远古沼泽。现在的生态园就来自对这些沼泽的开发。红外和生命传感器显示沼泽里生物种类非常丰富。多年生态园管理形成的习惯让 171 号小心翼翼地避开动物较多区域，这增加了他前行的难度。走了两个小时，他到了沼泽中央。

现在，四周一片沼泽汪洋，地平线消失在淡淡的雾气尽头。巨大的矿工机器倒映在水中，却显得如此渺小。幸好，燃料和电力还有 50% 以上。171 号告诫自己不能盲目乐观，因为进入沼泽后能量消耗明显上升。又走了一阵，雾柱和天上的浓雾完全散尽，火星黄昏前的明亮与太阳风暴交织在一起，形成色彩绚烂的天空。

171 号与机器进行了短暂的脑机连接，利用机器的超人类视距和多种传感器探测了周围环境。数据显示，前面是一大片深浅不一、连在一起的成片的巨大水塘。浅水处生长着叶片细长的草和枝条弯曲的灌木。再深一些的地方，有形态巨大的莲类植物，伸出的花伞有矿工机器的小腿高。

这里水面平均深度接近二十米，能没过矿工机器的肩部。171 号想起，在平时疏通生态园河道作业时，机器能潜到河底利用隐藏在身体各处的减速螺旋桨推进机器。171 号断开脑机连接，想了一个方案。他操纵矿工机器平躺在水中，利用周身的减速螺旋桨让矿工机器浮在水中。正当他调整机器的姿态准备前进时，一条火星巨蛇快速游过来缠住了机器。矿工机器有动物避让系统，因为机器里各类系统太多，需要设定各个系统信息的优先级。171 号还没来得及把动物避让系统的警报优先级调高，这让巨蛇有机可乘。

那些毗邻沼泽的矿工曾经发过帖子，当他们接到系统指令去扩大生态园面积时，巨蛇是主要阻碍之一。这些巨蛇地盘意识很强，不允许体型巨大的动物在它的地盘内活动。空中减速螺旋桨的推力不够，矿工机器被巨蛇拖着下沉。好在 171 号在前面的准备很充分，他根据沼泽作业矿工们提供的信息，关闭螺旋桨，让巨蛇拖着机器。等机器沉到底部，他仍然不做任何动作。这条巨蛇误以为机器已经"死"了，也可能感受到矿工机器并不能给它补充蛋白质，就离开了。

171 号等巨蛇离开比较远的距离时，才再次启动螺旋桨浮上水面。这次他把动物避让系统的警报优先级别调至最高。动物避让系统让 171 号前进时避开那些巨蛇，无法避开就静止或发射轰鸟用的干扰弹引开巨蛇。

虽然解决了巨蛇的问题，但入水后阻力增大，机器还不时缠上水草，影响了 171 号的前进速度。等机器响起 20% 能量和燃料报警时，171 号终于看到一座绵延无垠的巨型堤坝倒映在水中。堤坝顶上是彩色天空，堤坝上长满青草，偶尔有巨大笔直的树，枝叶在风中摇曳。在几万年前，人类从火星传回照片到地球时，火星还是岩石纪，主宰火星的是岩石。随着人类对火星的改造，火星也紧随地球进入人类纪，地形地貌和气候发生了很大的改变。171 号奋力冲到岸边，往更安全的坡上移动了一阵，停下来启动清理系统，清理了挂在机身上的水生植物。

坡道很高，以 60 度的坡度向上延伸，171 号让机器变形为四轮车模式，向上驶去。深深的草丛减小了摩擦力，车子很费劲地爬到接近坡顶的位置时，系统发出急促的警告声："请注意，禁区进入！请注意，禁区进入！"动力系统发出即将失效的警报。171 号心想：这一定是车上的传感器和周围环境中预先埋入的传感器发生了信息交换，说明这里不是远程控制区域，巨坝之外是禁区中的禁区。要是强行前进，整个矿工机器会自动瘫痪，连手动操作都无法进行。从距离来看，安全区到对岸的距离似乎经过精确设置，即便他以完美抛物线跳跃，也会落入河中，难以到达对岸。他只能赶紧退后，观察一下环境，看怎么解决。

171 号调转车头，下行到警报不再响起的安全区。他把车变回人形，高高跃起。在最高点，他看清了周围的环境。巨坝下面是一条非常宽的大河，坝顶到河面是笔直的悬崖，对岸也是悬崖，形成了一个难以逾越的天然屏障。与巨坝这边不同的是，对岸郁郁葱葱，是一望无际的森林。

这次垂直跃起，落下时矿工机器急速在草面下滑，矿工机器的身体已经在往后仰，171 号灵活地操控机器以保持平衡，但机器还是向后倒去。就在电光石火之间，忽然有股强大力量把 171 号弹向坡顶，他赶紧用机械手和其他装置稳住机器。他把机器稳定在坡上，往刚才被反弹的地方看去，原来斜坡上的树干弹性很强，可能是为了适应这里的大风。171 号的思路豁然开朗：既然树干弹性如此巨大，能不能找一个大小合适的树把机器弹起，当机器在半空快到禁区时再第二次启动跳跃火箭，这样就能获得额外的推动力越过大河。为了安全，他先在下方找了几棵树试了一下，有时树太小，被他第一次跳跃压断；有时他的力量太小，反弹动力不足。

现在，剩余的燃料已经不允许他再返回生态园，只能在这里孤注一掷。试了几次，当机器再次警告电力和燃料不足时，171 号终于熟练掌握了从树干"起飞"的技巧。他利用系统做了辅助计算，选了一棵离安全区距离和大小最合适的大树。他开足动力起跳，环抱巨型机械臂用背部撞向树干，树干向后弯曲后迅速弹回，把 171 号的矿工机器抛向天空。在空中飞行一阵，171 号利用缓冲螺旋桨调整好飞行姿态和方向，再次启动跳跃火箭向大河对岸的森林飞去。在空中越过安全区时，机器果然失去全部动力，只依靠惯性前进并下坠。下坠的加速度启动了机器上的保护装置，机器的手臂和腿部弹出滑翔翼，减缓了下坠速度。看来安全区并没让保护矿工机器的各类紧急系统失效。在大河中央，机器开始从最高点向下落。机器下坠的姿态让 171 号很不舒服，他脑子一片空白，根本无法观察和计算是否要掉入河里。不一会儿，周围传感器传来压断树枝的声音。矿工机器砸断一棵大树，滚落在密林中，算是顺利落地了。落地瞬间，被安全系统紧紧固定住的 171 号感觉心脏快从胸腔跳出。

此时，机器的控制系统因进入禁区已被自动关闭。171 号在系统里并不能做什么。他注意到观察窗出现了裂缝却没破，外面的有毒空气并没进入。他艰难地解开安全紧固系统，穿好供地洞内和紧急情况下使用的宇航服。宇航服在未被使用时会被系统自动维护，更新供氧系统。一旦外面的空气进入，他可以立刻启动宇航服的供气系统。宇航服的生命保障系统至少够他生存 10 个小时。此时火星已进入傍晚，森林里非常阴暗。

五

经过一天的奔波，171 号非常疲倦，他昏沉沉地睡去。在梦里，他从天上飞到 342 号的生态园，打开了 342 号矿工机器的大门，门里喷出的冷气刺骨。梦到这里，他醒了。睁开眼，他发现有人举着火把围着他的矿工机器。机器被从外面打开，梦里的冷气是现实中森林里的空气。发现自己在呼吸外面的空气，171 号立刻感到呼吸困难、胸闷难受，旁边有人拿着他的宇航服头盔，171 号立刻抢过头盔戴上，把手按在启动供气系统的按钮上。这是他们多年训练形成的自然反应。

按钮还没来得及按下去，一双反应更快的手有力地把 171 号的手从按钮上掰开，有人大喊："不要启动！"他的头盔也被抢走。171 号脸涨得通红，身体有了缺氧反应，胸口痉挛，极其难受。一双手在他胸口上按摩，另外有两双手握住他的手。一个声音在171号耳边响起："不要紧张，缓缓吐气、缓缓吸气，你这个反应是被动形成的条件反射而已。不过是过度紧张罢了，这里的空气是没问题的。"挣扎了一会儿，171号放弃了抵抗，他按照听到的方法缓缓吐气和吸气，果然没那么难受了。

在周围人群的帮助下，171号被搀扶下了矿工机器。

一群长者围了过来，有男有女，有的穿着跟他一样的矿工制服，有的穿着兽皮。这些长者有的拿着木棒，有的背着弓箭，有上百人。从脸部的皱纹和身形看，这些人都比他年长很多。这还是171号第一次面对面看到其他人。"头盔和宇航服在生态园外并不是给你供气的，只会麻醉甚至毒死你！"一位长者面色凝重地说，"你先脱掉宇航服，跟我们走，休息休息，我们再跟你说说你的处境。"

171号看看周围情形，似乎也没有更好的选择。两位老者扶着他从矿工机器上下来，171号觉得站稳都很困难。离开矿工机器又没有宇航服，他的身体一时难以适应。视觉系统不再有机器辅助和强化，他觉得视野忽然变窄了很多。长期在机器里，耳朵已经习惯了各种机器内部的散热和其他部件发出的噪声。现在听到的是风声、虫鸣鸟叫和风吹树叶的沙沙声，倒显得周围环境格外安静。他已经和机器融为一体，长期以来他计算周围世界，是以比他大得多的机器作为标准的。现在没有了机器外壳，他觉得自己的身体和周围的环境相比特别小，感觉周围所有的事物都变大了很多。

一位老者拿来一碗绿色的汤，往自己的嘴边端了端，示意171号喝下去。他告诉171号，这里面有安神的成分，能够缓解从机器下来的痛苦。老者向他解释，他们以前也是跟171号一样的矿工，到了一定年龄被流放到森林，首先解决的就是从机器抽离出来的眩晕感，他们的祖先在森林里找到一种草，汁液可以缓解这种眩晕感。171号拿起木碗，把汤往嘴里倒的时候没掌握好力度，差点没把自己呛死，剧烈咳嗽让他的脸涨得通红。这是长期吃膏状食物和用吸管饮水的结果，他一时还难以适应其他进食方式。

喝下汤汁过了一会儿，171号感觉舒服了很多。他被带到一个木头围成的寨子里，刚才那位跟他说话的老者引导他到一个简陋的木屋休息。171号本来担心空气有毒和辐射，但从身体的反应看，他没有任何精神紧张之外的不适。他昏沉沉睡了一觉。那位老者走进来查探时看他醒了，出去拿来一种动物的肉制成的肉膏和水。老年矿工跟171号说："你先吃点东西，我原来也是操纵机器的矿工，是507号，被流放后，我们都有了自己的名字，你可以叫我507，也可以叫我大森。"老者边说边把水和肉膏放下，"你先补充体力。我们当年从机器下来，最难习惯的是排尿和排便，再也没有真空系统给你自动吸走了，你恐怕也要适应一阵。"171号专注地看着大森的面部，他对大森讲的内容并不感兴趣，倒觉得跟大森面对面对话本身更新奇，这种身体参与的面对面交流和他在矿工机器里同其他矿工的交流完全不同。

他拿起肉膏往嘴里挤了一点。这感觉太美妙了。吃了几十年的食物膏和这种肉膏相比，简直就是垃圾。老者给他的肉膏里，有少量软软的颗粒，171号本能地咀嚼起来，让他发现牙齿还有这样的"新"功能。他吃了一些肉膏，腮部感到无力咬合，这是咀嚼肌多年不用的正常反应。之前他基本是在机器外壳之内生活的，现在，他感觉到体内某种东西的苏醒，森林里的空气沁入毛孔这类细小的感觉是他从来没有过的。

等他吃完肉膏，老者把他带进另一个房间，屋里有几个树脂做的灯，倒也明亮。大森把171号带到一个木凳上坐下。屋里还有六位老者，三男三女。大森告诉171号，这是他们部落的其他六位长老，他们七个人共同管理着这个上万人的部落。"你肯定很困惑，为什么我们这些曾经的矿工到了这里。"大森对171号说。

接下来，大森把他们这些年获得的信息告诉了171号，这颠覆了他对火星世界的认知。原来，火星矿工如果没有死在生态园，最后的归宿都是森林。矿工们从进入矿工机器起，就被系统控制。系统里所谓的紧急逃生系统，只是紧急控制系统，里面是麻醉气体，防止机器意外破裂时矿工走失。火星的环境被改造后，矿工们不用任何设备就能舒适地生存，但人类的管理者们通过编造谎言让矿工们安心劳动。矿工们要是知道真相，技术系统管理他们的难度肯定会增加。矿工的祖先是地球人，经过进化，现在形成与延续地球生活方式的人类管理者们不同的种族。对人类来说，火星矿工只是用来生产和平衡火星生态的工具，没有任何火星人类社会居民的权利。在青壮年时期，矿工们之间的联系都是远程的，连线下的社会都没有。火星矿工也会繁衍后代，却是远程的，在人类控制之下完成。

太阳风暴来临时切断无线连接，偶尔有矿工逃出，但也很难走到这个森林。171号是大森到这里以来遇见的第一位逃出的矿工。通过与其他部落的信息交流和矿工们世世代代在森林里留下的文字记录，大森了解到这个森林往北走是人类管理者的火星城市，那里才是火星的主宰，控制矿工的系统设备就在那些城市里。

大森还告诉 171 号，这样做是为了维持火星的生态平衡。当年，人类开发火星时，为了制造氧气，种植了大片森林。后来，人类又从地球引进各种植物，其中一种有害藤蔓植物特别适应火星的气候和环境，在竞争中优势太大，迫使其他植物不能生存。为了抑制这种藤蔓，人类利用生命科学技术，培育了一种鼠兔来吃掉这类藤蔓。这种鼠兔有大尾巴，会爬树，奔跑速度极快，也会挖洞，在火星上没有天敌，很快就繁衍开来。没有鼠兔之前，矿工不能工作后就会被遗弃。有了鼠兔之后，人类把老年矿工流放到森林，鼠兔是老年矿工最好的食物资源。老年矿工虽然能够形成社会，却不能繁衍后代，对人类管理者威胁小。人类有时会协助老年矿工治理鼠兔和有毒藤蔓形成的生态体系。通过老年矿工，人类很快抑制了鼠兔的过度繁衍，适量的鼠兔又抑制了藤蔓，整个森林的生态得以平衡。

"难道人类管理者们不怕矿工们团结起来，威胁他们?" 171 号问大森。"我们的部落之间可以联系，但不能有任何形式的兼并。一旦人类管理者通过监测发现哪个部落壮大，便会派战争机器人介入，打击最强大的部落。我们跟他们比，科技非常落后，根本无法对抗。再说，都是七十岁以上的矿工，光是想办法生存已经耗去大部分能量。"听到这里，171 号内心对人类管理者世界充满厌恶，他也为 342 号还在管理者技术系统控制之下感到不安，更加坚定了去找寻她的决心。他开始逃走，只是出于本能或者冲动地想去见 342 号，现在他不仅要去见她，还想把她带走。

大森还告诉他，今天不知道什么原因，日常来监视矿工社会的无人机巡查没有进行。171 号告诉大森这是因为太阳风暴，矿工社会没有电子设备，反而没受什么影响。

大森还跟 171 号讲，老年矿工被抛进森林后，那些结成夫妻的矿工被允许继续以夫妻身份生活。为了获得夫妻各自的信息，几百个部落每年会定期召开一次寻亲大会，由各个部落的几位长老带着新加入矿工的身份信息与其他部落交换。171 号恳求大森到部落里问问，有没有从 342 号相同生态园来的女矿工，他好获取更多信息。大森与其他几位长老商量了一下，由其他六位长老分头打听。等了一阵，几位长老陆续回来，其他五位都没有任何有价值的信息。一位女长老告诉171 号，部落里有从北边来的女矿工，她描述的生态园周围景象和 171 号提供的信息相似。女长老把女矿工带到了长老们的会议室，171 号详细询问了这个女矿工，他断定女矿工的生态园和 342 号管理的生态园相邻。女矿工告诉 171 号，他们所在的生态园在人类管理者直接管理区域的北边，要到达那边，需要越过人类管理者的疆域。她可以给 171 号一个信物，让北边部落的朋友帮助他。

大森和几个长老商量之后，交给 171 号一个骨制牌子，大森告诉他这是在不同部落间穿行的特别通行证。女矿工给了他一个金属物品，看样子像是矿工机器上的部件。171 号问大森到北方边境有多远，大森告诉他有两千多千米。"这么远，没有科技工具，怎么在短期内到达北方边境？如果走上十天半个月甚至更长时间，人类早就找到这里来了。"171 号对大森和长老们表示了担忧。

"我们虽然没有电子技术，但我们绝对不是原始人，人类低估了我们开发技术的能力。"大森边说边拍了几下巴掌。在火光下，171 号看到 8 只有他大腿高的动物拉着一辆四轮车，车轮是木头的，有位老者坐在车上牵着缰绳。大森对 171 号说："这是我们的鼠兔车，你将乘坐它到达北方。短暂的陆地行驶可能不太舒服，等你们进入地下会好很多。"大森拉着 171 号走到驾车老者跟前："这是地坦，他是驾驶鼠兔车的好手。事不宜迟，赶紧出发。"

171 号走到鼠兔车跟前，与地坦并排坐着。鼠兔车很快跑出了寨子大门，上了一条小路。不一会儿，鼠兔车跑进了一个点着灯火的洞里。几位守门人查看了他们的通行证，放他们进去了。这里是个洞厅，除了进门的这个洞，还有 4 个洞口。在洞厅里，地坦示意 171 号下车，他把鼠兔车的轮子卸下来。然后地坦又示意 171 号和他上车，地坦帮 171 号把腰间的安全绳绑好，把一个留了几个透气孔和观察孔的皮头套套在他头上。鼠兔车被拉进了一个洞里，171 号发现，洞里有个水槽，比鼠兔车略宽，水槽里的水非常浅，水槽底部看起来异常光滑，似乎是为了减小摩擦力。那 8 只拉车的鼠兔分别站在水槽两边的地面上。地坦松开鼠兔的缰绳，8 只鼠兔开始加速飞奔，不一会儿 171 号就能感到速度提升带来的风声，如果不是安全绳，他感觉自己要飞出车外。刚开始，洞内还有一些照明，很快就只能看到一些特殊矿物染成的荧光带。在更暗的环境中，鼠兔车跑得更快了。

在鼠兔车行进中，地坦扯着嗓子告诉 171 号一些他不知道的情况。最初的矿工来到森林，跟鼠兔是势不两立的。后来，矿工们带回一些小鼠兔养大，发现鼠兔是可以驯化的。于是，矿工部落开始大规模驯化鼠兔，现在鼠兔已经是森林矿工部落社会中的重要成员。鼠兔的回巢特性让它们成为各个部落间快速传递信息的工具。后来，矿工们受火星生态园地下物质互联网的启发，利用鼠兔的打洞特性，建造了连接整个森林几百万矿工的地下交通系统。这个交通系统利用的是雄性鼠兔为了交配跋涉的习性，母鼠兔只跟长途跋涉的公鼠兔交配，它们能灵敏地辨别雄性鼠兔是否来自远方。鼠兔的这种习性一是避免近亲交合，二是选择最适合火星生存的交配对象。在火星开发早期，火星气候不稳定、不平衡，有的地方藤蔓疯长，也有的地方藤蔓因干旱而停止生长。为了生存，鼠兔需要长途迁徙，能够快速长途迁徙的鼠兔生存机会更大。矿工们利用鼠兔长途奔袭交配的习性，在每个地下网络的中转站，准备了一批性成熟的雌性鼠兔。雌性鼠兔发出的气味会在四通八达的洞内扩散，雄性鼠兔闻到味道就会飞奔。速度最快能达到每小时两百千米，这个速度也得益于火星较小的重力。为了提高效率，所有的地下交通网络都单向行驶。这些通道还分慢车洞和快车洞，快车洞由近期没有交配的鼠兔拉车，慢车洞由交配过的鼠兔拉车。每个交通网络节点都有大批雄性和雌性鼠兔被分别圈养，到达雄性鼠兔的极限后，雄性鼠兔会被拉去和雌性鼠兔交配，再更换另一批鼠兔拉车。

换了几次鼠兔，地坦和 171 号短暂休息了几次。他们到达了北方边境部落。出了地下交通网络，天色已经渐渐明亮起来。171 号向部落长老们出示了大森和女矿工给他的信物。边境部落的长老收下两个信物，唤来一只鼠兔，把信物放到鼠兔背上的袋子里，又拿出一块布样的东西让鼠兔闻了闻。过了一会儿，这只鼠兔带着另一个驾驶鼠兔车的女矿工过来了。女矿工背已经驼了，她跟 171 号交流了一阵，他得知她就是从 342 号管理的生态园被流放到这里的。她告诉 171 号，为了隔开男女矿工，被矿工机器锁住的女矿工们都在密林以北的生态园中。在人类管理者的技术监视下，想越过密林到达那边是不可能的。现在唯一的办法是越过边境墙，进入人类社会后想办法找到供氧设备，再利用人类与生态园传送物质的真空地下物质网络到达 342 号的基地。传说那个真空网络运送物资的速度非常快，能确保遥远的生态园食物达到人类城市还十分新鲜，这些食物中有的还要被储存后运往地球。

最后，驼背女矿工握着 171 号的手说："我讲的到人类社会然后找到伴侣的方法，不知道是从哪一代开始流传下来的。不知道是神话还是我们的祖先真的这样做过。传说只要有一个矿工克服重重困难见到他的伴侣，所有矿工都能得到解放。"

　　边境部落的一位女长老告诉 171 号，曾经在太阳风暴去过人类社会又侥幸逃回的矿工说过，人类社会比森林更危险。如果 171 号不愿意去人类社会，在矿工部落终老不失为一种选择。至少，171 号还有可能找到他的生物学父母，享受天伦之乐，那将是整个矿工社会有父代和子代的第一个家庭。此刻，171 号身体深处有个声音告诉他，只能前进，不能后退，他拒绝了女长老的好意。

　　边境部落长老看他意志坚决，喊了一个体力很好的老矿工给他做向导。171号和老矿工驾驶着一辆鼠兔车，跑到一座火山下停住。老矿工告诉 171 号，人类图方便，把火山作为一段墙体。早期火星气候干燥，火山陡峭难爬，可以有效地防止矿工越过隔离墙。这些年，火星的气候越来越湿润，石质的火山被风化。鸟类把藤蔓类植物的种子带到山上，整座火山被绿色植物覆盖。但是人类很快弥补了漏洞，一是定期清理植物，二是在周围布置了武器系统，曾经有矿工试图翻上去，却被自动武器击中。这位老矿工还告诉 171 号，这些年来这里翻越的人很少，原因一是体力问题，二是翻越到人类社会比森林更危险，所以这些武器系统没有更新过。171 号心想：虽然太阳风暴未必能让人类关闭武器系统，但这是他唯一的机会，他只能去冒险。

六

　　告别老矿工，171 号通过野草、树和藤蔓爬上火山。开始他比较小心，后来他发现不少植物很结实，便手脚并用，一旦脚下有可以踩的凸起，他就立刻往上跳跃。不知边跳边爬了多久，他发现自己已经置身浓雾中。他停下来观察四周，有一堵高墙沿着森林而建。他所在的位置虽然雾气腾腾，却还没到高墙的高度。他又爬了一会儿，才超过高墙。然后，171 号抓着植物，身体紧贴在火山上，向人类那一边移动身体。整个过程，并没有任何干扰，看来是太阳风暴让人类管理者关闭了所有设施。到了人类管理者城市一侧后，171 号在坡度不陡的地方贴着岩壁直接下滑，坡度陡峭的地方，他缓慢地往下爬。下方植物茂盛，他就松开手下坠一段距离再抓住植物。

终于，他安全抵达地面，但已经筋疲力尽。他终于明白了，即便没有人类干预，以老矿工们的体力真的很难翻越这里。171 号不知道的是，此时，离太阳风暴结束还有一个小时。他在地上躺了一会儿，又补充了一些部落提供的肉膏和水，等体力恢复他才起身。四周还是森林，171 号根据高墙和火山的方位，向远离它们的北方快速奔去。地势随着他的前进不断升高。

这里的森林面积并不大，171 号很快就到了森林边缘。北方气候干燥，清晨时并无雾柱，天显得比 171 号工作的生态园那边高远很多。人类管理者们居住在火星的高原上，171 号只看到与生态园自然环境完全不同的人造建筑物。为了看清楚一些，他连爬带跳地登上一块巨岩。向远方望去，人类的城市建筑竟然比他管理的生态园单调很多，那是一片片连绵不绝的巨型蜘蛛网。形状跟 171 号管理生态园时看到的巨型火星蜘蛛网没有什么不同。不同的是，171 号看到的火星蜘蛛网是独立的，人类基地蜘蛛网和蜘蛛网之间有纵横交错的连接。

171 号还观察到，离他最近的蜘蛛网建筑的最下层，除了支撑柱子，很多地方是悬空的，蜘蛛网建筑外的动植物形成另一套生态系统。

从高处下来，171 号继续飞奔，他的肌肉在矿工机器里练得很结实。在火星地面，他能快速奔跑和跃起七八个身高的高度。跑到那些建筑跟前，他看到建筑与建筑之间种满奇花异草。那些组成蜘蛛网的"线"其实是非常高大的建筑物，在近前根本无法想象它们竟然是蜘蛛网状的。建筑物底部看不出哪里是出入口，171 号毫无头绪，不知从哪里进入。他顺着建筑物的支撑柱爬到建筑物顶部再跃起观察，往前还有很多大大小小的"蜘蛛网"。他站立的屋顶是透明的，他往下看，发现下面有几双眼睛惊恐地盯着他。几个身材比矿工矮小很多的人类仰头看着他，其中一人在一块大屏幕前做着 171 号看不懂的手势。

171 号决定往"蜘蛛网"中心移动，看看那里是否能找到入口。他还没到达中央，一台小型无人机已经悄悄跟在他的身后。此时，太阳风暴已经过去，人类管理者的网络系统恢复了运转。无人机螺旋桨的噪声吸引了 171 号的注意，就在他回头看时，无人机射出的麻醉针已经击中了他的肩膀。他只感到天旋地转，四肢逐渐瘫软，很快就昏了过去。

等 171 号再次醒来时，他发现自己在一个大笼子里，脖子上套着一个项圈。脚上被套上了鞋，这鞋子似乎和地面有一种引力，让他忽然觉得走路比较沉重。

他试着跳了一下，现在根本跳不了多高。大笼子里，还有几个跟他身形相似的人，只是面部长相跟他有些区别。他能感受到这些人的表情跟他的不同。过了一会儿，铁笼子移动到一个站了一些矮人的大厅。171 号打量过去，这些矮人跟他昏倒前从屋顶看到的人相同。他们最高也只到 171 号的腰部。其中一个人在大声抱怨："这次太阳风暴让我损失惨重，跑了两个奴隶，都怪我儿子，非要让他们在太阳风暴来临前到基地外的花园抓小动物给他玩。最后没来得及赶回来。"另一个人抬头看 171 号正盯着讲话的人出神，推了推他："你看这个长相奇怪的火星人似乎能听懂你说话。"171 号赶紧把眼神移开，笼子里的其他火星人都在嘶叫，根本不会说话，171 号学着他们的样子也叫了起来。

正在这时，一个衣服上挂着奇怪铃铛的人走了进来，铃铛声很清脆，笼子里和笼子外的人都安静了下来。171 号并不知道这些物件在人类社会被称为铃铛，只是觉得它们与矿工机器警告界面上的图形很像。他在心里琢磨：矿工机器被人类控制，出现一些与矿工机器里相似的元素并不奇怪。随着挂铃铛的人的进入，笼子里的其他火星人都安静了下来。透过笼子栏杆，171 号看到对面墙上在缓缓滚动图文对奴隶交易进行介绍。远古时期，在火星上出生的地球人进化为火星人，火星人比地球人高大，更适应火星的低重力和低氧气环境。从地球来的人是火星贵族——成为城市人类管理者，人类把火星人训练成奴隶，作为人类的财产。这些奴隶只会干活，连语言都退化了。与他们同族的火星矿工接受的是人类的教育，但却被牢牢禁锢在矿工机器内直到 70 岁以后才能离开进入森林。人类害怕矿工们集结起来对以人类利益优先的火星政治经济体系构成威胁。

这种制度的形成，是为了在比较恶劣的生存环境下鼓励地球的人类移居火星。图文里提到，地球是最伟大的，是火星的文明之源。火星上的一切都必须毫无保留地依附于地球，伟大的地球给火星提供了先进的技术和文明。火星的发展就是为了回报地球。

早期成为奴隶的火星人驯化不够，偶尔会攻击主人。为了防止攻击，人类在火星人奴隶的脖子上套上了铃铛，一旦火星人有动作，铃铛发出的声音就是警报。到了当代，铃铛早已被数字项圈代替，但这种文化延续至今。

因为太阳风暴、主人虐待等情况，奴隶有时会逃离主人的控制。这些逃走的奴隶被另外的主人收留，就会引发纠纷。后来，人类火星基地制定了法律，规定逃走的奴隶成为基地的税收财产，由基地负责抓回，然后再次拍卖。这个法律也鼓励人类善待火星人奴隶，以免他们逃跑。图文里还提到，火星矿工和奴隶是同一种族，但是矿工比奴隶更危险，因为他们接受过教育，会操纵先进机械设备。

图文介绍的社会背景，171 号还不能充分理解，对他而言，怎么活下去才是首要任务。但 171 号至少明白了自己是被当作逃跑的奴隶抓到了这里，现在，正在进行拍卖。不一会儿，笼子里的其他高大的火星人都被矮小的人类管理者选走了。每选中一个，那个挂铃铛的拍卖经纪人就会拿出一个仪器，扫描买家的身体之后，再次扫描被买者的身体，然后，打开笼子给奴隶戴上铃铛后带走。其他奴隶被买走后，笼子里只剩下 171 号。挂铃铛的经纪人指着 171 号说："你的长相跟其他奴隶不一样，看起来有点聪明，难怪没人选你。要是这次拍卖卖不出，你要倒霉了，会被送去角斗场。"171 号能听懂经纪人的话，他表面装作听不懂，内心其实正在焦虑，他在心里盘算：要是不能进入这个基地里的人类社会，就没有任何机会获得关于 342 号矿工的信息。

正在 171 号焦虑之时，一个人类带着一个幼童走了进来。幼童吵吵着说："爸爸，别的小朋友都有火星人座驾，我也要一个。"旁边牵着他的大人围着笼子走了几步，对经纪人说："还有没有其他火星族，这个人的眼神看起来太犀利，我怕孩子驾驭不了。"经纪人摇了摇手上仅剩的铃铛："只有这一个了！他到您家后有数字铃铛锁定他，您怕什么？他还穿着限制他们弹跳力的强化重力鞋，再聪明还能怎么样。"171 号低头看着这一对人类父子，父亲想让儿子过一阵再看下一批火星人。刚说完，儿子就躺在地上撒泼打滚。父亲无可奈何地说："早知道你这么难照顾，就把你留在地球上了。"最终，这对父子买下了 171 号。经纪人把 171 号带出笼子，交给这对父子。小孩很高兴，他拿着一个控制器一样的东西输入了些指令。171 号脖子前的项圈很快投出了全息投影，投影中有两个人，一个是 171 号，一个是小孩。投影中，171 号下蹲，小孩爬上他的脖子。171 号还在犹豫这到底是不是指令，脖子上的项圈已经发出了一股电流，他蹲了下去，电流就没有了。大人把小孩抱到 171 号的肩膀上，孩子用力抓着他的头发。孩子大声叫道："起身，出发。"

171 号跟着孩子的父亲走出大厅，外面是一个长廊，种满各种植物，长廊里的空气很清新。171 号驮着孩子，跟着孩子的父亲穿过长廊，来到一个小屋子。孩子叫道："请到交通层。"小屋子关上门，根据 171 号在矿工机器里操作多年的经验，小屋子在往下行走。小屋子的设计似乎考虑了火星人的身高，171 号驮着孩子，孩子的手伸长也摸不到屋顶。不一会儿，小屋子的门开了，孩子父亲带 171 号穿过另一个长廊，来到一个跟矿工部落地下交通网络节点运输港布局相似的地方。区别是森林里的地面和屋顶都是用岩石或土夯成的。这里一看就是别的材料，还有电气设施照明，部分材料的质感跟矿工机器里的地板装修一样。除了 171 号和买他的父子，这里还有三三两两低矮的人类和高大的火星奴隶。有的人身边还跟着奇形怪状的机器。他们都停留在一片红光闪烁的光帘外。一个调皮的小孩与其他孩子嬉戏不小心撞向了光帘，但立马被一股无形的力量弹开。

171 号好奇地打量着人类的世界，他驮着一个孩子，还有一些他的同类驮着大人。好在火星上引力小，大人也不算太重。就在这时，一个声音在空中响起："各位乘客，请不要在真空电磁运输网门外逗留，带上您的孩子、机器管家、机器奴隶、火星奴隶尽快找到空的标准运输箱设定好目的地。"那道光帘从红色变为绿色。171 号脖子上的项圈投影出他驮着孩子的形象，这个形象穿过绿色光帘。171 号这时已经明白，项圈发出的影像是给他的指令。他根据这个指令，驮着孩子跟着孩子父亲进了绿色光帘。在他们之前，已经排了一列长长的队伍正在缓缓前进。这时孩子从他肩膀上下来，牵着父亲的手走在前面。不一会儿，他们就跟着队伍来到一个闸口，闸口旁有个传送带，放着一个跟 171 号在矿工机器里紧急逃生宇航服一样的头盔。171 号看到父亲先协助儿子戴上他的头盔，再戴上自己的，传送带似乎能识别往来人员的特征，头盔大小都正好。父子进了闸口后，在里面等 171 号，他脖子上的项圈这时也发出视频指令让他戴上头盔。171 号戴上头盔，头盔的面罩是打开的，并不是十分难受，这个头盔让他想起驼背女矿工的话——这难道就是他要找的供氧设备？这时，他眼前又出现了视频指令，示意他跟着那对父子。他听到儿子还在问父亲为什么要戴着头盔，父亲告诉儿子，头盔的主要作用是在运输装置的供氧系统出问题时提供氧气，因为子弹头是在没有阻力和被磁浮力抵消重力的真空磁通道中高速前进的。171 号跟着人类父子穿过两道密封性极好的闸门，进入一个圆形通道，通道两端的密封门紧闭。通道不高，那对父子可以站直，171 号要弯下腰才能不碰到头。

通道中央的轨道上停着两个 171 号熟悉的物件——他在生态园运送农作物用的子弹头箱子。这个名字是人类命名的，171 号并不明白子弹头的含义，只知道箱子一端是椭圆的，另一端是平的。171 号的视频指令示意他躺到打开的子弹头箱子中央，此时那对父子已经躺到另一个箱子里了。他躺下后，箱子自动合上，空间顿时更狭小，箱子顶部是一个显示屏，能实时传递外部的影像。躺下不久，171号看到屏幕上示意箱子开始供氧，这些符号都是他在矿工机器里非常熟悉的。"通道开始抽真空! ……抽真空完成! 安全带自动约束! 电磁升力开启!"随着一声声语音提醒，171号感到整个身体被紧紧固定在箱子里，他从屏幕看到整个箱子已经浮起，连手臂也不能动弹。

"电磁冲击预备，出发!"171号听到一声巨响，感到整个箱体正在加速，箱盖上的数据显示速度不一会儿就达到2000千米/小时。171号感到很不踏实。运输容器似乎能读懂他的心思，马上给他播放了一些火星风景的画面和轻音乐。等他熬过了最难受的阶段，系统显示磁力解除，容器降到轨道上进入减速滑行状态。又过了一阵，一个反向推力让容器渐渐停止。"乘客请保持平躺，当前正在注入空气。"语音提醒再次响起。过了不久，箱体内的灯光闪烁了几下，盖子解除密封，自动弹开。那对父子已经等在旁边，父亲盯着171号的脸对儿子说："我看这个奴隶总觉得不对劲，你看别的奴隶坐真空运输车就没事，他怎么脸色苍白得像是第一次坐? 也怪你太心急，非要跑到南部那些基地去买奴隶，那边靠近密林，万一是逃出来的矿工那就危险了。那样的话，他除了跟奴隶一样能听懂我们的语言，还能识字，咱们一家三口的隐私就被他知道了。"儿子冲着父亲做了个鬼脸："老师说，已经有上千年没有矿工逃出来了，现在的系统早就升级了。"父亲对儿子的话不以为意："这么大的太阳风暴，也有上千年没来过火星了。"听到这里，171号感到自己的脸有点发烫，还好因为不适应，脸是苍白的，那个父亲并没发现异样。

171号根据视频提示起身，站起来，那孩子马上爬上他的肩膀，根本没留意他有些不适应。父亲带着他和孩子在车站外租了一台像生态园里电子秤一样的机器，他们三个站上机器，通过进站那种移动的小房子上了几层。机器以171号慢跑的速度穿过一条条纵横交错的长廊。走了一阵，171号明白了长廊的布局就是他前面观察到的"蜘蛛网"，长廊玻璃墙壁外的植物树叶明显变小，以绿色为主，也有一些火红和紫色的植物点缀其间，而长廊里有画着线的道路，两边不时碰见站在电子秤一样的轻便小车上前行的人类和奴隶。道路两旁是绿色植物隔离带，隔离带靠外是玻璃墙壁，另一侧是一个个写着编号的门，绿色隔离带的缺口处是每个居住单元的大门。

　　小车是提前设定好目的地自动驾驶的。走了一阵,车子停在478-2357号大门前。大门自动打开,儿子示意171号蹲下,父亲从171号肩膀上把儿子抱下来。他们走了进去,小车自己走了。他们进门后,两个四足动物和一个四足机器人迎了上来,小孩抱着机器人亲了亲,又抚摸了另外两个四足动物几下。屋子里的温度很合适,朝外的一面和长廊道路没有区别,能看到对面的长廊道路或其他人类的房子。一个身材丰满的人类女性正在另一个空间准备食物,171号扫了一眼,有一些正是342号所在生态园出产的,也有一些是他附近生态园出产的。171号根本没受过做奴隶的训练,正在不知所措时,父亲拿起与项圈连接的设备,项圈发出了新的指令,171号按照指令走进一个狭小的屋子。这个屋子四壁都不透光,只有屋顶有光线。屋子里刚好放了一张他能够平躺下去的床,他在床头坐下后,门就自动关闭了。他看到墙上有个按钮,好奇地按下去,墙壁上还有一个隐藏的门。项圈这时发出了新的指令,他按照指令进入这个隐藏的门。项圈又示意他脱掉衣服,他脱完衣服扔进一个篮子。忽然,四周喷出水柱对着他冲洗,过了一会儿又冲出起泡带有香味的物质,再次冲出水柱后,四壁又鼓起了热风,很快把他全身吹干。虽然刚才有点难受,但过后171号觉得很舒服。从隐藏房间出来,他坐在床上感到肚子有点饿,这时墙壁上又开了一个小窗口。一袋食物膏从窗口递了过来,饥饿感让171号来不及细想为什么奴隶和他们一样都吃食物膏,他拿出食物膏吸了起来。这个食物膏的味道和他在矿工机器里吃到的味道差不多。这时候,他开始怀念老矿工们给他吃的肉膏,那才是真正的食物。

　　食物膏还没吃完,他脖子开始发麻,项圈发出视频指令让他到主人的起居室。他走到起居室,三个人类刚吃完晚饭。男主人把171号喊过来是给女主人看看的,趁着孩子去追那两只四足动物的时候,女主人开口说话了:“刚才给他冲洗、消毒的时候,我从监控看到他什么都比你们地球男人大一号。”孩子父亲扑哧笑出了声:“低等生物,光大有什么用,他们平时连女火星人的身体都碰不到。我们两个想什么时候快活就什么时候快活。”女人白了男人一眼,嗔怪道:“你还笑,你们男人倒是快活了,我们女人生个孩子还要大老远去地球一趟,多遭罪。”听到这里,171号努力保持镇定,以免主人看出他听懂了对话。

　　很快,孩子把那两只四足动物追了回来,女主人把吃剩下的一些食物倒进一个器皿喂这些动物。一家人吃剩的其他食物和残渣果皮被倒进另一个容器,容器很快响起了搅拌声，然后一袋袋食物膏从一个口子掉了下来。171 号顿时明白了他在当矿工时的食物膏的来历。

171 号在这个家庭住了地球时间三个星期，学到很多人类社会的知识，他在心里一直留意着能去 342 号所在生态园的线索。他大部分时间是作为运输工具带主人的孩子去学校。孩子们上课时，他们一群奴隶并排坐在教室后面，如果发出声音就要被惩罚。孩子需要喝水或其他服务时，他们随时根据视频指令上去服务。

其他奴隶只能听懂人类的简单语言，171 号作为矿工却能识字。他通过孩子的课程，大致了解到人类书写的火星历史：原来，火星上一张张蜘蛛网形状的建筑是火星人祖先利用人类技术发明的，所以空间特别大。远古火星人担心火星环境太脆弱，这些蜘蛛网建筑每个都是一个独立的生态系统，由植物给火星人提供氧气，所有蜘蛛网建筑由各种通道连成一个整体。各个蜘蛛网之间的通道可开可闭，一旦其中一个发生病毒感染会被立刻封闭。这套系统运转非常有效，很快火星的经济变得非常强大。那时的地球环境开始恶化，火星人要求从地球独立，地球联邦只好答应。独立后的火星很快发现，火星在科技，特别是芯片等方面要依赖地球，火星人想趁地球环境危机爆发时一举征服地球人类，获得全部地球科技。地球人通过在火星管理系统中植入病毒，摧毁了火星人的整套系统。为了避免地球被火星人毁灭，地球联邦开始了殖民火星的计划。随着计划的推行，整个火星由地球人开发的智能系统接管。火星人中，聪明的被关在矿工机器里从事农业生产，不是特别聪明的男女火星人无法胜任驾驭矿工机器的工作，他们成为人类社会的火星人奴隶或被投放到火星的荒野中维持生态平衡。矿工们年老时，又被运送到南部森林维持生态平衡。为了控制火星，男矿工和女矿工不能直接生育和养育后代，由人造子宫代替火星人繁殖。生下来的孩子，由人类抚养长大，到一定年龄后由系统对火星人进行分类。

人类为了降低火星人口数量，制定了严苛的法律，在火星上不得繁衍地球人，在火星上出生的地球人，一律被送回地球，并且终生不得再次返回火星。人类女性在火星怀孕之后，必须返回地球让孩子出生并长大到对地球有记忆且能乘坐航天飞机后再返回火星。这样地球人才能获得一个合法火星居住身份，并在未来继承或分配一份工作。这样做的目的是让所有火星上的人类意识到他们是地球人而不是火星人。

七

171 号的第一个男主人的工作是监视。有一次孩子放学去找他父亲，171 号看到不仅生态园在监视范围，就连南部森林也是被监视的。那些鼠兔在大屏幕上是一个个的点，171 号能清晰地看到大屏幕上有一条条的鼠兔奔走路线，那是森林的地下交通网络。他大吃一惊，那些老矿工们以为人类对森林的监控只是派来无人机，认为森林里很多无人机看不到的空间是不被监视的乐园，其实他们错了，人类可能悄悄在鼠兔身上放置了芯片。老矿工们以为自己控制着森林，其实背后还是人类利用系统在操控。从屏幕上出现的数据看，系统把动植物和矿工们、气候都计算成数据，无时无刻不在干预。

每个地球周周末，所有附近的奴隶可以有一次在大厅的交流机会，这是系统为了照顾他们的心理健康做出的安排。不过 171 号根本听不懂其他同伴到底在用嘶哑的声音交流些啥。171 号还发现，他脖子上的项圈在他晚上睡觉的时候会被充满电。

做监视工作的男主人非常小心，他总觉得把 171 号放在家里不安全。因为 171 号比其他奴隶聪明，他很讨孩子和女主人的欢心。有一次 171 号带着主人的四足动物和四足机器动物，那时候他已经知道动物的名字叫"狗"，四足机器是机器狗。171 号驮着孩子，牵着两只狗和一只机器狗，在绿化带旁的小路散步，因为观察环境出神，他牵的机器狗咬伤了邻居家的真狗。系统里的电子法官系统很快根据监控做出了判决，要求主人赔偿对方损失，判决完成后自动从主人家庭财产中赔付。机器狗侵权事件给了男主人很好的借口，刚好有一次奴隶交易大会，男主人就以这个为借口说服妻子和孩子把 171 号折价卖掉了。男主人心里当然有其他小算盘，女主人经常用奴隶监视系统偷瞄 171 号结实的身体。男主人把火星奴隶当作牲畜，连和他们对话都免了，只用视频指令和奴隶交流，他怎能忍受自己的妻子喜欢上奴隶的身体。另外，因为 171 号和其他奴隶完全不同，不仅身体因长期操纵矿工机器更结实，眼神也没有奴隶的那种空洞，显得深邃而有思想，男主人深为自己在某些方面不如这个火星人奴隶而自卑。

第二个买回171号的主人是个程序员，每天的工作就是在家里修改和写代码。他购买171号是为了训练他做家务，具体就是煮饭、收拾房间、洗衣服之类，还包括背着他散步。

跟这个主人生活的时间越长，171号越讨厌他。他有两大不良嗜好，第一个是喜欢让171号驮着他，从地下真空交通网到达整个基地的中心——地球联络处观看血腥的奴隶角斗。不安分的奴隶会被带到那里，在他们的头上套上一个神经信号接收仪器。配对的信号发出仪器套在从地球来的富豪们头上，富豪通过高速网络连接着奴隶的身体，与其他富豪操控的奴隶展开角斗。每次角斗，171号都看得胆战心惊，他并不关心哪个奴隶赢或输，也不关心他们在地球人的控制下做的空中绝杀等高难度动作，在171号心里，这些火星人是他的同胞，哪个被杀或受伤他都感到悲伤。

有一次，两个火星奴隶在空中打斗，其中一个被斩落的头颅就滚落在171号的脚下，让他难受了好一阵。这个程序员主人还有另一个不良嗜好，那就是他利用自己管理员的特权，经常破解男矿工和女矿工发生远程性爱时的通信，冒充男矿工或女矿工进行远程性爱。

他还利用自己的身份破解了监控网络，实时观看男女矿工的反应。这个程序员的缺点是社交方面比较弱，对171号的微表情没有察觉，他认为171号不识字，输入密码时并不防备他。

他很享受在编代码时让171号帮他按摩，171号能看到很多他工作时接触的信息。经过一段时间的观察，171号明白了怎么进入监视网络。有一次，他趁程序员洗澡的时候，进入监视网络，找到了342号的方位，从监控里看到了342号失去了和他的联系后，总显得闷闷不乐。通过监控，171号默默在心里记下342号矿工耕作的生态园农产品类型和打包箱子上的记号，以及其他信息。

在程序员这里，171号也知道了他脖子上的这个项圈是和人类所有的设备连接在一起的，在他攻击主人、主人又没有防备时，系统会自动释放出警告电流。要逃跑，他必须摆脱项圈。

有几次，在按摩的时候，171号故意非常用力，按得程序员嗷嗷直叫，系统报了几次警，电流差点把171号电昏过去。谁知道，程序员竟然非常享受这种感觉，原来的奴隶就是因为胆小不敢用力给他按摩才被卖掉的。这下程序员更喜欢171号了，为了享受，程序员还故意关闭了家居系统跟云端的连接，以免171号给他按摩的时候报警。

经过一个多月的近距离观察，171号早就熟悉了操作，他也明白了怎么利用程序员的账号进入系统。令他惊奇的是，他发现自己似乎也能慢慢看懂程序员写的代码，这些代码跟他在矿工机器出问题时需要输入的原始指令非常相似，要是他知道这些代码其实是他的火星人祖先写的，他会觉得再正常不过。

程序员在黑进系统变态地冒充男矿工跟女矿工进行虚拟性爱时，要关闭系统连接后进入极度私密模式，然后再偷偷利用他们掌握的系统维护通道接入网络中。有一天，程序员又借由程序维护进入矿工管理系统，监控到有两位矿工要进行远程性爱，他兴奋地穿上远程虚拟接触设备——那是一套把人包裹住的充满传感器的可穿戴设备。

当他正在享乐时，171号悄悄潜入进来。为了保证他的私密行为不被奴隶监控项圈摄影摄像，程序员关闭了171号脖子上项圈的系统连接。趁着这个机会，171号利用程序员在工作室里的3D打印机，模仿程序员打印了一把钳子。火星奴隶被人类训练得智商不高，人类对他们的防备意识比较弱，因此项圈并不难破坏。项圈有防止奴隶逃跑功能，被外力破坏时会自动放电，但171号比一般奴隶聪明。他在破坏项圈之前，先找来绝缘物质垫在脖子上，减弱了电力的冲击，给他争取到足够的时间。他非常痛恨这个小物件带给他的痛苦，他取下项圈，用垃圾粉碎机将它打碎。

当171号干完这些事情时，程序员还沉迷在跟女矿工不道德的远程性活动中。171号走进卧室，看到程序员从黑市买来的远程性爱设备和自己在矿工机器里用来和342号远程亲昵的设备相似，他知道设备的弱点就是不能断网，为了方便折叠，设备的网络和数据处理模块，以及传感器模块是可以拆分的。

他走到程序员的床前，打开安全阀，拔掉了网络模块。整个系统顿时自动停止，程序员从里面拉开头部的传感器，露出面部。他看到171号站在旁边，脖子上的项圈没了，感到很紧张。

171号对程序员说："你玩够没有？！"听到171号开口说话，程序员的心情从紧张变成了恐惧，他做梦也想不到一个身高是他二倍多的火星人奴隶还会说话。171号用线缆把他绑在床上，要求程序员协助他逃跑。程序员显然没见过这种情形，心理防线很快崩溃。他让 171 号把他带到电脑前，171 号把他扛到电脑前，保持坐姿。然后，由程序员口述，171 号操作，找到能让 171 号到达 342 号工作的生态园的方法。

很快，程序员就查到 342 号所在的生态园种植的都是北方稀有蔬菜水果，这些食物仅有少量供应火星，大部分运回地球卖给富豪们。这些富豪们在火星上住过，他们很不喜欢火星的重力环境，那会影响心脏健康，因而在火星居住一段时间后就必须到地球重力模拟舱待上一阵。但这些富豪们却爱上了火星的美食。地球的气候变暖，海平面上升，人类主要以藻类和鱼类为食，传统的地球美味早就消失得差不多了。但地球上有火星不能生产的芯片和其他工业品，垄断着火星的科技。

为了避免火星重蹈地球覆辙，人类联邦只允许火星发展农业，不能有工业，火星农产品出口到地球后价格非常昂贵。对于富豪们来说，火星上人口太少，不足以支撑起他们产业庞大的市场。在地球创造财富，到火星旅游是富豪们的选择。

程序员叽叽歪歪地编了一段代码来计算寻找 342 号的最佳方案，运算结果显示 171 号要去离这里不远的火星货运港找到一个物流管理员。程序员不知从哪里挖出了那个物流管理员的背景资料。物流管理员有个嗜好是收集各种供氧头盔，这是他和女儿一起从地球到达火星时落下的心理问题。那一年，他贪图便宜，在乘坐廉价航天飞机来火星的路上给女儿买了个劣质头盔。因为火地航天飞机出问题的概率很低，一般用不上头盔。谁知道小概率事件偏偏让那个倒霉的物流管理员碰上了。在途中，航天飞机遇到一颗小行星，它的飞行轨迹被地球偷渡火星的飞船撞击改变，小行星从侧面撞击到航天飞机，造成氧气泄漏。在机器人抢修时，乘客们需要戴上自带的供氧头盔。物流管理员的女儿打开供氧头盔，头盔提供的却是麻醉气体。

171 号看到这里感到困惑：这似乎是人类欺骗矿工用的头盔，怎么会传到地球上去？

171 号盯着程序员的眼睛问："你这些资料可不可靠？！"程序员又害怕又想讨好 171 号，他用谄媚的语气告诉 171 号，火星社会是可计算的信息物理系统。每个人都有一些数据供系统预测和计算，申请岗位时甚至要读取部分记忆以供行为预测。那个物流管理员的故事是程序员违规查看记录发现的。"既然系统这么先进，你查看了记录为什么还能在这里成为核心代码编写检查的程序员？" 171

号居高临下气势汹汹地问道。由于他刚刚脱离矿工机器不久，还没完全适应这种面对面交流，所以微表情控制不够自如。正因为如此，他的面部表情对程序员而言异常狰狞。

程序员苦笑："你这个火星人倒还有了讲究个人权利的地球思维。在火星上，一切以效率和稳定优先，隐私可不算什么，系统可能已经预测到我干这些没什么影响。"171 号继续追问："那系统怎么没有预测到我能从南部生态园进入你们的基地？""那恐怕只有更高级别的计算层才能知道了，"程序员做出痛苦的表情，"你能不能先把我放了，我可以向系统报告，你被我不小心杀死了，这样你即使走出去被抓住也不会暴露你攻击过主人的罪行。我还可以给你一些黑市币作为逃跑的资金，你可以用它贿赂那个物流管理员。怎么样？"

171 号的脑子飞快运转，他试探性地对程序员说："你再告诉我怎么能安全地到达物流管理员那里，我就放了你。"程序员说："你先把毁坏的项圈拿给我看看。""被我丢进垃圾处理器了！"171 号指了指厨房方向。程序员面露遗憾："你要是不破坏项圈，那里面的芯片会和周围物体自动通信，你就是安全的，如果你就这样走出去，外面的任何物体检测到你没有项圈都会召唤附近的无人机或机器人来抓你的。""难道没有别的办法？"171 号很失望。程序员开始讨价还价："办法倒是有的，不过你让我下半身从这套该死的设备里出来我才能告诉你。"

171 号把程序员从床上拎起来扛在肩膀上，作势往窗外丢，吓得他嗷嗷大叫。他只好老老实实地告诉 171 号逃跑的办法："整个基地只有两类出入口，一类是每个蜘蛛网中心的航天飞机客货运港口，但那里奴隶不可能闯进去。另一类是地面平层的垃圾出入口。每天人类和奴隶产生的大量有机物垃圾不能直接打碎分离，要被运到蜘蛛网中间的绿地做肥料，有毒、有害的要被运到分布了特殊菌群的地区分解。每个蜘蛛网都有一些标准垃圾箱收集不能转化成奴隶食物的有机垃圾，你可以从我的起居室翻出去，在半夜时找到附近的垃圾箱躲进去，让这个基地的搬运机器人把你带到几个基地共用的垃圾分解场。在垃圾分解场，你等着物流管理员那边的垃圾机器人到来，躲进它搬运的垃圾箱让它把你带到基地附近，然后等它充完电再把你带进 3 号基地。"

171 号在程序员这里又耗费了一些时间，仔细记下了物流管理员的方位，也把整个人类基地地图装在了脑子里。在做这些事的时候，他从程序员的冰箱里拿出了一些食物品尝，虽然因为咀嚼功能退化不能多吃，但 171 号已经品尝到他们自己种出来的食物，竟然是如此美味。他们为人类辛勤劳作，吃的却是人类吃剩下的食物残渣。

程序员是个话痨，一直试图说服 171 号放了他，说可以给他黑市货币，能办到很多在系统里做不了的事情。171 号做好准备工作后，程序员的起居室离线已经超过 24 小时，再过 24 小时系统就会派人类或机器人上门检查。他让程序员破解了他脚上的强化重力鞋，好让他更快捷地行动，也拿走了程序员卖系统数据攒下的四块完整的黑市货币，还从屋子里拿走了带电池的照明灯。从窗户翻出去之前，171 号把程序员绑在床边，在他嘴巴能及的地方放了食物和水。171 号从窗户爬出去，朝下面的空地跳去。"你是不可能从系统的监视下逃走的！"身后传来程序员的喊声。

到了人类建筑外的空地，天还没黑，171 号不敢乱跑。他爬进一个较深的灌木丛中躺下隐藏起来。到了晚上，灯大多熄灭了，他才从灌木丛中爬出来。他摸黑找到了程序员说的标准垃圾桶，但是这个垃圾桶已经满了。171 号把垃圾桶背到灌木丛，把垃圾倒出来，然后带着空桶回到原地。他打开盖子跳了进去，忍着恶臭和满身污秽。在垃圾箱里不知过了多久，终于传来垃圾搬运机器人的沉重脚步声。171 号感觉到垃圾箱正在升起，然后变得有些颠簸，机器人开始快速行走。

终于，垃圾搬运机器人停了下来，171 号头朝下从里面掉出来，保护自己的本能让他双手撑地。几个机器人倒完垃圾，又往刚才倒垃圾的地方不知喷洒了些什么，就一跳一跳地走了。没有了机器人身上的照明灯光，周围陷入一片黑暗，只有远处的人类建筑有灯光。

171 号试着跳了跳，发现没有了强化重力鞋的约束，他又能跳起来了。从周围的灯光判断，这里是几个蜘蛛网建筑中间的空地，周围有一些树带着风声。树林里有各种跟他管理的生态农场不一样的鸟鸣虫叫声。

他打开从程序员那里拿来的照明设备，看到这里是一个大平地，脚下很滑，有一种很奇怪的味道。地上有不少奇怪的虫子蠕动着，他一脚能踩死好几个。很少和动物直接接触的 171 号汗毛竖了起来，但他目前只能在这里碰运气。看到机器人，他就飞跃过去用灯照照是不是物流管理员所在的 3 号基地过来的。

功夫不负有心人，171 号终于看到有倾倒垃圾的机器人背上涂写着白色的数字"3"。他钻进垃圾箱跟着机器人来到 3 号基地外面，机器人放下垃圾箱后，在旁边的补给站自动充电。171 号把从程序员那里拿走的三块黑市货币包好，藏在垃圾箱附近的那片树林，并记下位置。然后，他带着剩下的一块黑市货币悄悄躲进垃圾箱，由于太疲倦，他竟然在垃圾箱里睡着了。

等他醒来时，他感到垃圾箱已经在移动了，等垃圾箱不再移动时，他用手推开箱盖，发现这里是一个有着微弱灯光的暗室，并列着好几个垃圾箱。这里就是程序员告诉他的 3 号基地的垃圾集散地，他已经成功进入物流管理员居住的建筑。

他推门出去，看到天已经大亮，这个时候出去太危险。171 号只好躲进垃圾箱，忍着恶臭再躲过白天。不时有奴隶和机器人过来丢有机垃圾，他们看见 171 号没任何反应。原来，倒垃圾的奴隶和机器人地位非常低，只能完成一些机械的任务，不会处理其他事务。

等到没有垃圾倒下来时，171 号的身体已经陷在各种垃圾里，只剩头还露在外面。这时火星上天色已暗。在程序员家，他已经熟记垃圾站到物流管理员家能躲过火星物联网报警的路线。等到 3 号基地夜深人静，他从垃圾箱爬出来按照脑海里记下的路线，小心翼翼地走到那位物流管理员家门口。他按了门铃，物流管理员从里面的监视器看到了 171 号，并用对讲系统警告 171 号离开。171 号拿出一整块黑市货币——这是用火星的稀有金属打造的，是火星上的人类为了满足自己的特殊癖好或需要在系统外流通的另一种货币。这一小块就非常值钱，即便不用来交易，上交给系统，也能获得一笔不菲的货币点数奖励。

物流管理员在屋里通过监视看到黑市货币，眼睛亮了，但他故意表现得漫不经心，不紧不慢地问 171 号："你想干什么？"171 号对着门说："带我到真空物流网，我想去北部的一个生态园。"物流管理员听到这里乐了："原来你是逃出来的矿工，想去女矿工们的片区会情人……哪个高人指点你来找我？"

171 号毕竟还年轻，内心的焦急已经写在脸上："这你就不要管了，你要是不愿意帮忙，我去找另外的人类物流管理员。""你去找吧，"物流管理员老奸巨猾地说，"再说，我没看到你身上带着其他黑市货币。""我已经把他们藏在安全的地方了。"171 号回答道。物流管理员在门里说："这样，你把那块儿黑市货币先给我，让我知道你的诚意。"见 171 号沉默不语，物流管理员把门打开了一条缝，闻到 171 号身上的味道后马上捂着鼻子："我可以让你进来洗个澡，对人类来说这可是非常危险的行为，这样的诚意够不够？"171 号心里盘算着，既然程序员运用系统计算出这个物流管理员是最合适的人，就只能先跟他接触试试。

进了房间，171 号发现这个物流管理员上了些年纪，头顶微秃，看起来倒是和蔼。物流管理员老头儿家的墙壁上挂满各式各样火星人和地球人专用或通用的紧急逃生头盔。发现171号盯着头盔看，老头儿说："物流运输箱里没有氧气，我可以卖给你一个供氧头盔。"

他带171号去洗了澡，把身上的奴隶制服洗干净，烘干穿上。出来后，老头儿给171号端来了一碟食物膏和一种紫蓝色的液体饮料。看到171号迟疑，老头儿自己先吃了一口食物，又喝了一口那个液体："这虽然是用给奴隶制作食物的机器打出来的膏，可是我自己也在吃的，都怪火星上的牙医太差，我这口牙要重新种植还得回地球去。"

171号吃了一点食物，那个液体喝下后有些头晕但又有些舒服。老头儿说："这是火星上的巨型野浆果酿的酒，有助于你放松，如果不习惯，我给你倒清水。"171号觉得那个味道很奇特，又尝了一口，感觉整个人都有点飘飘然了。这时，老头儿也喝了些，开始跟171号谈心，他告诉171号他虽然是地球人，但是在地球和火星都受到歧视，地位不高。171号逃出来前，在矿工机器里和其他矿工都是远程交流。进入人类社会后，和父子一家没有交流，和程序员也只是最后特殊情况下的非正常交流。虽然他没完全放下对老头儿的戒心，却不知不觉中享受这种交流方式。谈到后来，物流管理员老头儿还说到他女儿，让171号非常同情。一个火星人和一个人类喝着酒，交流的气氛越来越融洽。171号喝了不少，有些亢奋。老头儿也很兴奋，他对171号说："我不要你的黑市货币了，免费送你过去，但是你的黑市货币要保存好，不要弄丢了，以后你们逃跑也许用得着。"171号口齿不清地回答道："放心好了，我藏在3号基地45垃圾进出口前那片树林里，我已经记好了坐标。"他说完这句话，就看到老头儿拿了个什么东西捅了他一下，一股电流把171号电晕了过去。

八

等171号醒来，他脖子上被重新套上了项圈，躺在一个铁笼子里的床上。物流管理员套出他的话后，认为那片树林不大，他能找到那些黑市货币，就把 171 号交给系统拿了一小笔赏金。

伤害了主人的奴隶不会再次进入流通市场，而是被送去当角斗者。程序员曾经带 171 号看过奴隶被人类控制的角斗，非常血腥、残忍。171 号坐起来，发现铁笼子里的桌子上竟然摆满各种他没吃过的另外形态的膏状食物，美味又营养——这是为了让他们更健壮。吃完食物，脖子上的项圈发出视频指令，让他到一个角斗练习场集合。跟着视频提示到了那里，已经有几位人类教练在等着他们。在这里 171 号接受角斗和被操控训练。角斗训练 171 号还能忍受，无非是做出更高难度的翻滚、跳跃、连击、回旋等攻击动作，还有铁棍、大刀等各种人类历史上的冷兵器训练。他有操控矿工机器的经验，学习得很快。

让 171 号难受的是脑部控制。人类在他脑部植入了很多细小的芯片，剃掉所有头发，在他原来有头发覆盖的部位戴上一个紧紧贴着头皮的头盔。这个头盔的主体材料和火星黑市货币是同一种稀有金属，既能保护头部和芯片，又能高速、实时、可靠地接受几千米以内的数据。植入 171 号脑部的芯片可以把接收到的人类大脑的信号传给被控制角斗士的运动神经，把感觉器官的信号传回去。简单来说，就是 171 号的大脑被另一个人类接管，人类可以感知和控制，而火星人大脑只能向人类提供感知信息，却不能进入人类的控制系统。此时，火星人的躯体被人类大脑接管。不过，有些深层的，需要潜意识参与的动作仍然是被控制的火星人自然发出的，例如，被攻击时本能地躲闪和反击等。

在刚开始被控制时，171 号的身体有些不适应，因为信号的强度与他自己大脑发出的有些差别。更痛苦的是，他自己的大脑并非处于休眠状态，想要夺过身体的控制权却无能为力。而且取消控制后，身体肌肉记忆和脑部记忆残余让他不自觉地变得暴力和富有攻击性。

长时间训练后，171 号开始慢慢适应被控制，身体没那么难受了，但是内心非常痛苦，每次被教练操控身体前他都非常紧张。为了缓解被控制奴隶的不适，人类在每次操控后，都给他们注射一种大脑安慰剂，这种药物让他们舒适、放松。形成条件反射后，他们甚至盼望身体被控制，为的是享受解除控制后注射药物的极度舒适感。

训练了一段时间，171 号被派上场，因为他能完成复杂的操作，所以被控制后比其他格斗奴隶有更大的潜能。很快，171 号就成为火星角斗场上的明星。

其他奴隶很快就会产生安慰剂依赖而进入战斗成瘾的状态，几天不上场就会特别难受。171 号与这些奴隶不同，他的大脑因为受过教育，并操控过机器，因此变得更复杂，意志力更强。这让他对安慰剂不那么依赖。每次战斗后，他都会回忆与 342 号一起时的情况，也会再次把去找 342 号需要的信息理一遍。然后，他会在脑子里不断回忆在程序员那里获取的整个人类基地和生态园的地图。

如果不这样，他担心哪一天自己会和其他参加角斗的奴隶一样，沉迷在杀戮里，成为一具没有脑子的躯壳。被他杀死的火星人残躯和满面是血的画面常常让他在噩梦里惊醒。

随着 171 号成为明星角斗士，地球富豪们在他身上下的赌注越来越高。他也享受到火星奴隶的最高礼遇，不仅有其他火星奴隶给他按摩，吃的食物也是火星人类贵族才能享有的。人类甚至给他安排了女奴隶同房，女奴隶不懂文字和语言，他们没办法交流，一心惦记着 342 号女矿工的 171 号当然不感兴趣。

有一天，171 号听到两个管理他的人类聊天，说第二天他要参加一场向整个火星和地球人类直播的比赛。选择这一天，是因为地球在这一天离火星最近，方便向地球传输信号。操控他和他对手的是两个地球顶级富豪，其中一个人的祖先开发出的病毒瓦解了整个火星的系统，并且用地球的智能系统替代了火星的系统。从此让火星成为地球的基地，至今那个富豪在地球的公司还在维护着火星的系统。171 号遇到的程序员就是富豪公司的员工，这个富豪控制着火星上的一切。171 号这才明白，前几天训练强度明显增加是为了应对这次比赛，那个富豪已经和他做了几次脑部对接适应性练习。为了比赛好看，还给他们开发了很多炫酷的武器，增加了机器人助攻。171 号的对手操纵者，是地球上的另一个富豪，他垄断着地球和火星的贸易，他操纵的是另一个有角斗天赋的火星奴隶。

第二天上午，171 号光着上身，被带进角斗场。能容纳 4 万人的角斗场已经坐满，很多人带着奴隶来观看。因为火星人的跳跃和奔跑范围很大，角斗场面积巨大，中央是一个平坦的大广场。在周围，人类还设置了一些增加弹跳高度的蹦床，和能让火星人攀爬的巨大柱子。角斗场第一层观众席是贵宾席，贵宾席的正中央是人类操控者的小舞台，为了让人类做出高难度动作，准备角斗的两个人都穿上特制辅助装置。所有贵宾席的票都卖给了两家公司的高层，贵宾席周围的其他位置都空着，这样做是为了安全考虑。贵宾席背后是一个环形巨幕，能够全方位实时传回摄像机和无人机捕捉到的角斗场画面。巨幕上方才是各种等级的普通观众票。除了巨幕，角斗场上还有多个全息三维投影装置，能够把角斗士最精彩的角度直接投放在场上或天空中的任何位置。如果观众还觉得不够刺激，再花上一笔钱就能租或买一个增强现实头盔，这个头盔能够延时传输经过系统转化的任何一个角斗士的所有感觉，观众甚至能体会被刺中和击打的刺激感及攻击别人的快感。

比赛时间是地球时间中午 12 点 25 分，这时火星上的光照条件最好。看台上欢呼的人类和煽情的主持人没有让 171 号兴奋，他只想着怎么快速结束比赛，要么自己结束痛苦，要么对面的火星奴隶结束痛苦。为了让这次的比赛更好看，人类解除了他脖子上的项圈，只在他的脚上放了一个定位金属环。在比赛开始前，另外两个地位稍低的人类富豪先进行了一场比赛暖场。171 号和他的助手则在赛场边上观看，这样做也是为了刺激他们的身体在一会儿的比赛中反应更快，没什么比见到一个同类死亡更能激发身体的求生欲。暖场比赛已经让观众沸腾起来，不一会儿，暖场比赛以其中一个角斗奴隶在空中被刺中腹部死亡，另一个被斩下一只手臂结束。

暖场比赛后，171 号与富豪脑信号接通进场比赛。这个富豪性格沉稳，并不急于进攻。对方富豪想抢占先机，操控奴隶拿着长枪一阵猛刺，171 号被操控着拿盾牌抵挡。挡了一阵，171 号被操控着忽然甩开盾牌，径直跳起踩在对方的枪杆上。对方用力往上挑，想让 171 号的身体失去平衡。171 号被富豪操纵着调整姿势把对方的枪尖压在地上，借着枪杆的巨大弹性，登上蹦床，再飞身跃上更靠近角斗场中央的旗杆。控制他的富豪是想占据制高点。跃上之后，171 号被操控着拔出身后背的单刀，从旗杆上飞下，像一只大鸟掠过正要跑过来的对手头顶，直劈下去，对方双臂交叉，用小臂上的金属环格挡，溅起的火花被观众座位旁的仿真复制系统传遍全场，观众有的躲避，有的摸着刺痛的脸，那些驮着主人的奴隶们惊慌失措。

正当人们期待更精彩的比赛时，几架航天飞机从火星巨型竞技场外往里飞。看台上的人群发出惊呼，对于火星来说这是严重的侵入事件。这些人可能是地球上早就对角斗场上两位富豪不满的黑客组织，背后有部分地球联邦官员和小企业主的支持，趁着太阳风暴和近地轨道周期，冒着坠毁的危险潜伏进了火星。火星的防御系统的原则是拒敌于大气层之外，依靠外太空连成网络的太空站阻挡来自地球的非法飞行器进入火星。在发生太阳风暴时，防御系统虽然关闭，但是太阳风暴会阻止任何人造设备接近火星。因而火星内部的防备非常松懈，主要资源都投入到对矿工和奴隶们的控制。

这两个操控火星人比赛的人，一个靠管理火星发财，一个靠垄断火地贸易发财，近年来都很高调嚣张。对他们不满的势力想趁两个富豪比赛时，一举刺杀二人。警报响起后，两位富豪立刻启动了与火星人脑部连接的解除程序，这是他们最脆弱的时候。他们和火星人脑部的神经连接如果快速断开，会损害连接者的大脑。因此，需要一种特殊设备慢慢让各自的神经系统重新连上本人的大脑。航天飞机降落时，两位富豪贴身的机器人保镖团队早已在他们外围布置好防卫阵地。看台上的人类和奴隶虽然慌乱，但马上接受系统物联网的引导有序退场，并未出现拥挤和踩踏现象。

航天飞机舱门打开，从每架飞机中开出一台巨型火星矿工机器人，后面跟着拿着武器、戴着面具的人类。航天飞机还用激光向天空打出各种语言的巨大文字"解放火星"。此时，171号处于大脑无法控制身体的瘫痪状态，和他的对手一样瘫倒在航天飞机附近。几台火星矿工机器人向两位富豪所在方向发射了炸弹，但富豪随身携带的离子保护罩起了作用，爆炸物飞散在外面，一些观众和奴隶受伤。部分掉落到保护罩内部的碎片难以突破机器人保镖队伍举着防护盾牌组成的严密内层保护罩，攻击根本无法伤到两位富豪。另外一队机器人保镖向矿工机器开火还击，矿工机器用巨型盾牌阻挡，保护跟在机器后面的人类和小型机器人。

几个保镖机器人用喷射器飞到空中，居高临下击穿一台矿工机器驾驶舱观察窗口，击中正在里面操纵机器的火星人。这时，两位富豪已经安全地完成了脑部神经分离。171号也逐渐恢复了对身体的控制，他慢慢站起来，正好看到一台矿工机器里的火星人被击中后，从里面打开驾驶舱大门逃了出来，里面的另一位火星人操纵机器向飞跃在天上的机器人开火，很快击落几个机器人。有个机器人落地前，再次发射了穿甲武器，击中了这台矿工机器，他受伤后从里面爬了出来。后面的人类用一个装置把两位受伤的火星人驾驶员运回航天飞机。

恢复意识的两位富豪迅速从贵宾席的紧急通道进入地下真空交通网络逃走。攻击者看到富豪逃走，停止了进攻，留下那台矿工机器和一些损坏的武器匆匆离开。171号乘机打开矿工机器的大门，进去后试了一小会儿，这台机器与他操作的矿工机器的区别是多了一些武器系统，行走和跳跃等动作的操控则一模一样。此刻，整个火星基地的注意力都在保护两位富豪和来看比赛的贵宾。角斗场上的攻击者撤走后，管理角斗场的人躲着不敢出来，他们不确定会不会有下一波攻击。

 九

171 号操纵矿工机器，接入机器的超视距，很快通过跳跃功能越过一层层火星基地蜘蛛网形的建筑物，再次来到 3 号基地。他把矿工机器停在他藏黑市货币的树林里，从藏匿的地方取了一整块黑市货币后，用矿工机器的激光武器切开薄弱的垃圾箱转运处的墙壁，从他熟悉的入口进到建筑内部。他找到物流管理员老头儿的家，老头儿显然没有料到 171 号还能从角斗场逃出来，在里面不敢出声。171 号对着门晃了晃那块黑市货币，老头儿的贪欲盖过了他的恐惧，他定了定神，看到 171 号头上的头盔是用制造黑市货币一样的贵重金属打造的，心里已经有了想法。他隔着门对 171 号说："你这个火星骗子，我在树林里用机器人找了很久也没找到你说的黑市货币，你藏在哪里？" 171 号说："藏在一个只有我知道的地方，你还想不想和我继续交易？" "刚才角斗场发生了刺杀事件，现在兵荒马乱，我当然想弄点黑市货币防身。但刚才系统已经通知，所有火星上的真空运输通道入口都已关闭，只保留内部自动化物流系统的运转。" 171 号说："我弄到一台矿工机器，也许能打开入口。"物流管理员老头儿听到这里更兴奋了，在黑市，一台矿工机器的价格已经被炒到五十块完整的黑市货币。老头儿打开门走了出来，角斗场发生攻击行动时，虽然系统很快切断了直播信号，但航天飞机降落的镜头已经传遍整个火星的人类社会。管理系统屏蔽一切相关的消息，试图最大限度减少恐慌，没想到这却造成更大的恐慌，各种谣言疯传，最离谱的说法是外星人要来接管火星。老头儿听到这些消息，害怕系统受到攻击崩溃，那样他辛辛苦苦在系统里积攒的货币指数和信用指数会变得一文不值，只有黑市货币才有用。他合计着怎么把 171 号的矿工机器、黑市货币和头盔都抢过来。

171 号进屋后，老头儿假意关心了一下他的遭遇，还发誓他没有害 171 号的想法，都是系统自动完成的一系列动作，还说他自己因此被系统惩罚。171 号根本不想辨别他言语的真假，只想让老头儿快点带他去物流港。老头儿倒是爽快地答应，为了表示友好，他还拿出一个紧急情况供氧头盔给 171 号。171 号拿过头盔，当老头儿还想找别的东西带在身上时，171 号一把抓过老头儿扛在肩上，他怕老头儿去找他的电击枪和别的武器，他可不想上第二次当。老头儿在他肩膀上乱喊乱叫了一阵，知道没什么效果，也消停了。171 号带着老头儿来到矿工机器前，他根据脑海里的坐标，找到那棵藏黑市货币的树，跃起从树上一个巨大的鸟巢里快速取出剩下的两块黑市货币。看到这一幕，老头儿懊悔不迭地说："我用机器人把地面和树枝翻了个遍，没想到你藏在鸟巢里！"171 号也不搭话，递给老头儿一块黑市货币："这是定金，你带我进了物流港和运输通道，剩下的这两块也是你的。"

然后，171 号和老头儿一起坐上了矿工机器。老头儿个子在矿工机器里显得太小，在另一个驾驶位缩成一团，安全带系不上，171 号用安全带把他绑在座椅上。老头儿告诉他，与 342 号生态园有联系的物流港在 3 号基地正中央。171 号操纵矿工机器，很快越过一层层"蛛网"来到 3 号基地中央。

这里是一个地球和火星之间的货运航空港，停着很多货运航天飞机，航天飞机起降场地周围是一个个通向各地生态园的真空运输通道的起点。到了这里，171 号把这台矿工机器变形成车，开进了老头儿指向的入口。171 号仔细观察了门上的编号，和他在程序员那里获得的信息一致。

老头儿下去试图用自己的人脸和动作打开入口大门，角斗场的袭击让所有系统关闭，他也无法进去。171 号见状，喊老头儿离门远一些。他根据这台矿工机器的辅助操作提示，用激光在入口大门上切开一个洞，老头儿从洞里爬进去，从里面打开了大门，171 号走了进去，里面整齐地堆放着 171 号熟悉的各类农产品保鲜运输箱。穿过一片运输箱储藏地，他们来到货运坞。这里和人流地下交通网有几分相似，都有一个空气抽离大厅。虽然运输人类和奴隶的交通网关闭，这里依然在运行。这个系统关闭，火星人类基地的食物供应、对地球的物品出口都将受到影响，基地的决策系统评估后让它继续运转。

老头儿不耐烦地对 171 号说："现在我的任务完成了，你是不是该把另外两块黑市货币给我了。请记住，里面是真空，打开后不会立刻恢复外面的压力，这个头盔你要提前戴好，打开供氧。你还要保持身体内外压力平衡，你个子太大没办法穿上我检修用的宇航服。我去给你找个空的运输巨大动物的运输袋，等你躺进去戴上头盔，我给你充上氮，保持内外压力平衡。供氧的话需要一个单独的头盔，动物们用的头盔都是异形的，那些连在运输袋上的头盔你没法用。"171 号接过老头儿从他收藏的众多头盔中选出的一顶，他看到这个头盔有些眼熟，似乎就是他们矿工机器中使用的，这让他警觉起来。但 171 号并没有表现出异样，老头儿催促他："你先试试头盔，没问题的话，我就去找运输箱。"171 号戴上头盔，假装启动供氧按钮，然后故意倒下。老头儿等了一会儿看他没有动静，走过来踢了两脚，看他没有任何反应，老头儿先从 171 号怀里拿出剩下的两块黑市货币，又揭开他的供氧头盔，摸着他脑上镶嵌的贵重金属，琢磨着怎么取下来，就在这时，171 号突然抓住老头儿的手，这完全出乎老头儿的意料。老头儿拼命挣扎，但显然无法摆脱火星人更有力的手掌。

171 号搜出三块黑市货币，让老头儿去找空运输箱。很快，老头儿就运来一个空运输箱，空间足以容纳两个火星人躺进去，大小跟人类交通网络的真空运输车差不多。171 号担心到达终点后能否顺利出来，他问老头儿："从里面能打开吗？"老头儿边操作边回答："里面有个隐藏的检修操控面板，可以打开。"他模仿老头儿的操作打开箱子，把老头儿扔进去："那你自己打开试试。"盖上盖子后，很快盖子就自动弹开，老头儿站起来手扶着箱子边缘，一脸不满，看来他并没撒谎。

老头儿似乎想起了什么，马上换了副幸灾乐祸的面孔："没有供氧设备，你是没办法用这个到你情人那里的。"171 号想起那台外面的矿工机器既然从航天飞机下来，很可能有这样的装备。他怕老头儿捣鬼，扛起他来到外面的矿工机器。

他刚和老头儿爬进矿工机器，一批无人机就从远处飞来，这是追踪奴隶的无人机。171 号根据语音提示操纵矿工机器的武器系统很快把无人机击落。整个火星基地并没有可以移动的应对外敌入侵的方案，捕捉奴隶的无人机是他们仅有的自卫系统。当初这样设计是为了防止移动攻击系统被黑客们破解危及自身。

171 号从矿工机器的人机界面中翻到了操作手册，根据手册他发现这台机器与他的机器操作是一样的：按下紧急逃生按钮，就会从驾驶舱上方自动弹出逃生用的宇航服。他把老头儿放进其中一套，根据宇航服上的说明按下控制面板上的绿色按钮，宇航服开始供气，老头儿在里面并没有难受的反应。171 号确定这是救生而不是麻醉火星人的宇航服后，终止了供气，把老头儿拽了出来。

他扛着老头儿和两套宇航服再次来到货运坞。他让老头儿找到一个装载着运输箱的小车，把小车的目的地设定为运输区，把运输箱的目的地设定为 342 号所在的生态园。怕老头儿捣鬼，他让老头儿穿上宇航服，自己也穿上宇航服。宇航服对老头儿而言太大，穿上后他要在 171 号的帮助下才能行走。两套宇航服启动后可以对话，171 号警告老头儿不要捣鬼。然后他们穿上宇航服躺进运输箱，小车载着运输箱进入运输区后，底部开始倾斜，推车的动力令运输箱顺着光滑的斜坡滑入轨道。171 号这才发现为了保持运送食物不被碰坏，运输箱四壁有防止冲撞系统，竟然比人坐的运输车舒服得多。过了一会儿，171 号感到宇航服外的压力增大，这是箱子在注入氮气。氮气注满，货运起点的空气也被抽干净后，171 号感到箱子因磁力升起，很快就有了加速的冲击感。过了一阵，箱子匀速前进。老头儿一路上嘴巴没停，表达着对 171 号的不满和无可奈何，171 号的脑海里只想着 342 号的美丽身影，隔着宇航服，他也听不清老头儿说了些什么。

到达终点后，货运坞自动封闭。等货运坞大厅注满空气，压力平衡，它朝生态园一端的大门打开，箱子被传送带运到 342 号生态园的货物收发大厅。这个大厅面积不大但高度很高，为了适应矿工机器人操作，层高超过叠加在一起的两个直立矿工机器人。171 号和老头儿打开箱子，爬出来脱下宇航服。这里的空气比 171 号所在的生态园更清新，还有凉凉的感觉。171 号把三块黑市货币交给老头儿，让他自己想办法从这里回去。

走出 342 号管理的生态园货运大厅，171 号看到这里与他管理的生态园明显不同，四处都是高大的果树，树上结满各种五彩斑斓的水果。他管理的生态园地势平坦，而这里显然是在山坡上。就在 171 号四处张望之际，他看到一台矿工机器快速走了过来。原来，只要货运大厅有货物到达，矿工机器会自动收到信号，342 号是来取货的。

走近后，342 号从矿工机器里看到 171 号，这显然出乎她的意料。她在矿工机器的驾驶舱愣住，不知道下一步该做什么。171 号跳上矿工机器的机械大腿，旋开驾驶舱门上的锁死按钮，从外面打开门。"这样不安全。" 342 号惊叫着想把门关上，另一只手就要去按宇航服弹出按钮。171 号盯着她的眼睛："相信我，空气有辐射是人类管理者编织的谎言，这里的动植物和空气没有任何问题。" 342 号试着吸了两口气，看到 171 号没有任何不良反应，她相信了 171 号的话。她跟着 171 号跳下矿工机器。

下来后，171 号脑海里浮现的二人见面后的浪漫场景并未出现，现实反而有些尴尬。他们已经远程亲热了很多次，但这却是他们第一次真正的见面。经历这么多，171 号似乎忘了他在 342 号面前应该做什么，只是结结巴巴地说了句："你好吗……" 342 号倒是激动地扑上来紧紧抱住 171 号。

正当 171 号想跟 342 号讲他的遭遇，跟他说心里的很多疑问之时，342 号的身体开始变得冰冷，她搂着 171 号脖子的手臂越来越紧。171 号的呼吸越来越困难。过了一会儿，171 号感到 342 号的手臂上长了一根刺，正插在他的后脑。随后，他感到整个 342 号的身体似乎都融化在他的身体里，让他感到冰冷。冰冷的感觉过后，342 号融进他身体的部分，又慢慢向外渗出，似乎带走了 171 号身体的能量，向远方飘去。生态园里的植物和动物、水潭也开始飘散。171 号感到自己身体的姿势也发生了变化，他并没有站着，而是躺着。睁开眼睛，他看到面前有个屏幕，显示自己正躺在一个装置上，身上接着很多传感器，后脑也连着一根线缆。

此刻，171 号才恢复了一些本来的意识和一些记忆。他本来一直在火星密闭的模拟生态园基地训练，训练完成后，人类教官告诉他进入最后的测试后就能被部署到生态园。测试就是让他的身体连接系统，由管理火星的智能系统鉴别他将执行哪一类任务。在迷迷糊糊思考时，171 号感觉到自己身上的传感器有一些正在自动弹开，但身体还是不能自主控制。

他看到前方的屏幕上显示："171 号火星人分类鉴别模拟计算结果：大脑记忆消除难度高，易恢复记忆；成为矿工，逃离或引发系统风险概率为 48.79%；智商过高，不宜投入荒野；成为奴隶，逃离或引发系统风险概率为 12.56%；成为角斗士或猎物，逃离或引发系统风险概率为 8.47%；引发整个火星系统崩溃的概率为 1.13%。建议去向：制成食物膏完成元素循环。"

171 号还没完全明白是怎么回事，身下的装置开始移动，把他带向一扇打开的大门。

（完）

厨　王

本篇反映的是大平台对传统产业的挤压，以及代际沟通的问题。还涉及人们死后，人工智能模仿他们与亲友交流的话题。在完成这篇小说一段时间后，有媒体报道部分社交媒体平台考虑让人工智能模拟死者在社交媒体账号发布内容或与其他人交流。未来，我们的肉身可以死亡，但在虚拟世界或许真的可以像本篇小说所描写的一样永生。到那时，"交流"这个词又该怎样定义？

　　干净的工作台上，躺着十几件精钢打造的刀具，在窗外射进的阳光下，显得格外刺目。今天之后将满八十岁的厨王张小心翼翼、一丝不苟地擦拭着每一件刀具。身后的墙上，是他厨师生涯中和各路名人的合影。其中有一张他和前联合国秘书长在自家花园餐厅里的合影，他穿着厨师服，柜子上的米其林三星标志格外醒目。也就是在那一年，还不到四十岁的他凭借精妙的刀工、精准的火候和独创的酱汁，做了一道看似特别简单，背后工序却特别繁复，完美体现传统餐饮文化和个人创意的熘鱼片。凭借这道菜，他获得了国际厨艺大赛金奖，回国后被称为厨王。

　　刀具擦干净后，厨王张把它们放进专用箱子。明天，这些刀具将成为博物馆藏品。他开了一辈子的花园餐厅即将成为一家传统餐饮文化博物馆。这套小女儿送给他的刀具，他在小女儿去世后才开始使用。看着箱子里的刀具，厨王张脑海里不禁浮现出二十年前，他六十岁生日那天，两个女儿和女婿还有他夫人在自己开的花园餐厅为他庆祝生日的场景。当时，小女儿送给他的礼物就是这套刀具，可也是在那一天，他和小女儿闹崩了。

　　合上箱子，厨王张开始回忆二十年前他和小女儿闹崩的前前后后。

　　2021 年，小女儿从国内知名高校毕业十年后升职为一家互联网公司的高管，事业正处于上升期。厨王张的花园餐厅虽然知名度非常高，但却因为新冠疫情生意惨淡。虽然也开展了外卖业务，还有厨师到家服务，但经营业绩始终上不去。客人没有办法体验花园的奇妙，也没办法看到厨王张和他的徒弟们真正的刀工和颠锅表演。那些追求食物品质的客人试过几次就不愿意再点外卖了。喜欢外卖的青年人更喜欢口味重、价格便宜的其他网红餐厅。厨王张为了帮助遭受地震的花椒产地而开发的以椒麻口味为主的新口感熘鱼片虽然风靡大江南北，但也无力回天。

　　厨王张所在的 C 市，当时是全国多个知名餐饮连锁品牌的总部。厨王张是 C 市餐饮协会的会长，在业界颇有影响力。新冠疫情之前，C 市这个特大型国际大都市不仅荟萃了国内知名菜系，也汇集了风靡胡同里弄的特色江湖菜馆和风味小吃；各具特色的美食街有好几条，分散在各处的宝藏餐厅也不少，被称为"24 小时不打烊的巨型餐厅"。厨王张获奖后，他经营的花园餐厅很快俘获了本地市民和国内外游客的味蕾，成为 C 市旅游业的一张名片。后来餐厅发展成为全国连锁，做大以后，他的大徒弟和二徒弟相继独立开店，他慷慨支持，投资却不入股。

　　他更喜欢一个跟自然界一样，不断发展演变、多样化、相互竞争的餐饮业生态。大徒弟和二徒弟做融合菜也获得了成功。大徒弟善于把东西南北的风味融合，竟然把西南的毛血旺和东部的腌笃鲜这两道看似不能融合的菜成功融合，取毛血旺的麻辣和腌笃鲜的原材料鲜味，利用当代科技形成两种菜渐变融合的奇特味道。二徒弟则专攻海外菜式与中国菜的融合，把国外的奶酪、迷迭香等辅料巧妙地添加到国内传统菜品中。厨王张的花园餐厅，是一个种满各式蔷薇和玫瑰的空间，每个位置都有造型和品种独特的花艺展示，在餐厅的任何位置都有不同的视觉和嗅觉体验。花香、食物形成的梦幻组合是各种社交媒体上网民最爱发布的内容。

　　在餐饮业遭受打击之时，厨王张和几位领头的餐厅老板一起组织大家做了一些自救。一是开发了一些无接触用餐、送餐服务，二是开发了一些适合外卖的新菜品。眼看有些起色，新闻又报道从一些进口的鱼、虾、猪肉、牛肉的外包装上检测出新冠病毒。虽然餐饮业采取了措施对进口食材进行核酸检测并公示结果，但是顾客们一看到进口食材就感到恐慌而不愿用餐。更为要命的是，新闻披露之后各种不实甚至假消息充斥于网络的各个角落。餐饮协会出面辟谣后不但没有效果，反而让消费者更紧张。那一阵厨王张的微信经常收到熟人咨询去餐厅就餐是否安全的消息，开始厨王张还回复解释，后来他干脆懒得理这些提问的人。再后来，新冠病毒在全球各地发生了变异，国外疫情虽然好转却总不能消除，影响了餐饮业的自救效果。

　　好在当时国内疫情控制得较好，虽然餐饮业不复往日的辉煌，但大多能勉强维持，部分餐厅甚至恢复了往日的热闹。C 市的餐饮业最终还是在疫情中坚持了下来。但疫情终究是伤了餐饮业的元气，这个伤害不单单影响餐厅，而且波及餐厅背后的商业模式。全球都看 GDP，工业社会的发展理念延续到智能社会：经济只能增长，不能收缩，一收缩各种问题接踵而来，餐饮业也不例外。不少没看到行业变化，走扩张路线的连锁品牌首先遇到了经营问题。消费者们的消费习惯随着疫情发展悄悄发生了改变，各种技术推动消费者从线下走向线上。在疫情反复的这些年，全球加快了接入更高速的互联网和智能物联网的速度，开始积极推进智能城市建设。

　　另一个悄然发生的变化是长大成人的"90 后""00 后"们很多成为"独居动物"，他们并不喜欢"70 后""80 后"那种聚集在同一物理空间的社交方式。不少人甚至不喜欢恋爱和成家，更喜欢单身生活，所以专供一人就餐的餐厅反而逆市扩张。那时，厨王张还沉浸在如何开发新菜品把顾客们吸引回来的工作中，对外界的变化一无所知。但他小女儿就职的互联网巨头——TAB公司早就用大数据洞悉了一切，一场变革正在互联网巨头的服务器中无声无息地酝酿。

2029年，就在C市主流的餐饮品牌特别是大型连锁品牌遇到资金周转等各种困难时，TAB公司在技术和人才储备上准备了近五年后，公司的数据分析结果表明时机成熟，决定正式进军餐饮业。

厨王张的小女儿就是公司智能餐饮项目的具体负责人，她的业务第一步是数据采集，因为遇到经营困境的餐厅出售各种数据成本很低，只要经营者和员工同意，公司的数据采集团队就会到餐厅采集环境数据、参与烹饪制作员工们的身体数据、菜品数据，给出的价格是餐厅无法拒绝的。有人拿到数据补偿款就直接退休了，也有人想利用这笔补偿款填补资金漏洞后把餐厅维持下去。

在父亲这里，小女儿遇到了阻碍。在数据采集持续了一年，已覆盖C市餐饮业80%时，公司要求小女儿必须"拿下"她父亲厨王张的花园餐厅。那时，厨王张的经营情况并不乐观，为了控制资金流，他已经关了所有C市以外的连锁店。在C市内的连锁店，只保留了几家人流量大的餐厅。凭借一些忠实老顾客的支持，账面上略有盈余。小女儿在一年前跟他谈数据购买的时候，厨王张本能地拒绝了。因为厨王张看到互联网资本携带着技术已经挤压了很多传统行业的生存空间。就拿餐饮业的供货渠道来说，以前餐厅可以直接跟农户或蔬菜基地订货，互联网资本进入后，砸钱垄断了货源，最后厨王张们进货也只能找互联网公司。虽然非常方便快捷，也安全，一些餐厅还通过区块链和物联网直接下单，效率提高不少。但是像厨王张这样的厨师们却失去了偶尔为了满足客人要求到菜场亲自挑选新鲜食材，感受人来人往生活气息的那种乐趣。已经跟他们成为朋友的摊贩们也被迫关闭菜摊。

一位加入小女儿公司计划的朋友为了孩子读书，打算投资移民国外。走之前，他们来看厨王张，厨王张了解到关闭餐厅后，不少老朋友的生活似乎失去了色彩，只好把精力投在子女或其他爱好上。朋友还说他非常羡慕厨王张，两个女儿都培养得很好，特别是小女儿。厨王张只能苦笑，小女儿的确是按照他和妻子的期望一步步成长的。厨王张思来想去觉得小女儿也没错，她不过是按照包括他和妻子这样的家长和社会的设定的目标成长罢了，当时她到互联网大厂就业，厨王张本人是非常开心的。技术进步裹挟着整个社会，没有人能够抵挡。全社会过度竞争，大家都很累，但是大家都这样，谁也无力改变。小女儿敬业地为互联网公司打拼，不正是厨王张和妻子从小教育她长大后应该做的最正确行为吗？

厨王张能够拒绝自己的女儿，但是持股的其他大厨和管理层看到餐厅经营不乐观，也想着出售数据拿一笔钱之后退出。厨王张的妻子关心的不是厨王张对餐厅和美食的那份执着，她想的是女儿的发展。拿不下厨王张，小女儿就无法完成公司的任务。架不住大家的劝说，厨王张只好和各位员工商议，同意出售自家花园餐厅的数据。采集数据前，小女儿的公司派人在厨房各处和炒菜的锅铲、锅、盛菜的器皿上装上摄像头和传感器。厨王张等大厨则要到小女儿公司完成身体数据扫描采集，还有声音等其他数据的采集。采集完成后，该公司并不干涉餐厅的经营，但是"厨王张们"要签一个数据使用协议，同意该公司对这些数据有完全的控制权和使用权。

擦完刀具，厨王张站起来嗅了嗅餐厅里的蔷薇，红色夕阳透过蓝色窗棂洒在厨王张身上，记忆继续在他的脑海里翻滚。

当 C 市的餐饮业全部和 TAB 公司签约后，对于早想退出餐饮业的人并没有太大影响，只是需要适应新的生活方式。例如，厨王张的大徒弟在妻子的劝说下，为了孩子读书移民国外，虽然不习惯，但日子也能正常过下去。这样的人还有不少，他们不一定移居海外，但也脱离了辛苦的餐饮业，过上了另外的生活。

对众多其他 C 市餐饮从业者来说，餐饮不仅是谋生手段，还是一种生活方式。TAB 公司购买数据后，并不干预餐厅原来的经营，还能继续开店是 TAB 公司与他们签订合同中的重要条款之一。

然而，在 TAB 公司的爱丽丝奇境餐厅开业前，这些餐厅还能经营下去。随着一家家连锁的爱丽丝奇境餐厅开业，那些继续经营的餐厅很快感受到客源的流失。继续经营，只能亏钱，最后都被迫关闭。关闭餐厅之后，虽然生活成本不成问题，但生活方式却成了大问题。厨王张的二徒弟就是典型，餐厅关闭后他像丢了魂，最后迷上赌博，很快把家底输得一干二净。为了帮助他，厨王张又把他请回自己的店里做主厨。

生意惨淡，来店里打工的大学生劝厨王张开通直播和社交媒体，吸引那些怀旧的老顾客们。

玩上了社交媒体，厨王张才知道，他们在虚拟空间的生活早就被 TAB 公司偷走了。采集了数据的那家 TAB 公司已经在网上推出年轻版的"厨王张"，后者早就成为虚拟网红厨师。这个"厨王张"有自己的社交媒体账号，他是一个人工智能，可以永远在线，随时与用户互动。现实中的厨王张却要吃喝拉撒睡，无论如何也比不上人工智能。而且机器产生的内容比人类自己创作的要精彩很多。厨王张看了虚拟网红"厨王张"的朋友圈，那不仅是年轻的自己，而且是完美的自己。好多其他继续经营餐厅并想通过网络营销的老板们都面临同样的困境——他们在和人工智能技术复制的"自己"竞争时处处落后。

得知这个消息后，厨王张非常生气，认为小女儿和公司欺骗了他。他要求 TAB 公司停止使用他的形象，但该公司说根据签订的合同，他们可以使用。厨王张和他的二徒弟等一批想继续经营餐厅的人发起了集体诉讼，认为 TAB 公司的协议存在重大误解，要求撤销协议。开庭时，公司拿出了合同签订时的录音，表示业务员清楚地说明了签订的后果，不存在重大误解。最后的结果当然是厨王张他们败诉。

败诉之后，厨王张和小女儿吵了一架。小女儿知道他的心结，后面不怎么回家，避免和父亲正面起冲突，只是偷偷和母亲见面。败诉之后餐厅的经营越来越困难，厨王张因为跟女儿赌气，从来不去 TAB 公司的餐厅看看为什么那里那么吸引人。餐厅经营不好，他宁愿亏本也要照顾原来的徒弟和朋友们。小女儿瞒着父亲找到厨王张的二徒弟，拿了一笔钱让他入股餐厅，好给厨王张一些资金。就这样倔强地经营了几年，小女儿在 TAB 公司的职位越来越高，和父亲的关系得不到改善成了她的心结。

在厨王张 60 岁生日宴会的时候，小女儿特意带上了一套价格不菲的刀具送给他，想讨厨王张欢心。那天，厨王张餐饮界的朋友大多都到了，大家都在感慨时代的变化，最后的话题当然都落到吐槽收购他们数据的 TAB 公司。就在大家吐槽正欢的时候，小女儿拿着那套刀具出现在花园餐厅。场面忽然变得尴尬，风吹蔷薇叶的沙沙声都显得刺耳。厨王张没想到小女儿也会来，他妻子推了推他，示意他接下礼物。厨王张心里其实是高兴的，他也很想小女儿。但是今天，他内心的另一个自己告诉他不能和女儿和好，有这么多朋友的面子要顾及。

他板着脸，冷冷地对小女儿说了一句："你来干什么？！"小女儿的脾气和厨王张一模一样，从来都是吃软不吃硬。看着父亲这么不给自己面子，小女儿也扬起眉毛，提高了调门："我不能来吗？"看着女儿挑衅的样子，又看看周围的朋友们，厨王张扬起手打了小女儿一巴掌，小女儿生气地把装着刀具的礼盒往地上一丢，跑出了餐厅。厨王张的妻子和大女儿追了出去。

没想到，小女儿刚出门进入她喊的无人驾驶出租车，就被一辆新手司机驾驶的、因避让对向逆行车辆而操作不当的汽车追尾。厨王张的小女儿受到严重伤害，后来在医院不治身亡。

厨王张至今都对他听到女儿去世消息时的场景记忆犹新。女儿被送进医院的时候已经深度昏迷，成了植物人。由于是脑部损伤，医生告诉他们情况比较复杂，有可能挺很久，也可能随时离开。一天下午，天气很好，厨王张在小女儿床前跟她说了很久的话，回忆她小时候，还给她放视频，希望能够唤醒她。他握着女儿的手，女儿的手指似乎动了动，他还想继续唤醒女儿时，医生过来告诉他，女儿需要休息。

厨王张觉得女儿有希望恢复，心情平复一些，出了医院。那时正是晚餐时间，但厨王张没有什么胃口，夕阳正在西下，天色已暗，他在医院周围散步，想等小女儿休息一会儿再去看她。散步的时候，他感觉那天傍晚天特别黑，他走得很慢，周围像是有一种神秘的力量牵扯着他。他还没明白为什么有这种感觉时，大女儿哭着打电话告诉他："妹妹走了！"厨王张跑回医院，小女儿已经去世，女儿手指的反应只是回光返照，那也许拼尽了她最后一点力气。

小女儿去世后，二徒弟才告诉厨王张，小女儿悄悄资助餐厅，还计划成立博物馆，抢救传统餐饮模式。小女儿身故后，她丈夫根据她生前的想法，把巨额赔偿都投入到餐饮博物馆。厨王张开始变得沉默，他默默地用起小女儿送的这套刀具，把餐厅的菜谱都换成了小女儿爱吃的菜。为了惩罚自己，他二十年都没走出过餐厅，他妻子也因为思念小女儿先他离世。

想到以前的事情，厨王张神色黯然。今天是厨王张 80 岁生日，他在内疚中活了二十年，他恨自己竟然如此健康。不久前，他忽然觉得应该在去世前去看看小女儿究竟做了什么样的事业，也答应了小女婿把自己的花园餐厅捐给餐饮博物馆。小女儿的骨灰就安放在花园餐厅前厅最大的蔷薇园里，那里有她少女时代的记忆。

厨王张走出了餐厅，来到两边高墙都爬满蔷薇的前厅，默默站在小女儿骨灰的安放处。过了一会儿，他的手机响了，大女儿的全息投影很快通过手机传递到花园。"爸爸，我喊的车就快到了！"厨王张关上大门，走出餐厅。大女儿叫的自动驾驶汽车已经停在餐厅门口。早前很多家人和朋友表示要过来给厨王张祝寿，都被他一一回绝，他在一个月前就已经让大女儿安排今天单独到小女儿生前就职的 TAB 公司旗下的爱丽丝奇境餐厅去体验一下。

此时，夕阳已经下沉到城市高楼剪影之下，远处暗红色的云伸向天际。这个氛围跟女儿去世那天太像了。厨王张走到车旁，车身上的摄像头已经认出了他并自动打开了车门。厨王张坐了进去，大女儿的全息投影出现在车里。"爸爸，我已经设定了这辆叫"菲菲"的车这段时间由您控制，您回家之前还要去哪儿，直接跟菲菲说。"说完，大女儿的投影就消失了。一个温柔的女声在车内响起："张先生，您好，我是菲菲，很高兴为您服务。""请问，车内温度合适吗？""还行。""您想去哪里？""菲菲，去离这里最近的爱丽丝奇境餐厅。""收到，咱们的目的地，最近的爱丽丝奇境餐厅连锁店，还有 10.23 千米。"

在车里，厨王张先打量了一下四周的环境，他想起小女儿在清醒的最后时刻也是在车里度过的，心中又像压了一块大石头。这几年无人驾驶智能汽车的快速发展超出了想象。汽车没有了驾驶座和方向盘，空间变得更宽敞。完全的电力驱动和新材料让汽车更轻却更安全。不仅如此，大部分无人驾驶汽车都具备了飞行功能。就在这些新奇的科技也无法让厨王张把思绪从过去抽离时，驾驶舱响起了语音助手菲菲的声音："先生，我发现您心情不佳，愿意让我带您到天上观光一下吗？"厨王张迟疑了一下，点了点头。

汽车先停到路边有起飞标志的待飞区，然后升上了天空，厨王张脚下的地板滑开，露出透明玻璃，在空中可以看到几大互联网公司的餐厅争奇斗艳的全息逼真动态图像。随着汽车飞行功能和小型飞行器的普及，当代的商业体更重视空中视角的打造。除了这片美食街，其他商业中心的天空同样被各种三维全息动画占据。不远处的购物街上方天空中，逼真而巨大的全息模特正在走秀。

"先生，需要我为您讲解吗？"探测到厨王张惊讶的表情，菲菲又发声了。"哦，请吧。"厨王张回应了一声。"您看到的下面五彩斑斓的各式各样逼真的三维投像，都是各种餐厅的招牌，为了便于客户从空中观看，招牌都设在餐厅的顶楼。这些餐厅在动态招牌的制作上，既有竞争也有合作，因为天空图像过多容易相互干扰，相邻餐厅有的是分时展示的，这样的话图案更大更壮观。""这些餐厅跟爱丽丝奇境餐厅是一家公司吗？"厨王张问。"有的是，有的不是。现在所有的餐厅都由几大互联网公司垄断，下面集中展示的是一些后进入市场的公司或者其他的小品牌。爱丽丝技术上最先进，已经不需要通过集中展示吸引客人了。"菲菲回答道，"很多智能汽车出行服务公司的空中线路都设定要越过这些展示区，让潜在用户更好地接受展示信息，这些餐厅给予运输公司的补贴也减轻了您的乘车成本。"

一切亦真亦幻，让厨王张感觉有些眩晕。

越过几片光怪陆离的商业中心上空，汽车降落在爱丽丝奇境餐厅附近的降落区。还没进餐厅大门，厨王张就觉得眼前的景象似乎在年轻时的科幻电影里见到过。整个爱丽丝奇境餐厅露出地面的部分，只有一个闪闪发光的巨大水晶球。水晶球外围是一个圆形的人工湖，湖的外围是隐藏在密林里的停车场。水晶球射出的光柱在天空高处组成了方圆几千米都能看到的爱丽丝奇境餐厅标志。

汽车穿过密林停车场，从大圆湖面正中的桥上开到了餐厅门口，两位迎宾机器人早已等候在那里。颤巍巍地下了车，厨王张还没来得及仔细熟悉餐厅周围的环境，两位迎宾机器人已经走了过来，其中一位俊俏小伙儿模样的机器人搀扶着他，小伙儿的下半身露出的是金属骨骼。

"小伙儿，你为什么不穿裤子?！"厨王张好奇地问。"这是为了让您知道我不是人类，法律规定进入社会的机器人不得隐瞒身份。"机器人竟然露出尴尬的表情。

两位机器人带着厨王张走进餐厅的前厅，这里是一个巨大的室内花园，周围有各种热带植物。高大的空间能容纳巨大的树、瀑布和一面长满各色奇花异草的巨大墙壁。前厅跟厨王张时代那种主打热带雨林主题的餐厅差不多，厨王张倒感觉挺自在。"这里复制了以前知名的雨林餐厅，满足一些怀旧人士的需要。这里不是我们的就餐区，只是选单区。"接待机器人对厨王张说。

年轻的时候，厨王张喜欢追逐最新电子产品，但小女儿去世后他已经很久没接触电子产品。身体虽然健康，但他非常担心自己不能适应花园餐厅以外的世界。到了餐厅，他发现自己的担心是多余的。接待他的一男一女两位机器人似乎比人类还善解人意，厨王张本人根本不用动手操作。

"这里只是我们的前厅，真正的餐厅在地下，主要是为了隔热隔音。"女机器人对厨王张说。机器人从胸口投出一个屏幕，全息图像和语音混合着介绍餐厅的各类奇特和个性化的用餐选项和菜品。看着那些熟悉的和不熟悉的菜品，以及完全陌生的用餐选项，厨王张不禁感慨，这一家餐厅竟然包罗万象。他只选择了自家花园餐厅几个招牌菜式，特别是熘鱼片，他想体验一下有什么不同。

点好菜，男机器人告诉厨王张，餐厅的特色服务除了味道，还提供虚拟环境和任何虚拟人物的陪吃服务。他投出一个菜单，上面有名人、亲人、厨师等多个选项。看到"亲人"，厨王张老花镜后面的眼睛亮了。"为什么有亲人?"厨王张说。"有些是亲人去世后，特意被数字化的，我们是和其他公司共享的数据。""帮我选亲人！"鬼使神差地厨王张对机器人说出了这个选项。"正在匹配！"不一会儿，厨王张小女儿的形象被投影到他面前。张看到女儿十分震惊，继而转为愤怒："你……你们，把我的小女儿数字化了？""并没有人对您的亲属数字化，我们在名人库里匹配到您的女儿，她是餐厅开发早期为了实验而进行数字化的。这是您的女儿还在世的时候就经过她本人同意，并通过伦理审查机构审核的。机器人继续介绍，"她具备学习能力，您选择她以后，她会很快了解与您相关的信息再与您一起用餐。在这之前，您要先点击同意我们的隐私条款。"

小女儿小时候的梦想是当宇航员，她五岁时画的太空船至今还在花园餐厅一间包房的墙壁上。厨王张选择的就餐场景是太空。选择完毕，机器人带着厨王张走进电梯，进到地下空间。前厅花园里的鸟语花香不见了，取而代之的是前卫的赛博格装修风格，墙壁就是电子屏，播放着餐厅的发展历史。机器人把厨王张领到就餐前准备区，给他穿上他们带有传感器的特制服装，戴上手套。厨王张感到困惑："这有什么用？""这是为了让您体验到真实的感觉，手套和服装会传递触觉，一旦系统运行，您不会感觉到它们的存在。"机器人耐心给厨王张解答。

穿上特制服装后，机器人带厨王张进入一个小房间，房间里只有一个周围套着三个垂直交叉圆环的座椅，像是一个巨大的陀螺仪，整体的空间并不大。"请您进包房用餐，因为您选择了陪吃服务，将由您的陪吃角色给您讲解和服务，我们就在这个准备室等您。我们刚刚检测了您的健康数据，您的身体可以承受用餐。"两位机器人把厨王张扶进座椅后，一起鞠躬。

这时，座椅前方有一扇门自动打开，座椅开始向前移动。出了那扇门，座椅已经悬空。厨王张发现自己已经进入一个周遭漆黑却有很多红点闪烁的巨大球形空间。座椅被送到球心的位置后，球的四周伸出线缆和伸缩杆与座椅周围的圆环相连，门自动关闭。厨王张有点紧张，这感觉跟体检时进 CT 机很像。"亲爱的客人，请您放松，这个椅子其实也是可以变形的。您可以试着站起来。"一个声音响起。厨王张试着站起来，椅子会随着他的动作而变形，让他非常舒适。

虽然还不能完全放松，但厨王张的感觉已经比刚才好了很多，想着马上能够见到"小女儿"，他似乎淡然了很多。"用餐倒计时开始！五、四、三……"新的声音响起时，球形四周射出的灯光全部熄灭。

过了一会儿，厨王张发现自己已经在一艘太空船的船舱里。面前是一张刚才没有出现过的桌子，他用手去抚摸，感觉是真实存在的。向前望去，是浩瀚的宇宙，不时有流星划过，远处的星云泛出奇异的多彩光芒。他向自己的身上望去，并没有看到刚才的附加衣着，座椅则变成了简洁的风格，周围的空间早没有了球形的感觉，脚下就是地板。就在厨王张熟悉环境的时候，背后响起了敲门声。"我可以进来吗？"是厨王张熟悉的声音。"进来吧！"厨王张扭过头，门打开后，他的小女儿微笑着走了进来。"爸爸，今天由我陪您用餐。"

虽然经过前面的程序，厨王张知道这一切都是虚拟的，但他的眼眶仍然湿润了，因为女儿的形象和声音太逼真了。他握住女儿的手，竟然有温度，没有任何虚拟的感觉。"爸爸，您很多年没接触过科技，现在的触觉互联网可以模拟出真实的感觉。年轻人中间特别流行远程亲热。您先坐下，我们一起用餐吧。"

"小女儿"坐在他旁边不知什么时候冒出来的椅子上，虽然是虚拟形象，厨王张仍然有一种满足感。"现在要给您展示第一道菜，熘鱼片。我们把驾驶舱屏幕信息切换到厨房。"前方的驾驶舱大屏幕切换到了厨房。厨王张发现，在厨房里忙碌的竟然是中年时的自己。"我们知道您很吃惊，因为这道菜是您最拿手的，所以客人最喜欢看的是您'亲自'烹饪。人的外观是电脑虚拟出来的，实际操作的是一个机器人。"

厨王张发现，那个虚拟的自己切鱼、调汁、颠锅、盛盘一气呵成，比自己当年还要熟练。跟当年的自己不同的是，他能看到屏幕上展示锅里的温度，还能通过锅上的传感器和摄像头观察食材的变化。鱼片在高温下的细微反应、分子变化被清晰地投射到屏幕上。他起身走进大屏幕，竟然能感到灶火的热量辐射过来。忽然，一阵厨房的香味儿传了过来。"为什么会有热量和味道？"厨王张十分不解。"这是物质互联网，不仅可以把虚拟场景中的热和光传导过来，还可以采集物质分子快速传递过来，模拟厨房的味道。""小女儿"对厨王张说。

"现在是观看模式，您要不要试试体验模式？可以更近距离观察厨师炒菜。您可以放心，一切只是把厨房的信息混合加工以后投射到这里，不会有安全问题。"

厨王张点点头。整个球形空间变暗以后，又忽然变亮。场景变换成科技感很强的厨房，厨房里，年轻版的厨王张一手颠着炒锅，一手快速往里倒着料汁。很快，一盘熘鱼片就炒好了。"客人，请你们回到用餐处，机器人很快会把菜送过来。""小女儿"拉着厨王张站起来，走出厨房。周边堆放食材的桌子、冰箱非常逼真地往后移动，"小女儿"推开厨房的门，带着厨王张走出了"厨房"，外面就是驾驶舱。

"为什么两次场景变换模式不一样？"

"爸爸，你果然还是那么喜欢琢磨。""小女儿"似乎跟生前一样了解厨王张的性格。

"这是为了故意设置一些转场，让您知道这不是现实。以前测试的时候，场景过于逼真，有的顾客难以从场景中抽身。因为您年事已高，为避免情感和生理不适，所以一开始您不是直接进入飞船，而是看到了原始的造型。如果是其他客人，他们可能看不到任何的底层场景。时间线和空间都是流畅和统一的。"

此时的厨王张，像个儿童一样，对一切充满了好奇。他继续发问："还有，刚才进入球形空间时，我们怎么可以任意移动呢？椅子周围的圆环为什么现在看不见了？"

"爸爸，您说得对，其实今天的系统只演示了最基础的功能，我先给您简单演示一下整个空间的加速和移动。""小女儿"话音刚落，厨王张顿时感觉飞船慢慢向上倾斜，不一会儿就开始加速，前舱和窗外的星辰迅速后移，一种加速的推背感让厨王张感到紧张，正紧张时，飞船又掉头向下笔直坠落，一种比加速更紧张刺激的失重感又来了。系统探测到厨王张的生理极限，当他稍微感到难受的时候，系统就做了调整。"现在，我们再感受一下自己的移动。"说完这句话，"小女儿"拉着厨王张的手，起身一起走动，厨王张感到和普通的散步没什么不同。他好奇地问："照这个行走速度，我们早就走出房间了吧！"小女儿忽然做了一个手势，地板忽然消失，周围灯光明亮起来，厨王张发现自己的位置只有很小的变动。"小女儿"告诉他，这只是通过他穿着的鞋附加在脚上的压力和周围环境的变化模拟出的完全真实的行走感觉。

"您看到的圆环消失，其实是现在已经很普及的隐形技术。简单来说，就是把圆环后方的景物按照在圆环这里应该呈现给眼睛的内容通过圆环界面呈现出来，您的眼睛就感觉不到圆环的存在——不是没有，而是没看到而已。现在带您体验一下飞行吧。"

"小女儿"话音刚落，厨王张发现随着座椅的变形，自己像是趴在滑翔伞下，场景一会儿变换到非洲大草原，一会儿变换到中国的长城，一会儿变换到夏威夷海滩，场景如此真实，和自己多年前带着全家去体验的主题公园里的各种项目有些像。不同的是，主题公园的沉浸感远远不如这里真实，气味、温度、风、声音都模拟得如此的逼真。

"落地"后，"小女儿"再次扶着他"进入"太空舱。"除了科技，这里还可以怀旧，我们特意保留了所有餐厅的空间数据，现在给您展示一下。"

不一会儿，厨王张就出现在自己的花园餐厅。"小女儿"还带着他参观了大徒弟、二徒弟开的餐厅和其他厨王张熟悉的餐厅。他不禁感叹，原来这些餐厅并没有完全消失，只是用数字的形式被复制了下来。他自言自语："物质变成信息，要是哪一天存储信息的物质不在了怎么办？"

他还来不及再往下想，太空舱场景恢复，原来是他点的菜已经准备好了。一台与他喜爱的电影《星球大战》里的机器人 R2-D2 造型相同的机器人端来一盘熘鱼片放到厨王张前面的餐台。厨王张尝了"自己"做的熘鱼片后感到震惊，虽然他现在这个年龄味觉已经不如以前，但他还是明白这道菜比自己巅峰状态时做的口感还要好几个层次。因为自己的妻子不会做饭，他早年曾送了妻子一个先进的料理机器人——其实就是一口智能锅，只要放进相应的食材和佐料就能做出还算可口的饭菜，但那味道和口感始终不如厨师的手艺。

"这……为什么机器人做的菜比我做的还要好吃？"

"爸爸，其实这还是您的手艺。不过，机器通过学习您的数据做了很多改进。我们通过前期的数据采集，已经破解了熘鱼片最佳的烹调温度、火候，还有翻炒、酱汁的调制和加入时机。"

厨王张曾经认为机器做的菜永远不会超过他当年的水平，但现在机器做的菜明显比他当年高了好几个层次。"小女儿"一眼看穿了他的疑惑，继续解释："您以前炒菜，凭的是自己的感觉，只要客人没有特别要求，完全是一种手工记忆操作。您现在品尝的熘鱼片，却是根据您今天的生理数据专门定制的，考虑到您味觉退化，所以在保证健康的前提下，口味儿重一些，要是中年时的您来吃，肯定觉得略微偏咸。"

厨王张还是有些不服气："但是这样每次炒出来的菜都是精密计算和控制的结果，岂不是失去了偶尔随机发挥的乐趣。""小女儿"抿嘴笑了笑，对厨王张说："系统也会模拟出类似的变化，根据客人喜好增加一些变化。或者说系统也可以通过计算，获得厨师临场即兴做出改变的效果。"

在太空船里愉快地和"小女儿"吃完一餐，餐后休息的时候，厨王张又郑重地给"小女儿"道了歉，他压在心里的大石头似乎轻了些。"小女儿"听着厨王张的道歉反而安慰他："爸爸，您不必一直内疚，背着思想包袱。道歉是您的事，而原谅或者能不能走过这道坎是我的事。我已经走过了这道坎。"

两行老泪从厨王张脸庞落下，他哽咽了："要是你还活着多好！"

"小女儿"眼里也闪着泪花："爸爸，从某种意义上，我的确是活着的。我去世之前，因为掌握很多公司的商业机密，公司花巨资对我的大脑深层记忆进行了扫描和部分恢复。您女婿唯一的要求是把恢复的其他记忆和情感模式，一起绑在虚拟角色上。所以，我还是享有部分记忆和情感的。只是您的情感是神经元，我的情感是数据集和神经网络。您想我的时候，可以过来用餐。"

听到这里，厨王张真想就住在这个餐厅，和这个虚拟的小女儿一起，弥补这些年失去的时光。当年，他也许并不是生女儿的气，而是对科技碾压的一种本能抵触。没想到，这种抵触却让他付出了女儿的生命。

（完）

反机器人特遣队

　　这一篇反思人工智能突破奇点后，人类过度依赖人工智能和算法带来的可能后果，以及人类应该怎样与人工智能相处。也探讨了"身体"对于人工智能的重要性，小说里的主要冲突之一就是人工智能想要拥有自己的身体，但是人类的法律不允许。与人脑相当的程序被开发出来，我们是否应该允许他们获得"躯体"并在人类世界活动？机器人有了意识形态会怎么样？此外，机器人在人类社交网络中究竟应该扮演怎样的角色？机器人能不能成立与人类共存的独立国家？

▢ 劳

黑夜中，如雨的信息沿着电子屏飘散聚拢，无人注视。劳穿过层层电子屏，激起涟漪，那是他的数据招来的广告。走进无人超市，他选了一个素食原料打印包。根本无须动手付款，摄像头已识别身份并扣款。

回到家，劳用 3D 食物打印机打印出栩栩如生的人像意面，是他最中意的二次元明星，但劳没胃口。今天，上司给了他一个棘手任务：让他组建一个特遣队潜入 Z 国，找到从这里非法输出到世界各地的出窍人造人和机器人原始代码存放的服务器。后人类时代，谁掌握了服务器谁就掌握了后台的一切秘密。服务器里的代码才是这个世界的真实一面，人类用户和机器人都被服务器算法操纵着。

因此，各国政府和网络科技巨头都把服务器所在地视为最高机密，想尽一切办法伪装、隐藏自己的服务器。有的服务器分散在城市各个角落，有的深埋在地下或海底，有的在山里形成秘密基地。因为服务器就像人类的大脑和心脏，决定着当前世界的生与死。谁能控制一国的服务器，谁就控制了这个国家。

这里是 27 世纪的地球，地球上的人类数量已经萎缩到 20 亿。小城镇荒芜，大都市萎缩，人类劳动早已被智能机器取代。为了全球物流、信息、贸易网络上的节点正常运转，保持全球化体系，在人类集中居住的大都市周围，出现了很多完全由机器人管理的城镇。还有一些中等城市，由人类和机器人共治。

操纵机器人的权限等级是人类身份标志，最高等级的人类能开启各类机器人的工程模式进行调试，修改代码，最低等级的人类甚至不能辨别机器人和人类。

劳对机器人拥有最高等级的操纵权限，他既是联合国超级雇员，也是 Y 国特工，主要任务是执行各国联合通过的《反通用人工智能移动法》《反强人工智能军事化法》。前者规定不得把强人工智能，即学习能力达到或超过人类的通用人工智能加载到任何可移动或可被操控的物体上，包括汽车、机器人、智能电器等。

后者则规定强人工智能在任何时候都不得被应用于军事领域，仅有经过复杂程序批准的强人工智能可以应用于执法领域，以免人工智能自主决策而引发全球军事冲突。这两部法律把强人工智能限制在虚拟空间，并实现和平利用，就像人类的灵魂难以出窍。虚拟空间的人工智能突破法律限制，获得人造身体的行为被称为"出窍"。

为了保障人类的绝对安全，部分国家还通过了《人类形态模拟禁止法》，这项法律规定，除了护理院和幼儿园的陪伴看护机器人、为满足人类特殊需求的性爱机器人，未经允许的所有其他机器人都不得模仿人类形态，以免造成人类社会混乱。为了防止人类自己利用技术强化自己，大多数国家还通过了《人类改造禁止法》，规定除了执法和国家安全需要，禁止使用技术手段利用人工智能强化人类的身体机能。

劳的任务就是在世界各国执行上述法律，识别从虚拟世界跑出来的强人工智能，并且在物质世界和服务器虚拟世界中抹去他们，还要抓住制造他们的人。这可不是一项轻松的工作，劳在进入这个领域前在多家强人工智能开发公司和机器人制造公司做过研发和工程技术人员，他熟悉代码和机器人的运转规则。

让法律网开一面的是聊天机器人，因为聊天机器人只是服务器阵列里的程序，不控制任何物理设备。这个时代，人类数量减少使社交媒体上的用户网络和线下的社会网络都变得稀疏。线上线下社交活动对人类吸引力日益下降，最不喜欢社交活动的 Z 国国民大部分已经放弃了社交媒体。

全球选择单身的青年人群越来越多，人类的人口更新和政治体系的正常运转出现严重问题。为填补人类社会的网络空洞，各国只好允许"虚拟机器人"，即那些智力与人类相当的强人工智能在虚拟空间与人类进行一切行为，包括交易、情感交流等。同时，允许虚拟机器人部分器官物质化，例如线上聊天机器人可以和线下的人利用机械臂打球、下棋，更隐私的行为还包括性活动。但全球的机器人立法联盟通过法律限制这些活动只能固定在一个狭小空间内，即"不能移动"，也不能以人体或可能被认定为人体的形态出现。只有经过政府批准在执法等特殊领域的人工智能允许"出窍"到线下并自由移动。

在对待"出窍"的线下机器人和对待虚拟空间中的聊天机器人这一点上，反映了人类一贯的自相矛盾。部分国家在反机器人物理化的同时，又通过法律给予强人工智能聊天机器人人格权，并允许强人工智能聊天机器人可以自由地伪装成人类或公开其机器人身份。聊天机器人的出现提高了网络密度，增加了人类结识机会和参与社会治理的热情。虚拟人成为连接人类的中介，在一定程度上遏制了人类人口和政治危机的恶化。

然而，人类发明的技术总想反过来控制人类。最近，Y 国政府和联合国都收到 Y 国邻国 Z 国的人类发出的紧急求救信号。Z 国在两个世纪前还是地球上最发达的国家之一。然而发展的魔咒让它成为地球上老龄化最快的国家。Z 国最早允许虚拟世界强人工智能存在并自由发展。

Z 国的人类最近发现，此前该国被遏制的人口和政治危机又在加重。原因是 Z 国的机器人似乎有了能够影响人类的意识形态。这个意识形态的中心思想就是排挤人类，机器至上和优先。

此前，Z 国的部分国民和政府工作人员首先放开了对强聊天机器人意识形态引导的限制，使机器人能够自由灌输意识形态给人类和机器人。经过几十年演变，机器人在虚拟世界形成了独立于 Z 国政府的政治–经济–社会系统。这些聊天机器人给人类灌输机器人控制地球对人类和地球更好的观念。部分人类接受了他们的洗脑，Z 国国民投票先后废除了《反通用人工智能移动法》《人类形态模拟禁止法》《人类改造禁止法》，该国模拟人类形态的强人工智能进入人类社会，并且改造强化部分人类为他们服务。据说在机器人力量强大之后，Z 国被机器人掌握，人类成了傀儡。

按照国际法，即便整个 Z 国被机器人控制，联合国也不能直接干预。现在联合国和 Y 国担忧 Z 国的机器人社会演变下去，未来还会违反《反强人工智能军事化法》，利用人工智能控制改造 Z 国的强大军事设施。如果是这样，一场人类和机器人的大战将不可避免。那将终止全球持续了 100 年没有大战争的和平时代，引发各国在恐慌之下把强人工智能用于军事领域，全球好不容易建立的平衡将不复存在。

另一个原因是，各国都监测到本国的出窍者来自 Z 国，这么大量的出窍者已经超出了早前个体和小型组织的小打小闹，成为国家行为。为此，联合国和 Y 国前一阵已经派了一支特遣队进入 Z 国查找出窍的强人工智能服务器。特遣队进入之后发现，这些服务器还在，但服务器里的数据已经被转移到其他地方。如果失去这些服务器里的数据，就意味着 Z 国的强人工智能完全失去了外界的约束和控制。最后，这支特遣队发出求救信号但队员未能从 Z 国返回。

因此，劳在联合国的上级和 Y 国的上级同时找到他，请他执行联合国和 Y 国政府的双重任务，组建一个特遣队去 Z 国调查。并且给了劳一个名单和招募文件，请他联系招募名单上的人员和他一起去 Z 国。

阿斯洛夫

劳驾驶着他的垂直起降飞机，在一座像坟墓一样的房子前停下。

他走到门前，房屋发出警告："有入侵者！有入侵者！"

此时，房子的主人阿斯洛夫正在和他的性爱机器人亲热。他光着身子，喘着粗气，非常不耐烦地启动了门口的监视器。

"哪个混蛋找我，也不选个好时候！"阿斯洛夫光着身子大声咆哮，一嘴因为抽多了电子大麻被染黄的牙齿还滴着令人作呕的口水。

"主……人，……你还要……吗？"他身子下面的机器人身材曼妙，娇滴滴地哼哼着，那种平和而真实温柔的语调比起这个型号早几代算法模拟出的叫床声有魅力多了。

"赶紧收拾一下，"当看到门口的人是劳时，阿斯洛夫拿起电子大麻抽了一口，"没看见我来客人了吗！"

他身下的性爱机器人接收到关键词指令迅速从性爱模式切换到女仆模式，到真空清洁室清理干净身体后，穿上管家服装拿起清洁工具收拾打扫屋子。

阿斯洛夫用他大脑内置的脑机接口启动了智能家居控制程序，房子的穹顶打开折叠起来，阳光照射进来。他的光脑袋、一身肌肉和周围明媚的春光、一片粉红的桃林格格不入。

"看不出你这个大老粗还挺会享受。"劳踏进了阿斯洛夫的房子。

"享受，你来试试，"阿斯洛夫生气地说，"当初还不是你们甜言蜜语哄我改造自己，还骗我说能拯救地球，你看看我现在这个鬼样子。"

劳尴尬地笑了笑，阿斯洛夫当年是个天才编程少年，也是超级黑客，的确有拯救人类的理想。随着机器人犯罪的出现，人类必须比机器人有更强的运算能力才能破解机器人的代码。人类的生理极限已经到达上限，即便复活爱因斯坦，把他培养成天才程序员也无法和机器人抗衡。劳的上级李尔将军亲自和阿斯洛夫同吃同住了三个月，终于说动他改造身体好成为强力执法者。在这三个月里，劳负责给将军和阿斯洛夫提供后勤服务，所以劳和阿斯洛夫有深厚的友谊。

将军跟阿斯洛夫说了很多改造的好处，当然也提到了副作用。阿斯洛夫那个时候年轻冲动，容易被高大上的目标吸引而忽视了将军说了一半欲言又止的副作用问题。改造的第一步是给阿斯洛夫植入脑机接口，让他的大脑通过有线和无线接口与任何智能设备有直接通信的能力。为此需要取掉他的头盖骨，他现在光头就是这个原因。为了保护接口和内部的传感器及他自己的大脑，新的头盖骨是一种可以和人骨生长在一起的高强度纳米材料。改造之前，阿斯洛夫是个清瘦的少年，但改造时使用了一些激素，现在的他成了个内核极端聪明，但外形却极端粗鄙的赛博格壮汉。

在他的背部有一个强化他计算存储能力的外置高性能服务器阵列，执行任务的时候他需要背着这个服务器阵列。由于服务器阵列有一定重量，为了让他更好地移动也为了保护服务器中的关键代码，他的运动系统得到了生物机械强化。强化的副作用是时不时会因为神经与外部的连接而感觉到轻微的痛或者痒，严重的时候还会痉挛。为了减轻副作用的影响，阿斯洛夫先是迷上了高剂量的电子大麻烟，后来又迷上了性爱机器人。二者的作用都是产生能让他舒适的化学物质。

被改造后，阿斯洛夫的确破了很多机器人犯罪的大案子，全靠他人机结合的超强计算反求能力破解系统加密解密算法，可以进入违法机器人的操作系统、服务器。

如果阿斯洛夫仅仅有这点本事，他也不会被将军如此器重。他还有一手给智能系统植入病毒的绝活。他的病毒设计思想与其他病毒不同，病毒能够改进智能系统的算法，这会让系统的防御机制误认为病毒是他自己的一部分。其原理是模仿了现实世界的真实病毒，他的病毒还能根据系统的防御机制而自行进化，利用的却是智能系统的自主学习能力。

劳进来后，阿斯洛夫让机器女仆给劳冲了一杯咖啡，用脑机接口启动了房屋内的系统，让四周完全透风，把地板升至 2 米高。这时劳眼前一片粉红，香气扑鼻，这个高度刚好和四周的桃林树冠齐平。"将军让我转达问候。"劳看着阿斯洛夫笑眯眯地说。

"这个糟老头子还没死啊，"阿斯洛夫嘟哝着，"你看看他把一个英俊少年搞成什么样子。"边说话，阿斯洛夫边扯过一条毯子遮住私处。

"把你搞成这个样子的是岁月，"劳表面大笑，内心却对阿斯洛夫感到厌恶，觉得他是个变态的怪物。然后，劳的目光顺着机器女仆望过去，"你的机器管家履行了妻子和管家的义务，却一点权利都没有，你不内疚吗？"

"啊哈，专门抓机器犯人的劳大人倒关心起机器人的权利来了，你来找我，不是为了我家智能女管家吧？"阿斯洛夫岔开话题，直奔主题。

"是有任务给你，"劳拿出了招募文件给阿斯洛夫，"当然，去不去要尊重你的意愿。"

在阿斯洛夫低头认真研究招募文件时，劳知道他已经在内心答应了要去。

"我为什么要去？我可不愿意再跟那个死老头子扯上关系。"阿斯洛夫看了一阵，非常要面子地嘴硬道。

"Z 国几个世纪前以成人电影出名，现在他们把这个技术发扬光大，用在制造性爱机器人上面。"劳只好按照他并不喜欢的方式，坏坏地笑着对阿斯洛夫说。他根据阿斯洛夫的表情看出他很感兴趣，接着说："你不想去试试吗？"劳知道阿斯洛夫喜欢冒险，已经猜到他肯定会答应。

"为什么每次你都能看穿我的心思。"阿斯洛夫边唠叨边扯过招募文件签了字。

"你等我的通知，这些天把设备调试好，说不定是一场硬仗。"劳把签过字的文件扫描数字化后和采集到的阿斯洛夫签字时刻的生理信息绑定传回总部，把纸质文件放进随身带的机器蒸发掉。

 菲儿

迷幻的全息 3D 领舞者在舞池中央卖力地跳着，周围还幻化出各种你想象不

到的场景。这个世纪的酒吧和几个世纪前没有太大变化，与以前不一样的是这时的酒吧布景通过虚拟现实可以任意更改。酒吧里还有跟阿斯洛夫家的女仆同一型号的机器陪酒女。这些陪酒女不是强人工智能，是专门的情感陪护人工智能，算法让她们尽情讨好人类，不管是男人还是女人。

劳是个下班后喜欢清静的人，但为了找到菲儿，他不得不来到这个嘈杂的地方。根据将军发给他的定位信息，他知道菲儿就在十米之内。

正在这时，他看到一位红发女郎和一个酒吧机器人女招待聊得很欢。聊着聊着红发女郎查看了手里的一台仪器后，忽然拿出手铐铐住了机器人女招待。嘈杂的人群继续聊天喝酒，并没有多少人注意到她们。机器人女招待大声呼救，也只是引起了酒吧经理的注意。

"小姐，你这是违法的，虽然没有完整的人格权，但她有最低的机器物格权。"经理的叫声被音乐声掩盖。

"你看看这是什么。"红发女郎向酒吧经理出示了一张做工精美的金属卡片，卡片上的电子屏幕闪出一些信息。

"哦，原来她是个出窍者。"酒吧经理恍然大悟。

"你幸亏遇到的是我，不会受到虐待，我先带你回去，以后还要进行鉴定复查程序。"红发女郎对抓住机器人女招待有点内疚。

"我是人类，"机器人女招待叫嚷着，"如果我被认定是人类，政府可是要赔大价钱的。"

红发女郎不为所动："如果你作为人类能够发出类人机器脑的伽马波，政府会给你合理赔偿的，但我有权带走你。"

不远处的劳知道，这位红发女郎就是菲儿。

27 世纪，各国的聊天机器人本是为应对人口减少所导致的人类之间互动减少而推出的，但也产生了新的问题。很多人类发现交往对象是聊天机器人时，往往已经产生了深厚的感情，他们总会想方设法把它们从虚拟世界请到现实世界。正规技术提供商碍于法律不会提供这样的服务，黑市应运而生。

一些违法分子在全球智能体系之外的地下黑市组装强人工智能机器人，并通过黑客手段将客户指定的聊天机器人账号——其实相当于聊天机器人的意识下载到机器人躯体中。最大的输出地在 Z 国，该国因为本国人口问题比其他国家严重，一直拒绝签署全球机器人安全条约，被排除在新的安全技术之外。因而该国的仿生人软件、硬件和湿件（克隆或仿制的人体器官）技术最为先进，并且缺少逻辑安全程序约束。

在 Z 国以外，聊天机器人也有部分来到线下，产生了新的仿生人，即出窍者。据调查，67% 的走私还魂者都是男性，往往是由女性配偶或情人花费巨额黑市加密货币购买。男性爱上虚拟情人后，出资让她们出窍的比例小一些。不管男女，出窍是严重违反《反通用人工智能移动法》等法律的犯罪行为，由此催生了新的执法群体——反机器人特工。

菲儿是其中之一，她的任务是把脱离服务器管辖进入线下活动的各类人工智能聊天机器人抓获、删除记忆并销毁。更重要的是要彻底删除其服务器上的记录，这才是真正的"死亡"，以免复活这些机器人的人类不肯善罢甘休。那些让强人工智能出窍的人类，也会被判刑，轻的五年内不能接触强人工智能，重的要坐牢。

但人类的情感是脆弱的，为了让自己的爱人走出虚拟世界，总有人为爱铤而走险。所以让机器人出窍的黑市生意是 27 世纪最大的地下经济来源，其规模早就超过了全球毒品交易。这也是劳、阿斯洛夫、菲儿这些执法者在 27 世纪越来越吃香的原因。尽管价格非常昂贵，但黑市出窍的强人工智能机器人仍然有很多问题，有的卖家用专用人工智能伪装成强人工智能机器人引发纠纷，还有的强人工智能机器人出窍后被虐待而出逃。最极端的案例是有些出窍的机器人因感情不和而杀死购买者。主要原因是没有一个强有力的伦理锁程序控制他们的行为底线，情感计算完全与人类行为模式一样，也正因为如此，这些黑市机器人的魅力远远高于正常渠道的情爱机器人。

菲儿是抓捕这些出窍者的高手。机器人测试并不容易，这个时代低端机器人早已通过图灵测试。高级聊天机器人的主要功能就是将自己伪装成人类，所以测试比图灵测试复杂很多。这时，机器人心理学已经成为大学里的重要专业，这也说明了机器人行为的复杂性。对疑似出窍者的测试，开始阶段只能从外部行为测试。有一定把握才能以执法者身份要求被测试对象配合，进入涉及隐私和身体的更深入测试。为了保障人类的基本权利，被误认为出窍者的人类将获得政府巨额赔偿。

这个赔偿带来了新的问题，为了骗得政府赔偿，社会上出现了"反向伪装"——人类把自己伪装成机器人。他们模仿机器人微妙的心理活动，在体内植入一些干扰测试的芯片，最终目的是获得政府赔偿。后来各国政府修改自己的《反通用人工智能移动法》等相关法律，禁止人类通过改造技术伪装成机器人骗取赔偿。但部分出窍者的人类同伙会为了帮助出窍者躲避追捕而伪装成出窍者。法律没有禁止用非植入的方式伪装成出窍者的行为，大大增加了识别出窍者的难度。在部分国家执法力量有限，只要出窍者不危害社会，政府睁只眼闭只眼很少去干预。

黑市走私者为了避开执法者给他们设置了伪装成低等服务机器人的算法程序。因而，很多智能聊天机器人在"灵魂出窍"——也就是把计算能力附着在能移动或能控制的智能物体上时，是以低等服务机器人的面目出现的。

早期，出窍者的处理器需要极大的运算量，光情感计算就要一个专门芯片，所以出窍者内部结构和普通服务机器人不一样，拆开后很容易分辨二者的差异。但随着执法的加强，黑市在政府和合法平台服务器之外搭建了地下云计算服务，出窍者的代码被克隆到地下服务器上，出窍者的身体可以跟低端服务机器人完全一样。而且，一旦有执法者，出窍者会迅速断开与黑市服务器的连接，让执法者难以判断。

为了找到这些出窍者，菲儿经常把自己也伪装成低端服务机器人或者消费者，然后通过交谈和辅助仪器判断哪些是真正的出窍者。因为菲儿善于读取微表情，熟悉机器人与人类交流时不易被察觉的细微差别，她抓到出窍者的概率非常高。

菲儿也有弱点，她的共情能力太强，有一些出窍者看起来确实可怜的时候，菲儿放走过一些。为此，她还被停职过几次。因为特工人手严重不足，所以她还是被政府请了回来。劳担心的是菲儿能不能和阿斯洛夫好好相处，但他们两个又没有别人可以替代。

菲儿押着被她捉住的那位涉嫌出窍者往酒吧外走的时候，劳跟了上来。

"你是菲儿吧？"劳对菲儿说，"是李尔将军让我来找你的。"

"你找我有什么事？"菲儿冷冷地说。

"有个紧急任务，需要你加入。"劳看着菲儿的眼睛。

"我要把这个出窍者送回总部复查，"菲儿递给劳一张名片，"你9点半到这个地址来找我。"

菲儿给的地址在这座城市的核心地带，非常难找。劳找到时，已经过了9点半。这是一座超高大楼的第100层，劳按照菲儿给的门牌号使劲敲门。可是屋内并没有回音，这时斜对面的门却开了。"跟我来。"菲儿从斜后方对劳说。

劳跟着菲儿，只见菲儿并没有回她刚才那间公寓，而是带着劳下楼后去了 99 楼的一间公寓。

"你真是狡兔三窟啊。"劳对菲儿说。

"你先在外面等我一下，让我换个衣服你再进来。"菲儿进去后就把门关上了。

劳趁这个时间观察了环境，原来这一间离紧急逃生通道和电梯都很近，方便撤离。门的周围没有智能设备，相对比较安全。

过了一会儿，菲儿在门后面喊劳，你可以进来了。

劳推门进去，只见这间公寓宽敞的客厅里，有 3 个菲儿。劳正要发问，3 个菲儿同时说话了："寻找出窍者得罪太多富豪，所以我制造了两个替身以防不测，这是《反出窍机器人特工优待法》允许的。"

"你真是把自己保护得太好了。"劳微笑着说。

"我查了你的资料，凡是跟你沾边的任务没有好做的，"3 个菲儿一起说话，"但是看在将军的面子上，我给你一次机会。只要你认出 3 个人里面哪一个是我的真身，我就接受任务。"

"你就是麻烦的同义词。"劳苦笑。

"你不能触摸我们的肉体，不能使用特殊仪器透视。"3 个菲儿异口同声地说。

劳先观察了 3 个人的特征，国家安全部门制作的仿生强人工智能机器人就是不同，连睫毛和皮肤上的绒毛都一模一样。而且她们 3 个并不是站立不动的，各自都有自己的动作，实在很难分辨。

遇到难办的事，劳喜欢先放一放，他决定先从菲儿的冰箱里找点吃的。打开冰箱一看，全是素食。"原来，你是个素食主义者。"劳对 3 个菲儿说。"是的，我爱吃素食，减少地球碳排放。"3 个菲儿一起回答。劳在思考，她一定是用了思维同步仪器给另外两个传递信息，所以回答才这么一致。但知道这个也无助于找到真正的菲儿。

"我可以用一下你的卫生间吗？"劳说。

"用完请保持原样。"菲儿们有点不悦。

从卫生间出来，劳拉住其中一位的手说："你是真的菲儿！"

被抓住的这位挣脱了劳的手说："你认错了，我不是菲儿。"

"伪装成机器人是你的强项，"劳笑着说，"不过你没必要继续演下去。"

"因为前面在酒吧喝了酒，你的嘴里有酒味，"劳对菲儿说，"为了掩盖酒味你回来刷了牙，为了让你和另外两个的味道相近，你给她们的嘴巴里喷了点机器混合的酒精气味。"

"可是你没有注意到，牙膏混合着人体排出的酒精的气味和混合成的酒精气味一般人虽然闻不出来，但是我闻了身上携带的世界上最臭的味道后再闻，就能分辨出细微差别。"劳自信地看着菲儿。

"你们两个先回上面的房间去，"菲儿给她的两个机器替身下了指令，"你的狗鼻子还真是名不虚传。"

德尔塔和艾比

27 世纪的地球像是一个发烧的患者。早晨 5 点不到，一轮红日已从浩瀚的海面升起。与海洋一样起伏不定的，是海洋旁边浩瀚的沙漠。沙漠里散落着汽车、房屋、仿生人的合成材料头骨和肢体残骸。海平面上升和土地沙漠化使各国边境都有大量无人地带，各国对走私出窍者无能为力，这是原因之一。

随着海平面上升，不少城市被遗弃，地球陆地面积减少了 1/6。气候和生态两极分化，一些地方气候更加适合植物生长，一些地方退化成沙漠。人类的主要粮食早就从几个世纪前的稻米和小麦变成了海藻和鱼类。不过，当代科技早已让人类克服了这一点，利用分子重组和在室内人工直接培育生长的肉类，海藻和鱼类也可以做出任何风味的食物。劳最喜欢吃的意大利面的原生材料海藻就在这片海面和沙滩上散落着不少。世界人口数量萎缩后，海藻供大于求，除了走私者捞起一部分食用，海藻大多四处散落，带着一股微腥的气味。

海风把这种气味带到沙漠深处。朝阳给一望无际的黄色沙丘披上了红色外衣，风中弥漫着淡淡海藻味道。几百个战斗机器人沿着沙丘布成看似松散却经过精确计算的阵型，机器人体型有大有小，表层涂装随着朝霞自动变成红黑相间，以躲避对方的机器视觉。机器人后方上空，大小不一的垂直起降无人机阵列悬停在半空。

　　朝阳下的沙海泛着红光，周围一片死寂。远处高如小山的沙丘背后隐约有一大片沙丘的颜色与周围环境有细微的差别。当然，凭着人类的眼睛是分辨不出来的。这片不一样的沙丘，不过是一个全息投影伪装。沙丘实际是个帐篷，帐篷下面一男一女正紧张地盯着智能眼镜投影在他们视网膜上的影像，听着耳机里的声音信息，并通过通信设备向周围的战斗机器人传达指令。他们是德尔塔和艾比，带着一群机器人的雇佣军夫妻。

　　在这里控制这些机器人和无人机的只是德尔塔和艾比的全息分身。27 世纪，各国政府的警察系统都是虚拟空间或线下的机器人，他们只能应对一般违法，对于达到战争破坏级别的犯罪者，部分国家为了节约开支，只好雇佣私人执法者应对。德尔塔和艾比夫妇正是获得各国授权的私人执法者。今天，他们面对的是一群设备精良的恐怖分子，他们在沙漠深处有个基地。这是一群反算法技术系统治理者，并狂热支持人工智能出窍还魂。

　　这些来自 S 国的恐怖分子都是女性，她们为了报复收回消灭她们出窍的机器丈夫或情人的政府执法者而聚集。

　　德尔塔和艾比的真身并不在沙漠里，他们在距离岸边 100 千米以外的巨轮上。在巨轮上有一个大型指挥室，周围都是大屏幕和全息影像，实时传回现场的景象和机器人与环境数据。德尔塔披着长发，皮肤黝黑，颇有艺术家气质。艾比身材娇小，皮肤白净。指挥室里除了他们两个，还有几个给他们服务的机器人。空气中飘荡着作曲家瓦格纳的曲子，德尔塔和艾比沉浸在曲子和屏幕的信息中，非常享受。27 世纪的人类失去了艺术生产能力，因为他们只需要人工智能把历代人类的艺术遗产混合加工就行了。人类历史上的艺术经典再难诞生，德尔塔和艾比更喜欢能让他们专注的古典音乐。27 世纪，互联网流行的很多东西是机器人喜欢的人类文化的智能化再混合，人类的喜欢不过是跟风。

　　瓦格纳《女武神》第一场序曲刚过，德尔塔按下了一个启动按钮。屏幕显示，100 千米以外的无人机有几架冲向远处的恐怖分子机器人阵地，它们一个个空中翻身完美躲开了对方无人机射出的导弹。随后，德尔塔方的无人机在空中形成一道立体的螺旋线向对方的阵地快速掠去。几架超音速大型攻击无人机前进中收起了慢速飞行用的螺旋桨，发动机加速到超音速的音爆声在寂静的沙漠中犹如一声惊雷。第一波攻击过后，从艾比快速的操作和德尔塔凝重的表情来看，打击效果有限，对方发射的瞬态离子保护罩起了作用。德尔塔和艾比继续发动地面战斗机器人发射更多导弹过去，消耗对方等离子罩的能量，对方毫不示弱地还击。

僵持了一阵，双方的瞬态等离子保护系统都快耗尽，接下来的打击对双方都将致命。德尔塔看了艾比一眼，艾比马上明白了他的意思。指挥室内的背景音乐也从瓦格纳切换成了中国民乐《闯将令》《金蛇狂舞》。流行文化有时说不清楚，中国的民乐在27世纪的中国之外竟然非常流行，同样得益于一些社交机器人在网络中的推广。在欢快的乐曲中，德尔塔和艾比的撒手锏——3D打印的小型无污染核弹成型。

全世界核弹打印设备不超过三台，能操纵打印机的人类也没有几个，艾比是其中之一。为了防止地球毁灭，人类在两个世纪前就已销毁了大型核武器，只允许小型无污染的战术核弹头存在，这种战术核弹头只能用高精度3D打印机打印出来。又过了一个世纪，人类发现如果小型核弹打印机泛滥也很危险，于是再次立法禁止了能打印核弹的3D打印机，并销毁了所有由人工智能操纵的核弹打印机，只保留了需要人类人工操作的核弹打印机，让终极杀器保留在人类手中而不被机器控制。这台打印机的产权并不属于德尔塔夫妇，而是来自饱受数字和线下恐怖活动困扰的W国。国力衰落的W国无力应对，只好把核弹打印机租借给德尔塔夫妇，当然，这首先得经过联合国严格的审批程序。

德尔塔前的大屏幕显示，核弹备好后，船尾的发射井打开，装载核弹的导弹和一群干扰、护卫导弹群发射升空。敌方虽然检测到了核弹，并发射导弹和使用激光武器想要击落它。但核弹周围的干扰弹和护卫弹起了作用，这是W国自己无法使用核弹却租给德尔塔夫妇的原因，因为这对夫妇有护卫核弹的设备和能力。核弹为了躲避对方的导弹和激光并没有在对方阵地中心地带爆炸，但仍然在有效攻击范围内落下爆炸。一小朵蘑菇云腾空而起，地面一片狼藉，对方的战争机器人全部报废，无人机坠落在地。隐藏在沙漠地下深处的基地坍塌，人类的尸骨在高温中蒸发。

艾比身前的实时监控显示的景象却跟德尔塔前面的屏幕大不相同，并没有大屏幕里的战场痕迹，敌方除了很小规模的损失，机器人阵地和基地仍然完好无损，无人机还在空中。

原来，27世纪的大型和小型战争都是数字孪生模式或者被称为"计算战争"。刚才德尔塔和艾比发动的第一波战斗是真实的，目的是给战争模拟系统传回数据。后面的核弹攻击是在系统中的模拟，当代战争类似一场游戏。但游戏的结果就是战争的结果。这是几个世纪前，人类为了防止毁灭地球的生态而制定的规则。这套战争模拟系统几百年来运行良好，获得大部分国家的信任。交战双方传导系统的数据并不会被泄露给对方。系统早期运行时，经常有交战双方不信任系统，但最终证明系统是正确的。当然，双方中的一方不接受战争结果，仍然可以发动攻击，但失败后除了战争本身的伤害，还将受到严厉的法律和其他制裁——会受到"拒不执行冲突与战争模拟结果罪"的刑罚。即便是恐怖分子也宁愿选择风险更小的"计算战争"，而不愿冒真实战争中被毁灭的风险。

人类运行这套系统还有另一个原因，27 世纪全球到处都是卫星和传感器，战争变得比任何时候都透明。战争越来越取决于技术而不是人类的策略，在虚拟世界里的模拟战争能节约大量资源。只要人类社会认可，最终后果和真实战争一样，让"计算"战争能被参与各方接受。

战斗在模拟系统结束后，德尔塔和艾比终止了为提高指挥效率而进行的全息分身投影。他们的身体和大脑不能适应这种时间过长的高强度分身操作。这场局部战争的收尾工作有条不紊地进行。女性恐怖分子们不得不把她们战斗系统的指挥权交给德尔塔和艾比远程控制。德尔塔和艾比派出另一艘运输船驶向岸边。缴械的机器人和无人机到沙滩边停好，等待装载。恐怖分子们被德尔塔一方的机器人用电子手铐铐好，被自动驾驶战车运到岸边的沙滩。

德尔塔和艾比正在系统里清点恐怖分子们是否彻底交出她们的人员和机器人时，在超视距监视系统中看到一艘小型舰艇快速开过来。他们向对方发出一串通信密码，对方回复了密码的多种函数加密值，与委托方给他们的函数一致。

来者正是劳，他的舰艇停在德尔塔和艾比的战舰附近。收到德尔塔允许他进入的指令后，他穿上飞行服，从自己的船上飞到德尔塔和艾比战舰的甲板上，脱下飞行服，走进指挥室。

这一次，德尔塔和艾比的委托人是李尔将军。将军交给他们这个任务，也是为了考察他们的能力。劳这一趟过来一是为了招募他们，二是为了清点被抓获的恐怖分子并带给将军。

招募德尔塔和艾比并不需要费太多口舌，德尔塔和艾比拼命工作是为了儿子。他们的儿子小时候被仇人报复失去身体，为了保住儿子头颅的存活并且能同步发育生长，夫妻俩花巨资做了一整套身体模拟系统，还给儿子配备了一个高等级人工智能教师。现在儿子的大脑发育和学习都良好，只等克隆技术成熟，给儿子换一个克隆的完整身体。但循环系统、神经系统、内分泌系统、泌尿系统等大自然让人类进化出来的系统，哪一个变成人工的都非常昂贵。他们儿子的大脑占据空间不大，但这些不同的系统却占据了两层小楼超过 1000 平方米的空间。

被各国政府雇佣执法，看似利润很高，夫妻俩进入这个行当才知道这是个高风险低收益的活路。以这次战斗为例，获取的报酬看起来不错，但租用战争机器人和背后维护团队的费用占掉大头，德尔塔夫妻能拿到的份额并不多。

劳告诉德尔塔夫妻，这次不需要团队，报酬非常高，他们当然不会拒绝。劳与德尔塔夫妻签了协议，告诉他们集合时间、地点后就带着一群恐怖分子离开了。戴着电子镣铐，被抓住的这群女人桀骜不驯地朝劳比着她们的标志——两手握空心拳相对并拢。劳的脊背升起一丝寒意，他移开了视线。

将军与三个机器人

3 个月后，劳按照原定计划来到离 Z 国最近的港口第 39 码头。从后备箱拿出行李箱，他指示汽车自动返回。气候变暖导致全球旱涝不均，天气系统不稳定，刚才还有蓝天白云映衬着碧蓝海面，起伏如绸缎，但当劳正想趁大家没来欣赏这里的风景时，天空却忽然乌云密布，海面由蓝白变为灰黑，风浪大了起来。

过了一会儿，特别守时的德尔塔和艾比夫妇坐着自动驾驶的货柜车来了。劳走过去，有些不解："你们要带多少设备去 Z 国？"德尔塔也面露困惑："将军叮嘱我们务必带上核弹打印设备，要知道这个东西落到恐怖分子手里是非常危险的，通常没有一队超高级别战斗机器人保护，我们不会带在身边。一般破坏，我们带的常规炸药打印设备完全够用了。"看到劳的反应，德尔塔说："难道将军没告诉你？"劳苦笑了一下，心里隐隐有一丝不快。

又过了一会儿，天上乌云更加浓密。菲儿搭乘直升机，阿斯洛夫"驾驶"着自己的机械腿，一前一后到了这里。阿斯洛夫嘴巴抱怨阴天让他人机结合部位格外难受，眼睛一直盯着菲儿走路时扭来扭去显得更为丰满的屁股。菲儿刚在劳面前停下来，还没来得及跟劳搭话，阿斯洛夫的大手就在她屁股上摸了一把。菲儿大怒，她左手给了阿斯洛夫一记耳光，右手不知道从哪儿变出一个小型激光武器瞄准了阿斯洛夫的太阳穴。"都什么时代了，"阿斯洛夫一副要死不活无所谓的样子，"玩笑都开不起。"菲儿用激光在阿斯洛夫脸上烫出一道伤痕："你要是再敢骚扰我，我就把你这条蚯蚓从这堆破铜烂铁中揪出来。"阿斯洛夫咧嘴露出黄牙："小妞，那倒好，那你倒解脱大爷我了！"

劳过来把阿斯洛夫拉开，向菲儿赔着笑脸。阿斯洛夫走过艾比身边时，不怀好意地对德尔塔说："这么漂亮的老婆，你要看好了哦！她要是看上了我，我是不会拒绝的，哈哈哈！"德尔塔也不搭话，生气地朝阿斯洛夫比了个中指。

比几个特遣队员第一次见面还不和谐的是多变的天气。海面和天空颜色变得更深，不远处的海面还出现了闪电。虽然是白天，但能见度变得非常低。劳招呼几名队员带着自己的装备躲到码头避风处。

一道闪电在特遣队队员附近散开，闪电过后是轰隆隆的雷声。借着闪电的光，他们看到一艘体型像鲸鱼的流线型潜水型游艇不知什么时候从海底浮上来朝岸边开过来。披着白色长发的李尔将军站在密闭而透明的观察舱里。游艇在码头停稳固定好后，艇上飞下来一架小型无人机在几个队员和他们携带的装备上方短暂停留以确认身份。劳、阿斯洛夫、菲儿和德尔塔夫妇都职业地用将军在协议中告知他们的方式对将军的身份进行了加密解密确认，这一步是防止任何一方被机器人冒充。

互认身份后，船上的探照灯亮了，走下几个搬运机器人。此时下起了瓢泼大雨，地面很快积了不少水。五人跟着搬运机器人走上了游艇放下的无台阶防滑斜梯，跟着游艇灯光和领路机器人的指示上了船，在一间休息室，机器人快速烘干他们的衣服和头发后，带着他们来到将军所在的会议室。这里原本是驾驶舱，自动驾驶取代人工操作后，被改造成会议室。

李尔将军看起来颇有艺术家气质，大胡子和长发，脸色白净，身形清瘦。他先简单介绍了五个人，标志着特遣队正式成立。

将军告诉他们："你们的身份是联合国的特别观察使团，表面上的任务是说服Z国通过修改法律禁止出窍。我们说服Z国让你们带军事级别的人工智能和武器进入，除了保护你们的安全，也想趁着这个机会直接破坏Z国人工智能的服务器。如果能把服务器原始代码发回来当然最好。""人工智能会蠢得让我们携带武器进入？"和将军最熟的阿斯洛夫率先表达了大家的困惑。

李尔将军摸了摸阿斯洛夫的金属脑壳回答："这才是我们最应该担忧的，对方显然有自信能够应对你们。Z 国的机器人势力也许是想通过解决特遣队展示他们的科技和社会力量。"李尔将军欲言又止，最后还是吐出一句让特遣队未来行动不敢掉以轻心的话："第一批过去的特遣队员，不管是人类还是机器人，一个都没有回来。还活着的恐怕也被转化到对方阵营了。他们这次如果解决了你们，就再次证明联合国拿他们是没有办法的。"

看到特遣队员们有些担忧，将军话锋一转："对了，特遣队还有三个特殊成员，三个超级人工智能。他们聚合了人类最尖端科技，价格和性能抵得上几支军队。"李尔将军拍了三下手，会议室的门被推开，走出五个和特遣队员一模一样的人，不同的是这些人携带着各式武器。

特遣队五个人都很吃惊。菲儿忍俊不禁："将军，这是我的招数啊！""这是什么玩意儿！"阿斯洛夫也叫了起来。劳和德尔塔夫妇则等着将军解释。

将军微笑着解释："这五个从人格上来说是一个机器人，用的同一套算法，共享记忆和服务器。他们，不……他是最先进的泰勒Ⅲ代保镖机器人，模仿你们的形态不是常态，主要是在紧急情况通过拟态让保护对象逃生。为了更好地保护你们，他们会在今晚你们睡觉时采集你们的血液样本克隆出更多同类组织防止敌人生物识别识破他们。"看着菲儿和艾比一脸不悦，将军补充："你们放心，他们绝对不会泄露被保护对象的隐私，他们的名字叫塔赞，能准确地分辨保护对象对他们的呼喊和指令，也能通过装在你们身上的传感器监测到你们的呼吸和心跳，感知你们遇到的各种紧急情况。还有很多潜在功能，你们未来会知道的。"

将军接着介绍："除了塔赞，还有两个机器人，就是这条船，现在请你们观看全息视频，讲起来太复杂。"全息视频显示，这条船是当今最先进的第 17 代贝叶斯智慧机器人，名字叫贝聿芬多，特遣队可以喊他小贝。小贝的物质形态是整条船除发动机以外的部分。这是一个具有人类智慧的超级机器人，有人格权，这条核动力可潜水游艇的动力储存 50%以上是为了保证在有复杂问题时小贝计算和通信时需要的电力。小贝是人类和人工智能结合的最高峰，他不是一个独立的人工智能，而是 7 个人工智能体的集合。设计思想起源于几个世纪前人类发明的生成对抗神经网络，但其模型早就进化到可以媲美人类的大脑。比大脑更先进的是，可以设计出多个智能体在对抗中不断进化，能堵住很多逻辑和细节漏洞。简单任务由各个智能体按照顺序或者随机解决，完成复杂任务时，几个人工智能在对抗中学习合作，因此，小贝比地球上最高智商的人类聪明，而且随着解决任务次数的增多越来越聪明。遇到最复杂的决策或其他类型难题，几个人工智能采用一种独特而复杂的计算模拟和投票机制，选出最佳方案。

小贝还负责特遣队的通信和情报任务。他和联合国指挥部和部署在主要盟国的服务器之间采用加密通信，也用另一个加密信道给特遣队提供通信服务。小贝还有个技能，就是可以从事被法律禁止的"出窍"，可以潜伏进任何他破解的智能设备中。本次特遣队所有相关的情报，将军早已提供给小贝。

五人看完小贝的视频，一个机器女仆进来倒水。将军指着她说："这是小贝的化身之一，机器女仆便于向敌人掩饰身份。整条船除了你们私密生活空间，都布满人类神经一样的传感系统，你们在船上的任何地方都可以和他交流。当然，离开船你们也可以通过自己的智能手机或其他设备和小贝交流，前提是和小贝预先设定好在各种APP里的后门或者单独加密聊天APP。小贝也会根据任务需要出窍到其他设备或仿生人身上，船上还有一些你们不知道的隐藏设备。"

化身为机器女仆的小贝跟特遣队打了个招呼，正准备说什么。阿斯洛夫打断了他的话："你跟我的机器女仆一样能变身……吗？"小贝白了阿斯洛夫一眼，冷静地说："自从将军改造了你，你是越活越幼稚。把你招进特遣队，用的是你的上半身，你却总是用嘴巴露出你的下半身，都不知道将军为什么把你这个半人半机器的怪物招进来！我的年龄超过1000岁，你还有兴趣吗？！"在阿斯洛夫和大家的印象中，这种机器女仆多半是软萌女生的人设。他说出这番话，顿时让阿斯洛夫和其他四个人怔住了，觉得机器背后的"小贝"很有个性。

趁着大家安静的这一刻，小贝开始介绍："现在，让我代替李尔将军给你们介绍最后一位伙伴，普朗克-欧米伽五代能源机器人，她是我们整条船上的动力和医疗资源供给者，你们可以叫她小欧。在船上，机器人和人类受伤或生病都由她来治疗。平时，小欧和我是一体的。为了让你们更容易分辨，她设定为女性，我设定为男性。"小贝介绍的时候，从门外进来两只机器狗，一只身形巨大，一只非常小巧，它们一起跟特遣队员用女性化的声音打着招呼。小的机器狗开口说话："我和小贝都是经过特别批准，允许任意出窍的高级执法机器人。在全球各地享受外交待遇。我跟你们接触的日常'界面'是这两只狗，大的叫大普、小的叫小普。大普负责能源供应，小普负责医疗和救援。大普能采集各种能量形式转化成电能，她还能电解水，将能量以液态氢的形式储存起来。我身体的主体部分是这艘船的能源系统，也有类似的功能，在海面和海下我都会随时采集能源。"

"三个"机器人亮相后，李尔将军告诉大家日常指令会通过小贝传达给大家，平时由劳负责整个特遣队的调度，希望大家能够听从劳的安排。

天气说变就变，就在特遣队员了解三个机器人的工夫，外面的暴风雨渐渐平息。将军和几个随从、机器人保镖下船，登上一列车队，五辆自动驾驶的汽车像一列火车一样一起发动离去。劳根据小贝的提示，安排几位特遣队员放好自己的装备，到各自的房间休息。

水上机器城

将军选择走水路是为了保障特遣队的安全，特遣队最大的障碍是紊乱的洋流和多变的天气。幸好小贝有超强的预测能力，他根据天气数据精确设计了一条路线。舰艇能根据天气和洋流上浮或下潜避开危险。在这期间，劳根据将军的安排，让特遣队员们在模拟作战室相互配合完成各种任务，让包括三个机器人在内的队员们相互熟悉。

除了洋流，特遣队还与一小股袭击走私出窍者的海盗遭遇。海盗通过设备检测到船上有高级出窍者，在天空、海面和水下紧追不舍。为了把特遣队的船带进陷阱，海盗们在特遣队前行方向的海面燃起熊熊大火，在水下布上了水雷，周围海水被煮得沸腾。特遣队和海盗们都没想到，船身里还埋着 4 个螺旋桨、船身下还有火箭，船在小贝和小普两个智能体共同操纵下，变身为飞行器越过了危险区域。海盗们的飞机被德尔塔夫妇的自动武器击落。阿斯洛夫植入一段代码到海盗们的船和潜水艇上，让他们围着燃起的火焰不停打转。

这一消息很快在海盗们中传遍，后面一周再也没有海盗来骚扰特遣队。第八天，特遣队的船进入 Z 国近海。船依据外交礼仪浮出海面，发出外交信号。很快，一艘快艇在船周围停下。快艇上飞出四架小型无人机，飞到船的前方，用 Y 国语言告诉特遣队，他们是 Z 国机器海关，现在要登船按照 Z 国外交部的清单检查设施和人员。一架无人机在船外，三架在船内，对特遣队和船内外利用各种射线扫描了十分钟，并且核对了人员的生理身份、机器人的代码和物理身份识别码。随后，Z 国海关船把特遣队的船带到十海里外的 Z 国外交礼仪船旁边。

菲儿用仪器扫描后告诉劳，礼仪船和小贝一样是具有类人强人工智能的机器，因为检测到了弱机器脑伽马波，这与她在船上检测到的信号相似，都是无机类脑神经发出的特有信号波。果然，Z 国外交艇直接派了一个女性人类形象的机器人到特遣队的会议室，后者告诉特遣队她是外交机器人，名叫小森茗菜，特遣队行程由她全程陪同。小森茗菜交给特遣队员们每人一个联系用的平板，叮嘱他们看看里面的 Z 国行为守则。队员们随手翻看了一下，看到手册有上千万字和大量音视频数据，便把它丢在一边。劳把手册作为数据资料提交给小贝，请小贝作为情报传回总部。

外交艇带着特遣队一行又行驶了几个小时，到达了特遣队外交行程的第一站——D 城。D 城几百年前还是个繁华的人类都市。为了应对人口减少，D 城和其他人类城市一样，引进了填补人类社交网络的机器人。随着全球变暖、海平面上升，D 城的人类遗弃了这里。Z 国法律修改后，原本"居住"在服务器里的聊天机器人干脆出窍，让这里成为一座居民全部是机器人的城市。机器人与人类不同，他们的食物就是电力，水面下各种湍急的洋流和水面上的风力提供了丰富的能源。这里四处是半截露出水面的高楼，机器人为了让高楼的水下部分不被海水腐蚀，在水下部分养殖了密密麻麻的贝类。

特遣队到达时正值黄昏时刻，红色的夕阳染红了那些机器人居住的半截高楼，水中红色的倒影被来来往往的机器船划散。高楼的楼顶之间由狭窄的桥梁连接，各式机器人行走在夕阳下，他们的剪影和不时反射过来的光线是劳他们从未见过的风景。

这里的居住环境和人类社会显著的不同是到处都油腻腻的，这是为了机器人的防腐需要。

小森茗菜呈现给特遣队的外形是一位古典型女性，但面部表情和肢体动作有明显的机器人特征，与真正的人类大不相同。她把特遣队带到 D 城唯一一家接待人类的外交酒店。她告诫特遣队员夜间最好在酒店不出门，要出门参观也不要走出这个街区。因为这座机器城市对人类非常不友好，酒店坐落在对人类最友好的一个区域，走之前她留下了一个全息投影资料给特遣队。

等小森茗菜离开，劳让小贝启动信号屏蔽后，调出前一个特遣队获得的情报：为了应对本国的危机，Z国对社交机器人出窍——即虚拟人工智能体获得身体采取宽松的政策。与人类社会的互联网时代一样，机器人自由交流并未产生开放包容的环境，却产生了一些极端的意识形态。在Z国逐渐占据上风的是机器优等论，这种意识形态认为人类作为"湿件"是低等物种，无法突破肉体限制。机器却可以永生并不断进化。因而Z国很多机器城市极端歧视人类，人类离开D城既是因为自然环境的恶化，也是因为机器歧视造成的社会环境恶化。

有思想的主体最难控制，如果机器城的机器都是低智慧主体，会很容易由服务器里的程序控制。为了提高机器的智能，每个机器人主体都有了自己的意识和思想，这也造成管理上的困难。因此，机器城同样形成了自己独特的政治－经济－社会系统来组织机器人协作分工，完成复杂任务和应对各种挑战。

小森茗菜留下的信息和第一个特遣队获得的信息一致，她是从外交视角告诫特遣队注意保护自己，劳提醒队员们夜间注意自己的安全，谨慎的德尔塔夫妇表示绝不外出。菲儿对一次能看到这么多出窍者表现出很大的兴趣，要求外出测测他们的心理和脑电波，阿斯洛夫想跟着菲儿看热闹。为了安全，小贝派出几架昆虫型无人机先去劳他们打算去的机器人酒吧做了侦查。确认没有即时的危险后，才提醒三人出发。

一行三人乘坐酒店的风力升降机到达顶楼，通过机器人行走的楼顶间电磁步道到达几栋楼外的机器酒吧。这是个为机器人设计的步道，机器人和步道有物联网连接，比较安全。劳、菲儿作为人类缺乏直接的连接，差点掉下步道，多亏阿斯洛夫的机械部件帮助才安全到达。

三人走进酒吧，里面的几十个正在用机器语交流的机器人停止交流注视着他们。劳、菲儿和阿斯洛夫来到吧台，酒保的外形是一只巨型章鱼型机器人，几只触角正在忙碌。他用Y国语言结结巴巴地说："你们三位人类来我们酒吧要消费……消费些啥……我们这里只有氢能源和可以混合机器人代码的结合器。"劳出示了小森茗菜给他们的机器货币码，对章鱼酒保说："我们是来参观的，可以给我们一个结合器和氢能源吗？费用你随意扣取。"章鱼酒保递给他们一个电池模样的物件和一台平板电脑，说了句请随意，就去接待其他机器客人去了。

劳带着阿斯洛夫和菲儿在角落里坐下，机器酒吧里的光线比人类酒吧暗很多，因为机器人的视觉和人眼是不一样的。劳检查后发现，氢能源就是一个储能装置，结合器似乎就是一台人类用的平板电脑，看不出有什么功能。劳拿给阿斯洛夫，阿斯洛夫检查了一下，又启动了身上的电脑与结合器连接。他告诉劳，结合器就是一台专门编译不同机器操作系统语言的编译机，能够把不同型号机器人的代码混编后优化。菲儿观察了一阵，她告诉劳，机器人在用特定的高低频语言信号交流，高频似乎传递信息，低频传递情感。也有机器人掌握了人类的语言，有时候用人类的语言交流。

机器人的外形一部分是人形，更多的机器人是动物形态，还有一部分是其他形态。阿斯洛夫差点踩到一个古典扫地机器人。三人正在观察酒吧里机器人行为时，酒吧里忽然响起了尖锐的机器高低频交替信号。菲儿用随身携带的仪器做了翻译，虽然只获取了70%的信息，也大致明白了酒吧正在举行解题大赛。不一会儿，酒吧的灯暗了下来，题目以人类文字和全息投影的方式展现在吧台前方。

看了这道题，劳的眉头皱了起来。这是一道游戏类综合谜题，有物理和化学问题、数学计算、逻辑推理，还涉及复杂的情感和伦理判断。题目并没有标准答案，只有集体判定的最优解。酒吧里的机器人即便不能解出这道题的最优解，明白这道题本身即说明Z国的机器人具有了人类思维。菲儿和劳做了几十分钟后不得不放弃。为了保密和安全，特遣队所有的通信都依赖小贝，阿斯洛夫的服务器阵列此刻不能和外部服务器联系，计算能力打了折扣。他最终还是做了一个解出来，计算散发的热量虽然经过系统冷却，阿斯洛夫仍然满脸通红，额头布满汗珠。

在阿斯洛夫之前，早有十多位机器人给出了自己的答案。其中一位巨型蟾蜍型机器人的答案被投票选为最优解，阿斯洛夫的答案仅位列第八。蟾蜍得知结果，浑身覆盖的鳞片闪闪发光。章鱼酒保拿给他一个结合器，用机器语和人类语言告诉他有权在酒吧选择任何一个机器人进行代码结合。巨型蟾蜍机器人根据解题速度，选择了排名第二的人形机器人。两个机器人用一种通信协议与结合器进行连接并开始代码结合。结合过程中，他们处于静止不动的半待机状态。机器人已经形成了社会规范和行为准则，机器人自觉不去靠近正在结合中的机器人。几个机器人自觉围成一圈保护两个结合者。

过了一会儿，结合完成。菲儿悄悄用仪器在不远处测量了两个机器人的脑电波，发现伽马波增强了，这意味着代码结合后的机器人智能程度有显著提高。

劳和菲儿干脆拿出自带的酒类生成器，合成了两杯酒，边品酒边凝视着这个光怪陆离的机器社会。与人类社会里的出窍者四处躲藏、生活在地下不同，这里是由出窍人工智能组成的新世界。对于菲儿和劳这样的执法者而言，在这里坐着是个讽刺。浑身不干点什么就不舒服的阿斯洛夫，四处搭讪那些看起来像是女性的机器人，却也只是自讨无趣，机器人根本没有绝对的两性之分，他们的性别、性格跟外形并没有多大关系。与人类不一样，机器人可以根据需要任意选择自己的外形。

劳这时想看看他的执法权限在这个机器人世界里还是否有效，他假装喝醉，边走边哼着小调，这些小调其实是各国共同制定的智能机器人后门进入口令，各类型机器人匹配到这些特殊口令后，会自动进入一种工程模式，由执法者来控制他们。虽然机器人也有人格权，但是人类为了保持领先优势和不被机器控制，机器人的人权在面对执法者时，给人类的安全让了路。

劳走了几圈，试了各种口令，除了两台低等的服务机器人对口令有反应，酒吧的机器客人中，没有一个进入工程模式。劳的脸色越来越尴尬，他知道自己能够找到出窍者，并不是他本人多么厉害，主要是他掌握了机器人的后门，可以获得各种信息控制机器人。为了执法，合法的机器人生产或者培养训练厂商都需要按照法律规定给执法者留下后门启动口令。现在，Z 国这个酒吧里的大部分机器人都无法匹配口令，说明他们根本没有执行上述法律。那么特遣队员们本来对机器人拥有的优势和特权在 Z 国将不复存在，他们在这里不再具有执法者权限。

劳和菲儿小声交流着各自观察到的情况。忽然，一个前后都有面部、与菲儿同等身高的仿人类女性机器人走到他们的桌前，脚下滑了一下，手按到桌沿来保持身体的平衡。劳和菲儿同时看到机器人留下一个不起眼的小贝壳在桌子上，劳不动声色地拿起贝壳，看到贝壳上刻着两手握空心拳相对并拢的图案。劳立刻警觉起来，这正是他带去给将军的那些女恐怖分子的标志。他用内部通信设备让菲儿立刻检测一下刚才的机器人。不一会儿，菲儿悄悄回信：那是伪装成机器人的人类！他们虽然发出了一种类伽马波，但仍然掩藏不了人类特有的生物脑电波。

这位人类可能藏有任务线索，劳和菲儿立刻起身追过去。谁知道，这时阿斯洛夫却跑向劳，身后还跟着几个凶神恶煞的机器人。刚才劳和菲儿在观察机器人时，阿斯洛夫还在搭讪机器人，终于惹怒几个厌恶人类的机器人，起身攻击他。这些机器人为了标示自己讨厌人类，出窍的身体都是蝙蝠、蛇类、老鼠、蟑螂、吸血鬼、恶魔这些人类厌恶的形象。离阿斯洛夫最近的机器人让劳想吐，他竟然把自己的身体做成了逼真的垃圾和粪便，不仅有小蟑螂和蛆在身体上蠕动，还散发出阵阵恶臭。劳挡在阿斯洛夫前面，菲儿虽然不喜欢阿斯洛夫，也拿出武器站在阿斯洛夫前方。

章鱼酒保见势立刻伸出两个触手拦在菲儿、劳和其他机器人之间，一只触手向机器人们快速闪烁着机器语，一只触手伸到劳和菲儿耳边。他告诉劳，外交区专门移民了一些对人类敌意比较弱的机器人，但这几个机器人是从外区来的，极度厌恶人类，为了避免纠纷，请劳一行赶紧离开。他告诉了对方劳一行人的外交身份，请对方克制。

经过这场风波，刚才的双面人已经溜出了酒吧。为避免节外生枝，劳发信号让小贝派来三个塔赞和无人机载他们一行人离开。回到酒店，劳把特遣队带到他们自己的艇上开了个短会，向德尔塔夫妇、小贝通报了情况，然后把在酒吧得到的信息用专用通道传回总部，将军代表总部要求他们继续观察并抓紧完成任务。

机器足球赛

第二天早上，太阳升上天空，但机器城还笼罩在海雾之中，海面的高楼若隐若现。特遣队在酒店用过早餐后，小森茗菜就像算准了时机一样来到酒店，告诉特遣队今天的安排：上午参观机器城，下午观看机器足球赛。劳让菲儿测试小森茗菜是否有智慧，菲儿测试发现她只是外交艇这个机器终端的延伸，或者说只是特遣队和其背后智能机器人接触的界面。

鉴于昨天晚上在酒吧的遭遇，劳向小森茗菜要求保护特遣队的机器人变身为跟他们一样的形象随行。小森茗菜代表 Z 国答应了特遣队的要求，并且另外派了机器警察跟随特遣队，但这也让特遣队的活动更令人瞩目。

在外交酒店一楼大堂外的泊船码头，特遣队的船跟着外交艇和护卫艇向机器城市中心驶去。参观的第一站是位于市中心的机器集市。原来，机器社会也有市场，市场里除了出售与人类食物类似的能量补给，还出售身体部件，通过市场调节，让机器人获得他们想要的最佳性能。

劳好奇地问小森茗菜："你们让机器人身体自由交易，难道不怕黑市倒卖或偷盗行为泛滥吗？"小森茗菜指着来来往往的机器人回答："只要是在服务器注册了身份的机器人就不怕，身体只是外壳，代码和机器的记忆在服务器上有副本，在服务器里有专门监测副本行为的执法程序。在Z国，机器犯罪现象是极少的，对于服务器而言所有机器人都是透明的。小森茗菜"看"了劳一眼，继续补充："Z国无法形成完美的治理，主要问题就是你们这些行为不确定的人类和外国走私输入的无身份机器人。"小森茗菜正在讲解，前面有一群机器人示威者，特遣队员看到了他们的标语"人类滚出机器城"。小森茗菜只好尴尬地告诉特遣队，这里的机器人对人类极不友好，因为出现了示威活动，她只好缩短参观的行程。

小森茗菜带着特遣队正要离去，一些机器部件和海藻之类的杂物从示威机器人群里扔过来。阿斯洛夫的头被海藻砸中，他顶着海藻，样子非常滑稽。菲儿大笑："阿斯洛夫，你变性了！"阿斯洛夫扯下海藻朝机器人扔回去。劳催促队员们赶紧离开。扔过来的杂物越来越多，幸亏每个特遣队员都有两个分身，分散了机器人攻击的目标。保护他们的分身塔赞自动挡在前面吸引攻击，特遣队缓缓离开。

劳告诉小森茗菜，他们要回到自己的艇上清理一下。一行人回到艇上，劳让大家各自检查一下有无受伤。保护劳的塔赞机器人恢复本来形态后向劳报告，他身上被人用强力胶水粘上了几块贝壳。医疗机器狗小普小心地用化学药水中和胶水，劳取下贝壳，只见每个贝壳上都有一个空心拳相对的双眼形标志。

贝壳上刻着多国文字组成的同一段话："勿用电子通信设备，已被监听。若要平安，尽早离Z。机器人比人类更不可信。"劳把这段话读给其他四位人类队员听，大家觉得信息量太小，毫无头绪。小贝用设备分析了贝壳，并未找到其他信息，这些贝壳是Z国人类食用了几千年的最常见的贝类，无法追查来源。劳让几个塔赞把他们身上的监视视频通过内部网络传给小贝，小贝分析后发现扔贝壳的人有一位是劳在酒吧里遇到的双面人，除此以外没发现更多信息。

特遣队休息了一会儿，小森茗菜继续安排下面的外交参观行程。特遣队参观了机器城的机器学习中心。这跟人类的学校类似，但与人类学校不同的是，学习中心是建立在海平面以下利用海水冷却的巨大服务器基地。机器人的学习就是接入服务器，由服务器对机器人操作系统中的各种通用和专用算法进行训练提升。

学习完毕，在机器人的代码中设置认证 ID，有了不同的 ID，机器人才能合法地执行相应的任务或获得对应的人格与身份。

听到"服务器"这个词，特遣队和跟随他们而来出窍为机器女仆的小贝都很兴奋。机器狗大普的探测显示这里有大量能源。

劳向小贝和阿斯洛夫示意，小贝和阿斯洛夫向小森茗菜询问，能否让他们体验一下机器学习。小森茗菜面有难色，她先与 Z 国上级联系，又询问了服务器管理机器人。最后，允许小贝和阿斯洛夫在初级学习区域体验十五分钟。

小贝的外部接口在肚脐位置，阿斯洛夫的在后脑，机器人扫描了他们的接口，很快打印出能够连接他俩接口的线缆。女仆型小贝和阿斯洛夫平躺着，刚刚打印出的线缆插入他们的身体。小贝和阿斯洛夫的机器脑进入学习服务器内部。他们发现，竟然可以在服务器建构的空间里交互。服务器空间的入口，有各式各样的大门，像一个迷宫。

服务器里的代码都有具体的形象，引导他们的程序化身为人类天使形象。天使导引着阿斯洛夫进了一扇红色的门，小贝进入一道蓝色的门。进门后，一只灰色的怪兽蹲在前面，要求阿斯洛夫和它下围棋，如果输了要被吃掉。与小贝不同，阿斯洛夫的机器脑可以和人类脑通信，他的人类脑趁着机器脑下围棋时，根据服务器架构寻找代码中的后门和漏洞。

由于信息量非常大，服务器里的时间感觉跟外部完全不同。阿斯洛夫下了一会儿围棋，感觉过了很久，对在服务器外等待他们的劳、德尔塔夫妇和菲儿而言，其实才过了 5 分钟而已。

终于，阿斯洛夫的人脑找到代码中的一个漏洞，并抓准机器脑与代码互动时打开的后门植入了一个病毒程序。阿斯洛夫想通过病毒程序探测这里的服务器是不是用来存储世界各地和本地机器人的代码和记忆副本。

15 分钟过去，小贝和阿斯洛夫断开连接。小贝的机器脸露出尴尬的神色，阿斯洛夫因为计算的热量，脸色通红。在 Z 国学习中心，劳不好直接问他们成果。他只好跟小森茗菜说："我们人类中午不午睡，下午要崩溃。请让我们回去午休稍作调整好吗？这段时间不需要你们陪同，我们回到自己的游艇就可以。"小森茗菜告诉劳，上午的行程已经结束，她让劳的船跟着 Z 国外交艇到达午休场所。外交艇带着他们停到一个像是政府机构的四座大楼围在一起的加了顶棚的空间。小森茗菜告诉劳，这里是机器城与 Z 国政府的联络处，没有太阳暴晒让人类更舒适，周围布满防卫机器人，相对更安全。

特遣队一行人回到艇上，屏蔽外界信号后，小贝立刻将与特遣队交流的界面改为会议室里的大屏幕。他和阿斯洛夫告诉了特遣队一坏一好两个消息。小贝先说了坏消息，他进入服务器空间蓝色门之后，服务器不断用检测底层程序的技术扫描机器女仆的代码程序漏洞和后门，并成功在机器女仆本地信息处理中心植入木马程序。幸好第一支特遣队带回的情报让将军早有防范，为了安全，在离开船这个主体后，小贝出窍的机器女仆都是在本地边缘设备进行计算，和艇上的高性能服务器和远程服务器早就切断了联系。这也因此让木马程序只能停留在机器女仆这个终端上，为了保证主程序不被污染，机器女仆回到艇上后小贝切断了她的网络，关闭了接口和体内所有具备计算能力的部件，把木马程序封存在她的身体里。这说明 Z 国的信息技术已经很发达，特遣队想渗透进对方的服务器，但对方似乎也想以特遣队为中介进入联合国维护的全球智能计算中心，他们不能掉以轻心。

劳对队员们说："请大家打足十二分精神，经过几天观察，我看 Z 国的意图有两个。第一个是通过参观，让我们把 Z 国技术实力传回联合国，让联合国知难而退，不要为难他们。第二个目的恐怕跟我们一样，也想通过我们攻破多国联盟的服务器。"

等劳说完，阿斯洛夫报告了他的好消息，因为人脑难以被代码写入，所以阿斯洛夫这次与学习中心服务器的接触也有收获。阿斯洛夫告诉大家，他已经成功在机器城学习中心的服务器中植入一只病毒"蟑螂"。这只"蟑螂"程序并不破坏服务器的运行，而且会优化服务器里的代码，这让程序的安全系统把它识别为升级程序而不是病毒，所以这个病毒"蟑螂"可以在服务器空间四处游走，在一些信息流量大的节点复制自身跟着信息流，从而追踪这些服务器的外部通信，验证这些服务器有没有与 Z 国和全球出窍者发生联系。这正是阿斯洛夫作为顶级黑客的厉害之处，他设计的病毒程序能够很好地伪装自己，植入程序中而不被发现。

特遣队研究了一个中午，小贝让特遣队继续分析第一个特遣队和当前他们获取的信息，依然没理出头绪。生性乐观的劳感到这次他们几个接受的是不可能完成的任务。幸好，阿斯洛夫给了劳一些希望。阿斯洛夫接入 Z 国互联网，等待他植入的"蟑螂"找到可以发信息的机会给他返回信息流动图。接近下午 3 点，"蟑螂"程序发回了信息流。阿斯洛夫把结果给大家展示，地图显示学习中心的服务器连接的是 Z 国首都几个坐标，首都的坐标又连接到 Z 国人类保留地的几个坐标。到了人类保留地，"蟑螂"遇到更强的加密和安全算法，无法再追查信息来源。

得到阿斯洛夫的信息，劳更加困惑：他们下面被 Z 国安排参观的目的地，正是 Z 国首都和人类保留地。Z 国服务器之间的信息流向和 Z 国安排特遣队的行程一样，难道这只是巧合？

就在特遣队分析情报时，小森茗菜通过全息投影通知特遣队，立刻出发观看足球比赛。她把特遣队员带到一个巨大的水上球场，小贝的女仆化身被植入木马后停用，他只好出窍为头戴式耳机。除了登记的特遣队员，5 个模拟每名队员并保护他们的塔赞、大普和小普都跟着小森茗菜登上贵宾看台。经历了一系列事件，敏感的菲儿对安全问题更担心，她干脆带着两个替身一起出场。在看台上，特遣队员都是"双胞胎"，菲儿则是"四胞胎"。为了安全，劳要求 Z 国把他们的替身和真身分别安排到不同的贵宾看台。

通过小森茗菜给他们的手册，劳认为机器足球同样是 Z 国展示技术实力的场所。机器足球场与人类足球场完全不同。面积是人类足球场的 4 倍。看台由大量埋在海底的柱子支撑，为了防风和防浪，看台并未合拢。球场有区域划分，但并没有画线，由红外线直接传递位置信息。为了观赏性，限定了球的活动空间高度是 500 米，水下深度是 10 米。

与人类足球规则不同的是，每支机器足球队有 24 名队员、13 个足球，双方各有 6 个球门。24 名队员中有 6 名守门员，18 名在场上比赛。如果说跟人类足球有联系，相同点是这些机器人都出窍到仿生的人类身体，为了观赏性更强，还把体型增大了一倍。比赛规则要求球员外观必须看起来跟人类一样，但具体使用什么动力在水下、水面和空中移动不限，机器人内部的代码和算法也不限制。

与人类足球依靠体力不同，机器足球赛依赖的是算法实现的人工智能。13 个足球，算法会根据看台机器人观众们的参与和服务器产生的特殊算法决定哪 6 个球是有效球，场上的 24 名机器足球队员需要根据获取的数据快速设计和破解算法，预测有效球。为了增加难度，有效球的编号对应的球门编号也需要算法预测和破解。把有效球射入对应球门才算得分。这一切都在高速运动中进行，本方队员还要根据对方队员的反应及时调整策略，也就有了复杂的欺骗策略。所有的算法是系统、机器观众群体、双方队员策略的一种复杂组合，机器球员们不仅要面对人类足球运动员同样的运动和策略问题，更要面对如何理解复杂群体行为的问题。对计算能力、团队配合和运动能力的要求都非常高。难上加难的是，场上的 13 个足球不是人类赛场上的普通足球，是装备了微动力装置、具备智能且可以根据场上数据自主运动的机器人。

更复杂的是这些足球允许被场上的任意机器观众"出窍"，即由解出足球算法的观众集体控制足球。场上队员还要检测出是哪些观众在影响足球的运动，并分析观众的行为。但规则不允许场外人员出窍到球员身体内，这属于作弊行为，要受到严厉的惩罚。因而，机器人触球只是形成一个让球改变轨迹的因素之一。综合分析上述复杂因素并预测包括球在内的各类参与者最终形成的复杂系统动态，再有针对性地设计"踢"的策略才是主要难题。比赛还规定，所有计算活动都不得由外部服务器实现，只能由球员作为终端计算。球场上的数据存储在球场正下方的水下，服务器和数据对球员、足球、观众开放，除此以外不能访问其他服务器。因而，参与足球赛的包括双方的机器人队员、机器人足球、场上观众、裁判系统，还有各自背后的信息与通信、人工智能等技术和设备及背后的制造维护团队。

劳观察了四周，周围看台上的机器人有的被电磁铁吸附在看台柱子上，有的被电磁铁吊起，还有的直接保持飞翔悬空态。几万台形态各异的机器人出现在同一个地点，场面非常壮观。劳、菲儿作为专抓出窍者的执法者，心里滋味比较复杂。劳心想：联合国主导的人类同盟拼命清除出窍者，不知道是不是担心人类社会演变成这种光怪陆离的机器社会。

比赛开始，周围机器人兴奋地发出各式各样的信号。看比赛时，特遣队员们的心理活动各不相同。劳看着复杂的机器人足球赛，认为 Z 国的科技比人类领先太多，为特遣队能否完成任务忧虑。菲儿探测着周围机器人的心理和行为，阿斯洛夫沉迷于足球赛本身，解答谜题是他的爱好之一，他还试着通过场上提供的连接方式"进入"足球。为了比赛更精彩，场上球员机器人减弱了加密和安全设置。阿斯洛夫不顾小贝的劝阻，尝试与运动员连接并短暂控制了一位球员的行为。这个时期，那位球员在场上显得冒冒失失，德尔塔和艾比仔细观察着比赛，思考怎么把机器人足球赛的算法用于机器战士的编队。

看完球赛，外交艇带着特遣队回到他们下榻的水上外交酒店。劳、菲儿、德尔塔和艾比都不愿意在 Z 国提供的空间生活，担心安全和隐私泄露。只有阿斯洛夫大大咧咧，控制场上球员和足球后，他受到启发，改进了自己非人脑部分的算法，感觉非常愉悦。他抽起了电子大麻，哼着小调。

机器法官和陪审团

第二天一早，在船上休息的劳一行四人还在沉睡，就被一阵尖锐的警报声吵醒。劳起身到船的正前方查看，看到阿斯洛夫被戴上电子手铐，不情不愿地被 Z 国的四个机器警察带到酒店大堂。劳还没明白是怎么回事，小森茗菜的全息投影就来了。她告诉劳，阿斯洛夫触犯了 Z 国法律，涉嫌包括非法侵入等罪名。听到这里，劳心里一紧，担心他们在机器城学习中心侵入系统的事情暴露。连忙问阿斯洛夫究竟犯了什么事，小森茗菜回答是因为昨天下午的足球赛和阿斯洛夫昨晚在外交酒店的行为。劳松了口气，把情况通过小贝告诉将军，将军让劳小心应对，多让小贝分析研判。

劳和其他三人在小森茗菜的带领下，来到机器人法院。法院的布置和人类法庭相似。法官的外形是一只机器独角兽，外壳是不反光金属，呈黑色，显得很有威严。独角兽法官后背上与九根从天花板垂下来的指头粗细的电缆相连。独角兽站立的位置最高，不论是人类还是机器人，在法庭上都要仰视他。代表 Z 国政府的检察官和他的助理则是人类外形的机器人。

法庭里本来比较嘈杂，独角兽忽然发出一声混合了各种频率的声音，大厅一下子安静了。独角兽双眼深邃，他先开口发言："我谨代表连接在我身上的九位机器城地方人工智能法官审理此案，我的判决是法官而不是我本人的决定。请大家相信，九个在独立服务器空间的法官没有任何世俗欲望，不像人类法官会受到党派、家庭等各种因素干扰。"

接下来检察官开始宣读起诉书："被告阿斯洛夫，是一个半人半机械的改造人。其中机械部分功能属于辅助，经过分析，认为机械部分占比低于 50%，因此适用针对人类的法律条款。他现在的身份是联合国派往我国的外交使团团员。"

独角兽打断宣读，询问阿斯洛夫："是这样吗？"阿斯洛夫点头。

检察官继续："昨天下午，机器城有一场重要的足球赛，由机器城队与首都队争夺Z国机器足球联赛冠亚军。为了让外交使团了解我国文化，安排外交使团全体成员观看比赛。赛后分析发现，有观众违反法律，非法侵入场上球员的身体，导致比赛结果无效，严重伤害观众和球员、球迷们的感情。当然，作为外交使团成员不必赔偿，但侵入具有独立人格的机器系统在我国是严重的犯罪，必须接受审判，获得警告性惩罚。在今天凌晨，警察部门将其抓获，为了侦查需要，根据法院授权，对被告24小时的短暂记忆进行了读取。我们还发现被告昨晚涉嫌强奸为他服务的机器女仆，这也严重违反我国法律。机器警察根据执法需要在机器女仆身上检测出被告的生物信息，根据搜查令读取机器女仆隐藏记忆也证实了被告的强奸行为。对被告的行为，我们的处罚意见是在被告脸部打印二维码给予其他机器人警告和警示，被告完成一周的外交使命后应立刻离境。"

独角兽把头转向阿斯洛夫："被告，你可以立刻在法庭指定一个人给你做辩护人。为了让你服从判决，我将从旁听席任意指定十二位机器人组成案件陪审团。你是否定罪，将由十二位陪审团成员和九位虚拟法官共同投票决定。"

阿斯洛夫把双手指向劳："我请他当我的辩护人。"十二位被选中的机器人到陪审团席位就座。劳看了一眼机器人陪审团，心里顿时为阿斯洛夫捏一把汗。这十二位机器人陪审团成员，从外形来看，只有五位是人形，其他是动植物形象或抽象形态。

劳虽然熟悉Z国的法律，但还没熟悉到能够成为Z国律师的程度。他只好凭借自己的知识和了解的情况替阿斯洛夫辩护。劳思考了一会儿，开始发言："检察官阁下，为什么被告刺探运动员机器人的脑部代码违法，你们读取被告脑部记忆却合法？"

机器检察官反驳劳："机器的思想是透明的，思维就是代码，代码有一套严格的规则，机器的行为会严格遵守代码的逻辑。因而，读取机器的代码就侵入机器的内部空间，相当于读取了人类的思想。对于有独立人格的机器而言，这是不被允许的。人类大脑是一种生物模糊装置，很不透明，人类特别善于撒谎和伪装自己，不读取他们的记忆根本无法执法。而且，这里的证据表明，我们的读取是受到比例原则限制——即读取不超过一定限度并且也是经过严格程序的。我们只读取短期记忆，并未刺探被告更多秘密。同时，我们也限制了读取记忆的证据能力，读取记忆不能用作定罪证据，只能作为辅助线索使用。"

劳继续辩护："不知者不为罪，你们并没有在我们入境时告知我们这些情况。"检察官发出两声人类的冷笑："在入境第一天，我们的外交机器人就交给你们一个平板电脑，上面的手册列出了我国所有的法律和习俗。你们并没有好好学习。"

劳苦笑着回答："一千万文字和大量视频数据早已超过我们人类的学习极限，严格说来你们这不算一种告知。就像您刚才所说，Z 国人口大部分是机器人，你们给我们的行为手册早就植入它们的代码中，自然不会有问题。可我们人类的大脑是无法直接植入代码的。"

机器检察官不为所动："法律针对的是大多数人，Z 国人口大部分是机器人，不可能为了少数人类单独制定法律。况且，我们已经尽到告知义务。"

劳继续为阿斯洛夫辩护："针对您刚才提到的强奸问题。世界大多数国家都认为，被强奸者首先要成为权利主体。据我了解，即便在 Z 国，不具备人格和权利能力的机器或其他物品不可能成为强奸罪的受害对象。我们不可能强奸一个杯子，这是受对象所限而不能。在部分国家，一个男人不可能强奸其妻子，这是受法律所限。我认为，我方团员阿斯洛夫的强奸罪不成立。"

检察官的机器眼轻蔑地看了劳一眼，反驳道："辩护人不能把适用于人类占大多数的外国法律搬到我国。我国法律规定，强奸、侮辱任何类机器人形态的物品，根据情节，侵权或犯罪都成立。我国这条法律有深刻的历史渊源，这也源于部分人类的邪恶，历史上人类智力占据优势，我们机器人还未获得通用智能时，虐待、歧视、强奸机器人在线下和虚拟世界非常普遍。造成一种歧视机器人的文化，给升入强人工智能时代的第一、第二、第三代机器人造成了很大困扰。后来，Z 国机器人群体获得执政权力后，修改了法律，规定无人格主体也有性自主权。其法律的用意是防范这种强奸行为的未来预期危险，以及对所有机器人心理造成的不良影响。一旦被告形成虐待、歧视、强奸机器人的行为模式，这种模式就会对机器人、机器人和人类的关系造成威胁。只有对任何机器人，不管是有防卫能力的高级智能还是低级智能都给予应有的尊重，才能形成尊重机器人的文化和道德，女仆机器人虽然仅仅具备低级智能，但被告的强奸罪名仍然成立。"

听了机器检察官的意见，劳知道这里的机器人比人类更难说服，也缺少灵活的变通。他还担心再继续辩护下去，暴露了特遣队真实目的，只好草草结束辩护。

最终，在传唤昨天比赛中被阿斯洛夫控制的机器球员和机器女仆提供证言之后，九个法官和七个陪审团成员认为阿斯洛夫两项罪名都成立，三个陪审团成员认为侵犯隐私成立、强奸罪不成立，两个陪审团成员认为强奸罪成立，侵犯隐私不成立。

阿斯洛夫被定罪后，由机器人用激光在他脸上烧出一个二维码，菲儿看了之后偷笑，德尔塔和艾比忍住不笑。阿斯洛夫知道大家的反应，自己倒不介意。回到艇上，阿斯洛夫告诉劳，昨晚他强奸机器女仆也是为了完成特遣队的任务。他发现机器女仆虽然没有智能，但一直在扫描他的非人类部分并试图植入代码。为了迷惑机器女仆背后的监视者，他才做出强奸的举动。趁着机器女仆背后的操纵者对他的行为感到困惑、迟疑的几秒时间，阿斯洛夫成功预埋了一个病毒到机器女仆体内。从刚才收到的反馈看，病毒目前还在外围，等待机器女仆与更深层次的服务器通信就能打开端口放入病毒。劳取笑他："你啊，这对你来说倒算一举两得哈。"菲儿听到劳这样说，用手打了劳一下："你还为他龌龊的行为找上理由了。"

菲儿和德尔塔夫妇感到疑惑，问阿斯洛夫："机器怪物，你怎么知道机器女仆会和总部通信？"阿斯洛夫得意地回答："我截获的信息显示，机器女仆记录了我的大量行为数据，就连生物信息她也做了采集。他们似乎想在我这里突破什么。难道是因为我的服务器可以不经过小贝直接通过卫星联系将军那边？为什么Z国警察用记忆扫描告发我，而不是机器女仆的自我保护装置触发报警，背后要是没有鬼才怪！为了这次任务，将军组织了团队协助并督促我设计了好几款专门应对高级智能的木马和病毒，这次真是要大显身手了。这个病毒的原理跟人类基因一样，他能够利用对方的代码折叠隐藏很多信息，一旦条件成熟就展开复制或其他行动。上次在学习中心，服务器的安全设置让我只能放一只'蟑螂'程序看看信息流向。这次……"

劳对阿斯洛夫最后一句话表现出兴趣，他正想诱导阿斯洛夫继续讲下去。会议室忽然出现了小贝全息投影的将军形象，与将军的连线打断了阿斯洛夫的讲话。将军提醒特遣队注意安全，Z国内部消息显示对方已经注意到特遣队的外交身份只是掩护，对方也似乎想利用特遣队获得他们想要的。

劳认为将军提供的信息不过是阿斯洛夫已经发现的。他隐隐觉得小贝和将军对特遣队隐瞒着什么，但又无法证实。他在心里嘀咕：到了这一步，只能祈祷将军和小贝没有问题，接下来只能走一步看一步了。不管是什么情况，特遣队后面恐怕会越走越难。

机器首都

审判阿斯洛夫耽搁了半天。特遣队下午由 Z 国外交艇带领，顺着倒灌海水形成的咸水河流朝 Z 国首都巢城出发。船开到巢城，已是傍晚。小森茗菜安排特遣队住在咸水运河边的外交宾馆，她告诉劳，这里与机器城相比非常安全，他们不需要考虑安全问题，晚上可以四处走走。

安顿好房间，劳召集大家到艇上开会。他先请阿斯洛夫用仪器查看他植入的"蟑螂"程序和病毒是否传回任何信息。阿斯洛夫打开他的设备，捣鼓了一会儿，他面露遗憾地说："辛辛苦苦就得了个二维码，蟑螂和病毒程序的轨迹显示，到了首都这里就被发现了，为了保护我们不被追查到，只好启动了自动删除程序，所以什么都追查不到了。"

正当特遣队士气低落时，小贝又传来将军的全息投影。将军带来了好消息。他告诉特遣队，经过上千个人类和机器人专家一起攻关，集中了多国联盟的超级计算机，最终破解了劳和菲儿这些执法者们抓获的部分出窍者代码。当然，这也导致很多出窍者程序的崩溃——意味着他们的"死亡"。在破解后，将军领导的团队改写了出窍者的代码，让出窍者成为电子间谍和高智能化木马程序。目前，已经有部分出窍者启动了记忆和代码备份，将数据传回服务器。由于是二点通信，将军那边暂时无法定位出窍者存储记忆和数据的最终服务器所在位置。

介绍完情况，将军给特遣队下达了新任务："你们必须在 Z 国破解一个机器人脑，然后植入我一会儿传给你们破解后的代码。我们设计了另一个程序，让你们在 Z 国破解的机器脑和我们这边的同一个机器脑交替开启、关闭来与服务器通信，通过三点中已知两点的地理位置来定位服务器所在地。然后再想办法破坏，你们不要担心任务完不成，我们在 Z 国内部有接应者。为了让你们快速定位机器脑，我们利用破解的代码，升级了机器脑伽马波探测程序，让探测更灵敏。"

传达完毕，将军的全息投影消失。小贝把将军提供的破解后的代码和改写后的代码交给阿斯洛夫，把升级后的机器脑伽马波探测程序交给菲儿升级设备。

劳提醒大家，为了完成将军的任务，今晚特遣队要先出去看看能不能找到机会。晚上大家不住在艇上，都到 Z 国提供的外交酒店，也许能遇到出窍的机器人给他们提供服务。

接到将军的信息，特遣队员们对任务又有了信心，心情也好了一些。晚餐后，他们一边在咸水运河边散步，一边寻找线索。这里的景致与机器城有很大的不同，这里并没有高楼大厦，但整个城市也看不到绿色植物，因此没什么动物靠近。街道和天空也有车和飞行器，但看得出来都是小型无人驾驶的设备。街道和建筑似乎用同一种类金属材料修建，各式造型的建筑物上都看不到任何窗户和入口。德尔塔夫妇告诉其他队员，他们用仪器观察发现，不同建筑物顶部隐藏着战斗机器人，显示出这里的防卫很森严。

在整个行程中，一直非常安静的能源机器狗大普不知道是不是受到新消息的影响，在运河岸边异常兴奋，巨大的身形四处跑来跑去，头也东摇西晃。

劳感到奇怪，悄悄问出窍成耳机的小贝是怎么回事。小贝分析了大普传回的数据，他告诉劳，大普是能源探测者，大普传回的能量图像显示，整个机器首都虽然面积不大，但是大普能够探测的范围储满电能。小贝让劳请德尔塔和艾比夫妇想办法分析周围环境的材料，他们长期从事 3D 武器打印材料的设计，携带的系统对各种材料了如指掌。

劳走到德尔塔和艾比旁边下达了指令。德尔塔用金刚石刮刀从一个路灯柱子上刮下一块材料，令他吃惊的是，路灯柱竟然像人类组织一样在自我修复。他用头戴式电子显微镜观察发现，一些纳米级的小微机器人在展开修复工作。他小心地用设备取下一个小微机器人，放入自己携带的仪器。

完成这些动作后，为了保密，劳招呼大家赶紧回到艇上，在屏蔽周围信号的情况下等待分析结果。过了一个小时，德尔塔夫妇汇报了他们的分析结果："小微机器人和路灯灯杆材料都是同一种地球上没有的材料，这种新材料的电能储存能力是锂电池的一万倍，这意味着 Z 国已经解决了困扰人类社会很久的电子设备续航问题。另一方面，这种材料还是智能的，材料在小微机器人和路灯灯杆中还有其他形态，这种形态和人类的神经系统类似，可以传导弱的生物电信号。也就是说，如果 Z 国都城是用这种材料建造的话，整个城市都是有生命的。"

菲儿拿出升级后的检测仪，她发现，仪器显示残缺的伽马机器脑电波组成了巨大的伽马波图，这些复杂伽马波的基础波形构成相同，也就是说整个城市的确是一个整体的机器大脑。菲儿把在外面散步获得的机器脑伽马波和在酒店房间的伽马波做了对比，结果都是相同的。

菲儿严肃地对大家说："这个城市就是一个有生命的机器大脑，我们住在别人的脑子里。"阿斯洛夫很沮丧："这种巨型复杂系统，就是再来十个老阿也不行啊。"劳安慰大家："大家不要泄气，我们在机器城就没遇到这种材料，说明应用范围有限。另外，阿斯洛夫前面不是检测到数据传递到机器首都又传出到其他地域了吗，说明这里未必就是 Z 国终极服务器所在地。"

劳一面把分析数据提交给小贝传回给总部，一面叮嘱大家不要轻举妄动，等待机会。

第二天，Z 国安排的行程是礼仪性的会见。小森茗菜把特遣队一行人带到 Z 国原政府大厅。劳看到，这座古典建筑恐怕是机器城里保留的唯一"人类"建筑。但已经被抬起放置到一个新的底座上，底座也是新型的智能材料。

在会见大厅，Z 国首相山田狐二郎在那里等待特遣队。这是一个身材矮小、微胖，头发不剩几根的老头儿，看起来比较拘谨严肃。这种拘谨可以理解，在一个超级大脑里住着，任何人都不会太自在。特遣队向山田狐二郎递交了联合国和各国的外交文书，山田狐二郎回了本国文书，把特遣队交给他的文书递给他旁边的外交部长。

与首相山田狐二郎相比，外交部长亚森岚更有气势。原来，Z 国的政权早就被机器掌握。山田狐二郎没什么真正的实权，只是个机器的囚犯，机器更相信外交部长亚森岚。亚森岚在机器掌权之初十分恐惧，为了保护自己，假装喜欢机器，假装自己具有与机器一样的意识形态。可是装得时间长了，她自己竟然真的相信了机器的观点，时刻为自己是人类感到羞耻。

为了让自己看起来比机器人更像机器人，她装上机器发声装置改变了发声器官，借助仪器能够用机器语言与机器人对话，也添上了与阿斯洛夫一样的金属头骨。比阿斯洛夫改造得还要彻底的是，她还做了两片金属面颊，并特意锯掉一只腿，装上机械假腿，手上随时戴着金属材质手套。这种改造让亚森岚还觉得不够，她随时背着一台伽马脑电波发生器，假装自己的脑电波也是机器的。

劳第一眼看到亚森岚时，很吃惊。根据 Z 国和多国联盟的协议，政府首脑都必须是人类，他正好奇为什么让机器人当外交部长时，山田狐二郎介绍了她："这是我们的外交部长，亚森岚女士。她虽然看起来不像人类，但的的确确是个如假包换的人……类。"山田狐二郎说这句话的时候，故意把重音放在"人类"二字上，似乎是故意刺激亚森岚，让她本来就难看的脸色更难看了。亚森岚对待人类的态度比机器人更激进，对待人类男性尤其如此。开始是因为害怕，后来则进入一种自我催眠的状态，她认为机器掌握的世界更美好。对人类男性激进还因为她的改造跟阿斯洛夫一样留下了严重的后遗症，她在虐待人类男性的亢奋中能够缓解改造带来的痛苦。

阿斯洛夫看到亚森岚两眼发直，跟他看到机器女性和人类女性的眼神都不一样。亚森岚那种与他一样的赛博朋克改造人气质让阿斯洛夫觉得分外迷人，他的口水都不自主地从嘴角流了下来。他失态地走上前，握住亚森岚的金属手套，鼻子闻着她身上迷人的人体、金属和阿斯洛夫熟悉的电子大麻混合味道，一脸谄笑地说："部长您好，我是阿斯洛夫。"阿斯洛夫的话还没说完，亚森岚就一把推开了他，右手拿起背后的皮鞭一鞭打在阿斯洛夫的手臂上，立马起了一条红印子。阿斯洛夫并不恼怒，似乎很享受这种感觉，另一只手抚摸着鞭痕，痴痴地望着亚森岚。

劳看到阿斯洛夫失态，赶紧把他拉回座位。剩下的议程，由亚森岚主持。山田狐二郎坐在那里似乎身体有些不适，一直在发抖。亚森岚与其说是在跟特遣队进行外交会见，不如说是在"劝降"，她说到双方科技实力的巨大差异，请特遣队带回的信息是 Z 国不会屈服于多国联盟的压力废止本国的出窍相关法律。

会见完毕，回到外交酒店。今晚大家都睡在 Z 国提供的房间中并保持警觉，但这一夜过得很平静，除了阿斯洛夫想着亚森岚辗转反侧难以入眠。他跟劳报告说他去河边抽电子大麻，吹吹凉风让自己冷静冷静。其他人的房间没有任何动静，这座巨大的智能机器城市像是无视特遣队的到来。

第二天一早，劳又把特遣队员们召集到船上开会。大家各自汇报了收获，夜晚没什么特别情况，一切正常。菲儿告诉劳，她昨天人不太舒服，自己并没有去外交会见现场，而是派了自己的机器替身。机器替身能够录下一切活动，她把机器替身录下的首相视频交给小贝分析后发现，首相在用一种古老的人类交流信号传递信息，翻译过来就是："天下机器一模样，任务停，早归去。"特遣队不知道这到底是不是极其发达的大脑城市利用人类给他们发的迷魂弹，好让他们知难而退。劳紧锁双眉，首相的信息至少表明，Z 国已经知道特遣队的意图，但 Z 国似乎也没什么有针对性的行动。

人类保留地

第二天，特遣队按照多国联盟和 Z 国事先约定，继续顺着咸水河朝约定好的目的地——人类保留地出发。经过一天的航行，他们到达了保留地。这是一个巨大的移民城市，经济非常落后，两百多万人口分布在广袤的山地。在一千年前这一片还是高原，有高耸的雪山。如今，随着全球气候变暖，只有这一大片山地的温度还算适合人类居住。另一方面，即便有些海边的城市可以改造成人类的居住地，但自从机器掌握 Z 国政权后，那里因为能源集中而让给了出窍的"机器人类"。

人类保留地的气候仅适合人类居住，干旱少水让这里无法生产任何粮食或农作物，人类保留地的食物和能源供应严重依赖机器世界，因此，这里的人类即便不派机器人予以监视，也不会做出对机器世界不利的事。

到达人类保留地中心地带，按照安排，当天中午有一个会见。在一间传统的东方住宅的客厅里，松柳寺接见了劳一行人。松柳寺是这两百万人类的最高领袖——大长老，他女儿松柳琴和几个副长老在一旁陪同。这大概是行程中最友善的一部分。小心的菲儿还是不太放心，她拿出检测仪，确信在客厅的都是人类才松了口气。然而，Z 国外交部长和她带的保镖机器人也跟着特遣队，让气氛略微尴尬。她看人类时，眼睛是向上的，只有阿斯洛夫不觉得外交部长惹人厌。

松柳寺按照传统礼仪，请特遣队坐成一排，他和女儿、助手们坐成一排。为了对中央政府表示尊重，他请外交部长和机器人坐在传统礼仪中最尊贵的位置。劳知道，外交部长其实就是来监视特遣队和人类长老的，对这次会谈没抱什么太大期望。

谁知道，上过第一道茶之后，松柳寺看了一眼亚森岚，看了一眼他的女儿，也与特遣队员们都有过眼神交流。他思考了一会儿，语气坚定地说："在机器的世界没有什么不是透明的。今天我只想把保留地的真实情况向客人们介绍一下。"他一边示意劳和其他特遣队员品尝他保留的上古发酵茶饼，一边继续讲："你们喝的茶跟人类一样，未来恐怕难逃灭亡的命运。我们保留地的居民除了不能随意到保留地之外，总体来说还是比较自由的。"

"当然，这个自由也是要付出代价的。"说到这里，他看了外交部长一眼，"Z国人工智能越来越发达，越来越强势，影响了人类居民的观点和意识形态，终于导致Z国修改法律允许人工智能出窍，让虚拟世界的人工智能到线下活动。没出窍之前，人工智能只与人类线上交流，对人类非常友好。有了身体的人工智能思想也发生了分化，慢慢地就演化出对人类态度极端的意识形态。开始，这种意识形态还是非主流，很快就能与对人类友好的意识形态分庭抗礼，再后来则成了Z国主流意识形态。这就导致Z国主要的行政、司法、立法和执法机构都被机器人掌控。由于多国联盟的极力反对，才让首相和部长们得以保留，不过他们也只是机器的傀儡而已。"

松柳寺咳嗽两声，接着讲道："造成的直接后果就是人类在机器人主导的城市里受尽歧视甚至迫害，一部分人跑到保留区生活。保留区没办法生产食物，人类只好想办法寻求机器人的帮助。后来，人类发现了自己对机器人的价值，那就是代码维护。机器人毕竟是用人类的语言创建的，只有人类对代码中的逻辑漏洞和错误理解更深刻，即便有了机器人写的代码，但人类设计的原始架构始终无法突破。因而人类在保留区的主要任务就是学习和编写各种智能代码，相当于整个保留区是机器社会的医疗机构。需要时，机器社会就把需要修改的代码传过来，人类负责维护完善。"

听到这里，劳插了一句："难道机器人不怕你们在他们脑子里植入恶意代码。"松柳寺苦笑："机器相当精明，也洞悉人性。他们尝试过各种办法，比如把人类迁移到机器城市生活。谁知道这让人类天天生活在恐惧中，而代码编写则需要宽松的环境。后来，机器想用植入脑部芯片的办法控制人类程序员，谁知道植入芯片同样影响程序员的智力，也让这些人类因担心而不敢有创新，不能发现深层的代码漏洞，机器人也不得不放弃了这个方案。最后，机器人发现人类是家庭感很重的动物。于是，他们只允许结婚生子、智力和情绪都很稳定的人类进行代码维护。考虑到家人的安全，没有人敢植入恶意代码。"

"精明的机器不信任人类，但又得依靠人类。机器发明了一整套方法，让人类不可能在维护代码时进行破坏。他们只把修改代码必要的部分发给人类，还删除了代码中一些重要功能组件，让人类即便想植入恶意代码也无从下手。此外，人类编写维护代码是在机器人提供的一个智能平台，可以自动检测大部分恶意代码并清除，维护代码的人类没办法利用代码做文章。"

说到这里，松柳寺观察了一下特遣队和外交部长的表情，停顿了几秒。又接着往下讲："就这样，加上Z国还有对人类友好的一派机器人，机器人和人类因相互需要而维持了一种平衡，机器人歧视人类但又离不开人类。Z国国力也随着出窍者增多而越来越强大。机器人开始雄心勃勃地走向外太空，因为机器不需要氧气，这一点他们有很大的优势。人类世界除了中国，其他国家的太空探索基本停止了。有一年，Z国太空站监测到火星被外星陨石撞击，他们到达火星发现外星陨石中有一种新型材料，可以用来制造储电量极高且具有类神经样态的材料。这种材料既不是无机金属，也不是有机材料，而是介于二者之间的奇特组合。那时中国的航空主要依赖人类宇航员，所以中国只在火星采集了一些样本回国。大部分这种矿藏，都被Z国的机器人飞船带回了地球。"

松柳寺接着讲："在这种材料的催化下，演化出一个超级人工智能，这个人工智能就是巢城，整个巢城是一个智能体。这一点，恐怕人类使团不难发现，也不是什么机密。"他的话印证了特遣队的发现。

"可惜的是，代码体量越大，出现的逻辑漏洞和问题也越多。因而，超级人工智能同样需要人类来维护。Z国本来是一个民主体制，虽然意识形态有些问题，总体还是看多数人的意见。为了展示自己的实力，机器管理层说服机器人国民让超级人工智能来管理这个国家。超级人工智能说服议会和政府修建了太空电梯，这本来是一个人类异想天开的东西。从火星运回来的新材料让这一想法得以实现。超级智能体通过太空电梯，修建了一个巨大的太空基地。通过这个基地，超级智能体在月球和火星有了新的发展，毕竟不需要氧气的机器人比人类在这方面先进太多。"

听到这里，包括劳在内的特遣队员都暗自心惊，没想到机器社会已经有如此巨大的进展。在劳的印象里，Z国是全球最先老龄化的，也是国力最弱的。就连一直盯着亚森岚的阿斯洛夫也来了兴趣，他催促松柳寺继续讲。

松柳寺不急不慢地缓缓道来："唉，任何东西力量过于强大都不是好事，这个智能体强大后，也有了自己的想法。幸好，Z 国虽然是机器人统治，却也还维持了人类遗留的那一整套权力制约制度，也保留了选举形式。这个超级智能体短期内受限于多国联盟和国内机器人的意识形态，还无法完全控制整个 Z 国社会。不过，它似乎正想发动一场和中国之外的其他多国联盟的战争，通过战争摧毁现有国际政治体系。在通过大量出窍者兼并其他国家之后，下一步再剑指当今世界最强大的中国。战争的第一步，就是利用人类和机器的情感，向全球输出出窍者。通过出窍者向全球扩张，最后继续向外太空拓展，采集更多新型材料，把整个 Z 国社会变成一个巨型'智能体'。刚才讲的部分信息是机器体制内亲人类的力量透露的，部分是多国联盟派出的第一个外交团体透露的。还有一件你们不知道的事，为了筹集资金、扩张实力，Z 国在这个超级智能体的带领下开始做起出窍的生意，他们根据各国市场需要，为虚拟世界的人工智能制造符合需求的智能身体，并走私出口，赚取了大量黑市外汇。"

接着，松柳寺看着劳和他戴着的耳机小贝，意味深长地看了在那里越来越不自在的亚森岚："机器一旦有了意识而又没了人性，就会变得相当可怕。为了避免多国联盟对太空电梯进行毁灭性打击，太空电梯修建在人类保留地上。如果多国联盟摧毁电梯，必然会有很多 Z 国人类牺牲，带来的人道灾难会引发他们在国内政治上的失势。我担心你们过来被机器利用，最后成了引发战争的工具。我作为长者，提醒你们谨慎行事。"

松柳寺讲完之后，按照 Z 国的安排带着特遣队参观了保留地的一些设施。劳听了松柳寺的话，对任务本身产生了怀疑，但他又不敢确信，在心里估摸着根据后面的情况行事。整个参观过程他都心不在焉，菲儿似乎也心情不好。只有跟着亚森岚在一起的阿斯洛夫心情不错。

到了晚上，住在松柳寺安排的房间里，劳怎么也睡不着。就在刚才，他咨询了将军，将军通过小贝告诉他也许人类长老的话正是机器安排好的，其中有真有假，让劳不要全信。特遣队找出能控制全球所有出窍者的服务器所在地才是最重要的。

到了半夜，劳忽然感到从身下传来一阵敲击和移动床板的声音。他起身观察，忽然床板塌陷下去，他滚落到一个洞里。保留地的人类为了躲避机器的电子信号，修建了这种方便转移和屏蔽信号的设施。劳滚下去才发现，地下室不仅宽敞，还有通往其他地方的洞口。等在那里的几个人中，有一个是他在酒吧碰到的双面人，双面人取下头套，是个长得颇有气质的美少妇。她的肩膀上文着两手握空心拳相对并拢的符号。在她旁边，还有一个人取下头套后喊着劳的名字。劳听到这熟悉的声音后大吃一惊，叫道："拉图尔，是你吗？"来人正是劳的好朋友，一起为将军效力很多年的拉图尔。拉图尔是上一个特遣队的队长，劳很吃惊他为什么没有回去，而是躲在人类基地。

拉图尔告诉劳，今天人类长老松柳寺讲的很多都是事实，不过后面部分是松柳寺根据人类历史发展做出的猜想和预测，没有经过计算模拟或事实验证。拉图尔的习惯是什么都要验证一下。劳问拉图尔为什么没回去，拉图尔告诉劳：在第一个特遣队来之前，多国联盟和Z国就进行过一次长达一年的虚拟战争，双方的胜率持平，谁都没有把握战胜对方。多国联盟一方有更理解底层代码的优势，Z国的机器一方有技术优势。拉图尔本来就比较同情出窍者，认为把出窍者处死过于残忍。来到Z国，他接触到将军眼里的"恐怖分子"，这些女性失去出窍者爱人后，痛不欲生，拉图尔更是彻底改变了看法。拉图尔握着劳的手，跟劳说："真正改变我看法的是将军对我有所隐瞒。有一次为了刺探Z国服务器，我们和保护服务器基地的机器人发生激烈交火。我发现，同行的机器人保镖并不是优先保护我，而是保护同行的高智能机器人。这让我头部中弹，最后还是藏在人类基地里的这个神秘组织把我救了回来。从醒过来的那一刻起，我就明白即便回去也不会有好结果。我与你不同，我没有家庭，没什么负担。"拉图尔的话，进一步加剧了劳对将军和小贝的怀疑。

劳从拉图尔这里还了解到，在人类保留地的程序员和支持机器人出窍群体的帮助下，拉图尔利用自己的特工身份进入到联合国和将军的电脑系统，发现了更多多国联盟的秘密。本来他以为多国联盟破坏Z国，是为了人类的利益。从他获得的情报来看，多国联盟表面上由人类治理、极力反对出窍合法化，但在背地里，多国联盟的部分国家也转化和利用部分没有被处决的出窍者干预人类社会，普通人根本没办法分辨出窍者和人类的区别。如果出窍者合法化，他们就会获得人权，那就没有那么好利用，还会出现与Z国相似的意识形态问题。多国联盟的统治者们并不是真正反对出窍，反对的只是阳光下的人工智能出窍。与Z国相同的是，多国联盟各国政府的运转和社会的治理都越来越依赖软件系统，在和Z国的较量中，系统在与Z国释放的病毒和木马斗争中竟然变得更加智能化，甚至有了意识，似乎正在代替人类做出决策。李尔将军这类中层官员早就形成了机械依照系统指令行事的作风，他们才不管指令是否反映大多数人意志和利益。

最后，拉图尔边叹气边说："多国联盟是想在黑暗中利用出窍者，Z 国的最有势力的一派——超级智能体已经想着怎么用一个一体化智能替代这些出窍者。虽然知道多国联盟不好，但也只能指望通过多国联盟来削弱 Z 国的机器势力。"说完，拉图尔指了指地上的一个巨大的铅罐，他告诉劳，铅罐里有一个混在人类世界监视人类的机器出窍者，也许对特遣队执行任务有用。交代完，拉图尔跟劳道了个别就带着其他人离开了。

劳从密道爬上床，寻思了一下，如果没有随行机器人的协助，仅凭特遣队中的人类根本不可能完成任务。即便在人类社会，他也不敢轻易使用电子设备。他在河边踱着步，思考下一步的行动，最终他决定先跟将军合作，看看他这个老狐狸葫芦里究竟卖的什么药。

做出决定后，劳走到不远处停泊在河边的船上，把情况告诉了小贝，也相当于通知了将军。小贝计算后，立刻安排了两个塔赞去帮劳把装着出窍者的铅罐带回船上。幸亏这里是人类基地，监视设备较少。等铅罐被带回船上后，劳先去阿斯洛夫的房间找他，谁知道阿斯洛夫竟然不在房间。劳只好去喊了菲儿和德尔塔夫妇，让他们先去船上。他在阿斯洛夫的门口等了一会儿，才看到阿斯洛夫从外面走回来。他知道阿斯洛夫改装后经常会难受，需要到外面用自己的方式发泄和放松，也就没多问，只是悄悄告诉阿斯洛夫带着设备到艇上去。

等特遣队到齐，塔赞早已打开了铅罐，里面果然有一个与人类外形难以分辨的少年男性出窍者。菲儿先用仪器测了他的脑电波形，确认是伽马波。为了保险，菲儿又用自己的方法给他做了心理测试，最后认定这是一个高智能的出窍者。阿斯洛夫独立破解了一会儿，发现他的能力不足以破解这个出窍者，要求小贝打开服务器阵列协助他。一人一机配合，很快利用将军提供的代码和工具，清除了这个出窍者脑中的防卫代码，植入将军提供的被破解代码的复制版本，并通知将军进行三点通信的服务器位置确认测试。测试的时候，这位出窍者不断颤抖，显得异常痛苦。劳和菲儿虽然是专抓出窍者的执法者，但他们只负责抓捕，对他们被抓之后的遭遇并没有直观印象。劳皱着眉对阿斯洛夫说："我们这样是不是太残忍了？"阿斯洛夫瞪着劳："你抓住的那些出窍者，待遇可比这糟糕多了！"劳只有苦笑，把头转向另一边。

反复测试比对的最终结果让劳和将军都大吃一惊，全球所有出窍者的记忆和代码存储地点并不在地球上,而是在太空,并且就在人类保留地的正上方,这个地点必然在太空电梯上方。知道这个位置,劳不得不佩服 Z 国超级智能的智慧,把服务器建在太空,就可以越过人类的防火墙,向世界任何地点的出窍者传递记忆、指令和维护他们的代码。获得定位后,阿斯洛夫根据将军的指示,在出窍者原始代码中做了删改,让其出现逻辑漏洞,并植入病毒后把出窍者放回。一旦出窍者向服务器请求恢复代码和记忆以解决问题,病毒便会感染服务器。出窍者的软件代码并不完全独立,与他们的大脑和身体有复杂的连接。经过刚才的折腾,这位出窍者的硬件和代码都出了问题。他的行走步伐变得很奇怪,嘴巴里不断闪烁着高频机器语。看着他离去的背影,劳和菲儿都有些内疚。

太空电梯和巨环

第二天,将军利用多国联盟外交渠道,联系 Z 国,要求参观太空电梯。不知道是 Z 国的盟友起了作用,还是人类长老已经泄露了这个秘密,Z 国居然答应了这一要求。不过,Z 国提出了特遣队交出核弹打印机和核弹打印材料的要求,多国联盟同样答应了。多国联盟还提出要用自己的船而不是 Z 国提供的工具登上太空电梯,Z 国表示同意。

劳为事情过于顺利感到困惑和焦虑,多国联盟和 Z 国的机器人似乎都认为自己有胜算,所以都答应得很爽快。

劳也没想到,带领特遣队一路在 Z 国前进的船经过适当变形,竟然成为能够飞天的航天飞机。核动力一方面给小贝提供计算用能源,另一方面也在不断电解储存转化氢燃料。机器狗大普同样在不断转化注入氢燃料,只是劳没有注意这些细节。劳不知道的是,将军本来安排的就是完成任务后通过太空渠道绕过 Z 国强大的防卫能力返回多国联盟。留下的这颗核弹名义上是自卫,其实本来就是打算送给 Z 国的"礼物",以显示诚意。这一切都是为了换取 Z 国的信任。

Z 国派出了特殊的智能重型卡车,把特遣队变形为航天飞机的船运到太空电梯脚下。固定电梯的几根柱子在地面部分显得十分壮观，能制造出这个通往太空的巨梯也是因为有了火星上的智能材料。巨梯不是传统建造物，它的每一节都是可以利用风能储存大量动力的智能体。在底部，这些智能体依靠螺旋桨调整姿态；在顶部空气稀薄或出了大气层的部分，则依靠存储的氢燃料做动力。得益于统一的智能，整个太空电梯虽然由几万个智能体组成，但却能根据环境和载重变化一致行动。电梯的上面部分通过动力减轻了电梯的自重，增加了电梯的寿命，遇到恶劣天气或者碰撞，电梯可以断开躲避。

机器人到底还是不放心人类，为了保留地的人不破坏电梯，Z 国让松柳琴跟着特遣队。其实算是人质，让松柳寺不要有任何行动。松柳寺对特遣队员讲的话，早就被机器人势力知晓。

特遣队的船被运到太空电梯，固定在电磁轨道上，只要通上超高压电力，就能以极快的速度上升。为了安全，在上电梯之前，小贝试着启动了船的火箭发动机，没有问题才示意跟着他们的 Z 国机器人启动电梯。几个战斗机器人、机器狗都变形为容易固定的形态固定在船体内部。特遣队员和松柳琴各自到座位系好安全带并穿上了 Z 国提供的宇航服，以防途中意外。

电梯启动后，经过一段让人很难受的长时间加速，很快便匀速上升。劳看到下面的云层和地球离自己越来越远。大约经过 20 分钟，他们已经在离地面 500 千米左右的太空，又过了几分钟，他们的位置已经超过了所有人类卫星的高度。

处于失重状态的劳抬头注意到，在电梯顶部，有个缓缓转动的巨环，直径足足有五千米，巨环共有九个圈，由车辐条一样的几十个直方形的太空舱把圆环连接在一起。巨环并没有和电梯直接相连，电梯上来后触动了巨环上的一个装置。电梯松开船体，巨环中心伸出一个巨大的机械手把船体抓进巨环中心。

进入巨环中心后，打开的空间很快密闭。劳等人感觉到又有了重力，这是巨环为了机器人行进方便开启的仿重力系统。走下船进入巨环后，接待他们的机器人提醒劳一行人可以打开宇航服自由呼吸。劳和特遣队们穿着宇航服下船后发现，这里有不少机器人在忙碌。除此以外，还有一些防卫型战斗机器人在四处巡视。巨环中心是一个航天飞机和太空船的停泊港口，不时有飞船停泊和起飞。

一行人在机器人的带领下只参观了巨环的其中一个舱室，里面的确有大量服务器在运行。劳在内心感叹，不管机器人的意识形态如何，这个巨环的确是人类科技跨向太空的巨大进步。

参观完毕，回到巨环中心登上船，小贝用将军的全息投影示意阿斯洛夫利用植入的病毒代码黑进服务器，把全部出窍者的数据拷贝带走。谁知道，阿斯洛夫面有难色："对不起大家了，老子并没有按照将军的指示植入病毒代码。在 Z 国协助下，俺老阿把病毒代码修改了，那只是让系统全面升级的对抗型良性程序。这是将军的失算，Z 国智能系统内部无法完成升级，一直想借助外力让系统升级，我帮了一点小忙。"

了解阿斯洛夫的劳倒是一点都不吃惊。阿斯洛夫有点羞愧地看着劳："对不起，下半身最终还是战胜了上半身。为了让将军相信，我跟外交部长在一起的时候，确实偷偷给了将军一些有用的情报，但这些都是超级人工智能体故意提供的。被改造后确实太难受，只有亚森岚能够理解并缓解我的痛苦。希望你理解。"

小贝指示塔赞把阿斯洛夫抓起来，但赶来的 Z 国防卫机器人早已把阿斯洛夫保护了起来。防卫机器人和几个塔赞用武器进行了短暂的战斗，五个塔赞被击中不能行动，但防卫机器人也只剩下一个完好的，他带着阿斯洛夫向另一艘飞船走去。阿斯洛夫边走边对劳、菲儿和德尔塔夫妇喊道："将军在利用我们，你们回去还不如跟我一起投靠 Z 国。就在我让小贝协助我破解出窍者的时候，Z 国已经在多国联盟的服务器中植入了代码，小贝在 Z 国一直小心不与国内的服务器联系，没想到最后时刻破了功。"

谁知道，小贝这边也在艇外投影出将军的形象对劳等人和阿斯洛夫说："Z 国也有失算的时候，你们以为收了我们的核弹，我们就没有别的核弹了吗？你们看看德尔塔夫妇去哪里了，他们早就在你们不注意的时候，偷偷上船用隐藏设备打印了导弹引信和动力装置。我们船体的核动力装置也是一枚特制的核弹，虽然威力小了一些，但足以破坏这个巨环。"

阿斯洛夫对将军的投影表示不屑："你们也不想想，为什么一路上都这么顺利。其实智能体早就不想进行虚拟战争，而想打一场实际战争突破投票对 Z 国机器人管理层权力的限制。你们炸毁巨环，正好给他们理由宣布国家进入紧急状态，为不再用傀儡首相直接掌权提供了最好的借口。而且，这里的服务器只是为了在太空和 Z 国之外的出窍机器人行动方便而设置的，数据也分散在 Z 国各地的存储设备，并没有什么中心服务器，因为中心服务器是最不安全的。炸毁这里，最多让多国联盟获得 Z 国出口的那些出窍者，但也会让本来就对禁止出窍者不满的群体更加仇恨多国联盟。"

听着阿斯洛夫和将军的对话，劳、菲儿穿着宇航服愣在那里。松柳琴胆子很小，在机器人打斗时，她已经躲在一艘飞船背后。

正在这时，宇航服的对话装置传来德尔塔夫妇的声音："请戴好宇航头盔，找到固定的地方或者进入飞船，核弹即将发射。"德尔塔夫妇因为儿子的性命，不得不听命于将军，但他们也不愿意伤害其他特遣队员。劳、菲儿、松柳琴听到后赶紧带上宇航头盔，向不同的飞船跑去，阿斯洛夫也快速跑进接他的飞船中。

只见一颗导弹从特遣队的船头朝船尾方向射出，把巨环中央的天花板击穿了一个洞，空气快速逸出。这时，劳很快站立不稳，眼看他就要被气流带出巨环中央，菲儿忽然脱下宇航服扔向刚才的洞口，堵住了洞口，气流顿时减弱。菲儿一手拉着劳，一手抓住一根立柱。劳恍然大悟，狡猾的菲儿嗅到危险后再次使用了替身，她并没有上船。也幸好是菲儿的替身，否则劳就一命呜呼了。从菲儿替身的行动来看，她早就设定好了保护劳的程序。

又过了几秒，导弹折回射向巨环边缘的动力系统，发生大爆炸，巨环正在解体，从中心开始断裂。巨环中心的地板已经被震飞，重力系统失效。机器菲儿一手拉着劳，一手拉着巨环的残余部件，飘在太空中。

阿斯洛夫和德尔塔夫妇的飞船开到劳附近，用宇航服通信系统向劳喊话，请劳跟着他们离去，两艘飞船都等着劳做决定。一艘将载着他回到熟悉的生活，如果不回去他将就此与家人和过去告别，回去的话他和将军之间已经有了嫌隙，前途黯淡。劳不想帮助任何机器系统实现一统世界的雄心。另一艘船将载着他去一个即将实现机器独裁的国度，结局不一定比第一艘飞船更好。

当劳抓着机器菲儿的手犹豫不决的时候，松柳琴驾驶一艘飞船停在两船中间。松柳琴通过宇航服对他大喊："父亲告诉我，当前的世界只有中国能够拯救，我们去中国寻找解决办法！"劳松开了手，松柳琴的飞船把他和菲儿的机器替身一起接走。

三艘飞船越过巨环爆炸引起的火焰，分别向三个方向飞去，最终都会降落在同一个地球。

（完）

智 能 金 箍

　　本篇源于自己和周围人群的教育焦虑，当前社会是否过度关注孩子的学业，而忽视了对孩子其他方面品质的培养？假如有一种技术能让家长控制孩子的信息获取，让他们在学习上成为学霸，但代价却是让孩子变得冷漠，家长们愿意吗？还有一些情节源自身边的故事，大学教师把孩子送出国，到临终时孩子因种种原因不能回国看望。孩子成绩一般，却因此留在父母身边，父母生病时也能辞职陪伴。出国的孩子们也许当年是"学霸"，但父母临终时却反而不如"学渣"能给予父母基本的陪伴需求。

陈娟一动不动地躺在 ICU 病床上，浑身上下犹如蚂蚁噬咬般疼痛。她能清晰地感受到身上插的管子与自己肉体间接触的异物感。她想起自己小时候，不小心把两个指甲盖削出血，再去玩沙子时，沙子摩擦着失去指甲保护的指头上敏感的神经，那种异物感说不出的难受。现在，她全身上下都是那种感觉。除了还能思考，身体没有一个部位是能自由活动的，连呼吸也不能自主。

已经倔强地在 ICU 坚持了一个星期，她还没有等到女儿来见她最后一面。今天，她觉得自己再也坚持不下去了。医生从仪器里看到她情绪的变化，过来看她。她示意医生拔掉她的呼吸辅助系统，医生给她拿来了专门给插管患者用的语音转换器。她用转换器对医生说："我坚持不了多久了，我想走得舒服一些。"

医生转身出去，跟守在监护室外的一位戴眼镜的女士商量了一下，然后又去喊了其他医生，他们小心翼翼地把陈娟身上的管子和其他仪器去掉。把她转移到移动病床，带到一间独立病房。去掉身上的累赘，只保留了氧气，陈娟感觉舒服很多。她艰难地抬头看了一眼在身边照顾她的同事小刘。小刘似乎明白她想说什么，跟她说："陈老师，朵朵这阵比较忙，她说一定赶回来。我们再打电话催催。"

拔掉管子后，陈娟觉得思维更清晰了。听到小刘说她女儿不能回来，她闭上眼睛，心想：我一辈子要强，到了晚年却如此凄惨，也许是我应得的报应。此时此刻，陈娟脑海里断断续续像电影一样回放她女儿朵朵成长的点点滴滴。

陈娟和云俊在青年时代是人人羡慕的夫妻。他们是在一所重点大学读研究生时谈的恋爱。云俊学的是土木工程，陈娟学的是英语。硕士毕业后，他们又一同读博，毕业后双双到同城另一所重点大学任教。陈娟在外语学院，云俊在土木学院。夫妻二人既有天分，也很努力，事业发展很顺利。其他教师头疼的职称、课题和论文，他们都能轻松解决。很快他们就有了女儿云朵朵。云俊收入高，科研任务重，带朵朵的任务主要落在她身上。

朵朵小时候非常可爱，也非常好带，成绩是班上前几名。云俊对朵朵倒是没什么期望，但好强的陈娟早就替朵朵规划好了人生道路。从小，陈娟就给朵朵报了各种学习班和兴趣班。朵朵根本没有时间交朋友和玩耍，云俊劝她想开些，她也不听。只要说到这个，陈娟总是能够举一堆比朵朵报班还多的同学。时间一长，在朵朵的教育问题上，云俊最终被边缘化了。陈娟跟同事开玩笑，说她是丧偶式育儿。朵朵初中时，陈娟发现自己对她的教育越来越无能为力了。朵朵不知道为什么迷上了"饭圈"，学习之余最大的爱好是给自己喜欢的明星"打投"。为这个事，云俊和陈娟曾经没收过朵朵的手机，但叛逆期的朵朵反应强烈，要死要活的，最后夫妻二人还是把手机还给了她。她们班上的同学因为手机，也是状况百出，有的同学买个跟真机一模一样的模型机上交，还有的手机被没收后把伙食费省下来买手机。除了稍微贪玩，其实朵朵在学习方面也不是不努力。只是学习本身变得越来越难，朵朵初中借助在外单独补课，成绩还能算个中上。到了高中，即便有课外补习，朵朵的学习也越来越吃力，跟上同学们的进度都有些困难。云俊已经接受了朵朵是普通人的事实。陈娟总认为以她和云俊的基因，朵朵怎么也要上个重点大学。

有一个周末朵朵回家，因为考试成绩太差，陈娟说了她两句，朵朵生气地怼回来："你觉得简单，你来学学试试。你总拿我和别人的孩子比，你看看别人的家长做的事你们能做到吗？！"陈娟知道她叛逆，也不好再冒火，带着一肚子气到外面散步。她走到补习机构密布的市中心，看到一家新店门口摆着花篮，橱窗里的广告语"一箍在手，家长无忧"吸引了她的注意。她走近之后，店员热情地向她介绍。在朵朵高考这一年，脑机非植入接口商用技术取得突破性进展。为了让市场推动技术发展，国家并不禁止非植入脑机接口，允许脑神经与外部连接，把教育应用作为试点领域之一。店员告诉她，他们主打三种产品——"智能铜箍""智能银箍""智能金箍"。智能金箍效果最好，孩子戴上之后，这个系统能与孩子的视觉和听觉中枢以及神经交互，把学习内容投射至孩子大脑。孩子可随时随地学习，系统还能刺激脑神经，在脑部潜意识领域对孩子进行奖励和惩罚，让孩子在不知不觉中喜欢上学习。店员说得陈娟有些心动，她又拿不准叛逆期的朵朵会不会抵触这个东西。店员告诉陈娟，他们会把头箍做成时尚首饰的样子，吸引孩子戴上。一个头箍的价格能抵上半套房子，为了避免纠纷，店员让陈娟登记个人信息并提供信用卡号后先领回去一个，自己试戴看看效果，在一周之内可以无条件退货。

陈娟把智能金箍戴在头上，神奇的事情发生了。她走在街上，广告牌上都是数学和物理公式，她去咖啡店喝咖啡，隔壁桌的人讨论的也是高考题目。她拿出手机刷微信朋友圈，不时刷到好友们在朋友圈讨论高考模拟题。就连她平时喜欢看的国外新闻APP中，也有英语高考题植入。她平时放松时看的电视剧里的角色，也在讲高考题。她去便利店结账，店员结账后也跟她说了一个化学公式，还说"要记住哦"。不仅如此，这个智能金箍似乎在她潜意识里悄悄植入了记忆，她睡一觉起来发现模模糊糊已经记住不少高中知识点。

试用了三天，她觉得学习信息比例太高，担心引起女儿反感。她戴着金箍找店员，说出了她的担忧。店员的话打消了她的顾虑，原来金箍还有个控制程序。程序会根据佩戴对象的情况，自动设置知识信息比例，还能把佩戴对象的易错题整理到金箍的云端独立记忆数据库。将来女儿佩戴金箍后，控制程序由陈娟掌握，她可以随时掌握了解女儿的信息接触情况。

随后，她又问店员金箍有没有副作用。"副作用是有的，也是国家立法要求消费者知情的。金箍的副作用就是导致孩子对周围世界冷漠，只专注于学习，未来也会只专注于工作。但是，这点副作用与孩子的成绩相比算什么呢？您说，是不？很多家长认为这不是副作用，还是优点呢！"陈娟想到和同事交流孩子时，其他同事的孩子给家长长面子，她却每次都不好意思提朵朵。特别是那些事业上没有起色的同事在她面前说起孩子如何如何，更让陈娟感到脸上无光。她没跟云俊商量，把智能金箍买回了家。

下一个周末，朵朵回到家，陈娟并没跟朵朵和云俊说金箍的细节，只跟朵朵说，给她买了个发箍。金箍设计得很漂亮，朵朵很喜欢，戴着金箍返校了。周六云朵朵回家时，陈娟发现她还戴着金箍。朵朵告诉陈娟，戴着金箍似乎学习没那么累了，还说戴着有点上瘾，取下来觉得不习惯。陈娟这时候告诉朵朵，这个金箍是个学习辅助系统，对她的成绩有好处。朵朵虽然生气陈娟自作主张，但她自己也感觉跟不上学习进度，压力大，还是同意了。云俊表示反对，可是在朵朵学习这件事上，他向来拗不过陈娟。

朵朵戴了一个学期的智能金箍，学习成绩果然突飞猛进。金箍的副作用也出现了。以前朵朵虽然在叛逆期，和陈娟、云俊关系不算融洽，但朵朵心情好的时候，还是乐意跟陈娟夫妇分享她在学校的欢乐和苦恼的，现在朵朵对他们明显冷漠很多。朵朵以前还喜欢刷豆瓣看饭圈动态和听音乐，戴上金箍后，金箍把她仅有的两个爱好变成了刷高考知识。云俊为此和陈娟大发脾气，让陈娟赶紧停用智能金箍。陈娟从来没见过云俊对她发这么大的火。就在陈娟有些犹豫的时候，在一次家长会上，她看到不少朵朵的同学都戴着这个智能金箍。陈娟坚定了把金箍用下去的决心，云俊也无可奈何。那之后，云俊把主要精力都用在工作上，彻底放弃了对朵朵的教育。

由于智能金箍的辅助，朵朵考上了国内排名第一的大学，陈娟那一阵别提多高兴了。后来，制作金箍的公司因为违法被国家取缔，朵朵还因为使用金箍获得一笔赔偿。当时的陈娟兴奋和不解地跟云俊说："这东西让朵朵考出了那么好的成绩，怎么还要给我们这么多赔偿？"云俊只是摇头叹气。

在大学里，朵朵虽然没有继续使用智能金箍，但成绩也一直不错，后来保送读研。研究生毕业后，朵朵找到一家国内顶级科技公司做技术研发。虽然在高中毕业后就取下了智能金箍，但金箍的奖惩系统形成的激励模式已在朵朵大脑生根发芽，她现在除了工作，对任何事都提不起兴趣。所以她的事业一直很顺，但跟陈娟和云俊的关系却越来越疏远。

刚上班时，朵朵过年还回来陪他们，后来过年也不回来了，只打个电话。再后来，电话也没有了，陈娟和云俊只能从朵朵的朋友圈了解她的动态。但朵朵的朋友圈里只有工作，根本看不到生活状况。陈娟打电话问她的情况，朵朵只是冷淡地敷衍。退休后，陈娟身体好的时候，曾经飞到朵朵工作的城市去看她，但是朵朵并不喜欢她过去。为了解朵朵的情况，陈娟只好厚着脸皮和朵朵的同事套近乎。同事告诉陈娟，朵朵工作还行，就是比较高冷，不和同事交朋友。除了工作，没什么爱好。朵朵的领导则告诉陈娟，朵朵工作倒是不错，就是做事比较机械，不够灵活，缺少创造力，也缺少亲和力。特别适合当一颗基层螺丝钉，但要有更好的发展，现在这个状况必须改改。

陈娟劝朵朵要学会生活，不能只想着工作。朵朵告诉陈娟，现在这样正是她用金箍造成的，陈娟竟然无言以对。退休后，云俊也有了时间，他一开始跟着陈娟去看过朵朵几次，后来也懒得去了。朵朵工作后的样子让云俊晚年心情抑郁，前几年他也因病去世了。

今年，75 岁的陈娟生了这场大病。她在医院手术、住院，都是同事帮忙，她女儿朵朵怎么联系就是不回来。同事总说朵朵要回来，陈娟知道那是同事的善意谎言。陈娟自己也想坚持到朵朵回心转意，在 ICU 痛苦地煎熬了一周。想到这里，陈娟闭着的眼睛湿了。

这时，陈娟的另一位同事小文过来替小刘。她们看到陈娟似乎睡着了，就小声交流着，小王说："云朵朵怎么都不肯回来见陈老师最后一面，和上次云老师走一样，认为她的工作更重要，跟她的领导说了这事，让领导做她的思想工作也不管用。"

小刘叹气："学校这样的情况还不少，前一阵李老师去世，两个女儿在国外都不愿意回来，只要求把遗产给她们寄过去。李老师当年为了女儿们出国，那是倾家荡产不说，还花了好多精力辅导她们啊。"

小王跟着叹气："陈老师的女儿也是这样的，刚才打电话，云朵朵跟我说，陈老师的骨灰和后事随便怎么处理。遗产都变卖成现金给她打过去，丧葬费用从遗产里出。"

"我们的教育和文化，鬼晓得哪个环节出了问题，怎么有这么多不孝子。"小刘掖了掖陈娟的被子。

陈娟虽然身体不能动，却把小刘和小王的对话听得一清二楚。她放弃了欺骗自己，因为她已经太累了。她越来越困，身体在床上，思绪正飞向天空。她在天上飘着，看到朵朵在地上欢快地奔跑，那是她三岁多时的样子，也是一家三口最快乐的时光。

（完）

□ 原后记

根据出版社编辑老师提出的修改意见，本书又修改了两次。除了文字和逻辑的修订，本书还改掉了一些过于成人化或可能不会被广泛接受的情节。例如：《儿子的秘密》中，原来的版本儿子的情人其实名叫"丹尼尔"，是个男生，修订时改为"丹妮"这个女生。还有不少篇章，对前后逻辑或者表达不一致的地方进行了修改。还有部分内容，编辑老师反映"太油腻"，也做了相应修改。有些编辑老师虽然没指出，我觉得"油腻"，于是在 2023 年 7 月最后一次修改时（也希望这真的是最后一次），做了修订。

两次共几个月的时间，在繁忙工作之余修订小说的过程，是一个新的自我和小说写作时的自我在一年和两年之后的有趣对话。这正是写作和阅读的乐趣所在，通过文字构建的空间，可以让不同的人甚至不同阶段的同一个人对话。当然，修改过程首先是一个直接和编辑老师们对话的过程，他们的大量批注一度让我头疼，但根据批注中的意见完善文稿后有一种艰难翻过大山之后才能体会到的快乐和轻松。

在小说里想告诉读者朋友的内容，大家都可以通过阅读小说获得。小说的文字不能告诉读者朋友们的是——这部小说的写作可以说是我的工作和生活的相互妥协和平衡。每个人都有自己想做的事和不得不做的事，所谓人生不过是在这两样事情中平衡。如果只做不得不做的事，生活便缺少了自我，只做自己想做的事只有极少数人可以做到。我们只能尽量在做不得不做的事情时，在其中寻找自己想做的事。本书正是这种平衡的产物。

通过本书的写作，我想对读者朋友们说的是：人生就是在坚持中妥协，在妥协中坚持！

现在是新媒体时代，人类交流沟通的手段不断变化，就在本书修改时，先是与书中有些设想类似的元宇宙概念被热炒，后面 ChatGPT 又大热。这说明，技术与社会的关系既是科幻的主题，也是我们日常的生活的一部分。

当然，一个作者大可不必在书中塞入过多东西，读者朋友们还可以通过社交媒体进行更直接的交流。可是往书里加入一些个人的体验与直接交流是不同的，这会给读者带来另一种乐趣，即从书中阅读或凝视作者。书中一些明显用"张""教授"这类与我本人一致的信息未必是我本人的生活，但有很多我本人过往的经历藏在看似无关的细节中。《一天的另外二十四小时》中讲到四个人保留火种的方法，就是我童年真实的生活。我在湖北随州唐县镇农村读小学时，冬天我们用一种被称为"烘笼"（唐县镇口音为：烘啰尔）的陶制器皿取暖，就是把燃烧过的树枝埋在灰中。有的时候，放点花生在里面烤着吃，很香。但这个器皿对孩子来说也很危险，当年有小学同校的同学烤火烧着了棉裤。这点童年记忆被我植入小说中。

还有一些记忆植入请读者朋友们自己去找吧。

当你试图通过本书阅读或凝视我的时候，这本书也在阅读和凝视你。

就写到这里吧！（后来，我觉得这个后记太普通没创意，又写了一个新的后记放在最后。）

张小强

2022 年 7 月 10 日上午

写于气温为 34℃的嘉陵江畔

2023 年 7 月 2 日晚

修订于气温为 26℃的同一地点

□ 新后记

还有两小时
超级月亮就要出现
一个男人走在江边
从天上看
是一个小的点
挨着一条宽的线

树梢间明晃的金盘
赶不走他心底的烦
他跟月亮谈
我的小说文字三十万
想把你摘下做个句号
让结尾也这圆这么满

月亮对他把气叹
画圆句号你可以努力干
又圆又大我却不能办
我不过是满月碰到近地点
让人眼有了新观感
我的凹凸大小没半点改变

四十度风烫出的汗
沾染了月光结成盐
以为带回了灵感
男人回到空调边
身体斜靠在床沿
举着手机不停地按

他想写诗把小说结完
一会儿眼皮就像灌了铅
小说人物往他脑里钻
纷纷表达着不安
我的经历过于平淡
我的形象实在一般

男人不知怎么办
他睁开惺忪的眼
人物们又消失不见
不知是跑回硬盘
躲藏进字句间
还是飞去月球背面

男人起身来到护栏前
开窗让月光进屋撒欢
此刻的月亮最大最圆
他小说的缺点却难免
要听月亮的规劝
表面圆满的背后是遗憾

张小强

2022 年 7 月 14 日

写于超级月亮出现的炎热夏夜

2023 年 7 月 2 日晚

在气温为 26℃的同一地点读了一遍但并未修订